捧读

触及身心的阅读

神探王妃③

浅樽酌海

QianZunZhuoHai

著

BH

天津出版传媒集团

百花文艺出版社

图书在版编目（CIP）数据

神探王妃 . 3 / 浅樽酌海著 . -- 天津 : 百花文艺出版社 , 2021.8
ISBN 978-7-5306-8105-3

Ⅰ . ①神… Ⅱ . ①浅… Ⅲ . ①长篇小说－中国－当代 Ⅳ . ① I247.5

中国版本图书馆 CIP 数据核字 (2021) 第 095402 号

神探王妃 3
SHENTANWANGFEI 3
浅樽酌海 著

出 版 人： 薛印胜
选题策划： 唐冠群　胡晓童　　**责任编辑：** 安子宁
封面设计： lemon
出版发行： 百花文艺出版社
地址： 天津市和平区西康路 35 号　**邮编：** 300051
电话传真： +86-22-23332651（发行部）
+86-22-23332656（总编室）
+86-22-23332478（邮购部）
网址： http://www.baihuawenyi.com
印刷： 天津创先河普业印刷有限公司
开本： 880×1230 毫米 1/32
字数： 266 千字
印张： 10
版次： 2021 年 8 月第 1 版
印次： 2021 年 8 月第 1 次印刷
定价： 39.80 元

如有印装质量问题，请与天津创先河普业印刷有限公司 联系调换
地址：天津宝坻经济开发区宝中道北侧 5 号 5 号厂房
电话：（022）22458683
邮编：301800

《秋日二首》之一——唐·李世民

菊散金风起，荷疏玉露圆。
将秋数行雁，离夏几林蝉。

目录

CONTENTS

第一章 重归于好

◑ 1 ◐

武德六年，唐与突厥之战临近落幕。

李世民暂且抛开有关瑾瑺的种种纠葛烦恼，亲率精锐，猎取了一股贪恋财帛、行动迟缓的突厥退兵，他笑对左右说："今岁最后一战，你们且当作冬狩，痛快淋漓地挥洒一场吧！"

轻骑兵张开了翅膀，铁蹄组成的庞大雁群黑压压地向突厥人侧翼迂回疾飞，一双巨掌包抄截断了突厥人的前路，复与箭矢并进内切，突厥军阵在这猛烈的冲击下，匆促弃财应战，迅速如龟甲纹一般龟裂瓦解。

这支突厥军队的主帅是一位官居"吐屯[1]"的贵族将领，因职责所系，平时身负监督小部族首领的地方行政重任，兼理军务，渐渐地有些荒疏战阵，没能稳住阵脚，只命众人暂时后撤，收拢队伍，不料迎头撞上了唐军步兵用弓箭和刀阵布下的拦截网。

突厥人作战惯于携带家眷族人，因男女老少几乎个个精于骑射，可

1　突厥语音译，又作吐屯发，古代突厥汗国官名，为监察之官，职司相当于唐代御史。

令军队如虎添翼。但在这个以疲兵迎战强敌的艰困时刻，比将士们更加疲累、武力又相对较弱的家眷则像是负担。吐屯一展眼，连自己的夫人也看不到了。不过，他已无暇顾念夫人，唐军骑兵拔刀逼近掩杀，同步兵形成了夹击之势，横刀锋芒所指，俱成血肉横飞的绞肉场。

“这是唐军惯用的步骑一体战法啊！”吐屯在心中悲叹，忍痛下达了分散突围的命令。

李世民盯住他，策马紧追，随后双手拉开弓，向他的大旗射出一箭，旗杆被射中瞬间断为两截。

跟在李世民身边的安元寿也一箭射死了掌旗军士，旗子扑地，不一会儿便密密麻麻地盖满了马蹄和皮靴印。

吐屯惊讶地看见，射断旗杆的是一支大羽箭，和去年属下士兵捡到、由自己敬献可汗的那支是一个模样。

“元寿，好！”李世民赞许道，自己又射出第二箭。

吐屯的头盔被这一箭击落，像一枚蹴鞠在奔跑的人马足下踢来踢去，与主人永诀了。

“秦王李世民，是你！该死！”吐屯大怒，在马背上反身回敬两箭，未能射中李世民。

秦王府的校尉们撺掇道：“大王，射死他！”

“何苦定要杀人！”李世民一笑而过，第三次张弓，射中了吐屯的坐骑，安元寿随之射倒其备用马匹。吐屯滑落下马，突厥士兵们再难找寻主帅的方位。

唐军中通晓突厥语的军士四处呼号：“吐屯逃跑啦，莫要白白去送死！”

遗尸遍野，残余的突厥人越发无心恋战，零零星星地突围逃遁。

唐军并不穷追，收了突厥人抛下的人口财帛，押解着俘虏，班师而去。

唐军鸣金收兵之后，不断扩张的铅灰色天幕吞噬了最后一抹殷红。

山野恍若天公随手铺放的一幅麻布，起伏不平，又一望无际，地平线上出现两颗脑袋窸窸窣窣地滚动，再一细看，是两个相互扶持、艰苦跋涉的人影。

战场周边的小村庄如石缝里顽强生长的野花，片片花瓣般散落于山脚。因突厥入寇，村人都逃亡他乡，来不及逃跑的也隐入深山，现今突厥退军，村里三三两两的有了归人。

两个女子的身影躲在一堵夯土墙后，她们瞅准一对正在自家茅草屋前打开柴门的老人，趋前施礼道："老丈、阿婆，我们是……"

"突厥人！"老人惊唤一声，操起防身的小锄就要砸。

两个女子慌忙避让，急声辩解道："我们是汉人，不是突厥人！"

这两人身着突厥服饰，虽然满身的尘土，却遮蔽不了银饰珠宝的光华，像是出自上层。其中那个年纪略小的，身量小巧而精实，左胳膊中了一箭，鲜血将一块衣袖板结为绛色的硬斑，她脸色煞白，虚汗打湿了鬓发，沾在耳边，浑身微抖，看来是疼得狠了。年长的那位长得纤长娇弱，背着一个长布袋子，其余别无行李。

老翁料她们构不成威胁，但也不能轻信，呵斥道："莫欺我们年老，我在这野山荒地爬了一辈子，健旺得紧！你说你们是汉人，为什么中了我们唐军的箭？为什么不投唐军？"

稍微年长的女子见老翁不信，急出了眼泪："我们是被突厥人掠走的，今逃了回来，战阵上刀枪无眼，无法向王师声明真实身份。我主仆二人是女子，畏惧军士，投入军营恐多有不便。想请村人暂且收留果腹，再送信给家人。"

返乡的村人闻声围过来，几个年高有德的一起论议，觉得这年长女子的长相、言谈都不像汉人，另一个女子的相貌却是突厥人，口音也不正，难保不是奸细，村子里担不起窝藏外敌的罪名，便拿绳索捆了她们的手脚，给伤者包扎好伤口，再押送她二人抄近路追上唐军，移交他们处置。

那年长的女子忧心如焚，口中安抚侍婢道："好歹回到汉人当中，离家近了。"

然而，收容她们的唐军并不是记忆中隋军那样的豺狼嘴脸，他们安排军医为侍婢切开创口拔出箭，敷药裹伤，又给她主仆饮食，监管审问，逐级上报。

年长的女子自称出身渤海高氏，是前隋楼烦郡秀容县令高世达的女儿，大名"高惠通"。

低级兵校们哪里知道这些老黄历，倒是恍惚听说过秦王所敬重的姻戚、雍州治中高俭系渤海高氏之后，便把这层真伪待考的关系层层报至李世民驾前。

高俭曾提到高世达这个人，确为同属渤海高氏的远亲。高世达在隋朝秀容县任上遭遇突厥犯境，弄丢了即将出阁的女儿。那时，高世达和高俭多有往来，高俭还为解救高世达之女献计献策。

李世民记得，他与瑾琋订婚之前，母亲窦氏登门拜访高家，那天高俭不在，就是外出商议如何营救高世达之女去的。只是，最终仍营救无果，音讯渺茫，高家早死了营救之心。那个女儿许配的河南元氏也已另娶他人。

高世达后举家迁至密州高密县，入唐即在长安赋闲，不复出仕，于武德三年春去世。

李世民与高世达之女素不相识，也不能辨认这个"高惠通"的真假，只令把两位女子装在车里带走，善加照料。

由于"高惠通"的出现，他又想起瑾琋，回忆他们订婚前后的日子，往事依依，心中更觉怅惘。

等到扎营休整，他才召高惠通入帐问话。

因是远亲，高惠通的面貌找不出丝毫与高俭相似之处，然而，她的美貌却是不容否认的。

渤海高氏姿容秀美的男女辈出，瑾琋就从母系血脉中继承了一些高家的颜色。史籍中关于高氏子孙的那一堆“美姿仪”“美风仪”的记载，用于描绘眼前这个跪坐行礼的“高惠通”也很适宜。

李世民讯问：“你叫什么？那位伤者又是谁？为何你貌似突厥人，却自称汉人？”

“妾姓高，名惠通。伤者是妾的侍婢，名唤宝绿，比妾小六岁，名为主仆，实乃生死相依的姐妹。妾得以逃脱，多亏宝绿舍生忘死，陪护在侧。”历尽生死考验的高惠通在李世民面前并无瑟缩畏怯之态，单是轻言细语的答话而已，“宝绿的父亲是汉人，前隋时被突厥人掳掠北上，娶突厥女子为妻，即是宝绿的生母。宝绿相貌酷肖生母，因生长于草原，汉话也不地道，一颗心却是汉人。她十岁丧父，家计艰困，强娶我的那个突厥人便任用她做我的侍婢。”

惠通已换下突厥的装束，穿着洗得泛白的蓝灰色麻布襦裙，是军士从沿途的农家收购来给她的。

她来之前洗净手和脸，头发挽成一个三叠平云髻。这是隋朝时兴的发式，讲究低平熨伏，入唐以来，贵族女子的发髻越来越高，早就弃用前隋样式了。可怜这位自称高惠通的女子，与中原的时风已经脱节了。

李世民依然以淡漠的神情相待，音调里也没有半分情感流露：“你认识高媄吗？”高媄为执事女官，常与瑾琋相处，但和他很少接触。不过，他知道高媄的娘家与高世达房属不同，血缘不比高俭近。

惠通回忆了一会儿，犹豫地答道：“高氏族人中大约是有这个名字。不过因为血脉疏远，我已记不准了。”

李世民也不再问。高世达之女的名字、有无侍婢同时遭掳，他统统不清楚。高世达夫人及子女都健在，待回京一辨即知，冒名者终不能得逞。

“大业八年，年十五，为突厥所俘，不得已嫁给突厥贵族子弟，”李世民阅览部下审问高惠通的记录，抬头微笑问道，“那人就是此役大败的那个吐屯了？”

惠通有点难为情，面上浮泛出杏色，低眉答道：“是。他过去从不带妾南征，因妾多年来假意顺从，着力掩饰真心，今年他竟然携妾同行了。但直到役败于大王，妾方有机会脱身。说来甚巧，去年他将士卒拾得的大王神箭献给颉利可汗，升任吐屯，今年就成了大王的手下败将。”

李世民大喜道：“哈哈，此亦是一种缘分吧！”复而敛容道，“暂且当你所言属实！为了回家，忍辱负重、曲意承顺北虏十一载，在两军交战的时刻逃亡，若无置之死地而后生的勇毅，却也做不到。”

他看看高惠通的眼睛，两泓碧水承载了太多故事，以致总像是在幽咽。

惠通露出似喜非喜的浅笑：“人都是逼出来的。妾资质实为平庸，不过念及人活一世，有几个十一年？只求死在父母之邦，得尽孝双亲一天也值。”言语中饱含沧桑。

她今年二十六岁了，尚不知生父已殁。李世民不忍相告，但若她回到长安才知情，喜极转悲，更难承受，况且，她对高世达死讯的反应也是验证其身份真假的一块试金石，便收起怜悯，冷不防地抖出一句：“令尊已于武德三年春作古。”

高惠通的笑意僵死了，忘记了礼节，直视着李世民发了半天呆，颤声问道：“您说什么？”

李世民复述了一遍，并残忍地加上一句：“至今年初，三年斩衰孝期届满，你没能为父尽孝。”

“咚！”惠通一头栽倒在草席上，晕厥过去。

这一试狠过了头。李世民的随从把惠通送回帐中，回来回禀说高惠通已醒来，哭得死去活来。

李世民亲自去偷瞧了瞧，惠通双眼肿得桃子似的，一时饮泣，一时又盯着帐幕失神。

如此情状也令李世民触目恸心。忆起亡母窦氏登仙之时，他何尝不是悲痛切骨？但自己始终承欢母亲膝下，侍疾、送终、守孝都没有落下，于人子之责，了无遗憾。

而高惠通流落突厥，苦志坚心十一年，所依凭的无非是对“家”的念想，岂料涉险归来之日，也是获悉生父死讯之时，能不拊心泣血吗？

他因想要找专人照顾惠通和宝绿，无奈他军中一向不带女子，凑合着挑了一个憨厚勤快的小卒，名为符桓，正是武德四年在洛阳认出钟五郎退还的鱼鳞纹金镯原属于姨母蓝芙蓉的那一个。

符桓的姨母蓝芙蓉曾为前隋洛阳宫女，出宫后间或教了一点侍奉使役的技能给他。李世民就令符桓端汤送水，守卫门禁。

不日进入并州交城县，李世民暂驻县衙，将高惠通、宝绿安置在当地官舍，拨出私帑，遣人购买衣履脂粉，供惠通主仆穿戴梳妆之需。

宝绿的创口渐愈，恢复了为主人思谋的心力，提醒惠通道：“秦王待人周到，奴婢应当陪同您去谢恩，不然人会说您随了突厥人，有失汉家闺秀的礼数。”

惠通的心突突地跳了起来。她对李世民也深为感激，想过要去面谢他，每每不明所以地羞赧脸红，难以挪步。宝绿的提议实则误打误撞地擦到了她不敢承认的心事，笑道：“到底是你心细，我忽略了。”

李世民却是个闲不住的人，区区数日也要四处走动，体察当地世情民生，回到住所，见高惠通携宝绿、符桓候在庭中，留守的校尉说，高娘子等了快一个时辰。

高惠通忙跪坐于地，双手加额，俯首行了肃拜礼："大王万福安和。妾此来专为谢大王照拂之恩，不敢叨扰。"宝绿也随同跪拜。

惠通身着石青色斜襟绮衫，铜绿色柳花罗齐胸襦裙，披一条单丝罗牙色地金泥帔子，妆容净淡，更显她五官之精美，就是那一头乌发仍梳作过时的隋朝式样——翻荷髻。

她和宝绿都只会梳隋朝发式及最寻常不过的双鬟髻。不过，李世民觉得这种发髻梳在高惠通头上还是挺赏心悦目的，微笑道："无须致谢。你专程前来，我至少应当杯水相待，方不为失礼。"

遂邀她入内，命贴身卫士取出两只仕女狩猎纹八瓣银杯，一起喝香茅饮。

"你回家后，有何打算？依傍令堂、令兄？"李世民问道。

香茅饮热气霭霭，高惠通是一朵零露浓浓的木槿花。《诗经·郑风·有女同车》称之为"舜华"——"有女同车，颜如舜华。将翱将翔，佩玉琼琚。"传奇般的经历更给这支"舜华"增添了瑰丽的色彩。

此问却令惠通犯了难。当世风俗不苛求女子守贞，遭突厥人掳掠并非不德，但也不是光耀门楣之事。她原来代北元氏的未婚夫，是双方父母订下的亲事，当年，人家帮助高家营救她，等了三年方才另娶，已经尽了道义。如今自己年纪大了，大概会嫁给某位门户相当的年长郎君做继室吧？可是，这让她如何回答？

李世民轻轻把银杯置于髹深绿漆白描花纹矮几上，朗声直言："跟随我如何？"他潇潇洒洒，完全没有觉得不好意思。

◑ 2 ◐

惠通蒙了，支支吾吾良久，末了也不清楚自己是如何回应的。

宝绿和符桓在偏室休憩，盘算晚间回官舍弄点什么好的吃，一位天策府校尉走来，笑道："不必操这个心，奉大王教令，给你们管待晚饭，你们的行装也会接到此处。"

符桓不懂，问是怎么回事？却被校尉撵了："小孩儿家问那么多做什么！"

校尉转而告诉宝绿："我们会给你在此安排住所。"

宝绿猜着了八分，磕磕巴巴地问："这……这是何意？"

校尉做出诡秘之态，轻声说："大王欲礼聘高娘子为媵妾，高娘子也愿意。大王回京便会请敕封的。"

若在从前，以高惠通和瑾瑶七弯八绕的血缘关系，李世民不会如此行事，即使见了惠通，亦多半是眼观鼻、鼻观心，不予平视。

但自从陆钲的事闹出来，他便不想顾念瑾瑶，喜欢谁就是谁。出征之前足有一个多月，他不就把瑾瑶冷落一旁不理，随心所欲地优游花丛吗？多一个高惠通不算什么。

何况李渊遣使送来的消息也令他不悦。瑾瑶回京了，李渊相信她的解释，李世民不相信："只怕是在隐居之所与那陆钲叙够了旧情，舍不下孩子们，才回弘义宫的。"

然而，他搂着高惠通，脑海里却不由自主地闪现离京那天瑾瑶的面容。她那强撑的笑靥，凸起的颧骨，以及额角那朵青翠的花钿……无不锥心。

安元寿打开门，望了一眼李世民居住的院落。今夜，那里的灯火比别处熄得早。

弘义宫给使赵顺远道迎至交城县衙，缘由必然非同小可。

元寿拎起青瓷执壶，给赵顺的青瓷花口盏注入热饮：“你赶路辛苦，我却没有酒给你解乏。将就这个吧。”

赵顺把一个髹黑漆泥金描云纹篋摆在坐榻前，把瑾琋对元寿的嘱托说了一遍：“王妃只命我在晋阳等候，来此是我自己的主意，越早交给大王越好。王妃托你一事……”

安元寿身为秦王僚属，素不过问弘义宫后院之事。尽管他尊敬王妃，也模模糊糊感觉秦王与王妃之间出了问题，但他们夫妻之间的事体，本不是一个尚未成家的少年库直当管的。也正因此，由他出面更可令秦王信赖吧！

“论理我是外官，不该插手此事。可是，王妃久病，若大王蒙在鼓里，他日知晓，必会悔恨交加。”元寿接过云纹篋，“我定然不负王妃重托。”

李世民居所的灯火熄灭好久了，听闻留宿了那位从突厥人手里逃出来的高娘子，不能打扰那满室的旖旎，只等明日。

高惠通的物品运到县衙，她翻出一个长布袋子，把装在里面的一支大羽箭交给李世民：“大王，此乃他……那个吐屯仿制的大王神箭。此番入寇，他令妾保管，妾想，这等赝品请大王处置为好。”她内心从来不承认突厥前夫是自己的丈夫。

与真正的秦王大羽箭相比，这支羽箭的尺寸、形状如出一辙。但箭身由犀牛角制成，嵌有蓝宝石和绿松石为饰，箭镞系青铜所铸，用手指轻拂，即可感其锋锐，箭羽为白额雁的尾羽所制。

李世民穆然赞叹：“突厥人对弓箭奉若神明，因此屡战不衰，年年为患中原。此物贵重，你留着，我并不介意，且当作你飘零突厥十一载的纪念。”

话一出口，他也觉得奇怪。如果换作瑾琋，他定会当场把这东西一折两段，扔到哪个荒郊野地去。

继而他又自责，如今再得一佳人，是为大喜，为什么要去想令自己不愉快的瑾琋，关她何事？

“等进了宫，我给你寻一个有镂月裁云之巧的梳头婢，免得你只会顶着前隋的老旧发式。”李世民取出一支蜻蜓累丝血珀镂花金钗，插在高惠通的坐愁髻上，“这支金钗给你戴。我去了，你自和宝绿逛逛。”

自进入并州地界，他就习惯性地为瑾琋置备礼物，后来意识到送不出去，转而把这支金钗赠予惠通。

他去了书房，安元寿候在书房阶下，手捧一只髹黑漆泥金描云纹箧。

李世民认得那是自己家常用的，跟瑾琋闹翻之后，他命人连同其他物品一并搬到淇奥殿了，并未携带出征。他眉头一蹙，问道：“长安有人来吗？”

“赵给使至，有极要紧之事，托下官禀报大王。”元寿从容回话，“请大王屏退他人。”

李世民狐疑地盯了那箧一眼，支走其他随从，只让安元寿进去说话，

“这是赵给使送来的。”元寿打开云纹箧，内有一件小帧的字幅、两小块硬黄纸包裹的物品、一个香囊，李世民瞧了瞧那字幅，是瑾琋写给陆钲的那首诗《寄钲兄》，大怒道：“他送这个来做什么？！”

元寿合上箧盖，以防他怒极撕碎字幅，嘴里依旧不紧不慢地说：“请大王暂息雷霆之怒，容元寿变个幻术，以娱大王尊目。”

“幻术？”李世民感觉事有蹊跷，注目了字幅片刻，眉宇间有了松动，颔首许可。

安元寿复又掀起箧盖，拿出一团硬黄纸剥开，是一块白色的龙涎香。龙涎香是大食商人从大海之南的昆仑诸国输入的珍稀香料，犹以白色最为昂贵。元寿把它放进香炉点燃，眨眼之间，书房香雾弥弥。

再依次将案上的灯台、瓷盘挪到熏炉旁，点燃灯火，在瓷盘里盛

入热水，剥开另一团硬黄纸，里面是马邑酸刺柳和三色干菊花瓣——粉色龙吐珠、白色风飘雪月、金色黄莺翠，元寿把它们抖散，泡进那盘水中。

是菊花。

李世民心头微悸。一别数月，离别时夏日尚炎炎，今归途中秋色已满园。

安元寿展开字幅，举到香炉上方熏了一刻，接着移至灯火上空较高处烤了半刻，最后把写字的部分浸入变凉的水里。

李世民立起身，低头凝视那水盘。

不多时，字幅沁现出暗白色的龟纹，给每一个字画地为牢，逐字区隔，居然无一例外。那些纹理越来越薄，字块再挽留不住彼此，分崩离析。

安元寿快速地将盘中的水控入香炉，小心翼翼地拈起湿润的字块铺在草席上。

《寄征兄》："窈窈孤灯暗，寂寂春夜长。不闻玉笛声，空余瑶琴响。伊洛君书"——整首诗解体为一个个单字块，每一块的边缘都齐整平滑，显是用剪子剪的。

李世民面色铁青，沉声问道："王妃命赵顺来的？"

"下官不知。"安元寿打开箧中的香囊，抖出一堆晾干的纸块抚平，也是四四方方的，像从什么信上剪下来的。"抱恨一别，遂成遗梦。高山流水，知己何方？憔悴思君，皎若洛神。鞭长驾远，梦醒泪枯。"——全句是一个整块，另有"与""伊""洛""君""书""兄""钲"七个单字块，并有一小方"顿首"两字的整块，凑起来正是："与伊洛君书：抱恨一别，遂成遗梦。高山流水，知己何方？憔悴思君，皎若洛神。鞭长驾远，梦醒泪枯。兄钲顿首"。

陆钲曾经辩称，他帮一个叫柏七郎的人誊写过一封信，信中有"抱恨一别，遂成遗梦。高山流水，知己何方？鞭长驾远，梦醒泪枯。憔悴思君，皎若洛神。共语伊谁？与书寄情”一段，落款为“兄七郎顿首”。

如此看来，《与伊洛君书》全文就是从这封信里剪辑拼接而成。

李世民的双眸闪出凶光，厉声下令：“传赵顺！”

“王妃遍阅西汉至南北朝的书画装裱史料，察考著名裱工范晔、徐爰、巢尚之等人的遗作及南朝虞龢的装裱学说，推算出破解‘化零为整’装裱术的这个破解方子——化整为零法。请陇西夫人的大女婿舒秉谦借助在匠人行当的人脉，密查能工巧匠，验证了这个法子，并设法觅得酸刺柳。”赵顺禀道，“王妃先拿所谓的《与伊洛君书》试了，后命奴婢将这首诗奉与大王亲试。”

李世民默默地踱到门前，打开书房大门向南眺望。

他在翠华殿怒斫古琴的那天，瑾琋给孩子们做了剪贴画，当时，她就已经推测出伪造书信的方法了吧？

想这破解之法的用料就很靡费，设局需如何破费可想而知。这不是一般人能办成的。

此人是恨陆钲，还是恨瑾琋？想必此人也熟悉陆钲、瑾琋和他李世民本人之间的瓜葛，了解他的脾气，摸准了他之于瑾琋的爆发点。对了，此人还能弄到瑾琋的真迹。

“心如蛇蝎！”李世民一拳砸在门框上。

赵顺却在琢磨另一件事，那是王妃不许说的。他思来想去，现今秦王打完了仗，在班师途中，说了也不妨事，何况自己进入交城县境时，收到秦王府典医丞吴景贤派人送来的急件，意思是相机禀告。此事不说不行。

“大王，王妃她……”赵顺低声开言，因斟酌下半句怎么吐露，半道停住了。

李世民最烦别人磨叽，转身责备道：“唉，你倒是想全了再说。

王妃命你带的什么话？”

赵顺忽然伏地，甩出一长串话：“大王，王妃气疾复发，典医丞和太医署共同诊疗。但病症迟迟未愈，奴婢抵达此地前，典医丞送来急信，说王妃病情有所加重，有持续恶化之虞……”

李世民定定地看着他的脊背，赵顺所穿圆领襕袍的栗色快速扩张，糊满全室，化作一只巨大的乌鸦。

“几时病的？”李世民冷冷地问。

赵顺预感接下来将有电闪雷鸣，直起腰回答：“王妃回京之前已经病发。”

“为何不早报我？！”果然炸响一声怒喝。

“至尊和王妃都不许啊！陇西夫人和长孙太夫人都以为慢慢能痊愈，奴婢等也未曾设想竟会有严重的后患。”赵顺嘟哝着，心里也憋了点腹诽之语，只是不敢说，“早些收敛你那爆炭脾气不就好了？”

安元寿静观半日，感觉是时候岔开了，接口道：“大王，交城县郊的石壁山有一座玄中寺，又名石壁寺，始建于北魏延兴二年，净土宗初祖昙鸾大师曾移住于此，当世高僧道绰大师自前隋大业五年起主持该寺，今香火旺盛，供养祈愿甚为灵验。大王可赴玄中寺为王妃祈福。”

李世民忆及隋末，瑾琇为玄中寺捐资修缮大殿，而他自己在童年时代曾两患时疫，病状严峻，父母先后于荥阳大海寺、鄠县草堂寺为他求佛，不久即痊愈，成人后的他体格高大，筋骨强健。又想到并州为内外通衢重镇，不乏各地方物与民间异人，有可能求得神医妙方，欣然下令：“赵顺，让外面备马，预备最好的供品，我立刻前往玄中寺。再有，元寿，我们从交城至长安，沿路由你带人仔细寻医问药。”

他亲赴玄中寺礼佛，向道绰大师请教，树了一块祈愿供养幡。借宿这座寺院的女医久客因此大开眼界。

“秦王李世民，为妃长孙氏因患，于宝刹求佛，希蒙佛恩力，其患得愈。今敬献诸宝，愿此功德资益于妃及合家大小，福德具足，永无灾鄣。秦王李世民一心祈愿供养。圣朝武德六年某月某日敬奉。”久客负手读了一遍，赞叹道，“啧啧，这是秦王给王妃祈祷病愈树的祈愿供养幡。我居然亲眼看到了。”

一位女香客接嘴说：“岂止！他还供奉了两箧众宝名珍！我要得这么个豪绰又爱重娘子的郎君，这辈子就不愁啦！”

她旁边的男子讽刺道：“你若能另嫁高门，我也没什么舍不得，这就去写《放妻书》，我们和离，一别两宽，各生欢喜！怕的是哪一户士族相得中你一个庶族平民？给人做妾还差不多。即或嫁得，人家左拥几个妾，右抱几个婢，外面再交三五个青楼娘子，你气不死吗？我若是如此阔绰……”

“阔绰了你要怎样？！你也想收婢纳妾、结交青楼娘子？！我打折你的狗腿，把那群贱婢的脸抓花了，叫你浪，叫你浪！”女香客扭着他不依，两人打闹着出去了。

久客与师弟笑了一阵，自回客室。

安元寿在廊上守株待兔，截住了他俩：“二位是孙思邈大夫的高足唐娘子和岑小郎？鄙姓安，名元寿，事奉秦王，任右库直。”

“您怎么知道？”久客问了一句废话，自然是寺里的知客僧为元寿指的路。

安元寿答：“秦王今日与道绰大师晤谈，得知二位途经交城行医，寄宿玄中寺，近日神速治愈了一名突发气疾的妊妇，妇人安产，婴儿康健。秦王诚邀二位赴馆一叙，再礼送入京，为王妃医治。”

久客和岑师弟都打了一个激灵，未曾想过自己竟要面会那个如雷贯耳的人物。

过去，久客只在武德四年东征凯旋入城式上远观过一次，今能近距离看一看本尊，自然最好。

至于治病，久客盘算：“长孙氏今年没有生死劫，我终归治不坏的，不怕。啊啊啊，不对！如果我直接介入，会不会改变她的命数？若朝好里变化还好，如果相反呢？”

◑ 3 ◐

在久客的幻想中，李世民的大羽箭、横刀在血水里泡过，把她的世界染作惨烈的红。她想谢绝！

但秦王的邀约是无法拒绝的。久客很佩服安元寿，他的声音不高不低，话语不多不少，脾气不愠不火，就是有本事将她姐弟俩弄上马，带进交城县衙。

李世民审视这两人，一个少女，一个半桩童子，他们果真有神奇的医术？他听说行医以那个少女为主，岑姓小郎为辅，便多看了女的几眼。

他凌厉的眼神使久客心里发毛，默祷他千万不要相信自己这个名叫“唐久客”的小怪人，速速将自己打发了，另请高明。

“神医如此年轻？面相也不聪敏。”李世民有点儿踯躅，转念一想，“既然相信玄中寺，相信道绰大师，就应信任他所举荐的人。吴景贤、太医署都没有好办法，孙思邈一时也找不到，病人却拖不得。既已想好了要在归途中求医，医者已至，应该给她一个机会，若以年貌取人，瞻前顾后，焉知不会自吞苦果？”

李世民下定决心，微笑道：“有劳二位。我率领大军，不能任性，只得先遣给使一人、天策府校尉及卫士各数人，送你们先行疾驰回京。路上需日夜兼程，势必十分辛苦。待秦王妃病愈，我必当重谢！”

言罢，他起身绕到屏风之后，走了。

久客不敢骑快马，赵顺出了个点子，将她捆在一匹识途神骏的马鞍上，一定不会马失前蹄。

于是，久客一边嚷嚷“咱们想想别的法子”，一边被抬到马背上，蒙上挡风防寒的斗篷，五花大绑地在官道上颠簸起来。

“久客姐姐，你还好吗？”岑师弟还是小孩子家，第一次体验兵校簇拥、风驰电掣的感觉，非常兴奋，连张口说话时，冷风灌入嘴巴的呼啦声也觉得很神气，“等到了长安，咱们怎么治啊？”

“呜呜——一点儿也不好！”久客闻着马鬃的味儿，调节好心绪，“该怎么治怎么治，既然去了，就得全力地治！”

反正，如果治不好……

赵顺看着久客造孽的模样，默默地祝祷：“你一定不能治错！大王密令我留你至王妃病愈，倘出了差池，便要你殉葬！”

他把久客姐弟引入弘义宫翠华殿，供医者使用的坐榻、凭几、热饮和脚炉俱已备好。

瑾琋半躺在卧榻上等待治疗，气紧、气急的症状已很明显。

她背倚一个隐囊，隐囊上又塞一只绞胎褐绿彩“裴家花枕”，给她枕头颈，力求让她舒服一点儿。

赵顺带回许多补品及李世民的亲笔书信。瑾琋在医者进来之前的空档里读了一遍信，有“忆汝欲死”之语，她冷笑着“哼”了一声，把信笺交繁缕收妥。

久客拉着岑师弟向上行礼，动作笨拙。

瑾琋微笑着还礼：“我只能歪着，也未施妆，多有失礼。咳咳——”

除了咳嗽、气急、气紧，她的喉间还有嘶声，久客听到了。

瑾琋比李世民和蔼可亲得多，脸颊愈显清瘦，露在衣袖外的手指好似细弱的竹枝，面部和嘴唇都缺乏健康的红润色泽，让久客这个初次见面的客人看了也感揪心。

“我们既来，便想尽快诊疗。请问王妃的症状一直如此吗？”久客询问。

留荑代为答道：“若天气晴好暖和，病症就松一点儿。”

这个病很难断根。

久客忐忑不安地从药箧里摸出一只竹制方盒，里面盛放着白色的药末，研磨得极细极匀：“这是将给王妃服用的药物。”

卫仁取走一些试毒，确认无害，久客才又拿出一个白心紫衣的圆盒，填入药末。

圆盒的材质很轻，翠华殿的人们见所未见。此物一侧有一凸起，另一侧有一凹陷。久客把拇指放置在凹陷里，向外转动，直至圆盒发出一声“咔嗒”。

“好了，请王妃张开嘴，含住圆盒的凸起。”久客把那凸起的部位推到瑾琋面前。

众人瞪圆了眼睛盯着。瑾琋也很好奇，按久客说的做了。

“请您用嘴吸入药末，尽力深吸入肺。切不可用鼻。”

一簇簇细碎的幽凉沁入瑾琋的肺部。她睁大了双眸，暂且抛却能否治病的疑问，只想先体验这份新奇。

“接下来，圆盒会移开，请您屏住气，直到我数满十。”

瑾琋点头，表示屏好气了。

守护在侧的刘氏、高氏翘首以待结果，冷眼觑着久客。久客上穿月白藤蔓暗纹麻布短襦，下着浅黄色花鸟纹高腰麻布襦裙，不甚合体，穿龙袍不像皇帝，双鬟髻毛毛躁躁，所携药箧中不全是医疗用品，竟装有一副半新不旧的木画紫檀棋盘，棋局表面贴以紫檀片，边侧四面各界四格，分别绘有士子对弈、仕女读书、贵族子弟骑射、贵妇骑马踏青彩色图画，对局两侧设有备金环的抽屉各一，抽屉之下是上沿作花牙子、下有托泥的壶门床座。但尺寸较正常棋盘为小，像是孩童的玩具。

高氏、刘氏不约而同地皱眉，心中质疑李世民寻这个女医是否明智。

久客取走圆盒，按一个节奏开始数数：“一，二，三……”

此后，李世民再也没有收到有关瑾琋病情的新消息，他揣着一肚子疑虑进了长安城，把高惠通送回母家认亲后，自己才入太极宫觐见父亲。

李渊照例对他说些慰勉嘉许的话：“今岁冬狩，我要观看你们兄弟三人骑射角胜，胜者重赏。二郎，我希望你能获胜，哈哈！”

他这段话有可能激起李建成的警觉和反感。

李世民应付了几句便告退。

回弘义宫，一路上的情形与之前每一次出征归来差不多。他登上翠华殿的台阶，宫人却都做出躲躲闪闪的神情。

他心生疑窦：“是我太久没有进殿的缘故？”不禁加快了脚步。

玳玳从殿内慌慌张张冲出来，一面敷衍地躬身行礼，一面叫嚷：“不好！”边嚷边歪歪扭扭地折向偏殿。

李世民又惊又疑，问道：“什么不好？！”

无人回答。

他急忙脱靴扔在廊上，跃过门槛。殿内的人跪伏于两旁，一片瘆人的静穆。

他三步并作两步冲进里间，目光只为正前方的卧榻所吸引。

帷帐拉开了，有个人纹丝不动地平躺在卧榻上，整张面庞为一幅素白方巾所覆盖，衾被从颈盖到足，一丝儿风也不透。唯有头顶的发髻露在外面，插着一支迦陵鞶伽双鸟衔牡丹镂花金钗、一根嵌红珊瑚珠金簪。

留荑、繁缕、丰登等四个人跪坐榻旁，一副哀大莫于心死的模样。陇西夫人刘氏、岳母高氏、五谷、卫仁等不知在哪里。

李世民的眼前漫出一片白雾，跌坐在榻前，一边呼唤“观音婢”，一边伸出微颤的手去揭那方巾。

榻上的人突然一个翻身，把后脑对着他，轻声问道：“你做什么？”

李世民怔了一下，醒悟自己原是遭她布局捉弄了，欢笑着把手伸进衾中：“我以为你……你如此促狭，该如何受罚？”

“灯火刺目，蒙块布遮遮眼睛。”瑾瑶淡淡地说，也不躲避，任他捉住自己一只手。

瑾瑶的手是温暖的，令他安心。

李世民回过神来，从怀里掏出一块山玄玉组佩，放在瑾瑶的枕边：“我特地在并州为你寻来的，在佛前开过光，明日起你可挂在腰间。早年我在晋阳宫得的那枚玉龙子，你也可戴在颈上，保佑你平安康泰。”

这个山玄玉组佩上端为一件称作“珩”的蝙蝠形大佩，中部为“瑀琚”，即一对左右对称的璜，两璜间构成为环状，下端为一件梯形佩，左右各坠一颗大珍珠，俗称“冲牙”。各佩件间以丝带连缀，装饰着玛瑙、水晶和琉璃珠。

瑾瑶却不碰那玉佩，因李世民提到“玉龙子”，勾起了她对于晋阳起兵之前那些岁月的回忆，心中涌出诸多感慨，只不出声。

李世民只好暂且放开她，转过身，虎视殿中诸人，逐一讯问：“丰登，你们几个为何在王妃病榻前做出晦气的嘴脸？不吉！”

“大王，奴婢只是有些困乏，一时走神。”

李世民瞟了瑾瑶一眼，假笑道：“呵呵！原来如此！”

他又将笑意一收，喝问留荑：“王妃只带你一人微服出宫，你为何不谏阻？王妃患病，你难辞其咎！”

瑾瑶代为回答：“我下令，她不得不从。你要降罪，就来寻我。”

李世民无奈，又吩咐繁缕：“你去审问那个玳玳，王妃玉体抱恙，她在王妃跟前侍奉，却为何胡说‘不好’二字？”

“大王，这个奴婢是知道的。玳玳教粗使宫婢在偏殿的铫里温着药汤，过了时辰也不见她们送来，恐怕熬干了，故而脱口说‘不好’，赶着去察看呢。”

“……呵呵，你们，好，好，好……陇西夫人、长孙太夫人何在？五谷他们呢？”刚才有一霎那，他以为乳母刘氏和岳母高氏是被瑾琋的遽逝击垮，在某处躺倒喘气，五谷等人则是忙于筹备丧事、捆绑久客去了。

瑾琋悠然自得地闭目养神，代奴婢们回答：“谢氏弟媳怀孕，家母去无逸家探视。我请刘媪去歇息了。五谷他们，我给放了一晚的假。”

李世民有火发不出来，挥退众人，微叹一口气，问她：“唉，观音婢，你恼了？”

“嗯！”瑾琋爽快地承认，“但，比之你发怒的情形，我不过如此。”

“那个……你是知我的，我那时心里也很不好受。”李世民帮她拔去钗簪，让她睡得更舒服些，“你给承乾他们做剪贴画那日，是否已推知奸人的构陷之法了？”

“是。但尚未弄清具体的方法和破解方子。”瑾琋不转身，也不睁开眼睛，好像在跟墙壁说话，“可惜啊，有的人脑袋浑似一根榆木。”

李世民只当没听见，俯身拨弄她的鬓发，“让我瞧瞧，伤疤褪了不曾？”

瑾琋抓过罗帕掩口抽泣道：“却还看它做什么？我本无倾国之色，徒有多病之身！今添了疤痕，越要讨你的嫌了！”

李世民拥着她，到底寻到了那条疤痕，浅浅的，也并不长。他用手指摸了摸，俯首在其上亲吻。

瑾琋哭得更加伤心了。

李世民索性脱下外衣，换上素白绢衣，掀开被子，钻进去睡在她的身边：“这条疤痕会散的。我给你带回一种药油，封在蚌壳里，每日擦三遍，可消除伤疤。”

“你洗漱过了吗？就躺到我这一尘不染的榻上？”瑾琋嫌弃地挪动身子，避免与他触碰。

“我是沐浴更衣之后才入宫面圣的。再者，这也是我的卧榻啊！”李世民辩解道。

瑾琋止住哭声，仍然不停地抽噎，不肯理睬他。

“你不要再流泪了！”李世民发狠说，“待我查出那个设局构陷你的奸贼，为你报仇！”

“此事尚需访查。可是，当初你若信任我，对我有半分怜爱之心，也不至于此！”瑾琋哽咽道，“我嫁给你，以为终身托付得人，一心一计只为你打算。谁知，任凭平日千般好，也经不得别人一次挑拨，教我如何不寒心！”

李世民愧悔难当，展臂环住她的腰身：“观音婢，今后再不会了，我会好生补偿你。唉，我的宝贝，你清减了。你要多吃些，胖起来才好。再等两三年，我们还要生儿育女。”

瑾琋小心地翻转身，拿一双泪眼正视他，连珠炮似的责备：“你那里春色满园，应接不暇，只消出征前一个多月的工夫，就使四个婢妾全部怀上身孕！听说你还把我舅家高氏的远房表姐惠通也收在身边！任谁都比我知冷着热、形夸骨佳！你不缺人生养，多的是孩子，怎会在乎我生养的一个半个？我，数月来也只能和自己的影子朝夕相伴，休戚与共，指望谁去？呜呜——”她又止不住的伤感，把嘴唇堵在枕上哭泣起来。

李世民因她拿自己说过的气话夹枪带棒地一通好忤，觉得又好气又好笑，心底也着实抱愧，便扶着她的脸，用力以唇吮吻她的眼泪道：“我冷落了你，是我赌气任性。今后我多陪着你，可好？不过，观音婢，你嫉妒了？我竟有点儿喜欢你嫉妒的模样！”

瑾琋却住了声，不再与他说话，顾自闭目酣睡。

李世民没奈何，也不能叫她，怕搅了她的睡眠加重病情，打算跟着入睡了事。

这时，承乾、青雀、阿鹞、攸乐四个小东西却被一簇人拥进殿内，蹦跳吵嚷着叫“耶耶 ”“阿娘”。

他原是免了弘义宫众人迎候之礼的，想跟瑾琋和好了再唤孩子们进来。也不知谁把他们召来的，分明是故意为之。

第二章 平阳公主府的爆炸声

◑ 1 ◐

留荑跑回屏风外面，毕恭毕敬、不咸不淡地说："大王，如此恐王妃不能安枕，于病体有害。请您暂移尊步，带世子、卫王和两位县主到翠华偏殿玩耍吧。"

李世民只好爬起来，哄四个孩子出去："阿娘睡了，不能打扰。"

"要耶耶！"阿鹞、攸乐像两股黏牙的胶牙饧，扭着父亲的腿，承乾、青雀则一边一个扯着他的手不放。

李世民被迫披上衣服，一手抱阿鹞，另一手牵着另外三个小东西去了偏殿。

李世民陪他们玩累了，由各自的乳母、奴婢抱了回去睡觉，才折回翠华殿正寝。他摊开四肢朝榻上一躺，深深地体验到被孩子们祸害得腰酸背痛是什么滋味，转头看瑾琋，她却早已安然入梦了。

翌日半梦半醒之间，他惯性地翻身，将胳膊往枕边人身上一搭，不想扑了个空，坠到了褥子上。他睁眼张望，瑾琋人在帷帐外，倚着抱腰隐几，口述如何向李渊后宫妃嫔分赠秦王此次带回的礼物，五谷伏在一张书案上记录着。

李世民悄悄穿衣洗漱，不打扰她，待她忙完，才走过去说：“观音婢，你现在的身子不能亲自进宫，以她们的心性见识，也不会欢迎病人步入自己的屋檐下。”

“大王，娘子安排奴婢进宫去办此事。”五谷禀道。

李世民点点头，沉吟片刻，对瑾琋说：“你不能亲往，这次我让赵顺和五谷一起去。她们知道赵顺是我身边的人。”

瑾琋心领神会道：“如此更好——心诚则灵。”

宫婢捧来了李世民的早膳食案。他坐下拿起勺子，埋怨道：“你也不等我，一个人吃有何意趣？”

“这都什么时辰了？你刚回，今日无朝，可多睡一阵，我却是要按时起卧的。”瑾琋从手炉上挪开右手，把冒着热气的羊酪倒进薏仁米粥里。这是李世民喜欢的一种吃法。

五谷已经下去，跟前都是贴身婢女，李世民便管不得了，他抓住瑾琋的右手，摸摸已佩在她腰间的山玄玉组佩，又碰一碰她颈上戴的玉龙子，低低地笑问：“气消了？”

“倒要看你几时再气我一气。”瑾琋没有正面回答他。

李世民柔声说：“我明白，你早起也是为了我。唯有你与我才是一体的。”

刘氏赶来看他，恰好目睹此景，扶着门框不便入内，朗朗笑道：“呵呵！好了！我可回去了！”

她放了心，因已在弘义宫待了几个月，挂念家人，执意要当天回府。

李世民慰留不得，便派人送她回家，顺道把带给乳母、长孙、高俭三家的北方风物一并送去。

瑾琋微露娇嗔之色，提醒他道：“你不忘我的母家，我很感激。

可有一人，被你不分黑白地一通暴打，数月无法如常行走。今真相大白，是否也该对人家有所慰谢？”

李世民知道她指的是陆钲，断然拒绝：“只能说他没有写那封《与伊洛君书》，画未必不是他画的。若是他画的，便是他有邪思妄念，一样该打！”心说：“观音婢，你不知晓，我不是第一次痛殴陆钲，已经打了好几次了，不缺一次慰谢。”

瑾琋也不与他争执，且等全案水落石出再做道理，因笑道：“呵呵，你心狠手重，我也算勘透了。当日若非刘媪拦着，我已被你打死了。”

“那不会！”李世民连忙分辩，“你不同。”

“哦，我不同，所以不打死，但会拔光头发吧？”瑾琋的嘴角略微向上牵，眼神既有怨怼，又有嘲谑。

李世民知她在责怪自己那天抓她发髻的举动，有些讪讪地一手抚弄她的鬓发说：“我舍不得。”

瑾琋默默地随他摆布，忽然回应道：“幸亏你舍不得，否则，昨夜我定要以直报直，趁你熟睡，剃光你的头发！”

说完，她又推开他，嗔怨道：“你还有事瞒着我，哼！”

李世民大惑不解：“没有啊！”

瑾琋谑笑道：“呵呵！当真没有？在马邑，你遇到一个女扮男装、参与守城的女子，似乎对人家动了心？”

李世民大惊，难道她有千里眼、顺风耳？

他凝眸细察瑾琋的神态，马邑女子为他包扎臂伤，所传递的熟悉、亲切之感，渐渐与面前的瑾琋所散发的气韵相互靠近，彼此覆盖，渐而合二为一。再联想瑾琋神秘的行踪，算一算路程，一种可能性浮出了水面。

“你！”李世民猛地搂住她，“观音婢，是你！”

留荑奉上一件中衣，瑾琋指着一处残缺，泣道：“我去马邑寻酸刺柳，配齐‘化整为零’法所需的方子，不期遭遇突厥入寇。当日便是撕了这一块布与你包扎伤口的，呜呜——”

李世民几乎要捶胸顿足：“观音婢，你好狠心！那时我牵挂你的下落，你居然立在我面前也不相认！”

“那时我尚未寻到马邑特产的酸刺柳，凑不齐破解‘化零为整’装裱术所需的方子，纵然相认，也不坦然。”瑾琋跺一跺脚，“哼，你休要避实就虚。我下落不明，你口口声声牵挂我，却对‘马邑女子’动情，这才是要害。”

李世民哭笑不得：“那是你啊，观音婢。我对你动情，何错之有？”

瑾琋哭闹不休：“你未能认出我，那就不是我，呜呜——你连我也认不出，可见往昔的恩爱都是假的，呜呜——”

“怎会是假的？”李世民反攻为守，“你既在寻找破解奸人构陷之术的方子试，理应修书告诉我，你不必亲赴马邑，我可设法寻找。你若不去马邑，世上就没有那个参与守城并为我裹伤的‘马邑女子’，我也不会对她动心。”

“你反而派我的不是？彼时我尚在琢磨那破解方子，并未敲定，告诉你又有何用？我极委屈、极气恼，想要远游散闷，不行吗？”瑾琋握住玉龙子，怒视着他，“退一万步，请问，当时你还能相信我的话吗？你的脑内编排了多少我与他人不堪的场景？”

李世民一时语塞，有些泄气，抱着她静默许久，捧起她的脸，给出掷地有声的回答：“观音婢，这次我有错。从今往后，我与你匪石匪席，恩爱两不疑。”

瑾琋听了眼鼻酸热，却不应答，只倚上他的肩膀，以开启新话题的方式表示翻过去那一页往事：“三姐送来家宴帖子，邀我们今晚去她的府邸消遣，为三姐夫接风洗尘。”

李世民原本被她一通娇蛮刁钻、喜怒无常的闹腾弄得十分狼狈，听她说出这番话，顿觉神清气朗，脸贴着脸摩弄她："好。对了，久客的奇药和喂药的古怪圆盒得自何方？每日服一次，气疾症状就没了。吴景贤说，照此维持下去，再煎煮几副药汤调治，即可大痊。"

瑾琋也有疑问："她说是孙思邈给的。单论那药倒还罢了，孙思邈或许有能力制成治疗气疾的灵药。但那圆盒的材质、做工，从没有见过，我也不曾在书卷中读到有关记载。"

李世民沉思片刻，笑道："不用追问她，倘若果有隐情，问深了却不方便。只要能为你治病，她纵是天上来的，也没什么要紧。"他又附在瑾琋耳边轻声细语，"那药末像你家常用的傅身香粉，就是没有那股香味。"

不防一句话又勾出瑾琋的眼泪，还夹七夹八地说了一大篇："呵呵，我？你出征那一日，我低眉顺眼地打扮着去了淇奥殿送你，换来你横眉立目的。自从气疾复发，我也不怎么敢涂脂抹粉，所以你今朝心心念念的傅身香粉，未必是我的。"

"嗐！不该教你抓住把柄的，桩桩件件都要数落个遍，全凭你的心情，对吗？看我堵住你的嘴，老办法。"侍婢送来的一盏人参饮已变温了，李世民含了一大口，以嘴封住瑾琋的嘴，缓缓喂进她口中。

此前，吐谷浑侵扰中原，将平阳公主驸马——柴绍的军队围困在岷州的一座山谷中。吐谷浑军据高临下，射箭攻击。柴绍临危不惧，安然而坐，命人弹奏琵琶，使随军舞伎二名翩翩对舞。吐谷浑士卒没见过大世面，十分纳罕，竟纷纷放下弓矢，乱了阵型，驻足观赏唐军的销魂乐舞。柴绍乘其无备，暗遣精骑自背后突袭，反败为胜，大破吐谷浑，斩首五百余级，吐谷浑暂时归附了唐朝。

儿子、女婿都能保境安民，李渊喜庆双重，也如同寻常父母一样，因儿女大有作为而得意。原先他对平阳公主的优宠就厚于诸女，这次一高兴，他便赐给女儿、女婿数车异宝奇珍。

柴绍抵京，平阳公主择吉日治酒，邀同母弟世民、元吉及同母妹高密公主、长广公主小聚。李建成居储君之重，不能轻出，特遣东宫典膳监任瓌送来稀有的西域极品葡萄酒，聊表心意。

宴席设于公主府内堂，堂中陈设一具木骨织锦六鹤屏风，在宴席与内堂大门之间隔出一个能容奴婢待命、传酒递菜的空间。

有几个侍娘在屏风内的宴席区做准备，间或传来布设餐具、酒具的“叮当”声。

屏风外的一侧墙角，有一位梳反绾髻的盛装少妇盘腿端坐，守护着面前的三十六足矮几，几案上放置着一个长方形的单层小食盒、一只盛满葡萄酒的鎏金银壶瓶，有两名婢女并排侍立于对面的墙角。

少妇正是柴绍的媵妾重葩。她隆重的发髻只插着一支木簪，连朵绢花也没戴，与身上华美的服饰相比，犹如一片枯燥的叶子硬要给一丛艳丽的鲜花充当首领，根本压不住。

对面一名婢女拍拍自己的双鬟髻，问她：“重葩娘子忘记戴首饰了？”

这个婢女长得高鼻深目，皮肤闪着健康的浅棕色光泽，曲线丰美，相貌不似中原女子，另有一种风情，搭配一身襦裙显得有点不伦不类。头上的双鬟髻上插着一支镂空扇形银钗，相比她的肤色黯淡不少。

重葩急忙摸摸发髻，果真是光秃秃的一树，叹道：“昏了头了！”眸中烟波微荡，拿出两把钥匙，笑对那婢女说，“竺娘，我须在此迎候，等着斟酒，玉兰那婢子被我打发去浆洗了，劳你帮我跑一遭，把那两只鎏金镂空蝴蝶银钗取来——你认识的。绢花随便拣一朵就好。这是房门和箱子的钥匙，你也是用熟的。”

竺娘稍显犹豫，赔笑答道：“奴婢原不该辞，但，这食盒里的蜂蜜……”

“那不担心，蜂蜜且待他们喝得差不多才用呢。我和阿茇都在这儿守着。”重葩向她投以恳求的目光。

取首饰这事，比起一个月见不了几次又不懂妆饰的粗使婢女阿茇，或者其他什么人，当然是关系亲近、熟谙梳妆之道的竺娘更值得重葩拜托。何况，竺娘只管门口值守与餐后解酒的役使，非要不帮这个忙，却是古怪了。

“那么，请您一定不能让别人动。估计蜂蜜现在还冻得硬邦邦的，厨房早早地从冰窖里起出来给我，为的就是捂在食盒里，使蜂蜜糖块先软一软。如今天凉，恐怕打开又会冻住——且糖块顺序也是摆好的。”竺娘千叮万嘱，得到肯定的答复，就一溜小跑地去了。

重葩目视着她的身影跑远，余光却扫见庭院对过的廊角走出一个人，来回晃了晃，又拐个弯不见了。

“那张脸……”重葩皱皱眉头，“阿茇，你跟着那人，瞧瞧是谁，这里有我。”

阿茇领命跑出去一会儿，回来禀道：“没有找到那人呢。”

重葩一眼也不敢眨地看管着三十六足几上的东西，应道：“罢了吧，今日客多。”

说着，竺娘也手捧用绫帕包裹的首饰，喘吁吁地跑回来：“您瞧瞧，对吗？奴婢随手在您箱子里找了方绫帕来包着。”

“妥当，妥当！”重葩喜笑颜开地道了谢，把两支鎏金镂空蝴蝶银钗、一朵粉色绢花插在头上。刚打扮齐楚，只见平阳公主和柴绍陪同贵宾们沿着回廊过来了。

阿茇向屏风后面探探脑袋，给里面预备侍宴的几个人传了信号，收回身子，跟着重葩、竺娘躬身迎接。

主宾一行进去后，重葩入内陪侍斟酒，竺娘和阿茇在外待命，照看奴婢们上菜。

阿芨侍奉宴席的机会少，目睹佳肴一道一道从眼前飘过，有点唾沫潜溢，眼睛睁得溜圆。

竺娘见得多了，只留心听那觥筹交错、谈笑风生的动静。

“此役，三姐夫的军功堪比仲兄，配得上这口高昌葡萄酒。”元吉的眼神逐渐混沌涣散，已有点分不清地衣的枣红与杯中葡萄酒的颜色了。

李世民也略有醉意，微笑颔首。本来他在同母三兄弟中酒量最差，不宜多饮，但元吉擅长劝酒、闹酒，让他恍恍惚惚回到了晋阳起兵之前在河东老家的那段时光。

也怪东宫送来的葡萄酒芳辛酷烈，中原罕有，他架不住多饮了些。

可叹室内香料的气味太过浓郁，对于葡萄酒的香味而言，是喧宾夺主了。

平阳公主用罗帕轻擦唇际，玩笑道：“二郎率军出征从不携带女子，不像其他人，常常带些个歌伎、舞伎什么的。”

女眷们发出嗤笑。柴绍却丝毫不觉尴尬，饮酒自如。

元吉起哄道：“依三姐这话，仲兄俨然是个苦行僧了，实则不然，我们兄弟没有大的分别。仲兄今夏出征，一气留下四个怀孕的婢妾，连我也自愧弗如。”

杨静闲闻言，垂下眼皮，不自在起来。

李世民有点紧张，担心瑾琋不快，转头看看她，见她神态安祥，方才放心。他搁下玻璃杯，认真地对平阳公主说：“三姐，带不带女子，仅仅是各人习惯不同。自古以来，大军携歌舞伎甚或营妓远征不在少数，自有其缘由。依我之见，但凡能打胜仗，皆无可非议。”

“呵呵，绍郎这些年的好姐夫没有白当啊！”平阳公主笑道，“多敬二郎一杯！”

重葩又一次捧着鎏金银胡瓶，挪动脚步，预备再斟一巡。裙袂轻舞，卷起一阵衣香，混合着鎏金卧龟莲花纹银香炉熏燃的沉香、女眷袖中香球逸出的香味及众人衣物原有的熏香。

元吉快要被熏得睡着了，忽然哈哈一笑，精神稍振，对柴绍说："三姐夫、霍公、右骁卫大将军！我三姐以军法行内治之权，在后院令行禁止，你瞧，你的旧妾只能斟酒侍宴。"

重葩的步履僵了，耳垂上的两只深蓝色耳珰一时停不下来，不住地晃悠。

国公依制可置六名视从七品的"媵"，无品秩的流外小妾不限，但柴绍只有重葩这一个旧妾，为婚前收纳的侍婢，敕封为从七品媵。平阳公主立下规矩，凡是宴请至亲贵戚，由媵妾出面斟酒倒水，以表待客之挚诚。

柴绍原是喝酒不上头的人，因元吉这一句话，脸上也沉积出了些许葡萄酒的颜色。

齐王妃杨静闲忧心地看了平阳公主一眼，回首劝阻元吉："你醉了。"

平阳公主倒不生气，劝慰重葩道："你不要介意，我这四弟就是一张嘴，又饮了酒。"

重葩笑道："呵呵，公主，妾确乎惊着了，但不至于吃心。公主治内，秉公任直，并非苛酷。旁的不说，本朝贵庶女子鲜有戴耳饰的，因妾原为康国人，有穿耳戴环的习俗，公主在妾生日那天特赐妾仿汉朝式样的耳珰一双。妾的好友江娘子，就是司农寺太仓令张麒之妻，每常与妾谈论，说妾若不识公主怜下之心，可是天下第一等痴呆懵懂人了。"

原来重葩是西域人，早年被卖到中原为婢。

瑾琋的目光在她脸上留驻了片刻，觉得她似乎有一点儿史书中西域"昭武九姓"的影子。

元吉充耳不闻，偏着头问杨静闲："我醉了吗？没有！"

他的五官尚属周正，因右脸天生一片胎记，坏了相貌，出生时便不得窦氏喜爱。虽然随着年岁增长，胎记慢慢变浅了，但仍留有淡青的一大块，此时为酒力所激，颜色变深，与肤若皓雪的杨静闲相对而望，青的仿佛要把白的吞噬掉。幸而夫妻关系和顺，有别于外貌的不谐。

“四姐，我没胡说吧？”元吉转向高密公主，“您和五姐，两位寡妇，如今苦尽甘来，整日弄玉吹箫，闲着就爱把我管头管脚的。”

高密公主初嫁长孙瑾琋的族兄长孙孝政，因孝政早逝，改嫁了隋兵部尚书段文振之子段纶。段纶在隋朝时任左亲卫，于李渊起兵后逃往蓝田，聚兵万余人，接应唐军，平定巴蜀，现任益州总管、蜀郡太守、剑南道招慰大使。

长广公主初嫁隋朝番州总管赵讷之子——美男子赵慈景，夫妻恩爱和睦，育有赵节、赵斌二子。赵慈景在武德初期战死，长广公主为了纪念他，在长安长寿坊建了崇义寺，后改嫁隋朝观德王杨雄的幼子杨师道。师道富有才华，对两个继子也很慈爱，弥合了公主感情的创口。

这就是元吉称姐姐“两位寡妇”的由来。

长广公主喝止道：“四郎！还说你没醉？”

元吉的舌头都快捋不直了，兴奋依旧：“说说有什么关系？四姐夫在益州，五姐夫出镇北疆，都不在座。五姐，前年，光禄大夫、义原公武士彟的原配夫人相里氏病故，至尊关心他续弦的事，你若不是闲来爱管事，为何给他做媒，将五姐夫的堂妹嫁给他？他一介商人之子，晋阳起兵时不过是正九品下的鹰扬府队正，从平京师有功方有今日之官爵。五姐夫的堂妹是隋杨宗室、弘农杨氏观王房的后人啊！这可是彩凤随鸦！好了，今年他们的女儿武顺都出世了，外人说也无益。”

“好了！酒够了！重葩，不用添了。”平阳公主扬声截断元吉的话，吩咐重葩倒水，加蜂蜜，以供解酒。

重葩搁置盛酒的鎏金银胡瓶，出外在三十六足几上拿了厨房才送来的另一只胡瓶，竺娘提着装蜂蜜的单层小食盒，随她入内。

瑾琋见到竺娘，惊为天人，悄问邻桌的长广公主：“五姐，四郎于武德二年赠送三姐一名天竺婢，就是这位吗？”

长广公主答道：“是。因此取名竺娘。”

今日宴席所用的杯子均为玻璃杯。饮水用的是本土产的绿色玻璃杯，刚才饮葡萄酒的则是一色的波斯产黄色弦阳纹玻璃杯，与盛酒、盛水用的两只鎏金银胡瓶是一套，都是李渊此次给的赏赐。

两只胡瓶皆以黄色玻璃为底，鸭嘴瓶口，细长颈，瓶身上窄下宽，外饰鎏金银雕，雕着一男一女两个波斯人。

那只盛葡萄酒的胡瓶，雕的是男子侧身向女子诉说；这只盛水的，雕的是男子将一物交给女子。连人物的神情、衣服的褶皱也做得精细传神，也是李渊所赐。众人皆好奇地仔细看，这一看更不了得，那葡萄酒瓶所雕的男女身着短裙，而新拿来的这个盛水的瓶子，男子竟然赤裸着下身。

瑾琋、高密公主、长广公主和杨静闲都没有见过如此放旷不羁的器皿，双颊不由得升起丹霞。

竺娘也感到局促不安。重葩倒是满不在乎，拎着这只火辣瓶子的环形单把，按先宾后主的次序给每个绿色玻璃杯注入温热的水。

竺娘不好意思走近，重葩回头盯了她盯一眼，她才移动脚步，落后重葩一些，用筷子依序把食盒里的蜂蜜糖块泡进各人的水杯里。

奉至平阳公主案前，她嘱咐竺娘道：“不要泡水。”

“是。”竺娘会心地笑着，将一块蜂蜜放在她的鹿纹鎏金银盘子里，再把最后一块泡入柴绍的水杯，退立到一旁。

这种蜂蜜糖块是按平阳公主的喜好做的。她曾于武德四年秋送了一些给弘义宫，适逢长孙安世去世，瑾琋用便用平阳公主送来的蜂蜜搭配杏酪熬粥，取代荤食，补养身体。

蜂蜜糖块的做法很简单。在寒冷的天气，蜂蜜凝结为白色固体，厨房把它切割为一个个鹌鹑蛋大小的糖块，用几层糯米纸包起来。

平阳公主喜欢把蜂蜜糖块直接含入口里，再饮水，享受糯米纸融化的酥软触感，品味舌尖渐渐蔓延开来的甘甜。

柴绍为那只惹得女宾脸红的胡瓶解围道："这种胡瓶自北朝起，总共舶来不超过十件。有一件做了北周骠骑大将军、河西郡公李贤夫妇的陪葬品，已不见天日。"

"听说往那胡瓶里倒入沸水也不会裂开，质地非同一般。"李世民饮了一口蜂蜜水，赞许道。

元吉闹疲了，没有应声，他倚着案儿，迷离空洞的眼神投射在李世民身上。

柴绍也就着自己杯中的水喝了一口，嘴里竟然涌入一大波馊臭，将味蕾污了个遍。

他强自忍耐，举高绿色玻璃杯细察，原觉得今天香炉中的香料添多了些，想命管事的教导那添香的侍婢、名字好像叫阿芨的——下次长点分寸，此刻却想拿香料熏熏自己的嘴。

平阳公主没有注意他的举动，自与李世民说话："我家不敢以沸水冒险，扇得温了些才盛进去的。"一语毕，她轻启朱唇，含了蜂蜜糖块入口，端起杯子饮水。

"二郎也饮一点蜂蜜水吧。"瑾琋关心李世民，突然一阵"咕嘟咕嘟"如烧水沸腾的奇怪声音骤然响起，扰得她没能听见李世民的回应。

"啊！"平阳公主轻呼一声。

柴绍侧身询问："三娘……"玻璃爆炸的"噼啪"脆响覆盖了他的问话，绿的碎玉、红的血珠四散飞溅，遮蔽了平阳公主的脸和颈。

这一帘溅绿飞红，如烟花瞬间绚烂，霎那归于沉寂。一眼赤色的泉随之从公主的颈部喷涌而出，在杏黄色喜庆的衣裙上黏黏地流淌。

公主的口腔、咽喉也被炸伤，嘴角流出几行走向杂乱的鲜血。

元吉从醉生梦死中醒来，一跃扑到平阳公主身边，紧紧地抱住她，慌慌张张地抢过旁边高密公主的酒杯给伤者喂葡萄酒，一面大喊："三姐、三姐！"但她难以吞咽，喂进去的酒如漱口用的"口齿乌髭"和青盐水，清洗了口腔，又带着血污、浊液流出来。

"三娘！"柴绍狂乱地抓起手边够得着的罗帕、帔子，扎紧她颈部的伤口。实则她端杯子的右手、置于膝上的左手也全部受伤流血，不过无关性命，急迫之下，兼顾不得。

受到驸马行动的提点，公主府的人从最初的震恐中恢复过来，火速分头行事，取来府里的金创药裹伤，并请医救治。

李世民也完全酒醒，急令随从召吴景贤。

瑾琋叫道："二郎，须奏闻至尊！"又劝止元吉，"四郎，不要喂了，看来无用，可能使三姐更加疼痛！"

"好。"李世民应了，提醒平阳公主府的家令去办。

元吉也丢下已空的酒杯，把伤者交与公主府的奴婢照料，自己转出去缓一缓。

内堂花团簇簇、人进人出，廊上各种服色穿梭如织。不光平阳公主府的人，来宾的随从也卷入其中，即使他们因情疏礼隔，不那么关心平阳公主的安危，也要在意各自主人的感受。

瑾琋举目四顾，发现竺娘仿佛不是这个世界的人。

那个天竺婢只是机械地忙乱，恐慌而被动地接受面前的一切景象，被各式衣衫、各阶身份的人们无意识地推来挤去。她特异的肤色辨不出红白变化，不能据此窥出内心的惊恸，只有僵硬的神情落在了瑾琋的眼里。

"竺娘，你还好吗？"一声压着嗓子的温糯话音让竺娘的脸和心同时感到了一缕热气，说话者伸展左臂环抱竺娘的肩膀，右手握住她冰寒的手腕，叹道，“唉，吓坏了……”

忽然，高密公主仿佛被谁摁在了坐榻上，无法起身，她惊诧地呼唤：“二郎！二郎！”也不知她要叫弟弟做什么，大概仅仅是想找个凭依。

“四姐勿怕，三姐是枕戈寝甲的巾帼英雄，岂惧这等小伤。”李世民和瑾琋上前，一左一右扶着姐姐，温言安慰。其实他们心中也不笃定，吴景贤并非万能。

高密公主抬起下巴向某个方向略微挑了一下：“不，不是！”

二人回身张望，只见一个色如浅棕色亮面缎子的人影，背靠角落里的一根柱子，正在扭曲抽搐。

◑ 2 ◐

李世民排开众人，带着瑾琋抵近察看。

那个人影是竺娘，她的右手边散落一支镂空扇形银钗，皮肤的浅棕色正在飞速地变黑。如果不是高密公主的目光偶然扫到，还没有人留意到她。

瑾琋单膝跪地，低头呼叫道：“竺娘！你怎么了？”

竺娘的左侧颈部出现了一个新鲜的小洞，粘稠的黑线从洞口弯弯曲曲地吊下来，是伤口淌出的血。

她抬头仰望屋顶，仿佛在远眺广阔的苍穹，嘴唇翕动地弱弱吐出两个字。

瑾琋侧耳凑到她唇边静听，好像是：“镜子、镜子……”

“大王、王妃，这是竺娘的银钗子，钗头有黑血！”一名公主府的家奴趴在地上，细窥那银钗。

瑾琋瞟了一眼，无言地立起身，漠然凝视门口。

吴景贤率领弟子赶到，他本人救治公主，分出一名徒弟救治竺娘。

等了半个时辰，吴景贤的弟子出来，颓然报告竺娘的死讯：“天竺婢的颈部血脉有一处伤口，从形状判断是那镂空扇形银钗所刺，钗头有毒，与伤口验出的毒是同一种。我心余力绌，救不了她。”

瑾琋的身躯微微一震，与立在身旁的李世民交换了一个暗沉的眼神，告诉他：“我去探视。”径直往停放竺娘的房间去了，看了竺娘的遗体后，又去探望平阳公主。

吴景贤已为平阳公主清创止血，敷药包扎停当。李渊派遣的侍御医、公主府请的太医署医师都认为他已做出最佳处置，于是会商了一剂口服药方煎给公主服用，再向柴绍等人阐明伤情：“公主血流止住了。但先已失血过多，内伤沉重，加之公主有宿疾，玉体并不强健，能否痊愈须待未来三日的天命。”

高密公主和长广公主身子发软，一下歪在了隐囊上，同气连枝的手足都清楚，平阳公主的体质传承自生母窦氏，打仗靠的是智谋，而非武艺。

李世民扣紧抱腰隐几的边沿，沉声问道：“杯子因何炸裂？”

侍御医惶惶不安地说：“下官等一起看过，也问了府中的人。原想是否因玻璃陡遇沸水之故，但那水并非沸水。细细考究，入公主之口的，恐不是蜂蜜，而是生石灰！生石灰遇水快速沸腾，以致爆炸，水温越高，威力越猛。如此就会腐蚀、毁伤皮肉脏腑，又撞上玻璃杯，连玻璃一并炸碎，扎入咽喉、脖颈，无疑造成了双重创伤，重创了要紧的血脉。”

李世民转头看看吴景贤，又审视太医署的人，他们都颔首附议。

吴景贤补充说：“江南人家在梅雨天常以生石灰防潮，炸伤公主的生石灰却不是寻常家用的。依下官拙见，是由炼丹方士调过配方的，气味稀薄，再使数层糯米纸包裹，令人无法察觉，而一旦掺水，危害犹烈。”

柴绍眼神错乱，说道：“我离她最近，炸了之后，我确乎闻到一丝异味。可是各种香料、酒、菜肴的气味混杂浓重，那异味甚难辨别。”

这股异味也绝不同于他喝进去的那种馊味。

他站起身，托付李世民道：“二郎，暂且麻烦你了。”他目前没有更多心力照管这些，平阳公主还躺在病榻上。

李世民安抚道：“姐夫陪伴三姐，外面有我。”

柴绍吃力地摇摇头，回公主身边去了，平素挺拔的身形竟变得有些佝偻。

元吉跳了起来，暴怒道：“彰明昭著！该处置了！”边说边气冲冲地跑出去，迭声呼唤随从牵马。

杨静闲追了几步不及，叹口气，停住了，重新坐到长广公主身旁。

高密公主问：“四郎干什么去？”

杨静闲悒悒地答道：“我们那座武德殿，今日恐有人要遭池鱼之殃了。”

“什么？”长广公主疑惑地看着她。

“武德二年，齐王在并州买了两个天竺婢，是姐妹俩，他把妹妹送给了平阳公主府，姐姐则由他带回武德殿使唤至今。”杨静闲说，“我劝不了他，也害怕那场面，今晚就在此守候三姐吧。”

李世民感觉自己待在内堂不方便，如果单单有两位姐姐在当然没有关系，问题是如今弟弟回府了，美貌的弟媳还留在这里。而弟弟那个人，心胸狭隘，李世民不愿招惹嫌猜。

他离开了内堂，借柴绍的书房休息，命安元寿快马追上元吉，请他暂勿出手。

元吉的回应却是：“我的姐姐危在旦夕，慢说你一个小小的库直，即便我兄亲自前来阻止，我也不听！”

元吉走后，瑾琋回到内堂，得知李世民去了书房，又转去书房找他。

廊上风大，她披着斗篷，一进书房就解下，朔风鼓起她的齐胸襦裙，如一顶撑开的大伞，身体是那伞柄，衬得她整个人十分单薄。

留荑、繁缕牵着裙角，搀扶她缓缓地在李世民身侧坐好。

瑾琋问道："四郎不在？"

"他认定竺娘是凶手，所以才畏罪自杀，已经回宫要处置竺娘的姐姐了。"李世民答，又问，"你没有回过内堂？"意为："两位公主及齐王妃没有告诉你吗？"

须臾间，一种酸痛感袭遍瑾琋的全身，不是疾患所致，而是源于心脏的战栗："我去了内堂，听说你在书房，就跟过来了，不曾多问。但为何又是畏罪自杀？武德三年厌胜案，邱氏及其夫段郎如是，竺娘又如是。且这两宗案子，都在某个场合出现四郎的身影。"

李世民一惊，眉峰高挑："你怀疑他？竺娘出事在内堂，彼时他已出去了。"

瑾琋神情峻重："三姐负伤，我未曾帮上什么忙，徒然随波逐流、东张西望，曾看见竺娘一个人忙乱无助，那时有一位妇人过去，扶住竺娘的肩膀，拉着她的手。也怪我不曾多想，只当是同事之人彼此照应，也是常事，便将视线转向别处。如今联系之后竺娘出事，恐怕不能武断她为畏罪自杀。"

李世民惋惜地说："你不出去就好了，若你在场，说明这个枝节，也许能阻止四郎。"

"事情的发生谁都始料不及。我怀疑竺娘中的是武德四年洛阳单道忍使用的'见血封喉'，所以去察看，提醒医者仔细勘验。"瑾琋抚今思昔，回忆旧案，脸色竟变得有点唇白面青，"然而并不是。我也是凡人，并非料事如神。"

她暗想："假如我无时无刻都有神机妙算之能，就不会被人构陷与陆钲私通了。”只是不愿在当前的情势下重提旧事。

李世民拉着她回内堂：“有你在，我们可以去内堂照应着。”

他们到了内堂后，获悉了最新消息：李元吉杀了竺娘的姐姐。

长广公主叹道：“四郎是喝醉酒能误杀乳母的脾气，大人和长兄都惯着他，他会走到这一步，并不奇怪。”

杨静闲帮忙照看平阳公主的小儿子柴令武去了，兄姐无需避讳，开始议论李元吉。

高密公主说：“除非长兄在场才能拦住他。四郎自幼不得母爱，却是长兄如父，对他万般宠溺。大人举义晋阳，也是长兄保护四郎逃出生天，情分至重，非其他手足可比。四郎只听得进长兄的话……”

瑾琋趁他们姐弟滔滔不绝，又悄然出门，率领留荑、繁缕等随从四处游逛，每到一处，就找公主府的奴婢问一些问题。访问了一阵，复又返回内堂。

李世民因瑾琋去外面冷风朔气中漫步，担心她的身体，为她返回而欣喜，又恐在姐姐面前暴露对妻子的温存，遭人讥笑，故意板着脸问：“你的病尚未痊愈，乱跑什么？”

瑾琋装作没看见，王顾左右而言他：“三姐夫看护三姐，备极辛劳，可令公主府庖厨拿一壶松膏酒给他，撑持身体。”因问随从，“你们谁去办这件事？”

繁缕抢先应诺：“奴婢愿往。”她在原唐国府长大，自小尊敬平阳公主，也很仰慕柴绍。

长广公主盯着繁缕小跑出去的背影，轻笑一声：“呵呵！繁缕这婢子，有什么心思吧？”

高密公主有点不满道：“五娘，这是窥探别人心思的时候吗？三姐负伤，至尊坐卧不宁，不到一日就派了四五拨人来问，并敕令二郎留在三姐府邸督守，东宫长兄也不断遣人送药探病。你倒好……”

长广公主忙拖着瑾琋："弟媳，你适才逛什么去了？二郎夸你善于断案，你且说一说，此案真相是怎样？"

瑾琋讲述自己访查的情况："目前看来，是竺娘在香炉中添加过量的香料，掩盖异味，用糯米纸包裹的生石灰替换蜂蜜，谋害主母，后以浸泡了毒液的银钗自刺而亡……"

厨房取出蜂蜜、放进食盒、交付竺娘，全程有数人在场，竺娘不可能有机会下手。但是，把食盒送到内堂的，只有竺娘一人，中途经过她独居的下房。竺娘当是利用这个机会，闪入下房，以生石灰替换了蜂蜜。

席间主宾共有八人，唯独平阳公主的"蜂蜜糖块"出了问题。这般精准，也只有分发蜂蜜的竺娘能办到。况且她事后"畏罪自杀"，自证有罪。

"银钗头的毒液只能在事先淬好，可见其处心积虑，破釜沉舟之决绝——看起来，是如此。"瑾琋说。

长广公主听了，良久不能转动眼眸，不禁掉下了眼泪，问道："她为何如此仇恨三姐？你查清了吗？"

瑾琋摇头道："这也是我不解的地方。三姐御下，严而不苛，恩给优隆。这府里的家令告诉我，三姐每有事派人去四郎处，必遣竺娘去，以便她与姐姐聚首。因竺娘是天竺人，习俗有异于他人，三姐特许她独居一室，也不存华夷有别之偏见，量才器使，很早就把她从粗使婢女中拔擢出来。这府里的人们都说，竺娘和旁人一样，对公主诚心宾服，不明白她为何要下毒手？"

高密公主哀叹："这或许正是人心险恶之处，世上虽然纯良之人居多，却也有口蜜腹剑之徒。那个竺娘也许不满某事，偏生是个心胸狭窄之辈，因此做出冥顽不灵之举。"

李世民双目灼灼，叙述了瑾琋目击一名妇人搀扶竺娘的情形：

“……她看见的那个妇人可能与竺娘之死有关。如此，竺娘就未必是自杀，也许因某种缘故，充当了真凶的卒子，或因发现了真凶的痕迹而被灭口？那妇人衔灭口之命而至，用形似银钗的淬毒凶器杀害竺娘，再拔出竺娘的镂空扇形银钗，插入创口，沾染毒血，抛掷于竺娘手边，制造其自尽假象。”

他以目光探询瑾琋，她回以娇嗔的眼神，轻轻点头，表示赞同：“而真凶既能迅速掌握事态，表明事发之时，他就在平阳公主府中！”

高密公主和长广公主惊得面面相觑。

瑾琋又说：“我未能目击那个妇人的面貌，只见到了背影，看出她头梳反绾髻，其余情形则未加注意。”

“反绾髻是武德以来盛行的发式之一，昨日梳反绾髻的女子不少，平阳公主府有，跟我们来的奴婢也有。”长广公主回忆着，猛地睁大了眼睛，“还有重葩——三姐夫的媵妾！”

事到如今，必须告知柴绍。三个女人一致推举李世民去说。

李世民掸掸衣服，去了平阳公主的卧室，从病榻前把柴绍请至内堂，大义凛然地说明情况。

柴绍听罢，十指用力交握在一起，扼得皮肉泛白，错愕、苦痛、担忧，种种繁杂的心绪在目光中纠缠绞动：“若果是重葩所为，我必不饶她！”

高密公主哀怜地看着他，言明自己的态度：“重葩在姐夫与三姐订亲之前便侍奉姐夫，我明白您对她有情分，但三姐与您是结发夫妻，一体同心，甘苦与共。姐夫既这样说，我就没有什么不放心的了。”

她和长广公主因案情明朗，便去探视平阳公主，见她安稳地睡着，伤情没有恶化的迹象，大外甥柴哲威已很懂事，他率领医者、奴婢守在母亲榻旁，也就暂且放心，各自回府，预备明日再来。

可疑人物重葩也没有闲着。自从公主受伤，她即卸去华服珠玉，虔诚礼佛祈福，并常去病榻前侍疾。

柴绍派人传她去内堂，她只当有事吩咐。

待她进去看见柴绍、李世民各端着一张阎王脸盘膝坐于上首，瑾瑶坐在侧面，阿芨跪坐在一个角落，看到她进来便慌慌张张地别过脸，而竺娘用的那提食盒也放在地上。其他人都不见踪影，显然是被主人屏退了。

重葩的心砰砰地剧烈跳动起来。

“阿芨，请你把适才回忆的情形，对重葩娘子复述一遍吧。”首先开口的是秦王妃长孙瑾瑶，与阿芨说话的语气如同闲话家常。

“是。”阿芨转脸对重葩说，“奴婢于开席前，曾与重葩娘子及死去的竺娘一起在内堂门口照看。阿郎召奴婢来问，重葩娘子有无独自守护过那个盛有蜂蜜糖块的食盒，奴婢不敢撒谎，禀报阿郎说有。”

◑ 3 ◐

重葩灰白着脸静默片刻，泣道：“阿郎在怀疑妾？妾绝不敢不敬公主，遑论加害！”

李世民向瑾瑶投去询问的一瞥。

瑾瑶观察重葩许久，慎重地回答：“我不能确定重葩娘子与挨近竺娘的那个妇人是否为同一人。”

“什么妇人？”重葩问道，“一个梳反绾髻的妇人？”

瑾瑶审视着她，只答一个字：“是。”

重葩嚷道：“哎呀！妾想起来了！竺娘跑出去帮妾拿首饰，之后，妾确曾看见庭院对面廊上有一陌生女子走动，心中生疑，因命阿芨过去察看。那个女子梳的就是反绾髻！妾也是因此，方格外关注她的！”

柴绍解下腰间的横刀，放在面前的地上，话音低沉：“你让阿芨去打探那个陌生女子的事，她已经禀告过了。但她也说，自始至终并未亲见所谓女子的身影，都是听从你的使唤。重葩，你勾结竺娘，由那时设计支开阿茇，以生石灰替代蜂蜜，做上记号，竺娘按记号指引，把生石灰给了公主，致使公主重伤。尔后，你佯装搀扶竺娘，杀人灭口，对吗？”

重葩见他拿出刀来，更加气怯，爆出哭声：“呜呜——阿郎要做什么？妾所言句句属实，只是阿茇站立的方位看不到那个陌生女子罢了。若妾果然是凶徒，自然任凭阿郎处置，但若冤杀无辜，致使真凶逍遥法外，如何对得起公主？”

柴绍注视着脚炉里的红光，似乎在下着决心。

停了一阵，他挥退阿茇，内堂只剩他、李世民、瑾瑜及重葩四人。

瑾瑜感到他有话说。果然，柴绍一字一句地说：“竺娘放进我水杯中的，也不是蜂蜜，而是发馊的米糊。我府中以北人居多，喜食稻米的只有一个——天竺人竺娘。重葩，你也知道，竺娘喜欢自己做米糊食用。”

他第一次吐露这件事，李世民和瑾瑜不约而同地望向彼此，四目相交之处，打上了无数问号。

“如果你没有动过这个食盒，便是竺娘对我及公主有怨，借机捉弄我、伤害公主；如果你动过，就可能是你和竺娘通谋，或者，是你构陷竺娘，同时报复公主把你当侍婢使唤，并使我仇恨竺娘，一举三得。”

柴绍这段话在重葩耳畔飘忽着，她似乎听懂了，又似乎很糊涂，一双眸子烟雾蒙蒙地空转。

瑾瑜摘下食盒的盖子，伸手触摸盒内的构造，饶有兴味地观赏盒身上的花纹。

“三姐夫，二郎，你们瞧。”瑾瑜捧起食盒，转了一圈。

李世民眉头微蹙，一把抢过去，自己拎着那食盒转动。他觉得瑾琋病体单弱，不应该拎东西，但如果当着柴绍说出这话，就太失自己的威严了。

这是一个长方形的髹黑漆描金联珠团窠纹漆盒，每一个团窠的圆心都绘有形态相同的佩兰。

纹样绕漆盒一周，漆盒相对的两面花纹一模一样。

盒内为九宫格，共有三纵三横九个格子，每一纵列的三个格子大小形状相当。

蜂蜜糖块就放在这些格子里。

瑾琋徐徐抬起头，直视重葩："无论转几圈，食盒都跟没有动过一样。而这每一个格子里装的蜂蜜，一旦取出，肉眼也难以分辨哪一块来自哪一个格子。重葩，你与你家阿郎童年就相识，想必从不欺瞒他。真相关乎你的生死，望你据实以告。"

重葩的泪眼流淌出幽深的凄切，低下头，无意识地抚摩右手中指所戴的一枚绿沈色琉璃指环。

瑾琋对珠宝首饰也有女子共通的浓厚兴趣，仔细盯了几眼，认得那是隋朝的款式，从磨损的状况来看，也是有年月的物事了。

"镜子！"瑾琋冲口而出。

"什么？"李世民问。

"竺娘中毒后反复念叨的魇语。"瑾琋说，"我险些忘了！各位请看，食盒翻转过来，花纹、格子及所装的食物看起来全部和翻转之前相同，就像食盒纹丝未动一样。也可以说，有如照镜子，镜中的人和物等同于真人实物本身！如果竺娘表达的是这个含义，她到底忆起了什么？"

瑾琋一面说，一面以目光挨次询问在座的人。

重葩没有抬首，抚摩指环的手动得更快了。

柴绍的面皮先是涨起红潮，呈猪肝色，继而红潮退去，脸庞有如单调的白色沙滩，暴晒在瑾琋质疑的目光下。

李世民也察觉柴绍的失态，暂不好戳破，自与瑾瑶论议：“我听起来像是竺娘事先知晓漆盒里的食物有设计，但不知整个漆盒被人翻转过，以致她分发出去的食物违背了自己的本意。”

“什么本意？”瑾瑶用左手食指滑过漆盒内的九宫格，先从上到下，再从左到右，眼里忽然闪现如霜似雪的光亮，“顺序！”

柴绍闻言，却是一个愣怔。

李世民抓着这个机会问道：“姐夫忆起何事？”

他露出一丝恚悔的苦笑：“二郎，我与你少小结交，且是多年郎舅之亲，你知我根底。虽则你是弟弟，但我一向以为，我的事终归瞒不了你——我所想的‘镜子’，与你们的推测实为南辕北辙……”

“阿郎不必说了，由妾来说吧。”重葩忽然抬起头，哀楚地一笑，“看来，妾揣度得不错。”

“妾与竺娘较为亲近，大概因我们都是自小被卖到中原的外邦人之故。前些日子，妾到她的小屋串门，她因一时疏忽，没有关牢镜奁，透出一道耀目的金光。妾好奇心起，趁她去倒饮品，掀开那镜奁偷窥，竟是一面崭新的金银平脱真子飞霜菱花铜镜，并有内造上用的物勒工名，压在她原有的旧镜上。她刚过了生日，公主给了赏赐，但都是明堂正道的，经手的人数得出，她也给我看过，其中并无这面铜镜。而这种名贵的物事，除了公主，还有谁给得起她？又为什么要给她？”重葩审视着柴绍，打住了话头。

瑾瑶的心激动地狂跳了几下。

重葩这一席话犹如新年的爆竹，在她耳边炸响，把她心中的一个疑问照得雪亮。

由此，构陷她和陆钲的幕后黑手，可以确定了。

腰间那只山玄玉组佩的“冲牙”大珍珠卧在膝盖上，瑾瑶垂手触及它，下意识地握住，找到一个平复心绪的依托。

所幸没有人发觉她的异样。

“竺娘自阿郎出征吐谷浑前夕起始，举止有了细微的变化。旁人不察，因妾与她亲近，看出了一点端倪，妾也是经历过的，便有些疑心。”重葩继续讲述，“及至那日发现那面铜镜，妾大彻大悟，原来她是从少女变成了妇人！侍宴时，她见到胡瓶上刻的男女私通图案就扭扭捏捏的，呵呵，其实是她当着公主及妾的面，心虚了！”

李世民完全明白重葩所指，待要说柴绍两句，却欲言又止。

扪心自问，如果不是姐姐因为竺娘和重葩的事而受伤，而是姐夫与姐姐为了竺娘闹别扭，他李世民即便不好支持姐夫，也一定不会站在姐姐那边。

因为，他自己也不是没有做过类似的事，也不认为这种事有什么不妥……

柴绍的眼睛冒出了根根血丝：“你因此心生怨恨，所以用生石灰、馊米糊暗算我及公主，并报复竺娘？公主于你有何妨害？就因为她每每令你斟酒侍宴？你忘记晋阳起兵时公主保护你逃到鄠县的恩情了吗？”

重葩因他怀疑自己，焦急不堪，一边掉眼泪，一边激烈反驳：“从童年伺候汤水开始算起，妾侍奉阿郎近二十年，不承望得不到半分信任！且不说妾敢不敢搭上自己的脑袋算计公主，妾哪里懂得生石灰遇水爆炸的道理？去哪里结识炼丹方士？”

“那么，重葩娘子是承认了，用馊米糊作弄你家阿郎的人，的确是你。”瑾瑶温言慢语，希望能平和重葩的情绪，把事情说清楚，“阿郎于前隋时期赠了一枚绿沈色琉璃指环与你，你至今仍敝帚千金地戴在手上。之后，阿郎迎娶了唐国府李家的闺秀三娘，从此疏远了你，每逢生辰、年节，你只有主母的恩赏，再无阿郎的馈赠。但这是依礼而行，你也说服自己不要计较，可是，多年来忽略你生日的阿郎，却私下宠幸了跟你要好的婢女，并赐给新宠昂贵的生日贺礼。在你看来，阿郎喜新厌旧，薄情寡恩，竺娘也背叛、愚弄了你。是这样吗？”

李世民蓦然想起姜涔儿和白苏，武德元年，这二人钩心斗角的原因就有些类似重葩和竺娘之间的情形。看看瑾琋，她好像没有产生同样的联想，只专注于平阳公主府的事。

重葩抽抽搭搭地说：“是。妾想给阿郎一个恶心吃吃，顺带挑拨他厌烦竺娘，但妾确实没有暗算公主啊！”

“请告诉我，你如何做到的？”瑾琋提出了自己最感兴趣的问题。

“妾随身带了馊米糊冒充的蜂蜜糖块和一把鎏金铜镊子，故意没戴首饰，支走了竺娘。她一走，妾真的看见一个梳反绾髻的年轻女子，但当日贵客盈门，哪家的仆妇走错了也是有的，妾不过是想，寻这个借口比原来想好的理由更妥帖，就以此支开了阿芨。随后，妾取了食盒的盖子，用镊子轻轻夹着糯米纸包好的馊米糊，换掉一块蜂蜜，复盖好盖子，把食盒掉了个转。”

“你换掉的是哪一块？”瑾琋指着食盒内的九宫格，“请指给我们瞧瞧。”

重葩把食盒拖过来摆正，指着最靠近自己的一行正中间那个格子说：“就是这个。”

“你如何知道哪一块将会奉与你家阿郎？”瑾琋追问道。

“妾那时背靠墙坐着，竺娘是走到妾身边安置好食盒的，所以，食盒贴近妾的这一边也是靠近她身体的一边。按她的习惯，靠近身体的这一行格子所盛之食物，必会最先分发出去。依先宾后主、先长后幼的次序，离她身体最远、亦即离妾身体最远的那一行，将会奉与公主和阿郎，而在公主与阿郎之间，我家会先奉与公主。每一行格子盛放的食物，她和一般人一样，都会从左至右地分派。因此，妾肯定，原本离妾身体最远那一行正中的格子，即是奉与阿郎的，再往右，是一块备用的蜂蜜。”

瑾琋笑道：“靠近身体的这一行格子所盛之食物，必会最先分发出去——这倒不是她独有的习惯，很多人皆然。可是，直接换掉离你身体最远那一行正中的蜂蜜不就行了？为何先换掉靠近你身体的这一行正中的蜂蜜，再将食盒转一圈？”

重葩以为瑾琋也不相信她只做了这一点手脚，又嘟着嘴，擦了一擦眼泪：“妾手上敷了傅身香粉，衣袖熏过香，害怕触及离身体最远的那一行格子时，整个手掌、袖口罩在食盒上，会有较多粉末、气味落入盒中，之后被人发觉。而就近这一行格子，仅需镊子探个头进去即可，动静小得多。”

瑾琋是高门仕女出身，原想不到这些细腻之处，听她一番解说，也觉别有洞天。忖度了一会儿，她又问：“从靠近自己身体这一边的食物开始，由近及远地分发，原因之一也是为了避免手上的香粉之类落到食物上了。如此来看，奴婢服侍主人原是一门大学问。不过，竺娘分发完蜂蜜后，多少也会有点傅身香粉、香味遗在盒中，与你的相混，别人未必能区分，你会不会太过小心了呢？”

“唉，王妃，妾是康国人，肤白，惯用掺了胭脂的香粉敷身。竺娘是天竺人，肤色深，从不用傅身香粉的。她使的脂粉、香料也比妾的差啊！妾不要做那不打自招的事。”说到这里，重葩撇撇嘴，不服气地哼了声，“她若用傅身香粉，活像滚了一层麦粉的木炭，那真是个鬼了。妾也不懂她这样的，有什么美？阿郎怎么就相中她了，跟她偷鸡摸狗的……”

瑾琋忍住笑，以手指拨弄食盒里的九宫格，渐感那一行一行、一列一列，以及发出的每一次指节敲击木格的音响都如午夜鸣笛，撕碎美梦，令人心寒。

她看看李世民，他似乎也悟到了什么。

◑ 4 ◐

瑾琋丢开那食盒，劝说柴绍：“三姐夫，依我的愚见，生石灰之事尚不能定论是何人所为，倒是不要再有人蒙冤才好。至于重葩娘子对您耍的恶作剧，毕竟是家事，总以不事声张为宜。莫如查明真相再做计议，如何？”

柴绍应允了，铁青着脸孔，随便寻了一个细故，唤人进来，下令将重葩软禁在她自己房里，每日供给两顿饮食，严防自尽逃亡。

重葩被押出去后，瑾琋又问柴绍：“姐夫赏给竺娘的那面金银平脱真子飞霜菱花铜镜在吗？”

“事发后，我立即派人搜了竺娘的屋子，未曾听他们回禀此事。”柴绍说，“那面铜镜是我在至尊这次给的赏赐里随手拣的，只有重葩和竺娘知道我把它给了谁。”他因命人再去竺娘房里彻查金银平脱真子飞霜菱花铜镜的下落，自己回平阳公主病榻旁守着。

瑾琋也要出外散步，李世民见内堂没有旁人，便半搂半扶地帮她起身。

她立稳脚跟，忽地偎进李世民怀中，叫道：“二郎！”

李世民抚着她的发髻，低低地问：“你想到了？”

瑾琋眼眶泛红道：“你也想到了？”

李世民的双眸闪过两道寒凛的电光，冷笑道：“呵，这样的事，终究还是发生了。只是伤及无辜的姐姐，令人不安、不甘！”

“二郎暂勿动怒，尚不能完全确定。至尊命你在此监护，你应先去陪伴伤者，等我暗访……”

她与李世民避入书房，派遣丰登、卫仁等人，以闲聊为名，进一步找平阳公主府的奴婢们访谈。

阍者回忆，公主出事后，有一个人先行离开了公主府。掐掐时间，是在竺娘中毒之前。

这个离开的人，是李元吉的一员随从。

奉柴绍之命重新搜查竺娘房间的人报知：没有发现金银平脱真子飞霜菱花铜镜，仅寻到竺娘常用的一面旧镜。

瑾琋告诉李世民："可以定案了。"

"三姐受伤之时，酒醉的四郎似是立刻醒了大半，抢上前给三姐喂葡萄酒，被我劝阻，随后，他去了廊上散心。"这段记忆在瑾琋的脑海里反复回放，"我想，他实则按计划密遣那个梳反绾髻的妇人，趁乱混入内堂毒杀竺娘，同时，派一名随从回家擒杀竺娘的姐姐，销毁人证物证。在四郎亲自归府，摆出要杀竺娘的姐姐复仇之势的那一刻，竺娘的姐姐其实已经殒命了。"

瑾琋伸出柔暖的手指，抚摸李世民眉宇间凝结的烦忧："重葩在宴会开席前，也看见了那个梳反绾髻的女子，那时，此人在跟踪竺娘吧。而今想来，三姐负伤之前，有一点就很奇怪——四郎的酒量显胜于你，但这一次，他却比你醉得厉害，而玻璃杯一炸，他又比你醒得快。"

李世民颔首，握住瑾琋的手腕，放到自己的胸口："起初四郎装醉，有意说些过火的话，促使三姐尽快命人送清水和蜂蜜来解酒，以便实施他的图谋。事发，他冲过去照看三姐，固然有发乎真情的一面，但也是想察看是否留有不利的痕迹。三姐夫闻到了生石灰炸出的异味，他也能闻到，因此，他急忙给三姐喂葡萄酒，以求掩盖。当他发觉如此并非万全之策时，便决心启用杀害竺娘姐妹俩灭口的备选方案。"

"是的，竺娘从厨房接取食盒出来，躲进小屋，在食盒紧贴自己身体那一行的三个格子里，选中了最右的一个，以生石灰替换了蜂蜜。

按照‘高密公主——长广公主——秦王”的长幼顺序，这块生石灰是要投在秦王的水杯中的。然而，竺娘不知，重葩又以馊米糊替换了原定给五姐长广公主的蜂蜜，把食盒掉了一转，变成了生石灰分发给三姐平阳公主，馊米糊分发给三姐夫。”瑾琋的手掌能触到李世民的心跳，那是一种愤怒而悲怆的节奏，“二郎没有三姐那般服食蜂蜜的习惯，四郎理应有预算，这样做，不能保证……”无法道出那几个字。

“不能保证杀了我。”李世民冷冷地说，他看看自己的手，笑了，“可是，依照当时的烈度，一定能重创我的双手和双目。也许，玻璃碎片还能飞插咽喉，致我丧命，若果如此，对四郎而言，便是意外之喜了吧？”

“他为何如此？”瑾琋感到阵阵后怕，湿凉的眼泪滑落至李世民的胸膛，在衣料上晕出一个一个的圆点。

“反正不是因为嫉妒大人给三姐夫妇的赏赐优厚，他尽管心胸有点狭窄，还不至于与姐妹们攀比。呵呵，我与兄弟各自建立功业，按如今的形势，四郎这样做，并非不可思议。”李世民屈起食指，揩去瑾琋脸上的泪，“哭什么？我岂是这么容易被人暗算的？我更想知道的是，竺娘为何甘愿做他的杀手？”

瑾琋答道：“镜子，因为镜子吧！重葩说，她到竺娘房间做客那天，竺娘没有关严镜奁，使得她发现了三姐夫赐给竺娘的金银平脱真子飞霜菱花铜镜。想想看，重葩能注意到镜奁没有关好，竺娘过后也能注意到。况且，重葩动过镜奁，镜奁的开合之态极难保持原状，竺娘察觉自己的秘密有泄露之虞，便不敢把铜镜留在身边，便借公主府派她去齐王府送宴饮请帖的机会，将铜镜交给她姐姐保管。四郎其时应该已有谋划，接了三姐的帖子，意识到这是一次绝佳的机会，有意以竺娘姐姐为质，逼迫竺娘充当马前卒。他因此会特别关注那姐妹俩私下的一举一动，派遣心腹——很可能就是出事后杀害竺娘姐妹的两名凶手密切监视。结果，他发现竺娘拜托她姐姐代为保管一面内造上用的金银平脱真子飞霜菱花铜镜。以四郎的头脑和见识，定能如重葩一样推知隐情，于是，四郎以竺娘姐姐的安危相要挟，加上将秘密告知公主的威胁，因这双重的恐吓，竺娘就范了。”

李世民称许道：“娘子推断的极是。寻炼丹方士炼制生石灰，重葩可能办不到，四郎却能办到。想必他胁迫竺娘时，曾拿了一点生石灰加水示范，力证此物并不致命，只是害人受点皮肉伤、吃吃惊吓，竺娘就更无推脱之理了。”

“镜子”“镜子”——竺娘的临终魇语，或许是一语双关，一则悲叹一面金银平脱真子飞霜菱花铜镜竟然引发了一系列意想不到的惨剧，二则惊悟食盒被人掉转过，如同照镜子一般蒙骗了她的双眼，导致原应投给秦王的异物，炸伤了她万万不想伤害的公主。

又或许，仅仅是两种含义中的一种，简简单单，如此而已。

准确的答案，只有竺娘自己才知道了。

李世民向瑾琋倾吐对柴绍的不满：“不是我在背地里论长道短，我那三姐夫也是，偏生对天竺婢起意，招惹一场横祸，连累了三姐。”

“呵呵，异域女子是他的一种喜好吧？你看他早年纳的重葩就是康国人。”瑾琋想说平阳公主百密一疏，未能预判到这一点，终究没有出口。

“喜好什么不行，非好这一口！”李世民犹在喃喃咕咕。

瑾琋心中便有些五味杂陈，轻咬了一下嘴唇，笑道：“这有什么奇怪的？每个人的喜好在旁人看来，都可能难以理解，例如……”她暗想：“例如你喜好年龄偏大、嫁过人的女子……”

她虽止住，李世民却听出她笑声里的讥讽意味，直觉与自己有关，揪住她的衣袖追问：“例如谁？何不说完？”

瑾琋假装冥思苦想一阵，抿嘴笑答：“我忘了。”

“唉，你！”李世民气得拧她的脸，但并没有使力。

北风透过门窗的缝隙刮进书房，帷幔呼呼地抖索。

李世民抱紧瑾瑜的肩膀，扶她一起坐下，无言地看那帷幔扭动的身姿。

“观音婢，此事是四郎一个人的主意吗？”李世民问。

瑾瑜懂得他的疑虑——李元吉的背后是否隐藏着皇太子李建成？她自己也有相同的疑虑，但眼下没有任何依据答“是”，便反问道：“二郎，此事的真相要对三姐夫点透吗？”

李世民没有立即表态，只是默默地思量。

脚炉里有一星半点的火花跳跃，他拿起旁边的火箸拨弄了一下炉中的木炭。

“要，当然要。”他说着，顺口啄了啄瑾瑜的唇瓣。

旋即，热情仿佛冲垮堤坝的洪水，难以抑制，他含着瑾瑜的唇舌，百般地碾压吮吻。

“二郎，不可。”瑾瑜转过脸躲避，“这是在三姐家里。”

“三姐伤势稳定，料无大碍了。我不做什么，只想好好亲亲你。我们多久没有这样了？”李世民不肯放过她，直至她发出微微的低喘。

瑾瑜用久客给的白心紫衣圆盒服了药，嗔怪地推了李世民一把：“幸好久客让我带着药，教会我用法。”

李世民笑着帮她放好药盒：“但我听着，你并非气疾发作，是被我亲狠了，自然要喘。不过，服药不间断总是好的。”

瑾瑜面红耳赤，抓起绕在自己臂上的帔子朝他拂了一拂：“堂堂秦王，天策上将，说这些村话！——我要歇歇，你快去告诉三姐夫吧！”

然而，柴绍获悉真相后，也只能痛感欲诉无门。

李世民望着他充血的双眸，自己深埋于心而不愿在瑾瑜面前多作流露的纠结悲切又加深了几分，顿首拜道：“我们兄弟之间的纠葛，将姐姐与姐夫牵涉其中，我实有愧。”

柴绍扶住他，苦笑道："不能怪你，二郎。假如席间炸伤的是你，难道就不会将我们牵涉其中了吗？怪道四郎那时盯着你，想来是在纳闷，你的杯子为何还不炸开……"

"四郎，他……目下，我们拿他无计可施。竺娘姐妹均死，他还能让人找到那面铜镜和炼制生石灰的炼丹方士吗？无人会相信我们的推断，更不要说至尊——父亲大人！"李世民竟产生了一种挫败感，"姐夫，恕我直言，我以为，此事若上奏至尊，他定然责难于你，重葩也必遭重谴。因此，眼下只能让死去的竺娘背负罪名，你可在私下好生为她超度追福。"

他和柴绍都很清楚，因母亲窦氏不待见元吉，李渊便一直补偿似的怜爱这个第四子。武德二年丢失并州的巨责，他也是令旁人替元吉背过，何况如今这拿不出真凭实据的事。

"只得如此啊！"柴绍没有迟疑。

李世民说的，其实也都是他能想到的，毕竟他做了李渊多年的女婿。

"咚！咚！咚！"繁缕轻敲屏风，话音不安而激动，"驸马，大王，公主醒了！"

柴绍和李世民纵身跃起，冲进了病房。

平阳公主的伤口似乎已不再疼痛，微笑的视线先找到了李世民，但并没有说什么，好像未能认出他。

李世民呼唤："姐姐，二郎在此。"

她的嘴角牵动了一下，算是对弟弟的回应。

"三娘，你好些了。"柴绍把她的一只手包在自己的掌心里，忍耐多时的泪在眼眶中挣扎，"三娘，是我不好……"

平阳公主忽然绽放一丝微笑，一如隋大业十三年九月，与柴绍各率所部会师于黄河之滨，她骑在马上，勒住缰绳，向柴绍展露的那个喜悦的微笑。

“绍郎，不要慌。”负伤卧床的她用病弱的声音安慰丈夫。

柴绍记得，李渊晋阳起兵前，自己在追随岳父与保全家眷之间举棋不定，平阳公主也是这样说的：“绍郎，不要慌，你快走……”

也许公主并未真正的醒来，而是在梦中回到了大业十三年。

武德六年，平阳公主伤重不治，驾鹤西去。

第三章 侍婢溺亡

◑ 1 ◐

李渊遭受爱女猝逝噩耗的重击，整整一天，只是行号卧泣。次日他略加振作，拄着拐杖出来下敕，取消预定下个月举行的冬狩，按军礼安葬公主，送殡队伍前后部配属羽葆鼓吹、大辂、麾幢、班剑四十人，另派虎贲甲卒护送，并为公主上谥号。

礼部进谏道，女子下葬使用鼓吹、公主上谥号，皆不合古礼，请他收回成命，以免贻笑大方。

李渊气得涌出泪来，手杖往地上“哚哚”地拄了两下，反驳道：“鼓吹乃是军乐，公主过去亲临战场，擂鼓鸣金，参赞军务。从古至今，何尝有过这样的女子？以军礼风光送行、赠予谥号，有何不可？你们休得再劝，谥号我都想好了，谥法所谓明德有功曰‘昭’，谥平阳公主为‘昭公主’，就这么定了！”

他退回甘露殿，又召太子李建成觐见，一行哭，一行数说：“你是家中的长男，你们阿娘去世时，遗命你辅佐我照顾好弱弟弱妹，你日常都在干什么？你妹妹府里的人该用不该用，他们年纪小，不晓事，你空闲时应当少饮些酒，管一管他们的事！如今可好，三娘年纪轻轻就被一个疯魔了的天竺婢害死。你们的娘在那边见她来了，不知如何讶异，如何责怪我啊！呜呜——”

对于父亲悲痛之下发出的这通夹头夹脑、无理取闹的责备，李建成只是唯唯认错，哀哀哭泣，不作任何辩解。

李渊看他穿了一身熟麻布制的素服，老老实实在为已婚的亡妹服大功孝，心情平复了一些：“那个罪魁祸首天竺婢呢？还没有偿命？”

建成叩首奏道：“凶手已畏罪自杀。”

“哼哼！好，好！”李渊稍感宽慰，嘱咐道，“三娘的丧仪，你要亲自过问。礼部叽叽歪歪的，被我弹压下去，未必心服，须防备他们抬出古礼，偷工减料，委屈了三娘。”

李建成连声答应，劝解安慰了父亲半日。

平阳昭公主出殡那天，夏侯紫菀在宣阳坊住所的小院中踱步。

雄浑悲壮的鼓吹声向城外移动，四周渐次复归冷寂。

荀氏从洗衣服的木盆里伸出通红的手，甩了甩水，说道：“打小听老人们说古记，女人以军礼送殡，可是从来没有过的事。所以说呢，但凡为国为民做了好事，一个人不管是男是女，朝廷和百姓都会牢记他的恩泽。”

一个名唤“木樨”、刚来夏侯家不久的女子过意不去，拖着盆子要帮忙洗。

荀氏抱住木盆笑道：“不用客气，我从小习惯了，不冷，手是热的。你做好分派给你的事就行了。”

夏侯紫菀笑道：“阿荀，平阳昭公主的事，你说得当然不错。但……”

她望着木樨手上日益淡去的伤疤，不再往下说。

晾好衣服，紫菀叫荀氏陪自己出门。

骑马到了坊街上，荀氏悄声问："那里？"

"嗯。"紫菀紧了紧斗篷的系带，她们要去雍州官署报信。

有两件事，紫菀认为有必要告知李世民。

平阳公主府案发的前几日，夏侯紫菀去平康坊教习乐舞，"赵四家"的都知娘子妙楚儿硬要留她说话。

紫菀笑道："咦，你非要我在这儿，可有好吃好玩的孝敬我？"

"好玩的没有，有吃的，是稀罕物。"妙楚儿命侍婢捧了一个食案来，案上有两只盛有干葡萄的蓝色玻璃碗，两个盛满茶汤的白瓷盏。

干葡萄色泽碧绿，如一颗颗饱满的珍珠。

紫菀拈起一颗品尝，但觉甜细柔软，因称赞道："这个不啻为绝品了！是高昌国的干葡萄？"

"正是。据说由南朝时高昌向梁武帝进贡的干葡萄改良而成。"妙楚儿吃一撮干葡萄，喝一口茶汤，侃侃而谈，"再说这茶，古往今来，一般的只当作药材偶尔煎服，唯有蜀人日常饮用。近来有益州的贵客送给我剑南道雅州名山县所产的一种茶，教我吃甜腻、油荤时如此饮用，竟也甚为利口。"

紫菀也饮了两口，果然嫩绿色润，馥郁清爽："真是稀罕物。"

她掂掂手中的白瓷盏，出自河北邢窑，不算少见，但那两只盛放干葡萄的蓝色玻璃碗市面罕有，问道："阿妙，你这里的稀奇物事层出不穷。这玻璃碗，至低也是哪家公府侯门出来的吧？"

妙楚儿"咯咯"一笑，却听外面吵嚷起来。

假母赵四娘子在抱怨龟奴："我要个做粗活的孩儿，你买回一个细胳膊细腿的，糟蹋咱家那些绢！"

龟奴分辩说："四娘子，委屈死我了。这个划算啊，花的价不及一个干粗活的，买回一个高门大户做细活的，礼节都不用教了。"

赵四娘子大吵道："你还委屈，该叫屈的是我！用了你这么个脑子里全是馊粥的！哎哟——哎哟——”她往筌蹄上一坐，架起腿，揉着胸口叫唤。

紫菀出去看视，原是“赵四家”的龟奴领回一名年约十八岁的少女，虽然一袭布衣，但却细皮白肉，小手小脚的，低垂着头，眼角兀自有泪痕。

赵四娘子见了夏侯紫菀，拉着手唠唠叨叨：“阿菀，他们要把我的家当败光了！这女子粗活做不得，岁数也不小，纵然想教养成我家娘子都来不及，气煞我了！”

那女子听说“教养成娘子”，吓得抽泣出声。

“莫怕，你的年龄若在四娘子家教养几年出道，是太老了。”紫菀安抚了她，又对赵四娘子说，“我看她相貌也属平常，在你家没用。”

赵四娘子拧着眉毛，从头到脚端详那女子，越看越气：“可不吗，无非是一白遮三丑，并无特别动人之处。”

那龟奴被她数落半日，忿忿地撇撇嘴说：“您若十分弃嫌，我领她到南曲下等青楼挨门挨户问一遍，谁要就卖给谁，多的都帮您赚回来了。”

赵四娘子转转眼珠，感觉这确是个办法，应道：“你一人带去？我不放心，别馊油蒙心被人家占了便宜。”因命另一人跟着去办。

两个龟奴拖那少女出去。少女情知前程不妙，放声大哭，双手扣住门框不走。

紫菀方才看见，她的手掌至手腕有多处伤疤。

“请慢。”紫菀制止了龟奴，上前执起少女的手，细观了一回，问她，“你叫什么？”

少女胆怯地打量了紫菀一下，判断她面相和善，颤声答道：“木、木樨。”

紫菀放下她的手，转身与赵四娘子商量，“四娘子，她落了这些疤痕，南曲也未必肯出价了。我家中阿荀一人忙不过来，正缺个婢女，不如给了我吧！凭咱们的交情，四娘子不要赚太多就是了。”

赵四娘子喜出望外，与夏侯紫菀议定了价钱，派一龟奴陪荀氏回宣阳坊取买婢之资。

妙楚儿仍拉了紫菀进去八廓九城地闲聊。

说着说着，谈起隐私事，紫菀问：“叔孙郎究竟预备怎么办？”

妙楚儿摩挲着蓝色玻璃碗，闷闷地愁怀不开：“我年纪渐渐大了，四娘子的意思，但凡有个好价钱，也可以放我走。叔孙郎有心置一所别宅安顿我，可是他即将娶妻，若拿出二百两金子来给我赎身，家中必定地动山摇。四娘子的为人，阿菀你尽知的，一日不收够财帛，就一日不兑现，所以姑且混着呢。”

“嗳，你自己的积蓄只怕也够赎身。”紫菀笑着轻吹了一口瓷盏里的茶汤。

妙楚儿狡狯地笑了：“我的积蓄要攒着防身养老的。这一行的姐妹们，一朝红衰翠减，有几个不是清贫度日？纵然叔孙郎接我出去，谁知他日后如何？他未来的娘子出身名门，我可不想把这条命绑在一个男子身上，也不要伏低在主母雌威下委屈度日。他若真心与我长相厮守，自然竭尽全力为我赎身，置别宅安顿，否则便是假意。我也不做那痴心攀缘的女萝。”

侍婢从门帘缝里探头进来，掩口窃笑着请示：“都知娘子，东宫亲卫羽林郎将尔朱焕、亲卫校尉桥公山求见，掖庭的宫教博士崔斐也来了，如何是好？”

妙楚儿撩起披帛当扇子晃了晃，半是无奈、半是得意地说：“尔朱郎将和桥校尉不愧是密友啊，来平康坊也总在一处！可惜他们写的诗皆系他人代笔，就算顶着东宫属官的头衔，我也不敢坏了平康坊的规矩，请他们自便吧！崔斐官阶虽低，人家出身博陵崔氏，教习宫人书算众艺的宫教博士却有真才实学。你且请崔博士入内罢了。”

紫菀自然告辞出去。那尔朱焕、桥公山二人正自不快，在正堂上与赵四娘子缠磨交涉：“我们事奉东宫，休假不是容易的，不过找都知娘子喝个酒、唱支曲，就这般作难……”

赵四娘子默念：“若只图饮酒听曲，你们会来吗？”面上却不好得罪东宫属官，推了两个色艺出众的小娘子出来献笑迎欢：“这次先命她俩作陪，可使得？都知娘子那边，不外乎欠两首入她眼的诗，您二位常侍太子殿下左右，岂有难处？不要太谦逊便是。”

“东宫羽林郎将尔朱焕、校尉桥公山，追逐妙楚儿。”紫菀记下这件事，合好幂篱，系紧斗篷，自去内堂等待荀氏。

交割好财帛，夏侯紫菀把木樨领回自己家中安顿，问她受伤情由。

原来，木樨原为管国公、徐州总管兼河南道安抚大使任瑰的家生侍婢。

某日，管国夫人命她用一个绿色玻璃杯倒热饮喝，谁知饮品刚刚热漉漉地倾入，杯子就碎了，夫人的一只手离得近，被玻璃碎片划了一道口子。

“娘子恕罪，奴婢不知这是怎么了。”木樨急忙告罪，命粗使婢女取细布来，她要为夫人包扎。

管国夫人脾气古怪，捂着伤口痛骂：“贱婢！此乃至尊赐给齐王，齐王转赠与我家的珍物，尚未用过一次，你就给我烫个粉碎，你是不是成心？！”

敷了伤口，管国夫人余怒未消，因任瑰在家也不来看视自己的伤，火气更盛，喝令木樨跪下，用没有受伤的手掇了一根爪杖，没头没脑地殴打起来，一壁高声指桑骂槐：“任氏是何等人家？管公的父亲是陈朝定远太守，叔父是陈朝的镇东大将军！怎么养了些你这种无情无义的败家子来，成日里摔杯打盏，目无主母……”

木樨哭着抱头求饶，偏偏这时任瑰来了，见状大皱眉头，拦劝道：

“娘子不必与奴婢一般见识，有劳神责罚她们的时候，莫如安心养伤。这种本土产的绿色玻璃杯还有好几个，碎一个只当买个教训。再者，玻璃杯遇滚热的水容易碎裂，这婢子不懂才惹了祸，不知者不罪，你且饶她一次吧！”

管国夫人“呵呵”假笑，看看任瑰，再打量了一回木樨，将爪杖扔在地上，走了。

隔日，任瑰的弟弟、东宫典膳监任璨到访，夫人命木樨取齐王赠予的玻璃杯来，倒入凉水给自己喝。

木樨方要将杯子捧给她，她挥手道：“且慢，我泡个补药。”自袖中摸出一点白色的物事，一边扔进凉水里，一边闪避在旁。

杯中水立时如烧沸了一般发烫冒泡。

木樨吓得目瞪口哆，慌忙扔掉，杯子已炸得粉碎，热力和碎片把她的双手伤得鲜血淋漓。

任瑰大惊，埋怨道：“你这是做什么？必定要在小郎面前闹一出吗？我与你解释过不下五遍了，我看也不曾多看这些婢子一眼。”

夫人冷笑不答，却对任璨说：“你瞧，这婢子昨日烫坏杯子，伤了我的手。令兄长年宦居在外，难得回京一次，见我受伤，居然不闻不问。我不过说了贱婢两句，他就跳出来斥责我。今日轮到贱婢受了点儿伤，令兄急得快将我吃了！”

任璨尴尬不已，起身应道：“嫂嫂息怒。”突然想起什么，又问，“嫂嫂所用何物？”

“小郎，咱们北迁才多少年呢，你已忘了江南人家防潮使的生石灰了。哈哈！”夫人叉腰大笑，“令兄背地里讥我头发长，见识短。我却要教他瞧瞧，什么是我的见识！”

任瑰历来因夫人妒悍为世人所讥，深以为耻，但也无可奈何，今日若当着弟弟的面与她争吵，只恐又给外人添一场笑料，便命人领木樨下去疗伤，自己叫上任璨往书房去了。

夫人尖刺而空虚的叫骂声犹在他们身后不停地炸响：“任瑰！果真你家养的贱婢也比娘子金贵？有我生儿育女，你还不足！我是年貌不配你，还是家世不配你？连木樨这等相貌庸常之辈，你也要打主意……”

后面的话，木樨没能听见。

任瑰返回任所后，木樨被夫人卖进了平康坊，幸为夏侯紫菀所救。

紫菀原是可怜木樨，所以救了她。然而，当紫菀听到坊间传言，平阳昭公主是被掺入生石灰的玻璃水杯炸伤之时，她越琢磨，越觉此事不可忽视。

任璨为什么关心管国夫人炸伤木樨的诀窍？

为什么平阳昭公主之伤，凑巧发生在任璨目睹管国夫人炸伤木樨一幕之后不久？

她自己想不通透，但必须报知秦王。

另外，紫菀连续多日调查尔朱焕、桥公山的各种情况，判断这两人可能为秦王所用，这次就一并密报此事。

◑ 2 ◐

李世民和瑾瑶读了夏侯紫菀经由高俭送来的密信，俩人一语不发，把信笺投入火炉焚毁。

火光在他们黑亮的眼眸中映出猎猎的红。

任璨——东宫典膳监，在拜访其兄任瑰的那天，就已在谋划着某件事，意外地从悍嫂处觅得良方，遂与齐王李元吉共谋。

将太子赠送的高昌葡萄酒送到公主府的也是任璨。

生石灰呢？站在元吉的立场设想，是自己在武德殿当面交给竺娘好，还是由任瑰经手交接更为安全？答案是后者。

因为任瑰并不代表他自己，他的背后有太子。

太子——长兄，果然是最大的主谋吗？

东宫光天殿，窗外重云如盖，殿内阴雨晦暝。

建成训诫元吉道：“四郎，我再与你说一遍，今后，此等大事，不许自作主张！你知道吗？我昨夜梦见阿娘！她质问我，为何不管束好你？为何害了三娘？”

元吉盘膝坐在坐榻上，臂肘支着凭几，双手抱额，痛苦地拧着眉嘟囔：“我没有想到竺娘那个蠢货忙中出错啊！御前的人透露，大人对仲兄说，今岁冬狩，要观我们兄弟三人骑射角胜，胜者重赏，他希望仲兄获胜。这叫什么话？大人属意的胜者是他，不是长兄！我烦透了大人时不时口吐这种似有所指、模棱两可的话。”

“那是帝王术！何须太过当真？”建成扶着柱子，想起柴绍、李世民在公主葬礼上哀茕痛哭的模样，也是悲从中来，流泪唤道，“唉！三娘，三娘！”

元吉辩解：“我未曾想连累姐姐！也不是非要仲兄的性命不可！我只想废了他，阻止他出席冬狩，且再不能炫耀武功，显身立威！他有领左右十二卫大将军的头衔，就连守卫宫城诸门禁的左右监门卫也是他名义上的下属，须将他搬开，我们才方便安插人事。我向您禀报此意时，您没说不许。”

建成的性格不同于两个弟弟，他是一个温和甚至有点散漫的人，此时也大为震怒：“有他在，我同样可安插、笼络我的人手。你也可以做，但手段、场合、时日，怎可擅与任瑰商定，而不事先禀报我？这个任瑰，大胆！尤其你们择定在三娘府上动手，还有你四姐、五姐在场！”

元吉争辩道："长兄勿怪任瓌，任瓌侍奉您，对您忠心不二，是我劝他的，若凡事禀报，您又要说慎重，就来不及了。"

建成颓然坐下，缓和了口气："二郎不比你笨。我于公主府举哀期间，密遣随从，佯装访查案情，与公主府的人攀谈，方知二郎的人早已问过了。依我看，他必定嗅到了你的味道，今只是秘而不宣，引而不发。因是任瓌借送酒之机，将生石灰交与那个天竺婢，我也脱不了干系，二郎他能不向你的三姐夫透风吗？你三姐夫本来就与他更为相投，将来即便不直接帮他，也不可能支持我了！"

元吉猛地抬起头，冷哼一声："只要仲兄存不臣之心，图穷匕见是迟早的事！他在身边豢养死士，您招募勇士为东宫卫士，分屯于左右长林门，这精心栽培的长林兵，加上东宫卫官以及我齐府的人马，有朝一日，若果针锋相对，他的人尚不够您吃的！至于姐夫，他一个外姓人，何足挂齿？"

建成摇摇头，语重心长地说："不到万不得已，兵马都应当备而不用。上兵伐谋，其次伐交，再次伐兵，其下攻城，攻城之法为不得已！"

"是。"元吉勉强答应。

建成又问："你派去铲除天竺婢姐妹的两名勇士，安置好了吧？不可走漏风声。"

元吉狡黠地笑："您放心，这两人的嘴用水银也灌不开。他们原在瓦岗寨学艺，追随李密数载，后隐居长安，近年杀害前隋南阳公主的一名旧宫人事泄。若不是我为您招募勇士，帮他们改名换姓，编造户籍，延揽在身边，他们怎得今日之逍遥快活。"

"好。此事到此为止，你务必将我今日之言牢记于心！"建成把一只手按在弟弟的肩上，重重地握了一握，看着他认真地点了头，方才放下。

有什么东西连珠成串地扑打在殿顶宽大厚实的黑陶瓦上，兄弟俩都沉默了。

宫里的窗户是可关闭开启的双排直棂窗，殿内侍奉的人之前都回避了，建成亲自打开窗，望向户外。

不知何时，乌云化作了雪片，碎玉琼花，漫天遍地地飘飞下来。

“这场雪，似乎酝酿了很久。”建成忽觉心头轻松不少，“明日一早，又可见满庭皑皑了……”

瑾琋趴在抱腰隐几上，一手支颐，呆望着墨灰色的窗纱。

这一层人为的朦胧，模糊了雪景。

刚才还不是这样。之前，她裹着披袍和斗篷，由侍婢搀扶着在廊上漫步，看天空白雪飘飘洒洒，眼前的景致洁白、灵动而明晰。

后来，李世民怀揣高俭的密信回来，问她在外面待了多久？得到答复以后，就把她轰回了殿内。

“糊一个青碧色的窗纱就好了。”瑾琋揉着手炉，仿佛那不是铜制的，而是布帛制的。

李世民没好气地说：“糊什么都不成。你一会儿怨我祸害了你的身子，一会儿在风雪地里逛荡半日，有事算谁的？——留荑，门窗缝隙透风，你们速将四方的帷幔合拢。”

暖香浮动的幽暗彻底地隔绝开了户外的风雪。

瑾琋春风拂柳地笑笑，不与他分证，默默思量：“平阳公主及竺娘的案子算是结了，那诬陷我和陆钲的主谋，我几时向二郎揭发为好？”

平阳公主府的连环命案，以及那背后的潜流暗涌，还有方才接到的急报——江南硝烟再起，这些重大事件让武德六年的冬季显得分外拥挤。

江南杜伏威入朝时，留下好友兼旧部——淮南道行台尚书左仆射、舒国公辅公祏驻守丹阳接掌地方政务。

近日，辅公祏杀害了执掌兵权的副手——歙州总管、宜春郡公王雄诞，树起反旗，自立为帝，国号“宋”。

李渊敕令襄州道行台仆射、赵郡王李孝恭，岭南道大使李靖、齐州总管李世勣等将领率军讨伐，任命李世民为江州道行军元帅，坐镇长安，遥领各路征讨军。

瑾琋暗自拿定了主意：“在这个已然多事的岁末，暂且不向二郎揭发那个人。”

很快，她就明白自己的决定是何等明智。因为又有一桩意外事件发生了。

某日，赵顺赶来禀报：“大王、娘子，宫外出事了！服侍高娘子的宝绿死了。”

由于平阳公主逝世，李世民服大功孝，暂不能接高惠通进宫，她和宝绿仍住在娘家。

李世民惊问：“怎么回事？”

“淹死了。”赵顺也不清楚细节。

“唉！”李世民深感惋惜，“那婢子追随高氏，主仆二人履险蹈难，相扶归国，统共才过了几天安定日子，竟遭遇不测。”

瑾琋提议：“高娘子想必十分悲痛，我们可去探望，送些赙赗之物。”

李世民说：“这倒不必，毕竟只是一个侍婢亡殁。回京途中，符桓、赵顺照应了她主仆一些日子，就派符桓、赵顺致祭。我们赏赐的赙赗，交他俩带去就罢了。”

瑾琋坚持道：“高氏与别人不同，和我有亲；再者，宝绿志虑忠纯，深宜褒奖，理应重加身后之荣。你去，确实不必，就由我带领高嫿、符桓、赵顺同去。”

其实她还有一个目的，就是见见高惠通。

自瑾琋记事起，惠通就随父宦居边地，后流落突厥，无缘会面。高嫿和高惠通是房属不同的族姐妹，童年往来很少，只有一点隐隐约约、似是而非的稀薄记忆。

而瑾琋对惠通的音容笑貌更是毫无印象，对她的人生经历则是非常好奇，想看看命运把她锤炼成了一个怎样的人，以决定如何待她。

瑾琋一行抵达金城坊高宅，约略观察了一下高宅的光景，不禁有些心酸。

和崇仁坊高俭家那所由李世民出资置办的豪宅相比，高世达遗下的这所宅院大而陈旧，此时白雪飘飘，更显此处冷寂寥落。

高世达为官清正，自武德元年因病隐退以来，诸子无一显达，家计日渐清寒，家奴陆续裁减。现今高世达的长子高燚出任青州府别将，次子幼年夭折，第五子高烨出任抚州邵武县尉，各携家口居于任所。高世达的第三子高焕、第四子高煊在京，分别任都水监主簿、典客署掌客。

瑾琋暗想，高焕、高煊的品秩虽偏低，但都在要害官署占据了一个消息灵通的实缺职务。都水监掌管全国河渠、津梁、堤堰、舟船及水运、治水等事务，与国计民生息息相关。典客署掌管大唐与番邦外夷的交通来往、使节接待，关乎边疆安宁。如果这兄弟俩自强不息，中兴本房也不是不无希望。

今日，高焕、高煊一早去了各自供职的官署，卢氏率高惠通、两个儿媳迎至正堂。

瑾琋、高娉与她们见礼，匆匆打量了惠通一遍，果然是柳娇花媚，事发后她已大哭几场，眼中含泪，又显出一种愁眉啼妆的独特韵味。尽管她尚未获得名分，依然执媵妾之礼，向瑾琋大礼参拜。

瑾琋说些安慰开导的话，问道："亡者已入殓了吗？"

卢氏答道："因没有棺椁，尚未入殓。已经给她换了干净衣服，用锦衾裹好，暂停在一张小榻上，送入了灵堂。宝绿有恩于小女，我将把她视同养女，定尽我家之能，给她一个好发送。"

高家三儿媳说："已派一名家奴去购买棺椁了。不过西市正午才开市，他还需稍等一等。"

瑾琋命丰登把赙赗交给高家的管事家奴，又问事发经过。

谈及宝绿之死，惠通悲从中来，重复哭泣："呜呜——早饭后，三弟、四弟去官署，妾与家母、两位弟媳送他们出了正堂，就回房读书。那时尚未下雪，妾让宝绿自己去玩耍，半个多时辰之后，听见外面吵嚷，说她栽进池子里了。妾慌忙跑出去，家奴正顶着鹅毛大雪，在那池子里打捞，捞上岸一看，人已经去了，呜呜——"

瑾琋纳闷地问："大冷天，她为何去水池边玩耍？"

卢氏见女儿哀哭不止，代为回答："池水里发现两个木踏板，是宝绿生前做的，说等池子上冻了，她要滑冰。原来她今日是滑冰去了！却不知冰层还薄，没有冻实。想必她立在冰面上，冰层承受不起，裂开了，人摔进水中，因不通水性，竟溺亡了。只恨寒舍人口少，无人看见她去了池子，否则一定阻止她，就不会出事。"

瑾琋幼年听父亲长孙晟谈过，北狄室韦人用木头制成脚踏板，双足各踩一块，在冰面上滑行。突厥雄踞漠北，和室韦人交往频繁，有人向室韦人学会了滑冰，也是可以想见的。

符桓、赵顺回忆与宝绿共事的时节，确实听她提起冬天要做滑冰木踏板玩耍，言犹在耳，人已亡故，都流下了眼泪。

高嫣问："她没有呼救吗？"

惠通答道："也许呼救了，然而我不曾听见，这也是我不能释怀之处。那池子离我的居室并不远，而我却不知宝绿溺水，不曾施救！呜呜——当时，家母及两个侍婢去了三弟媳那里，别人离得更远，越发听不见。家母一行从弟媳居所回来，途经池子，发现冰面破了，宝绿的木踏板漂在水上，彼时雪已下了一阵子，觉得奇怪，莫非宝绿冒雪在池子里淘气？唤家奴去看，才知是人溺水了，呜呜——"

瑾琋抚慰道："你不必自责。溺水者不是人们通常想象的那样大喊大叫，一旦溺水，话也说不出。若无人在场施救，溺水者顷刻即失去知觉。你只需虔心祈求冥福，也就是了。我也要到宝绿遇难的水池边奠一壶酒。"

◑ 3 ◐

高家女眷引瑾琋、高嫮一行过去池边。雪停了，为防滑跤，每人都拄了手杖。

整座宅子统共不过十名奴婢。高世达夫人卢氏、高焕一家、高煊一家各住一重小院，侍奉他们的奴婢各随主人居住。

高惠通和宝绿回家后，就安置在卢氏居所横出来的一进三间屋子里。一间书房，一间惠通卧室，一间下房，背后有一座小花园，内有一水池，即是宝绿溺亡处。

瑾琋奠过酒，叹息了一回，转赴正堂侧面搭建的灵堂。

途中经过惠通的居所，寒风拂动着晾在廊上的衣物，仿佛在为亡者行招魂礼。

高嫮沉痛地慨叹："衣衫犹在，人却不在了。"

"晾在此处的大多是小女的衣裳，宝绿昨夜洗晒的。"卢氏擦擦眼泪，"她自己的衣裳很少，待晒干熨平，都烧给她去天上穿。"

瑾琋垂泪道："她生前为令媛做的最后一件事，便是把晾在院中的衣裳挪移至回廊，以免被雪水所污。不过，她下雪之前出去玩耍，下雪了回来挪移衣衫，为何又再度冒雪外出滑冰呢？可是个傻孩子。"

"衣裳是妾挪的。因宝绿玩耍未归，乳母在整理厨房，妾就自己做了。"惠通说。

高娉暗想，族叔高世达留下的这个家着实是萧索了。她独身仕事弘义宫，尚携带侍娘婢女共三人，瑾琋另拨了两名粗使宫婢供她使唤，而高惠通却需自己动手收衣服。

瑾琋指着书房左边的小屋问：“那是宝绿生前的居室？”

惠通哽咽道：“是她和妾的乳母共用的卧室。自从妾回家，夜间由宝绿、乳母轮流伴宿，不需值夜者就住这间下房。”

十一年前，高惠通被突厥掳掠，乳母跟了高世达夫妇，世达亡故后，她转而掌管庖厨薪炭。未料惠通奇迹般归国，乳母欢喜不禁，主动提出伴宿值夜，好多点时间与惠通亲近。

瑾琋驻足门口，观望室内。花青色的帷幔随风轻摆，曙红色的地衣发散着温暖的气息。高家待宝绿、乳母都不同于普通奴婢。

帷幔、地衣皆为陈年旧物，特别是地衣，用材普通，质地轻薄，以至于有不少褶皱。由此可窥知高宅的俭省，然而给人一种重返故园般的亲切感。

“祈愿亡魂早登极乐……”瑾琋喃喃低语。

到了灵堂，棺椁尚未运回，瑾琋说：“论礼，唯有至亲才能进入灵堂致祭，但宝绿忠心贯日，令人钦敬，我和高典言要亲入灵堂凭吊，并瞻仰遗容。”

“瞻仰遗容”四字震得别人尽皆默然，待要作陪，却又畏手畏脚，尴尬不已。

瑾琋体贴地补充了一句：“诸位不必相陪。”她合好幂篱，独携高娉进了灵堂。

吊唁毕，瑾琋缓缓掀开锦衾，露出亡人的面容。

宝绿梳着双鬟髻，由于在池水中浸泡过一段时间，还没有干透，湿答答的有些走形。

守护遗体的家奴不等贵客开口，主动解释道：“买棺椁的人顺道雇人来给她梳头，打扮好了再入殓，家里的侍娘婢女不敢帮她梳。”

瑾瑶撩起自己的幂篱，细观宝绿的遗容，甚至伸手摩弄亡者的面部五官。

看守遗体的家奴吓得瞠目结舌，急忙垂首肃立，既害怕近观亡者遗容，也害怕直视王妃面容，僭越失礼，忍不住腹诽：“这是什么王妃啊？疯了吗？”

瑾瑶退出灵堂，抱歉地对卢氏说：“太夫人，我要洗洗手。天寒，我体弱，需用热水。来时看见府上的厨房在阁室附近，我直接去厨房讨些热水洗了手，方便上车回宫。”

除了极豪奢的富户，不吝惜煤炭柴薪，终日热水不断，冬季用热水对于大多数人家都不是一件轻省的事。瑾瑶突然要用热水，会给高家造成一些麻烦，因此感到抱歉。

“王妃何须客气，您大驾光临，就是我家天大的体面。”卢氏诚恳地说，“请恕老身冒昧，讲一句不当讲的话，今后，小女还要仰仗您施恩呢。”

瑾瑶不免动容。惠通在礼聘敕封之前就入侍李世民，这般行事与渤海高氏的门第并不相配。但失散十一年的女儿历劫归来，卢氏已很满足，接受所有的现实，一心只为女儿的将来打算。真是可怜天下父母心。

“太夫人勿忧，我是渤海高氏的外孙女。”瑾瑶不卑不亢地回应，“因平阳昭公主之丧，暂且不能接令嫒进宫。恕我直言，府上奴婢不多，她的乳母日间有庖厨薪炭的役使，今后谁服侍令嫒起居？”

卢氏答道：“我会另拨一人去厨房，把她乳母腾挪出来。我家人少，将就够用也便罢了。”

冬日里，水缸也被搬进了厨房。惠通的乳母拿一只铜铫盛了少量的水，搁在红泥小火炉上烧，禀道：“王妃稍等，不多时就烧沸了。”

这种小火炉取暖、加热饮食两用，加上厨房特有的那种烟火气，烘得厨内暖意洋洋。只是地方狭小，瑾琋仅携高嫮、留荑入内。卢氏的侍婢在厨房旁边的井里打了点冷水，倒入一只木盆，预备端进去备用。

“给我的侍婢即可。”瑾琋一面阻止，一面亲手揭开水缸的木质盖子，捞起一只瓢，递给留荑舀冷水备用。

等水的间隙里，瑾琋向惠通的乳母问长问短，贵姓什么、仙乡何处、贵庚几何、儿女做什么营生，诸如此类。以至于她走后，惠通的乳母方氏欣慰地禀告卢氏：“娘子大可放心，秦王妃一点架子也没有，还拉着奴婢说家常话，又有渤海高氏这层姻戚。她舅舅高治中，可没忘记早年跟咱们家府君的情谊，给咱们五郎谋得邵武县尉的缺。秦王妃定也错不了，咱家一娘进了弘义宫，不会吃苦的。”

仿佛是呼应方氏的一席话，宝绿下葬后，瑾琋便邀高惠通去崇仁坊高俭府邸，借高俭的书房会面。

距上次晤面隔了八天，惠通越发憔悴得风僝雨僽，往坐榻上一坐，便是柳啼花泪的，因恐失礼，勉力做出一丝欢颜来面对未来的主母。

瑾琋也不见怪，屏退了奴婢，问道：“你可知我预备和你谈什么？为何要与你单独谈，不许旁人在场？”

惠通轻咬嘴唇：“妾大约是知道的。事发当日，王妃回弘义宫，看守宝绿遗体的家奴与他人私语，说王妃在灵堂内做了什么，他们觉得很奇怪。这话慢慢传进妾的耳中，妾心惴惴。及至此刻，王妃如此发问，证明妾之前的担忧并非杞人忧天。”

“宝绿溺亡当日，我在下房门口凭吊，发现室内的地衣，中间一些部位格外的熨帖平整，全不似其他部位。”瑾琋拍了拍手炉，“如同刚刚熨烫好的衣裳，对吗？这表明那些部位曾被水溅湿，是被紧急用炭熨斗或手炉熨干的。由形状和轨迹来看，竟是从屋子中央一路泼溅到快到门口才止住，且水量也不少。我禁不住好奇，室内发生了什么？

而你因下雪，把院中晾晒的衣衫移入回廊，却为何丝毫没有念及下雪前便去滑冰、一去不回的宝绿呢？她与你不是实为生死之交吗？我由此怀疑，这般情势下，宝绿究竟是怎样溺水的？”

惠通鼓起勇气，抬眼望着瑾琋：“所以，王妃亲手验尸？”

“嗯。宝绿确为溺亡，但她的口鼻中完全没有那池子里的泥沙水藻之类的杂质，说明她沉入池水之前……”瑾琋沉重地点了点头，“已经溺水而亡。嗣后，我察看你家水缸，里面满满的一缸水。舍弟无逸家，人口与府上差不多，水缸尺寸也如你家那个相仿，早晨担满一缸井水，至晚用去大半，家奴再去井边担水来续，以备盥洗沐浴。看来，你家的水中午之前已用去许多，必须续水了。白日用那么多水做什么呢？我总是联想宝绿房中泼溅出的那些水。浆洗衣服都是直接打井水，我能想到的，是沐浴。然而洗澡须在浴室，唯有沐发可在卧室。天气寒冷，室内沐发也可避免受寒。掌握她沐发用水情况的，除了她自己，还有你的乳母方氏，因为支用柴薪木炭、生火烧水，均须经由方氏之手。按照你的说法，早饭后，她即去外出玩耍，再没有回房。如此说来，她外出后，曾去厨房、井边抬热水和冷水，折返你隔壁的房间沐发。你竟然毫无察觉，已不太合乎情理，而她于沐发后，复又绾好双鬟髻，出门滑冰，就更加不可思议。你我都是女子，算一算事发当日的时辰，这样的天，满头长及大腿的浓发，不可能那么快就干透，难道宝绿异于常人？”

惠通啜泣出声，却又抑制不住地露出苦笑：“秦王未曾向妾提及王妃一言半语，妾不知王妃聪敏绝伦，有见微知著之能。”

瑾琋心说：“他当然不提我。彼时你和他干柴烈火，他却与我参商了，想来恨不能休了我吧？提及我岂不糟心？哼。”

惠通忽然俯伏于地，哀求道：“呜呜——妾只求在执送法司之前，再见秦王一面。”

瑾琋不为所动，语气淡漠地平铺直叙：“主杀婢，至多徒刑居作一年半。我只恐真凶不是你这个‘主’，幕后隐情也不简单。”

“不不不，是妾一人所为，无关他人……”惠通急痛攻心，哭得上气不接下气，话也说不下去。

瑾琋责问：“你如此焦急，是要包庇谁？你为何杀害宝绿？你身材修长，却是个纤细柔弱的贵家女子，一个人如何搬运尸体、破冰、抛尸？你的乳母方氏明知宝绿烧水沐发，不可能外出滑冰，却不揭穿你的谎言，并重新担水满缸，掩盖事实，又是为什么？这些问题，你敢如实回答吗？”

惠通只是哭泣，答不出来。

瑾琋娓娓讲述：“你且听我道来。那天早饭后，方氏助宝绿烧水，抬水入室，并帮她舀水沐发，趁机把她的头按进热水中。方氏尽管年近半百，日常劳作练得一副硬朗筋骨，担水、提水不在话下。俗语云，一口水也能呛死英雄汉。宝绿不识水性，体型小巧且毫无防备，饶是拼命挣扎，片刻即命丧黄泉。你听见响动，奔到下房窗外窥探，透过窗纱，目击了这一幕。因为某种缘由，你选择了乳母方氏，教她把宝绿用剩的水倒掉。然而她刚刚杀了人，一度心慌意乱，手臂发抖，水泼溅出来，湿了地衣。你将宝绿披散的长发重新梳为双鬟髻。方氏倒水回来，将宝绿背至水池边，你携带两根手杖及宝绿的滑冰木踏板跟随，与方氏各持一根手杖为工具，合力捣碎冰面，把宝绿和木踏板推下水去。天助你二人，回房后，天下起小雪来。你们把晾晒在外的衣服挪进回廊，用炭熨斗、手炉等熨干地衣。雪又下大，抹掉了你们倒水、出没池畔的痕迹。方氏回到厨房，打井水装满水缸，掩饰了宝绿死前沐发的真相。真相是这样吗？”

惠通停止哭泣，脸颊挂着未干的泪珠，痴呆呆地颔首默认。

瑾琋缓颊道：“我只想知道，原因是否与你神奇的归国经历有关？

东汉末年，蔡文姬为匈奴左贤王所掳，流落异域十二载，育有二子，是曹操念及与蔡文姬之父蔡邕的友情，以重金和匈奴交涉，将她赎回。文姬归汉时，当年和她同时被掳掠至匈奴的人们，因不能同她一样回归故土，扶车号哭相送。你果真比蔡文姬幸运吗？”

瑾琋想象着汉末、隋末，被匈奴、突厥掳掠的中原女子，南望故国，泪尽胡尘，终究魂断异乡的悲惨命运，不由地心悸鼻酸，目中泪光闪闪。

惠通的眼泪却仿佛已经流干，挤出自嘲的微笑：“妾哪一点配与东汉蔡文姬相比？妾所嫁的突厥吐屯，为立功请赏，取悦可汗，以妾的三个孩子为质，许妾借突厥入寇之机回乡，条件是利用妾家与雍州高治中的关系，以及妾兄弟的职务便利，刺探大唐各种讯息。他说，妾回高家之后，等一段时日，将有一位男子求娶妾为继室，与妾做假夫妻，保证对妾秋毫无犯，两人互为掩护。宝绿是他配给妾的侍婢，也负责监视、辅佐妾。预定由她传递妾所刺探的讯息至吐屯指定地点，与吐屯安排的假丈夫联络。然而，谁也不曾预料，妾得以与秦王结缘。回家后，妾陷于矛盾痛苦境地，一边是亲人的爱护、秦王的信任，另一边是三个心爱孩儿的安危与前程，他们虽是与那突厥吐屯所生的孽缘之子，毕竟也是妾身上掉下来的肉啊！王妃想必能理解妾的心情。妾深知那吐屯的为人，恐怕他做得出！真是进退维谷……”

◑ 4 ◐

宝绿窥察出惠通的内心挣扎，事发前一晚，她趁伴宿的机会，警告惠通道：“娘子和奴婢一路走到今日，获得所有人的绝对信任，好不容易啊！今得秦王恩宠，可深入皇家宗室，更是做梦也梦不到的机会。奴婢的兄弟姐妹、娘子的三个孩儿，这许多人的命运都系于娘子之手。

不过是要娘子传出些话来，有什么难？”

案发当日，惠通目睹乳母方氏把宝绿的头摁在热水中，惊恐万状，口不能言。

方氏沉声唤她：“一娘，奴婢全知道了，须铲除这个祸害！”

事后，方氏告诉惠通：“昨夜，奴婢在厨房煮了半铫马酪，端过来想给您做宵夜，在门外听见了宝绿的话。奴婢当时就想冲进去，给她砸一脑袋。可又怕那婢子死在一娘房里，阴魂不散，也不好遮掩，无法对家人交代，就先忍着，回到厨房，思谋此事。奴婢陡地想起，宝绿说过，第二天要沐发，央求奴婢烧一大锅水，奴婢就有主意了……她死了，一了百了，再无人妨害一娘。此事，只需奴婢和您两个人知晓，不要告诉家人，以免他们忧惧，也不能让秦王察知，他若听说您前面全是骗他，归国原是做奸细的，必不能接纳您进宫。就当宝绿是滑冰淹死的……”

“妾也算饱经忧患，与方媪计议定了，便没有十分慌乱。妾唯独不曾算到，秦王妃是这般人物，且亲临致祭。”惠通不自觉地对瑾琋流露出歆羡的神色。

瑾琋展颜微笑：“我理解你为人母的心情。蔡文姬归汉，也承受与二子永别的痛苦，在诗作中也有体现。我且问你，那吐屯指令宝绿今后去传递消息的地点，在何处？方便她一个侍婢出入的地方，只可能在长安城内，唯不知某坊某宅？那名预定与你结为假夫妻的男子是谁？”

惠通抱憾地说：“妾不知。那吐屯只告知宝绿，宝绿不肯说与妾。原设想妾回归母家，也许有不止一位郎君议婚，待预定的假丈夫上门，宝绿将指给妾认识，妾就明示非那人不嫁。可是那神秘的男子尚未现身，宝绿即死去。无人与那男子联络，他不会登门了。”

瑾琋微觉失望。若能查到那地点，挖出奸细，乃至更进一步，设法传一些假消息给突厥，误导颉利可汗，甚或实施反间计，均可削弱突厥的力量。如同父亲长孙晟曾经做到的那样。

可惜，这些可能性随着宝绿之死，化为乌有。

当然，这不能怪罪高惠通和方氏。

瑾瑶变作庄矜端肃的神色，告诫道："你留在突厥的三个孩儿，宝绿溺亡，你寻不到那地方，传不出消息去，那吐屯不能责怪你，何况孩子们也是他的骨血，谅他不至于把事情做绝。此事，你须按方氏的主张而行，你也不可将我已知情这一节告诉她。进了弘义宫，你若隐世无争，安分守常，我必不相难，还将善待你。否则，休怨我冷酷无情。倘若有人阴结敌寇，出卖大唐，无需禀报秦王，我必手刃之，先斩后奏也无妨！"

其实她不确定那个吐屯将如何对待惠通的孩子，但也没有其他话语可以安慰一个饱经苦难的母亲。能救助一个高惠通，总比她母子四人都万劫不复的好。

她把感激涕零的惠通送回金城坊高家，临别叮嘱道："别人若问我找你密谈什么，一概回答是女子的私房话，关于日后如何侍奉秦王的，不便泄露……"

瑾瑶也如此应付李世民的询问，顺便告诉他："待到开春，我预备去一趟泾阳县。"

李世民脸色一沉："为何？"

陆钲新近被太常寺抓差，派赴泾阳公干，监管当地祭祀礼乐事务，要在泾阳待一段时日，因是临时公出，不必搬取家眷。故而他仅携家奴长龄一人，借宿泾阳县官舍。

李世民认为，书画传情那件事，瑾瑶无疑是被陷害了，但陆钲并非全然无辜。那两幅随时可点燃他怒火的画，极有可能是陆钲所画，反映了陆钲的情感和想象，是对瑾瑶的觊觎与亵渎。因此，他依然忌讳陆钲与瑾琋会面，除非有他或长孙无忌作陪。

瑾琋“哼”了一声，柳眉倒竖，只念出一句古诗：“结发为夫妻，恩爱两不疑。”

李世民闻言，面色泛红，讪笑道：“呵呵，不错，我立有誓言。我不是疑你，乃是疑陆钲，担心他冒犯你。”

瑾琋撑不住，笑道：“哈哈哈！这许多人侍奉护卫我，谁敢冒犯秦王妃、天策上将夫人？一心求死吗？再者，我去泾阳不为见他，是为探望剪秋罗。卫仁禀报我，剪秋罗怀孕了，她家夫君虞旦本是泾阳县尉，今投入赵郡王和李药师的南征军，赴江南平定辅公祏之乱，不在她身边。我微服登门，躬亲探望她。虞旦，乃至他的一众同袍将士，终究承的是你——秦王的情。”

剪秋罗的丈夫虞旦出身会稽虞氏，为江东大族。但虞旦所在房属衰微已久，虞父只做个末流小官，英年早逝，身后萧条，留下孤儿寡母勉强温饱。虞旦少年叛逆，不思读书，早年入伙杜伏威率领的盗贼，成了虞氏的不肖子孙，后追随杜伏威反隋，得到王雄诞的提携，获授官职。

然而，同会稽虞氏门户相当的人家仍不愿与他结亲，由寡母做主迎娶了宗政氏，生有一女。后虞旦的母亲逝世，宗政氏因某些原因与他和离，改嫁他人。

虞旦携女北上，就任泾阳县尉，寄居官舍，独自抚养女儿三年，父女情深。他续娶也不求高门大户，但求对方性情温厚，爱护幼女。恰遇穆家的剪秋罗放归民间，经媒人说合，两家联姻。虞旦租了距县衙不远的半座宅院，安置家口。

武德六年末，虞旦获悉江南辅公祏杀害宜春郡公王雄诞，举兵叛乱的消息，无法安坐京畿，对剪秋罗说：“我不能坐视奸贼蹂躏故里。况且，宜春公于我有提携之恩，他忠君报国，杀身成仁，我虽只是一员县尉，也当投效王师，南下平叛，为国尽忠，为恩公复仇，也为自己谋个前程。”

于是他辞去县尉的安稳职务，抛别孕妻、幼女，慨然奔赴前线。

剪秋罗碍于娘家嫂嫂为人吝啬，不好相处，没有回穆家暂住，便携七岁继女虞满愿继续居住租来的那半所房舍。

“嗯？啊！原来如此！”李世民喜笑颜开，搂着瑾琋称谢，“有劳娘子！”

武德七年，过了二月丙戌，瑾琋乘坐士族人家常见的牛车，率二十名随从，自称“太叔娘子”，微服前往泾阳县，回避了官舍，入住剪秋罗所居宅院。

这所宅院的房东不是别人，正是宋金刚的原配夫人鲍奉仙——化名董抱娘。

在瑾琋的帮助下，董抱娘于武德四年携陈松奴迁居泾阳县，在乡下置了些良田，租给人耕种，又在城里买下一所小宅栖身。不是买不起宽绰的宅院，而是抱娘向来勤俭持家，不喜奢侈浪费。

陈松奴在县城经营土产贸易，也已娶妻成家。董抱娘也不肯游手好闲，照旧揽些女红活计来做，补贴家用，犹嫌宅院闲置房舍较多，浪费地皮，租了一半给虞旦安家。虞旦出征后，抱娘也时常关照剪秋罗母女。

瑾琋抵达剪秋罗家，一看是半座小宅，且形制不同寻常，随从全部入住很不方便。原因无他，只因这所小宅格局独特。

这座没有正堂、内堂、正寝、廊屋之分，进入大门，先是一间露天的阍室，包含马厩、牲口栏，旁边筑有厨房，后面一前一后建有两座小楼，前楼住虞旦家，后楼住董抱娘家。

空地不是种树木，就是种瓜菜，左右两侧靠墙各围一圈竹篱为笼舍，养了鸡、鹅各一群，花园、假山、盆栽之类是无缘的。

妙在两座小楼部分模仿江南贫户竹楼木舍的形制，底层为正堂，二层为内堂，另有卧室、书房各一，三层有卧室三间，顶层有卧室两间。

瑾琋一进入这座宅院，便问抱娘：“听口音，董娘子不是江南人，为何置一所这样的宅院？真个是鸡犬相闻，哈哈！”

抱娘笑道：“太叔娘子见笑，我是苦出身，过日子讲求实用。这所小宅原是一位吴郡商人盖的，他出身贫苦。那江南贫民的住所不同于北地的土墙蓬壁、柴扉茅屋，多为简陋的竹楼木舍。他住过十几年竹楼，把宅子修成这般模样，以示不忘本的意思。他阖家东迁洛阳，我觉得这宅子好，紧凑，就接手了。虞少府是江南人，早年追随杜伏威、王雄诞，木舍竹楼、芦苇荡都住过，他相看了这所房舍，喜欢得紧呢。”

剪秋罗提议：“我家中只有小女和两名侍婢，可暂时搬到董娘子家来，腾出整座前楼，安置护送太叔娘子的十七名家生。”实际是弘义宫的给使卫仁、四名校尉和十二名卫士，共十七人。

剪秋罗不知瑾琋与抱娘有怎样的因缘际会，瑾琋和抱娘自然也都只字不提。因此，剪秋罗还感到几分神奇，秦王妃似乎与任何人都能一见如故，化名“太叔氏”微服私访，和民妇董抱娘第一次见面，言谈就如此投契。

瑾琋依了剪秋罗的主意。随从中的十七名男子入住前楼；瑾琋携留荑、繁缕、玳玳住后楼的顶层，三层由剪秋罗携虞家一名侍婢住一间，虞家另一名侍婢带着满愿合住一间，董抱娘携自家的一名侍婢合住一间；松奴及妻子雷氏住二层卧室，自家一名仆妇则住书房。

当晚，大家一起用饭，热闹非同一般。瑾琋体验到一种有别于宫廷候府生活的欢畅。人与人之间的距离感几近消失，而与自然更加亲近，楼上楼下邻人的风吹草动、春雨打湿屋瓦的声响、楼外鸡鹅的鸣叫、满庭弥望的绿、泥土瓜菜的芬芳，无不浓缩着质朴的温情。

席间，瑾琋打趣抱娘：“董娘子这般精明，亲家怎舍得把女儿嫁给你家为儿妇呢？”

雷氏憨厚地笑笑：“太叔娘子说笑了。我娘家贫寒，婆母不弃嫌，待我宽厚。”

剪秋罗也道：“董娘子若逢大事，就半分精明都没了。她与我家做邻居的时日虽不长，待我家的情义却不浅。虞郎出征前夕，我想，俗语有云，穷家富路，何况是去打仗，局势瞬息万变，因把我陪嫁的一支象牙兔毛笔给他，除了写字，万一有急用，还可折变了换些财帛。董娘子获悉，出来阻止，说象牙笔给夫君带在身边使用就好，折变什么？就把我家给她的半年房租退出来，说等他凯旋再付房租不迟。”

瑾琋赞叹：“这便是大仁大义。”

抱娘说：“我是村妇出身，大道理不懂得，只觉得应该那样做。虞郎出征，我只有一句话嘱咐他——此去若得了富贵，莫忘家有糟糠之妻！”

剪秋罗的眸子蒙上了一层阴翳，忧心地说：“我不求富贵，但求他平安。不知他几时得归？”

虞满愿也思念起父亲来，小嘴一瘪就要哭。剪秋罗慌忙抱着她安抚：“耶耶会回来的。又有阿娘在，不怕。”

如此看来，当年宋金刚抛妻弃子、宠爱继妻刘燕婉，给董抱娘——鲍奉仙造成的创痛是刻骨铭心的，她由此萌生一种使命感，随时准备为可能面临类似危机的亲友主持公道。

而剪秋罗和虞旦的感情看来不薄，从她对待继女满愿的态度也可见一斑，席间夹菜喂水，关怀备至，满愿也是一口一个“阿娘”的叫着，如亲生母女一般亲密。想必这也是虞旦放心把女儿托付给剪秋罗的原因了。

瑾琋半是鼓励、半是安慰地说：“近日赵郡王李孝恭攻取芜湖，克复梁山三镇，河南安抚大使任瑰攻克扬子城，王师兵锋直指辅公祏老巢丹阳。虞郎凯旋之期在望。”

众人闻讯，俱各欢欣鼓舞。满愿拍着小手欢呼：“噢！耶耶要回家了！”

翌日，瑾琋携随从外游，体察当地风俗民情，黄昏方回。

抱娘迎至门口，面红耳赤地道歉：“太叔娘子，对不住。我那亲家的茅屋坏了，屋顶漏雨，墙壁灌风，实在难以下脚。我雇了工匠给他家修缮，须耗三日工夫。他一家子只得各投亲戚家暂住，亲家不知我有客人，把亲家母和小女儿雷二娘送来我家借宿，太叔娘子请看，是否方便容留？”

第四章 小楼夜半火灾

◑ 1 ◐

瑾琋毫不犹豫地应允："无妨。咦，董娘子也是怪了，你是主，我是客，客随主便啊！怎么如此客套，反而问起我来？"

雷母和雷二娘是由雷家的次子雷二郎及一名青年送来的，四个人立在院中的瓜菜畦旁，与董抱娘、瑾琋见礼。

瑾琋暗笑："普天之下，究竟有多少'二郎'？想必多如繁星。在长安城的街面上大喊一声'二郎'，十名男子中必有两人回头应答吧？"

她戴着帷帽幂篱，三名侍婢、十七名家奴尾随，那些家奴除了卫仁外形文秀，个个鹰扬虎视，如立地金刚一般，一望而知是士族娘子出行。雷家人都怯生生地不敢直视。

原本在此处玩耍的满愿停下来，好奇地打量这几个生人，问剪秋罗："阿娘，他们的衣裙为什么有一块一块的补丁？好生难看。"

童言无忌，剪秋罗和雷家人的脸却都涨得通红。

"满愿……"剪秋罗轻扯了一下女儿的小胳膊，"跟你的侍婢回楼上去。”打发走满愿，她又对抱娘、雷母抱歉道：“小女年幼，说话不知深浅，出言无状，万乞海涵。”

瑾琋观察那四人，雷母、雷二娘、雷二郎的装束离“鹑衣百结”也不远了，足蹬麻履，履头也是补过的，母亲和女儿皆不施脂粉，半件像样的首饰也无，一色的木簪绾髻。

京畿地面也有这般清贫的人家，比雷家更为穷苦的贫户势必也是有的。瑾琋不禁为自己朱门绣户、堆金积玉的生活感到惶恐。

但看那不知名的青年却是衣着光鲜，身高臂长，体格壮实，然而举手投足自带一种底层生活的烙印，显然是个新晋的富户。

“咱们也上去。”瑾琋招呼剪秋罗。

步入后楼正堂的一瞬间，瑾琋猛然感觉有一束目光在身后往复扫荡，肩背泛起星星点点蚊虫叮咬般的不适感。她回首张望，却没有发现可疑之处，只见两位天策府校尉有意识地尾随雷二郎及其同伴，监视他二人出了大门，方才关好宅门，折返前楼。

瑾琋估计自己是因奔波整日，身体疲劳之故，产生了错觉，全程警戒左右的校尉、卫士们想必也不轻松。因吩咐卫仁去外面买了不少新鲜的酒肉美食，让他与众校尉、卫士共享。

是夜晚饭时，因为添了雷家母女俩，话题也有所增加。

瑾琋问：“与雷二郎一道的那位郎君是谁？瞧着他体貌清奇，不像普通人物。”

提及那个人，抱娘谈兴甚浓：“他是亲家翁的远房外甥龙越泽，暂住旁边那条街上的一家旅舍。龙郎小时家境也甚贫，随父母东迁谋生，略宽裕些时，父母又亡故了。幸而赶上当今天子晋阳起兵，龙郎投效王师，做到伙长。武德四年南征后，卸下戎装做商贩，专跑陕东道至长安的买卖。武德六年他回到泾阳老家，购置了田庄，又将年久失修的村居推倒，翻盖起一所小宅院。在雷家一干亲戚中，龙郎最是有出息又见过大世面的。他与雷家走动很勤，尤其是近日，有事无事爱往县城雷家跑，有出力的机会绝不错过……”边说，边笑眯眯地瞥了雷二娘一眼。

那雷二娘竖着耳朵一字不落地听她侃侃而谈，低垂眼帘不做声，脸上红潮滚滚不断。

瑾琋、抱娘和剪秋罗相互递了眼色，交换一个会心的笑容。

雷母却不害羞，炫耀道：“这条街离我家远，越泽那孩子跑这么勤，实则是为我家二娘去的，昨日带了两件首饰给她，向我和她阿耶提了亲事。只是还没有完婚，我和女儿不能寄居他家。托亲家母的福，我大女儿嫁给松奴，过上了富足日子，这个小女儿也快嫁给越泽，我们这辈子为儿女操的心放下一半了。”

饭后大家洗洗刷刷，安排歇息。今晚，雷母在二层与女婿家的仆妇合住书房。居室偏窄，抱娘人高马大，剪秋罗怀孕，瑾琋一行是贵客，不好安插，剪秋罗主动把满愿挪过来跟自己睡，让雷二娘及虞家的两名侍婢这三个身材纤瘦的小女子合住一间房，化解了这个难题。饶是如此，三个女子也基本是一个的胸贴着另一个的背、另一个的脚蹬着第三个的脸了。不过，她们正处于一生中最好睡眠的年龄，照样安枕高卧。

瑾琋睡得却不太踏实，迷迷糊糊的，有一阵子似乎听见小楼的外墙有响动，便呼唤伴宿的留荑点灯察看一遭，确定并无异常，复又睡下。

眼皮开始打架，忽然又有“毕毕剥剥”的噪声锲而不舍地往耳心里钻，把她挠醒。她侧耳静听，噪声连绵不断，并闻到一股焦煳味。

“不好！”瑾琋推留荑起身，冲出卧室，经由过道上的镂空窗洞探头出外，借着月光观察，但见三层冒出浓烟，兼有明火。

住在三层的剪秋罗也惊醒了，用战栗嘶哑的声音叫人：“董娘子！着火了！快起来！”

“着火了！都快起身！”瑾琋和留荑一面扬声报警，一面舀过道小缸里的备用水把自己浇湿。

繁缕、玳玳先后狂奔而出，每奔出一个，瑾琋和留荑就操起水瓢泼她一身水。每人各拿罗帕浸湿，捂住口鼻，蹲下身子往下逃。

三层的剪秋罗、雷二娘和满愿等人都蹲在过道上，持浸湿的面巾捂着口鼻。这一层没有备用水缸，用的是各自木盆里睡前盥洗剩下的水，干不干净也顾不得了。董抱娘及闻声冲上来的松奴，一手蒙着口鼻，另一手交替端起几只木盆，将盆内的水朝大家身上泼。

烟雾灼目，不能站立。满愿哭嚷：“呜呜，阿娘，我们房里那盆水怎么没有啦？再淋湿一点吧！”结果呛了一口烟，吭哧咳嗽，小脸红一块、白一块、黑一块。

瑾琋抓起她的右手，硬将那只小手里握的湿面巾捂在她口鼻处，夹着这孩子，繁缕、玳玳围在后面，四个人连滚带爬，继续朝楼下逃生。

董抱娘仗着身体高大有力，单手挟着剪秋罗，留荑在后面托住她的腰，三人齐心协力地往下蹭。

住在二层的松奴妻雷氏、雷母和仆妇最先冲入院中，高声报警，打开院门四下呼救，惊醒了居住在前楼的众校尉、卫士及卫仁。

毕竟是弘义宫选拔教培的人，一个个鲤鱼打挺跃身而起，冲到厨房大水缸边浸湿了被子，挥舞着冲上火场救人，无一退缩。

因公干晚归的一位官员及随行家奴途经董抱娘宅，发现火情，也冲进去施以援手。在场的天策府校尉、卫士有人认出，那人竟是去年他们奉秦王之命暴打了一顿的太常寺协律郎陆钲！只是眼下救人、灭火要紧，管不了他了。

陆钲看见一名女子夹着一个孩子，几乎是滚下楼梯，连忙上前搀扶。危急时刻，也不必讲究什么男女大防，陆钲横抱着那女子冲出着火的小楼，家奴长龄抱了那孩子，跟着奔入院子。

一位校尉追上去，喝道：“大胆狂徒，休得无礼，速速放下我家主母！”

陆钲借着熊熊火光认出瑾琋，急忙放下她。

“我是太叔娘子！”瑾琋一声断喝，制止陆钲主仆叫出“王妃”二字，“来此探望泾阳县尉虞郎的娘子穆氏，这孩子是虞家的女儿。”

校尉警惕地瞪着陆钲，瑾琋抹一把脸颊上沾染的黑灰，安抚他道：“不必担心，留荑、繁缕、玳玳都已聚拢至我身边，劳烦你们安心救火。”

那校尉应诺，一面提起一桶水奔回火场，一面叽叽咕咕：“反正，此事，我得禀报秦王。设若那陆某又做什么惹怒了秦王，而我事先知情不报，也有罪过……”

街坊四邻俱已惊起，有的报官，有的端着盆、拎着桶，浇湿自家的墙壁，防备火情殃及自家，也有人跑进失火的宅院，向着火的后楼泼水救援。

这所小宅不比高门大户的深宅，女墙低矮，有些身手敏捷的热心邻人就近从女墙翻入，参与救火。

其中，有一位街坊最是忘我地投入救援，此人自然是龙越泽。

眼看上面的火势张牙舞爪地蔓烧，他问明雷二娘居住的房间，仍旧一往无前地向楼上冲。

陈松奴不忍见他置身险境，推着他下去：“人都逃出去了，咳咳——你还来做什么？咳咳——”

龙越泽却抬起一脚，将松奴踹下楼梯，自己身形一晃，隐于烟雾中。

后楼的火情已不可挽救，天策府的人手清除火场与前楼及其他要紧设施之间的可燃物，避免损失扩大，其余人等陆续在院门外汇合，幸而只有少数人轻伤。

但是，舍己为人的街坊龙越泽依然无影无踪。

雷母双眼无神，焦急地念念叨叨：“越泽那孩子呢？”

雷二娘料想意中人必不得幸免，倚在姐姐肩头大放悲声。

突然，一位邻居惊呼起来：“啊呀！那是？！”

原是一条人影拽着一根绳子从后楼的三层纵身跃下，栽入瓜菜畦。众人又爆发一串呼号，哀叹他这一摔凶多吉少，非死即伤。

却见一颗人头从瓜菜间冒出，整个人如灵蛇一般蠕动至安全地带，轻松地爬了起来，手捧一个熏得黢黑的锦盒，往雷家母女所处的方位跑过来，笑道：“我赠给二娘的首饰，我知晓她来亲家宅子时带在身边，特从她房里抢出来了，好在没有烧着。”

龙越泽烟熏火燎的脸上绽开笑容，露出牙齿，在脏污面皮的反衬下，更显洁白齐整，一边说，一边打开锦盒检视。

盒中有一条嵌珍珠宝石金项链，一个金指环。那项链以金线串联二十四颗金质球形链珠而成，每个球形链珠又由八个小金环焊接，每个小金环外各有小焊珠一圈，其上再各嵌珍珠六颗，项链的下端，居中为一个大圆金饰，镶嵌一块鲜红的鸡血石，鸡血石四周又嵌二十颗珍珠，其下挂一心形金饰，上嵌一块宝蓝色的青金石。纯金、珍珠白、鸡血红、青金石的宝蓝，四色交相辉映，令人目眩。金指环亦是金光灿灿，阴刻的鸳鸯戏水纹饰丝丝入扣。

瑾琋和董抱娘擦干眼睫毛上挂着的冷汗，定睛把这两件珍宝看了又看。

“比穆娘子每常系在头发上的那根石榴花结纹银线珍奇多了。”抱娘默念着，目光转向剪秋罗的发髻上寻找，但没能找到那条银线。

火灭了，后楼只剩半人高的焦黑房柱。泾阳县衙勘察判定，是抱娘家自己用火不慎所致，教导一通了事。

一切的忌讳也都顾不上了。当晚，陆钲出面与官舍协商，引“太叔娘子”及其随从下榻官舍，剪秋罗一家四口是虞旦的家眷，也被县衙安置于官舍暂住。其他人则住进董抱娘家的前楼。

次日晨，瑾琋惦记怀孕的剪秋罗和她年幼的继女，前往她们居住的房间探望。

满愿是个乐观开朗的孩子，已淡忘昨夜的惊险，跟两个侍婢在院中快活地玩耍。

瑾琋笑问：“我道是谁，起得这般早？原是我们虞小娘子啊！你娘在哪里？”

“在房里。”满愿指了指窗户。

官舍空闲房间无多，昨夜，剪秋罗为县衙解忧，提出只要一间房，以屏风分隔，母女主仆四人凑合着住下。

剪秋罗并不在外间，闻声从屏风后迎出门来，笑道：“太叔娘子安和好在。”

她面色苍白，眼周红中带青，眼皮浮肿，昨夜显然受到极大惊吓。

瑾琋有四度怀孕生产的经历，深知孕妇的禁忌，见状不免担心，吩咐玳玳：“你去说与官舍的管事人，尽速为虞家娘子请医诊脉。你今日也留在官舍，帮忙照料虞家娘子，有何状况及时禀报我。”

她劝剪秋罗回房平躺好，嘱咐虞家侍婢贴身看护主母，方才携带留荑、繁缕、卫仁等其他随从返回董抱娘家。

尽管遭受一场灾祸，陈松奴仍照常去行肆料理生意，抱娘携雷氏、仆妇、侍婢四个人，八条腿、八只眼、外加四根竹竿，把后楼的废墟犁了三遍，竭力搜救劫余的家什。

瑾琋年轻眼尖，抵达不久，便发现一个物件，指示抱娘道：“那是一个青瓷灯台吧？”

◑ 2 ◐

抱娘刨出来看看，青瓷灯台大半黑成炭了，还摔断了一角，叹道：“唉唉，是虞家的物事，穆娘子带来用的。”

瑾琋索要那灯台，转来转去地看，已无法修复。

她把它放回地面，上下扫视了一会，瞥见墙角鸡舍的篱笆上挂着一物。

她扶着繁缕的手靠近鸡舍，掇起一根竹竿，将那件物事扒拉过来细看。

此物也烧煳了大半，但瑾琋仍然辨认出它的真身。

她的心抽动了一下，竭力地抑制，禁止自己胡乱猜度。

清理好废墟，瑾琋携抱娘同赴官舍探视剪秋罗。

玳玳迎至房门外，挤挤眼，撇撇嘴，抬手做个抹泪的动作，悄声禀报：“穆娘子悒郁不乐，奴婢们各自看见她偷偷哭了好几回，不然便是发呆。胃口也不好。”

瑾琋问：“请医了吗？”

玳玳回禀：“请了，脉象尚可。”

入内见了剪秋罗，抱娘安慰她道：“穆娘子宽心，咱们经历昨晚那场火灾，大难不死，必有后福。娘子顺利安产，等虞郎回家团聚。”

剪秋罗下意识地抚摩腹部，嘴唇动了动，竟忍不住眼泪，两条小溪在脸上哗哗地流淌。

瑾琋看出她的唇形是“虞郎”两字，再也忍耐不得，遣退众人，只留董抱娘在内，把语调也默默地预演了两遍，柔声开导：“剪秋罗，我们三人都是女子，能体解彼此的苦衷。倘若你有难处，只管说得，我们可帮你排遣，总比郁结在内、伤害腹中孩儿好，我定然不会透露给他人，包括虞郎。”

骤然间，剪秋罗全身止不住地发抖，睁大一双泪眼，猛地各拉住瑾琋、抱娘的一只手，话音愤怒而悲怆：“须得阻止龙越泽和雷家二娘的婚事！龙越泽不是好人，必定害了人家的女儿！”

抱娘万分惊讶，瑾琋却沉着地颔首应道：“我相信你。”

“王妃，为什么？”董抱娘转向瑾琋，进一步压低嗓音，困惑地问。

瑾琋做了个噤声的手势：“我是‘太叔娘子’。两位有所不知，我也是刚刚确定下，龙越泽竟是武德四年至六年间横行长安的‘夜半飞贼’啊！我既察觉，少不得做恶人，也不能看着雷家二娘跳入火坑！”

这个回答不但大出抱娘意外，也与剪秋罗的预想大相径庭，她颤声询问：“这……何以见得？”

瑾琋穆然道：“证据，便是他赠予雷家二娘的首饰！那条嵌珍珠宝石金项链与隋文帝曾外孙女李静训的一件陪葬品同源，材质、颜色、式样、做工全部相当，只是所用珠宝略少。不是别家的，正是前隋郧国公韦圆成夫人独孤氏的遗物，传给了韦圆成的小妾祝氏。祝氏原打算给韦圆成的外孙女波奈罗做嫁妆。武德四年十一月，飞贼潜入韦宅，盗取了这条项链。龙越泽在军中不过做到伙长，见识也有尽限的，不知那条项链之贵重，世上难有第二件，堂而皇之地拿出来，赠予心上人做聘礼。昨夜，我认出这条项链，回忆他从小楼上飞身跃下、安然无恙的模样，可不就是传闻中的‘夜半飞贼’？及至今晨回去看了灾后废墟，反复回顾那条项链的样式和龙越泽跃下小楼的情景，我更加地笃定。至于那只鸳鸯戏水纹的金指环，也有可能是赃物，待报至万年、长安两县，核对失物名录，即可寻到失主。”

瑾琋转身，极小心、极温柔地握住剪秋罗的手，仿佛这是一个沙堆的人偶，稍一用力就会碎为齑粉，鼓励她道：“你为何认定龙越泽不是好人？但讲无妨。”

剪秋罗抖索着嘴唇，双眼茫然地向手背瞬了一瞬，俄顷，泪雨挂满了眼睫毛，织成两幅迷蒙的水帘，自窗纸透入的阳光在帘外呈现赤金色。

她痛苦地闭了一下眼睛，低低隐隐地泣诉：“太叔娘子、董娘子可知，火灾因何而起？因我！昨晚，满愿睡着了，我点着那盏青瓷灯台，埋头缝罗帕。怪我自己粗心，忘记拴门。突然，有人溜进来，一把捂住我的嘴，抱紧了我，动作快得我来不及喊叫。我惊惶抬头，竟是龙越泽！他立刻吹熄了灯，握住我的双颊，使我无法出声，将罗帕塞进我口中……”

龙越泽堵着剪秋罗的耳朵，低声威胁：“你不要腹中胎儿和那小女儿了？”

剪秋罗虽不是高门仕女，但也出身体面的富庶人家，受到良好的教养，后采选入宫，侍奉南阳公主十余年，隋末大乱中，也叨公主之福，不曾受辱。嫁给虞旦，大小也是官宦家娘子，有了身孕。她何尝设想过这般遭遇？一时方寸大乱。

而且，龙越泽的力气，纵然是两个未怀孕的剪秋罗也拗不过，何况一个怀孕的剪秋罗？

“我顾及腹中孩儿，也怕惹恼了他，危及满愿，因此不敢反抗，对不起虞郎……”剪秋罗伏在瑾琋怀中，一面哭诉，一面伸手抓扯自己的发髻。以至于瑾琋必须用力按住她的手。

龙越泽施暴后，满足地在剪秋罗耳畔咕哝：“官宦家娘子的滋味，我总算尝到了，哈哈。我原想去尝那个戴帷帽幂篱的女人，但她的人手太多，我怕出差池。你也不错！你且把这事咽下肚子去，永远别吐露。倘若教你家大君知道了，他还能要你吗？我还有办法教他相信，你和我通奸……”

龙越泽逃遁了。剪秋罗觉得自己污秽不堪，重新点亮灯台，将就房里的一盆水清洗，并点燃弄脏的亵裤，想扔进楼下的秽桶，不料被风刮向鸡舍，火也熄灭，未能烧尽那条亵裤。

剪秋罗欲哭无泪，慌乱之中，不慎撞倒灯台，引起火灾……

“我因灾后你家那盏青瓷灯台所在的位置，又在并未失火的鸡舍发现一条烧煳了大半的女子亵裤，回顾火灾中，满愿说你们的房里少了一盆水……种种迹象，我已有所怀疑。”瑾琋轻抚着剪秋罗的背，“玳玳将你郁结不快的情状禀报我，我更加担心……果真。”

龙越泽当是从女墙翻入院中，再用带爪钩的绳索攀缘小楼外墙而上，钻进三层的镂空窗洞。

瑾琋曾听见异动，但只同留荑从顶层的镂空窗洞向外察看。那时，龙越泽恰已潜入三层的过道，她们未能发现他。

龙越泽原以为剪秋罗睡着了，可凭撬门入室等全套盗贼伎俩潜入卧室施暴，谁知剪秋罗尚未入睡，并忘记栓门。龙越泽彼时必定惊喜至极。

事后，他回到旅舍，兴奋难眠，望见作案地点火光冲天，顾及未婚妻雷二娘和那两件首饰，奔回参与救火。这份义举增添了他的保护色，人们不会怀疑一位勇于舍己为人的义士。

而他的动机，就蕴含在这句话中：“官宦家娘子的滋味，我总算尝到了。”

这个出身贫苦的青年，尽管挣得大笔金钱，衣衫不再有补丁，也不可能为中上层社会所接纳，永远被视为暴发户、下等人而为人所轻。之于他，雷二娘是现实世界的真爱，瑾琋、剪秋罗代表着一种梦想，一个令他无比向往，又引他敌视的梦。

昨天黄昏，瑾琋在董抱娘家感知到的那束目光，原来并非错觉。那道目光汇聚着龙越泽对于梦想的憧憬，以及，对于高不可攀者的嫉恨。

梦想可伺机实现，即便只有一次。嫉恨需要宣泄，一定要抓住时机。

昨日，满愿问："他们的衣裙为什么有一块一块的补丁？好生难看。"

在龙越泽看来，这句话暴露了上位者对下等人的鄙视。孩子的观念自然是父母灌输的，剪秋罗的道歉不过是虚伪的掩饰，口是心非，欲盖弥彰。

由此触发了龙越泽的兽性。

这些话，瑾琋深埋于心，没有言明，避免对剪秋罗造成更深的伤害。

室内沉入一片凝滞的死寂。

董抱娘痛贯心膂，擦了一把不知何时涌出的泪水，咬牙道："穆娘子，龙越泽因我的亲戚关系进得我家，遇见你。可说是我引狼入室，害了你，甚至险些把王……太叔娘子置于险境，对不起你和虞郎！我要亲手将龙越泽送进大牢！你放心，我不提这事，只揭发他长安飞贼的罪行。雷家那边，由我解释。"

瑾琋劝阻了抱娘："衙司必定盘问董娘子，为何认得那条项链？你不便回答，与亲家也容易产生龃龉，致使儿妇雷氏左右为难。毕竟雷家热切期盼着与龙越泽的婚事，你这亲家母却出首人家的未来女婿为飞贼。那人罪恶累累，依律合该流放，但亲友家发生火灾，他犹存一念之善，毅然投入救援，加上他从军时的功劳，减等为徒刑居作十年。但这门亲事也是不成了，雷家一时恐难以平复。且由我设法，寻一个合适的人选。"

"董娘子不必自责。这等事体，谁能想到……"剪秋罗忍着泪，吐出呢哝似的低语。

瑾琋霁颜微笑，抚摸着她的腹部解劝："你没有任何过错，且保护了两个孩儿。那场火过去了，未伤一人，只烧尽所有不堪的记忆，幸甚。将心中的那块石头搬掉吧！"

剪秋罗也不由自主地伸手触碰自己的腹部。她生育比同龄人晚得多，感到腹部拱起的弧线很奇妙，惨淡的脸庞浮现不自觉的微笑：“太叔娘子，昔年与我一起侍奉前隋南阳公主的童茵陈，也是在订亲前夕恶行败露。那个人龙越泽，又复如此。是否因身处新旧更迭之际、动荡变革之世，人心思变，注定要发生这么多事呢？”

瑾琋笑答：“任凭风起云涌，每个人在力所能及的界限内，都可决定自己如何立身行事。”

剪秋罗含泪点头，习惯性地抬手摸一摸发髻，那根石榴花结纹银线真的不在了，催生了新的烦恼：“龙越泽顺手抢走了我的束发银线。假如衙司从他家中抄出，我唯有不认领。”

认领等于公告世人，虞旦之妻穆氏曾与龙越泽有过亲密接触，无助于隐藏剪秋罗的创伤。

瑾琋理解她的顾虑。自古以来，所谓“贞洁”只适用于女子，当今世风相对开明，然而对待女子也总是比对男子苛刻。即便是李世民，也曾两度因是否佩戴幂篱的问题而向瑾琋提出异议。在世人眼中，剪秋罗的遭遇绝不光彩。龙越泽亦是通晓世情，认准了剪秋罗只能吃哑巴亏，默然隐瞒屈辱经历，因而大胆下手。假如虞旦获悉此事，将如何看待，也确乎不得而知。

瑾琋把剪秋罗交给董抱娘照管，独自出门，去找一个人。

陆钲恰好也来找她。不过，此地是官舍，不是亲友私宅，只能在官舍内堂，隔了一座屏风谈话。

陆钲告诉她：“昨夜出入火场的人手杂乱，未能细察静思，而今回想，有一个参与救火的人，依稀相识——龙越泽，体格、脸型与去年诓取我手书的柏七郎相似，也有长安飞贼的身手。只是他的脸部为烟灰尘垢所污，看不清面容，今日如有机会再会，可仔细辨认。”

瑾琋笑道：“就在县衙公堂辨认即可。可巧，我也深疑他……”把理由陈述了一遍，只隐去剪秋罗的遭遇不提。

陆钲惊叹道:“我近日一直居于泾阳县,县城不大,却一次也未碰面。昨夜偶然晚归，巧遇火灾，参与扑救，竟遇上了。所谓缘分，真是妙不可言！”

“他蛰居泾阳乡下，日常不在县城，常来常往的雷姓亲戚家是城中贫户。贫民居住的街巷，你这位太常寺协律郎、吴郡陆氏公子，平日是不会去的吧？自然不会碰面。龙越泽昨日为了帮亲戚雷家修葺房舍，需住几日，方下榻于旅舍，结果，偏偏就逢上火灾，他参与救火，原是义举，应予褒奖，却又致使他的罪行败露。”瑾琋也为这奇妙的因缘而感慨，“雷家小娘子真心爱慕他，一旦获悉真相，该多么伤心？注定有缘无分……”

也是天缘凑巧，刚抵达泾阳县官舍的李世民在门外听见了她所说的话。瑾琋的随行校尉原已禀报：“昨夜虞家娘子的住所失火，太常寺陆郎参与扑救，护送王妃逃出火场。现今在内堂叙谈。”没有说明“护送”的具体情形，多亏校尉为人厚道，懂得分寸。

更妙的是，瑾琋与陆钲前面的谈话，李世民一概没有赶上，只听得末尾一句“注定有缘无分”，不免生疑，于是龙骧虎步，昂然直入内堂，一路踏得那铺地草席仿佛都点燃了火。

◑ 3 ◐

李世民行至屏风前止步，谛视着陆钲，劈头抛出质问：“你救助王妃脱险，我深谢你。然而你今又跑来求见王妃做什么？别忘了，你的嫌疑未消。”又冲着屏风，故意说给他听，“观音婢，没有我相伴，你出行果然不顺，居然遭遇火灾。今后再不许你独自离京。”

瑾琋揣度，他应该不知道陆钲是抱着她冲出火场，否则不会如此平和，嘴里糊弄道：“噢噢？大王来了？”

李世民应道：“嗯嗯。我来此也有公务，顺道接你。”

他突然闯入，陆钲吓了一跳。不过，陆钲不做亏心事，不怕鬼叫门，从容行礼应答：“下官怀疑昨夜出没于火场的一名男子是柏七郎，亦即夜入下官家中盗窃的长安飞贼……”

听完他的讲述，李世民的心宽了大半，也为意外寻获嫌犯而惊喜，朗朗笑道：“哈哈，好！依王妃的主意，你速去告知县衙，缉捕龙越泽。”

支走了陆钲，李世民举步欲转向屏风背后，瑾琋恰好转出来，屏退左右，娇声曼语地唤一声：“大王万福安和。”叫得李世民的心肺俱都酥软了，搂着她调笑：“娘子想我了？”眼珠一转，复又阴笑一声：“呵呵。那两幅该死的画是奸邪用以诬陷陆钲的伪作，还是陆钲的真迹，问一问龙越泽，就有答案了。”

瑾琋心说：“是的。勾结龙越泽的书画案主谋，也将暴露。且由着龙越泽供述，比我亲自揭发妥当。”面上却巧笑道：“嘻嘻。若是伪作，证明陆钲无辜，白挨你一顿毒打。你须得做些补偿才是。”

“你笃定他无辜？为时过早！哼。”李世民皱皱眉，“另有一件，险些被你混过去，你与他说什么‘有缘无分’？”

瑾琋一愣，伏在他胸口，堵着嘴忍笑：“唔唔唔，驴唇不对马嘴。我那是议论龙越泽和他的心上人。咳咳——”

李世民急忙为她拍背：“昨夜呛着烟，落下病症了？可曾请医诊治？”

“笑呛着了！”瑾琋喝了一口水，立直身子，正容道，“虞旦此人，似是德才兼备。我昨日在外游览，但凡提及他，百姓、胥吏莫不称赞。你可考察一番，看看能否任用。”

李世民应允：“我原也在多方物色人才，既得你推荐，我将格外留意。”

经陆钲出首，泾阳县衙包围雷家，缉捕了正在帮雷家监工的龙越泽，请陆钲及家奴长龄同赴公堂辨认。李世民携瑾琋隐于屏风后旁听。

陆钲主仆一看，正是那个“柏七郎”。

陆钲站出来，质问龙越泽：“你请我誊抄的那封信，究竟送至何人之手？该不会利用我的笔迹，作奸犯科，毁我声名？”因书画案的隐情不能当众披露，只好遮遮掩掩地问。

长龄帮腔：“对！我和其他几个家奴都在场，你诓得我家郎君的笔迹干什么啦？老实供述，饶你不死！”

龙越泽悠然地环顾四周，晾了他俩半日，微笑着吐出三个字：“不、记、得。”

这三个字堵得瑾琋心口酸疼：“难道必须由我揭露主谋？”

泾阳县把龙越泽及查获的少量赃物移送雍州署。最终，也只有嵌珍珠宝石金项链、鸳鸯戏水纹金指环和其他几件失物名录上有载的财物归还原主。大部分失物已销赃，这部分的盗窃罪行，龙越泽也拒不承认。

法司终判决龙越泽十年徒刑居作，押入雍州监狱服刑。

龙越泽被捕时，从他所居旅舍搜得一条石榴花结纹的束发银线，不在长安飞贼案失物名录中。他声称是曾与自己一夜欢好的女人赠予的信物，并非赃物。因此允许他携带入狱，连同其他私人物品一并由监狱保管。

为了保守剪秋罗的秘密，瑾琋请求舅舅高俭：“承蒙舅舅给予方便，我阅览了龙越泽的案卷，看见他的私人财物里有一条束发银线，我竟喜欢上了。舅舅帮我说与他，出资购买那银线，如何？”

高俭一口回绝：“不妥。观音婢，你是王妃，我是雍州治中、你的舅父，求购囚犯的私财，委实不成体统，有损你和二郎的声誉。”

瑾琋曾向剪秋罗许诺，绝不泄露那件事，至此只得暂且作罢。任那脓疮自行消退或许是最好的选择，非要捅破，只恐脓血四溢，害剪秋罗不得清静。

银线之事，高俭没有答应外甥女，但却亲自把盖有陆钲钤记的两幅画——《高山流水》《武德六年长安遇故人》，秘密拿给龙越泽辨认，问他在修德坊陆宅盗窃的书画中，是否包括这两幅画？

龙越泽仍是抛回三个字：“不、记、得。”

因此依旧无法澄清陆钲思慕秦王妃，私自作画、亵渎冒犯的嫌疑。

此后，唐军渡淮河，攻下寿阳，直驱丹阳城。辅公祏败退至武康，当地农民奋起反抗，辅公祏任命的伪仆射西门君仪战死，辅公祏本人被农民捕获，押送丹阳。李孝恭下令将辅公祏处斩，悬首示众，尔后传首长安，捕杀叛党，安抚百姓，江南全部平定。

虞旦在南征平叛过程中屡立战功，李世民把他擢升为从六品上监门校尉，守卫宫城门禁，举家迁居长安城。

瑾琋又与李世民商议：“辅公祏叛党的女眷坐罪家，依律押往长安籍没充婢，包括西门君仪的娘子王氏。这位王氏，我准备罗致使用。她大名王阿来，山东、江淮一带无人不知，无人不晓。二郎也听说过的，隋末杜伏威起事，有一次兵败负伤，无力指挥。适逢隋军进逼，全军大败。全靠王阿来勇决力大，背着杜伏威逃跑，王雄诞率领死忠兵士拼死断后，杜伏威才逃得一命。都怪西门君仪糊涂，跟从辅公祏叛乱，害了王阿来。如此英武勇毅的女子，岂能埋没于掖庭？”

谈及杜伏威，李世民深感沉痛：“杜伏威，他也为辅公祏所累。辅公祏是他的旧部。自从辅公祏叛乱，至尊便猜忌杜伏威。他惶恐难安，日夜沉迷于炼丹术，误服丹药而亡。杜伏威死后，至尊乾纲独断，不容旁人进言，降敕把他削爵除名，独生子杜德俊、夫人郦氏籍没为奴婢。更有甚者，杜伏威旧部阚棱此次随赵郡王李孝恭南征平叛，战功卓著，也被辅公祏诬告为同谋。正好李孝恭在抄没反贼家产时，把杜伏威和阚棱在江淮的私产一并查抄，阚棱与李孝恭大吵了一架。孝恭原本厌恶阚棱为人倨傲，不分皂白，采信辅公祏之言，以谋反罪将阚棱处死，籍没阚棱家属。昔日江淮军的一代豪杰，结局竟是如此令人扼腕！”

瑾琋说：“所以我们应当扶助无辜受难的遗属，有朝一日，她们可做你的助力。杜伏威遗孀郦氏夫人已充役掖庭，她和王阿来的事，我将密托司马藜去办。阚棱有两个女儿，阚敏、阚枚，习得一些家传武艺，待分配役使，我找万贵妃关说，将她姐妹俩配役弘义宫，由我安置。”

司马藜即是李世民旧部、武德五年为国捐躯的剡勇公罗士信的妻妹，在太极宫中任女官，和太极宫后苑佛光寺的管事给使御寇一样，是瑾琋埋设于皇宫中的内线。

李世民会心地笑：“观音婢，我有你，大幸。”

下雨了。窗外雾烟如织，云天墨染。

李世民观赏着雨景，破颜欢笑：“无论如何，海内再无大战，是百姓之福！”

瑾琋微笑颔首，眉间却仍有一抹淡淡的忧戚萦绕：“该如何为陆钲彻底洗清冤屈？怎样坐实书画案主谋罪证、让二郎明白真相？”

长孙无忌、长孙无逸也在暗中为这两件事劳心出力，苦于没有进展。

某日，是无逸每十天轮到一次的宝贵休沐日。清早，有人来访，投了一张名刺，自报家门为“监门校尉会稽虞旦”。

长孙无逸沐后的头发还披在肩上滴水，看到这个陌生的名字，有点莫名其妙，因问家奴：“这位虞校尉有未言明，此来所为何事？”

“说是咱家的奴婢中，有他的故旧。”家奴答道。

“不会吧？”无逸大为诧异。

他宅中人口不多，家奴的出身来历都很清楚，其中并无会稽虞氏的故旧。

但人家既然找来，也不能拒而不见。

无逸匆匆梳直了头发，湿漉漉地就用束发簪结了髻，请客人进正堂会面。

原来，虞旦所指的是刚到无逸家的一个罪妇宗政氏。

宗政氏的丈夫在辅公祏叛军中担任镇将，已被诛杀。宗政氏依律籍没为官奴婢，在大理寺狱做了一阵庖厨杂务，不甚得力，又被发卖。无逸家缺一个仆妇，就出资买下，着她做些洒扫浆洗的粗活。

虞旦希望无逸把宗政氏转卖给他，愿意多出些财帛。

无逸揣度，这位虞旦是江南人士，想必与宗政氏有亲，不惧嫌疑，出面搭救，便爽利地应承下来："虞兄得知亲戚落难，仗义相助，我自当成人之美。收回买婢的本金足矣，溢价万万不敢受领。"

虞旦坦言："实不相瞒，下官与宗政氏并非亲戚。实因宗政氏曾与下官有婚姻之缘，四年前和离，关系断绝。她已改嫁三载，可叹遇人不淑，沦落至此。今宗政家从会稽托人捎信来，央求下官设法解救，下官无法置之不理。"

这种情形更不多见，无逸暗暗咋舌，命家奴取笔墨纸砚来，当场写了一纸私契，双方署名画押。

虞旦掏出自己的笔，饱蘸松烟墨，签署契约。

那是一支上乘的象牙兔毛笔，笔管透雕蝇头草书《归田园居》全文，顶部雕有一只白鹤为饰。

无逸依稀感觉，在哪里见过这支笔。凝眸细看了一回，那支笔从虞旦手里飞了出去，嵌在了记忆中的两幅画上。

他坦率地向虞旦说明了自己对这支笔的猜测。

虞旦听妻子剪秋罗谈起过这支笔的来路，同长孙无逸的说法相对照，倒有些可疑的意思，便将笔交给长孙无逸细审："下官去年续娶继室，此物即为新妇的嫁妆。内子本宗姓穆，世代充任贡物收验、押运之职。武德五年春，内兄赴长安城郊咸阳渡接取贡品，逛街遇到一家质库处置质物，其中有这支笔，内兄便买下来，后赠予内子添箱……”

虞旦告诉无逸，剪秋罗的兄长与那质库主人孔方攀谈。孔方说，武德四年，赵郡王南征军从江陵班师回朝，军中有一位伙长卸甲归田，自称筹措回乡度日所需，拿一批首饰珍玩到孔家质库换取财帛。孔方认准他必是在江陵发的战乱财，从萧梁败兵那里连抢带捡弄到手的，报的名字明显也是化名，必不会赎回，因此转年就出库售卖。

无逸虽未上过前线，对这样的情形也有所耳闻，那个“伙长”很可能是龙越泽。

他把笔还给虞旦，共同报官核准了奴婢买卖，唤出宗政氏，交虞旦领回。

那宗政氏年约二十六七岁，些许有几分颜色，椎髻褐衣，满脸落寞，拎着个包裹出来，见了前夫，愧怍地支吾了两声。

虞旦也不好说什么，雇了一匹骡子给她骑乘，一路无言，带回家安顿。

长孙无逸转告了陆钲，翌日一同约访虞旦，察看那支象牙笔，叙谈了一阵，心中便有了成算。

应该就是那样了。

陆钲忆起，去年在城外废庙中，李世民给他看那幅名为《武德六年长安遇故人》的画，他也觉得哪里不对，可惜被揍得神魂颠倒，未能想起来。

无逸把事情报给了弘义宫。

瑾瑶拿一支银箸指着画中“陆钲”手持的笔：“所以，这幅《武德六年长安遇故人》必然不是陆钲所画。武德四年，他在江陵城中被萧铣败兵劫走了部分财物，其中就有这支鹤顶透雕象牙笔。而这幅画的意境是陆钲于武德六年在长安与我重逢，心有所感，握管叙情，但所用的居然仍是这支业已遗失两年的笔！可见，作画者根本不知陆钲的象牙笔已失，仅仅依据他的旧作临摹附会，犯了大错！”

李世民听见“重逢、叙情”这种话，心头犯梗，冷笑道：“哼哼！的确如此。可是，并不能证明那幅描绘你们少年时琴笛合奏之景的《高山流水》图不是陆钲亲笔所作。炮制《武德六年长安遇故人》图的人既然临摹陆钲的旧作，表明陆钲必有旧作流失到人家手中，是哪一幅旧作呢？且看《高山流水》图。”

第五章 不忍直视的真相

1

李世民接过银箸，指向另一幅画。画面中，少年陆钲所坐的太湖石上，放着笔墨纸砚四宝，那支笔，赫然正是鹤顶透雕象牙笔：“看清了吧？我断定《高山流水》图必是他早年所作。哼！也许就是你我完婚的时候……他在江陵丢失的不只这只笔，也有名人翰墨，想必也有他自己的旧作。可想而知，武德四年，萧铣败兵哄抢瓜分了陆家的财物，象牙笔、《高山流水》图、名人翰墨被不同的人掠得。几经转卖，象牙笔进了虞旦家，《高山流水》图和名人翰墨落入歹人之手。此人即是诬陷你的主谋。他去年指使龙越泽赴新丰县，将部分名人墨宝归还陆钲，实则以此作饵，骗取陆钲信任，诓得其笔迹。又以《高山流水》图为蓝本，伪造了《武德六年长安遇故人》图，再将这一真一假两幅画，连同伪造的书信，分次抛出，挑动我的肝火。”

瑾琋夺了他的银箸，笑道：“那我也说两点，供你参详。一者，陆钲被掠走的旧画作中，仅需出现象牙笔、十孔湘妃竹笛及他本人就足够作伪者模仿了。譬如，只是一幅陆钲腰挂竹笛，笔酣墨饱，凭几学书的画呢？”

李世民觉得瑾琋袒护陆钲，不禁怒火重燃：“呵呵，你要护着他，也须讲个‘理’字。陆钲的旧作中若没有你的身影，别人如何在《武德六年长安遇故人》图中描摹出你来？高手给画中人添减一点岁数料必不难，如若凭空描画，能与真人这般相像吗？”

“二郎，我护的正是一个‘理’字。你请听我说第二点。主谋能够炮制《武德六年长安遇故人》图，必然知晓陆钲入京与我重逢之事，且获悉了陆钲滞留新丰县旅舍的消息，方能指使龙越泽——亦即‘柏七郎’前去骗取陆钲手书。此人能做到这些，定然熟知我的相貌，指点画师作出。”瑾琋深知不能跟他着急，只浅笑着慢慢分说。

李世民安静地思量了片刻，决然应道：“主谋消息灵通，不是常人，我赞同。但仅凭口授就能画出逼真的人像吗？未免太过穿凿臆断！”

瑾琋暂且收了口，传乳母抱小女儿攸乐进殿。

《高山流水》图是否陆钲亲笔，并不是她今天想要和李世民谈论的重点。

她怀抱攸乐逗弄，与李世民嬉闹，一边默念：“伪造书画案主谋的真实身份，如何对二郎张口？”

攸乐养得胖大嫩白，两边胖脸饱饱地下坠，一双黑亮的眼睛虎虎有神，女生男相，五官很像父亲。

李世民抱着胖胖的攸乐玩耍，臂弯和胸膛很快出了一层汗，前襟湿了。

瑾琋用讲故事的闲散口吻说道：“舅舅查明，龙越泽自武德四年卸下戎装，就一门心思发财致富，倚仗一身功夫，从武德四年末至武德六年夏，做了一年半的飞贼。什么在长安收售秽物、德州人，全是谎言。那军中袍泽可是五湖四海齐聚一堂，口齿伶俐的人，学别人口音容易。我且揣度，一个贫民出身、经历如此的人，有什么人会托他骗取士族子弟陆钲的笔迹，用来诬陷我——秦王妃？依常理而论，越是下层庶民，越不可能与我有瓜葛，也越是难与我结仇。那么，是谁指使他呢？大业十三年之前及武德六年夏天之后交往的贫苦亲友？不大可能。在长安犯案的两年间，接触的鸡鸣狗盗之徒？也不太可能。军中同袍？有可能。抑或是了解他的本事，出价买通的外人？那又是什么人能这般了解且信赖龙越泽其人？龙越泽显然也值得这份信赖，身陷囹圄仍坚不吐实。这不是仅靠财帛、权势能换来的义气。”

李世民捏着攸乐的小脸蛋，随口回答：“什么人？一言以蔽之，自然是与龙越泽相互信任，却与陆钲或者你有仇的人。你却说这一大篇。”

乳母将孩子抱了下去。瑾琋拿起团扇，靠近丈夫扇了起来，埋怨道：“唉，攸乐太胖了，该当少给她吃些。”

李世民十分不满：“你对攸乐总爱大发不经之谈。青雀也胖，你为何不令他节制饮食？女孩儿长到金钗之龄自然会变瘦。”

瑾琋说：“我担心的是，攸乐能够窥察出，你对于她的宠溺，日后她会有恃无恐。”

“哈哈哈，虎父无犬女！”李世民笑道。

在开启最重要的话题之前，瑾琋不想扫他的兴，只附和地笑，命人端冰屑麻节饮来。

“这个好！沁凉甘爽，又无荤腥。”李世民称赞道。平阳公主的大功孝至八月期间方才除服，目前不能茹荤。

瑾琋稍停手中摇摆的团扇，珍重地凝视着他，那眼神仿佛李世民在她心目中是一件至贵至重的宝物。

“何事？”李世民收敛了笑容。

瑾琋重新打起扇子：“二郎，你曾有言，我的字迹是不可能流到外面去的。但，倘若是能得到我手书的亲眷传出去的呢？方才我们已判定，主谋对我有相当的了解，不会是普通人。那么，是谁？譬如，长孙家的人？”

李世民对这个假设不屑一顾，哂笑着摆手。

瑾瑶问：“你觉得不可能？那么，借我手书去临摹习字的家人呢？”

李世民一愣，肃然问道：“谁？”

瑾瑶示意留荑带进一个人来，却是刀人郑蔚。

郑蔚禀道：“妾于武德二年从长春宫回长安以后，向王妃借得手迹，以供习书之用。”

她伏地不敢抬头。今晨，瑾瑶已问过她此事，教她在李世民之外，对谁也不能说。她推测自己可能卷入了泼天大祸。

“然后呢？转手给别人了？”李世民的话语阴冷威重，短短数语，犹如一座冰山。

他忆起自己嘲笑过郑蔚的字，还当着她的面夸耀瑾瑶的书法。

“嗯。”郑蔚感到一股寒气钻过了头顶每一根发丝的缝隙，侵袭着头皮。

李世民不待她说完，顺手抄起装过冰屑麻节饮的银盏，兜头砸了过去。

郑蔚扬臂抱住头，叫道：“妾未曾给外人！”

瑾瑶连忙拉着李世民的胳膊劝阻：“大王，请听郑刀人说完，再发作不迟！当初是我说的，那些字于我都没用了，可由郑刀人留用处置，不能全怪她。”

“你给了谁？！”李世民冲着郑蔚怒喝。

毕竟是郑蔚，扛得住李世民的火气，不至于记忆错乱，也没有前言不搭后语：“申、申孺人要了些，给一娘练字。她教我不要说出去，等一娘练成了，好让大王及王妃高兴高兴。妾能生育，是申孺人帮妾觅得偏方。再者，妾以为，她是出于教一娘取悦父母的好意，其情殷殷。故而，妾应承了。”

话音落处，恍若一段空无一人的荒径，没有任何回音。

郑蔚耐不住，壮着胆子抬首偷窥，看见了李世民那张发白的脸，以及一双迸溅着火花的眼睛。

千光照被紧急召来，带着两箱东西。一箱是千光照日常写的字，另一箱装着瑾琋的手书。

她年方十二岁，但已能从父亲的脸色看出问题的严重性，骇痛不已，跪伏于地，哭泣告罪：“呜呜——皆是儿之过，未曾禀报阿娘，擅自临摹阿娘的手迹。”

李世民轻声问她：“为何不禀报阿娘？”

千光照答：“阿姨说，郑刀人得了阿娘的手书，又未练成，徒使阿娘失望。儿不能令阿娘失望，只许让耶耶、阿娘欢喜，方为孝道。因此，须待练好了才能禀报阿娘。呜呜——”

李世民不忍再问。

千光照就是这样，一路仰望着父亲及嫡母的认可长大，是谁忍心利用她这份卑微而殷切的执念？真的是她的生母愸娘？

愸娘是一个无法令李世民生疑的人。况且，因申敬良谋得右武侯卫徼巡队正之职，愸娘对李世民及瑾琋的寸草衔结之意，溢于言表。

她怎会利用李世民的恩惠，以怨报德？

李世民的胸口隐隐作痛：“难道，正因我不会疑她？”

郑蔚和千光照不懂他的意思，都以为在说自己。郑蔚犹可，千光照直当父亲对自己的行为有肝心若裂之恨，悔得涕泗横流，叩首哀告：“儿有罪，求耶耶勿因恼恨伤身，只管责罚儿就是了。”

瑾琋把她唤到身边搂着，亲手拿罗帕给她擦泪：“千光照误会了，耶耶并未责备你。阿娘也说你没有做错任何事。你刻苦习书，非但无过，反而应当褒奖。至于阿娘的手迹，本是送给了郑刀人的，她可以任意借与你，你也不必非禀告我不可。”

李世民调整了一下情绪，对千光照说：“正是，你不要介怀。不过是有一件事需你想想，阿娘的手书，凡在你手的，有无丢失？”

“儿不敢遗失。”

但若生母偷取了其中的几页，这孩子一定想不到，也不易察觉。李世民目睹千光照通红的眼圈，没有将这句话说出口，因问她：“你阿姨何在？”

“姨昨日归省母家，明日午后回来。”

“好……吧。今日之事，你、郑刀人，不要告诉任何人。”李世民怔忡了一下，命千光照和郑蔚退下。

他需要冷静地捋一捋思绪。

瑾琋把自己的推测循序道来：

慭娘的弟弟——申敬良，武德四年与龙越泽同在赵郡王李孝恭的南征军中。陆钲为萧铣残兵所掠的书画，包括《高山流水》图的蓝本，转入了申敬良之手，象牙兔毛笔转入龙越泽手中。

此后，申敬良回京完婚，慭娘归宁母家喝喜酒，弟弟拿出南征所得向姐姐炫耀，慭娘见到了陆钲的书画。象牙兔毛笔辗转流入虞旦家。

武德五年冬，申敬良就任右武侯卫徼巡队正，成为长孙无逸的部下，二人相处和睦。

但申敬良辜负无逸的信任，为龙越泽通风报信。在他的暗助下，龙越泽灵活地规避衙司及武侯卫的警戒和侦缉，持续作案，无一失手。

龙越泽投桃报李，帮他骗取陆钲的手书。慭娘姐弟由此伪造完成四幅意在挑拨的书画。

嗣后，龙越泽故意夜入陆宅盗窃，内有部分陆钲所作书画，但内容与瑾琋毫无关系，制造那四幅伪作盗自陆宅的假象。

最终，他们以四幅伪作冒充陆钲宅邸的失物，运用龙越泽的销赃渠道，分两次投入东市。譬如，笔行也必定与龙越泽通谋，刻意抬高价钱，为的是在无逸前去高价购买之前，书画不被他人买去。

慜娘安排申敬良做四幅所谓“陆钲失窃书画”的发现者。

第一次的情景不必赘述。第二次，申敬良越过姐姐慜娘，直接到长孙无逸家中禀报。无逸购得画轴，不敢重蹈覆辙，老实上呈给了李世民。申敬良事后也告知了姐姐，但慜娘只是沉默。李世民召她侍寝时问过她：“这次你为何不禀报我？又不以忠心事我了？”

她回答：“右翊府右郎将已知。妾想，有了上次的教训，他会善处。妾若再多嘴，便是对主母不义。”

每一次，每个人的知情顺序，都是慜娘可以掌控的。这个顺序，对于事态发展的影响微妙而精深，足见布局者的“匠心”。

“观音婢，你说，她们姐弟是不是因龙越泽落网，心虚，需要商议，所以慜娘才归宁母家？因他们不敢与狱中互通音讯，以免传出‘秦王孺人之弟与巨盗特所亲厚’的风声——因为仅凭这一条，已足以令我震怒。”李世民的语气竟有些沮丧。申慜娘是主谋，对他的打击实在不小。

瑾瑶回避了这个提问：“二郎，这些俱是推测，我不能断言。实则连我自己也记不清给了郑刀人哪些手书，自然不能强求她及千光照判明丢失了哪些。我只能说两件事，一是法司查明了龙越泽的从军履历。我四兄、五弟私下复查，发现龙越泽与申敬良不仅是武德四年南征军的袍泽，实则大半时候都是隶属于同一部伍的同袍。二郎最清楚不过了，这种同生共死的袍泽情义，是任何友情都不可比拟的。”

“那是自然。将士们何以拥戴我？一大缘由便是我不以皇子自矜，视他们为袍泽手足，而不仅是下属。越到危急时刻，我越是与他们同生死、共进退。”一提起袍泽情深、浴血沙场，李世民就意气风发，多少冲淡了今日的不快。

瑾琋笑道："这也是我深以为傲的一点。"

李世民大为得意，展臂拥住了她。

"怪热的，孝期也未满。"瑾琋挣脱他的双臂，扇起团扇。

"另一件呢？"李世民的神色复又变得凝重。

◑ 2 ◐

瑾琋答道："申敬良之妻，出身于江陵装裱匠人世家。这是我娘家兄弟由刘媪的女婿舒秉谦襄助新近查出的。那么，申敬良有途径寻技艺高超的匠人行那'化零为整'法伪造书信。"

"什么？！"一条黑色的线在李世民的眼前冒出来，心孤意怯地扭动着。

媵妾的母家不是主人的岳家，李世民对申家的私事不大关心，知之甚少。

瑾琋但只沉静端凝地望着他，一下一下地打扇："你若不信，可找舒秉谦盘问。"

"我不信谁？辅机？"李世民有点生气，"你如此看我？"

"事关憖娘，非比他人。她于你，总是有特别的意义的。"瑾琋的眼波轻微起伏，把覆在膝上的帔子撩到了凉簟上，"我原也忽略了很多事。直至在平阳昭公主府，听了重葩的诉说，看到她与三姐夫之间的情形，方才醒悟。"

李世民无言以对。

憖娘于他，就像重葩之于柴绍，不是一般的婢妾。憖娘先服侍姐姐们，后由母亲赐给自己，任劳任怨，还生有两个女儿，因李家起兵挨过牢狱之灾，份量实重于重葩。

线索似乎已很清晰。但，假如憝娘果真为主谋，她如何知悉陆钲什么时候滞留新丰县，因而指引龙越泽径赴旅舍求取手书？

李世民提出了这个疑问。

瑾琋面色一滞，不由自主地揪紧了纱衫的对襟，沉入了令她悸栗的回忆。

“怎么？”李世民抚上她的腰。

“二郎，这正是我想告诉你的。重葩揭发三姐夫赏赐竺娘铜镜之事，却也惊醒了我。一个家常的举动，竟可招致大祸，我们不得不敬畏命运之不可测。”瑾琋松开了衣襟，微微吐出一口气，“陆钲在新丰县养病时，舅舅因公务途经当地，到旅舍看望了他，在写给我的信中提及此事。而我，读这封信之际，恰巧命玳玳打磨那面金银平脱四神十二生肖铜镜……”

她吩咐婢女们搬来那面铜镜，置于背后，令玳玳做出与当日一样的劳作之态，让李世民坐于自己侧前。

“当日，憝娘来了，就坐在你此刻的方位。”瑾琋拿起一张纸，先放在眼前阅读，尔后向侧面挪动。

宽大的金银平脱四神十二生肖铜镜的一角，映出了竖写于纸上的文字：“陆钲患疾，泊于新丰县某旅舍，料需将养十日之期，俟病愈入京。”

“这！”李世民震愕不已，直直地目视镜中影像，“观音婢，你在三姐受伤时已对憝娘生疑，为何迟至今日才说？”

瑾琋滞涩地一笑：“去年末国事家事繁芜错杂，我岂能加重你的苦恼？何况，憝娘、郑刀人，她们那时都有身孕，我不能让你抓她们来审问。现今她们安然生下孩儿，也将养了数月，我方借憝娘省亲之机，询问郑刀人和千光照。”

今年春天，四个媵妾陆续生产，愍娘生下女儿安贞，韦珪和郑蔚也各生一女，阴兰因生下了李世民的第五子李祐。

“可是，愍娘怎会熟知陆钲其人其事？我从不曾对她提及。”李世民困惑难解。

他在与瑾琋圆房前，多由愍娘侍寝。但愍娘只是个侍婢，没有资格与闻那些事。

李世民忍了一夜，第二天杀到愍娘居所兴师问罪。

申愍娘居于素馨殿，与翠华殿之间隔着一座名为“甘棠殿”的殿阁。甘棠殿自阶下起，庭中遍植棠梨树，是刀人郑蔚的居所。殿名取自《诗经·召南·甘棠》，“蔽芾甘棠，勿剪勿伐，召伯所茇。蔽芾甘棠，勿剪勿败，召伯所憩。蔽芾甘棠，勿剪勿拜，召伯所说。”借先秦古人对西周召公的追怀之情，明思贤、爱物之志。

而素馨殿，顾名思义，必然与茉莉花大有关联。

愍娘省亲归来，看见素馨殿的廊下整整齐齐地摆着一双乌皮六合靴，是李世民的。这很少见。

婢女蹲下身，为愍娘脱掉高头如意履，面露喜色：“孺人，大王来咱们这里了。”

满庭的茉莉怒放了。一朵一朵地单看，茉莉的素靥固然平凡，一旦连畦合圃，就像这座素馨殿，自会有阜盛的雪魄香魂，也有无限的清幽。

愍娘折了一枝茉莉插在鬓边，拎起裙裾，轻轻走了进去。

李世民负手立于屏风前，若有所思地盯着她。

她行礼问候：“大王万福安和。妾刚从母家回来，未能恭迎大王。”

“千光照，我教她去溱洧殿找杨贵人了。安贞，在翠华殿。”李世民自顾自地说，“你，过来。”

侍婢们关好门退了出去。愍娘微低着头，走近他，直到交握在身前的手快要触及他的襕袍。

“你真的这般怕我？我不让你抬头，你就不抬头？”李世民伸出手，碰到了她上襦的交领。

慜娘感觉自己心跳加快，仰面看向他，却撞上两道冷峭的目光。

一种无形的威压，压迫得慜娘有点喘不上气，不由地唤了一声：“大王——”

他冷不防回了一句：“你弟媳给你弄来的‘化零为整’装裱绝技很高明。”

“大王，您说什么？”慜娘的声音并无异样，但霎那离乱的眼神没有逃脱李世民的目力。

“你弟弟与巨盗龙越泽不愧为官匪一家之典范。”李世民平静地抛出了下一句话，“你连千光照也利用，还从她的箱中窃取王妃的手迹。”

慜娘迟钝地摇头，脸色却有些泛白。

“但你不曾想到，那孩子很用功，昨日，我命她仔细翻查，少了哪些纸，她忆起来了。”李世民俨乎其然地撒了一句谎，锋利的眼神紧锁慜娘的双眸，不容她逃避，“我有办法把龙越泽提出来与你们对质。可我想要你对我说实话——在只有你和我两人的场合。”

去年，李世民北征归来，突然与瑾琋言归于好，慜娘就有不祥的预感。但她能做的只是表现得若无其事。

大半年过去了，风平浪静，事情在她的心里也淡了。

而今，李世民突然发难，她方知“侥幸”二字与自己无缘。

一定是坏在龙越泽的归案！

慜娘默然虚耗了一阵，几乎立脚不住，被李世民一把揪着交领提起来，不让她滑倒。

“你要点脸面，休要再提穆皇后。穆皇后不曾教你恩将仇报！”李世民怒不可遏地摇晃着她，上襦的斜襟撕破了，一幅单丝罗残片抓在手里。

憋娘由此脱离了那只大手的禁锢，摔到了地上，痛也不会叫一声，好似槁木死灰。

在李世民看来，这样的反应等于认罪，其他的都不重要了。

“念及两个女儿，我不杀你。明日送你回娘家，不复相见！”他撇下憋娘，拔步欲走。

“大王留步。”憋娘勉力坐起，将帔子横过来抓着，遮掩了残破的衣襟，“我想让您知道，我那样做的缘故。”

李世民错愕地回过头来。

憋娘凄迷地笑：“妾本卑贱，名分不是妾能奢望的，妾也不看重，只求在您心里有一个位置……”

前隋时代的某个夜晚，二公子睡着了。

十七岁的憋娘蹲在卧榻边，为他掖好被角，放下了帷帐。

憋娘不能留宿在他身边，要到外间去睡。

“陆钲，你又不是三国陆逊，也敢和我抢观音婢！”炸雷般的怒吼吓了憋娘一跳。

她捂着嘴，吁了口气，静静地听帷帐里的动静。

公子没有再说梦话。憋娘膝行至屏风外，躺在小榻上。

“陆钲”“观音婢”，这两个名字，公子在梦中叫过几次了，有时也会大喊一个叫作“辅机”的。

“观音婢”是已故右骁卫大将军长孙晟的幼女，“辅机”大名长孙无忌，是二公子的密友、“观音婢”的同母兄。这些，憋娘和唐国府的奴婢们都知道。

“陆钲”——憋娘从公子的梦话中听出，应该也是一位贵介公子，吴郡人，是三国东吴陆逊的后人，腰佩一管风雅的十孔湘妃竹笛。憋娘伺候小娘子们读书时听过不少三国的史事，知道陆逊的大名。

所谓日有所思，夜有所梦。“观音婢”无疑是二公子的心上人，而“陆钲”也想娶她。

说起来，二公子虽然总是好奇地探索憨娘的身体，却从未在梦里呼唤过她呢！

憨娘觉得，还是让“陆钲”把“观音婢”娶回家好，希望二公子娶一个不中意的娘子回唐国府，相敬如宾，平淡度日，如同大公子与郑氏娘子那样。那真是最好不过了。

但她的祈祷并不能阻挡“观音婢”与二公子完婚。

他们新婚的第二天，窦氏夫人把憨娘召到房中，拜见瑾琋。

瑾琋说了声：“请起。”

这位新妇的声音、容貌无不透出十三岁的稚嫩，身量也未长足，以至于“新妇”这个称号听起来很滑稽。

除此之外，她对瑾琋一时并没有特别的印象。

憨娘的生活也未因新妇过门而发生显著的变化，无非是多了一个需要她去恭顺的主母。

二公子不能和新妇共枕，遵照卜者之言，他们须等三年之后才能圆房，夜间依然由憨娘服侍。

每次看见窗纱上新妇秉烛夜读的伶仃影子，憨娘总是有些同情，但更多的是一种自己打破了身份地位桎梏的优越感。

不久，窦氏夫人、大公子的原配郑氏娘子相继去世，接连不断的居丧分隔开了憨娘与二公子。但这是礼制，憨娘无怨无尤。

她生下了二公子的第一个孩子，给陷于绵绵哀痛的唐国府带来了欢乐。这头一份的荣耀是别人永远抢不走的。

到了前隋大业十三年，千光照两岁了，“新妇”——其实不算新妇了，是娘子——娘子经常带着她玩耍。

某日，记得正是娘子破了平昌驿阿富盗窃案那一天，他们一同游览河东李家旧宅附近的一条山溪，娘子要淌水。二公子把她背在身上走了过去。

那天千光照也去了，而二公子很长时间记不清这个细节。

慜娘牵着女儿的小手，留在此岸，瞻望二公子与娘子在彼岸相依相伴的背影。

那天晚上，二公子和娘子圆房。

慜娘为他们做各种准备，偏生要落在最后，听见了公子的私语："观音婢，我等这一天，等了四年……"

大意如此。慜娘记不清了。

好几年？每当二公子抱着申慜娘在卧榻上翻滚时，心中所思所想的却全部是观音婢？

圆房后的那个早晨，慜娘跪坐着打磨铜镜，娘子凭几写字。

二公子舞刀弄剑回来，蹑手蹑脚地走到案几旁，掂起一支紫毫笔，悄然沾饱墨汁，猛地涂在娘子的一边脸颊上。

娘子叫嚷起来，举着笔还击。公子灵活地躲闪，两人闹作一团。

这欢快的一幕残酷地映在了铜镜中。慜娘强忍着呼之欲出的泪水，拿镜袱把镜子盖上。

当天，二公子带着娘子随李渊赴任太原，把慜娘和千光照留在河东。

这是二公子的决定，但娘子也没有反对。

什么贤惠？其实娘子也想独占夫君的心。从此，他们在太原鸾凤和鸣，把慜娘忘得一干二净。

公子的决定——确切地说，是公子与娘子共同的决定，导致了一个后果：晋阳起兵，娘子安居太原，慜娘和千光照在河东被隋军抓捕，押送京城，蹲了掖庭的大牢。

"好不甘心啊！妾明白了，无论侍奉枕席，抑或生儿育女，妾不过是她的替身。妾所生之女，唤她阿娘，妾仅仅是‘姨’，妾认了，那是礼法，无可奈何。但是，妾做了孺人，却失去了大王；妾的女儿，只知仰慕嫡母的光辉；同为您的女儿，千光照必须摘下自己的七宝璎珞项链讨好阿鹞；安贞，您抱过几次？而攸乐不时被您抱在怀中；妾的弟弟安排一个小小的武侯卫徼巡队正，需要王妃提醒您；长孙无忌和长孙无逸的仕途，您大包大揽，从不让她出一声，就连伪郑降臣长孙安世的儿子，您也任用，长孙家庆，武德五年做了世子的上侍读，长孙祥，今年做了世子恒山王府的功曹……”憋娘絮絮地说着。过去从来没有人知道，她能一口气说出这许多话。

头上的茉莉花枝耷拉了下来，憋娘扬手把它扯掉，拿到面前看看，失神地一笑，随意地扔到地上：“大王，妾终究忍不了。妾想看见您和她反目，想看见她被您弃嫌冷落。”

◑ 3 ◐

李世民却未曾暴怒，胸口涌起一阵悲酸。想想自己麾下文官武将如云，性情迥异，才能不一，有的年龄足以做他的父辈，有的归自敌营，他对他们都能做到倾盖如故，了若指掌。但是，对这个侍奉在侧十余年、育有两个孩子的女人，却是白首如新，不知其里。

少年时所说的梦话，自己一句也没有印象，却在憋娘的心中郁积、浸泡、腐烂，开出怨毒的花，而自己仍全无所知。

他默然走了出去。开门之前，他稍停了一步，留给憋娘一席话：“你要的，我给不了。事到如今，我们无法再如家人般共处。你回母家以后，我供养如旧，断不会亏待你。千光照和安贞，你也不用挂念，我自会尽心抚养。至于你弟弟，身为武侯卫徼巡队正，却勾结盗贼，恣行不法，我不会揭发他，但必须将其解职，望你心中有数。”

侍婢们隐约听见室内动静，并非预想的那般和美，却不明就里，待李世民走远，一拥入内察看。

憋娘已自行换了一件上襦，垂腿坐在筌蹄上，手持剪刀，把适才丢弃的茉莉花枝修短，微笑着说：“太长了，反而戴不稳。”

然而，被李世民撕破的衣裳和单丝罗的斜襟残片揉在枕边，足以说明发生的一切。

“孺人，奴婢拿去补一补。”侍婢假装什么也没察觉，仿佛不经意地提及。

“你们先下去，我歇歇。”憋娘将修剪好的茉莉花插在头发上，对镜左顾右盼。

侍婢们在外面等了一阵，赵顺过来，一本正经地传话：“大王教令，命你们收拾申孺人的衣饰用品，明日送孺人回申家长住。你们当中，可有两人陪孺人出去，愿意的，报我。若都不愿意，也就罢了，大王另觅他人。”

“出了什么事？”侍婢问道，“长住？多久？”

赵顺恢复了平时随和的模样：“唉，没说。我也不甚了了。大王想要多久，便是多久……”

憋娘的物品全部收拾齐楚还是要颇费一番工夫的，但她在休息，众人不便擅闯，因公推了一位侍婢，绕到寝间的窗外，贴在窗纱上窥探憋娘有未睡醒。

她仍平躺在卧榻上，因天热，只把帔子搭在肚子上。身下浅色的江南蔺草席有一块变成了深色，以她的右手为中心，慢慢地扩大，隔着窗纱看不清变成了什么颜色，但有一件物事竖立在她的右手腕上，亮闪闪地反射着太阳光。

“孺人自尽了！”侍婢们尖叫着破门而入，赵顺惊跳起来，跟着跑进去。

憖娘双眸微睁，眼皮犹在蠕动，那把修剪茉莉花枝的剪刀触目惊心地插在右手腕上，血不断地流到蔺草席上，仿佛在印染一床红色的褥子。

李世民赶到时，憖娘尚有一口气在，残留的意识忽然记起了什么，但只来得及说到这里：“大王，当心……”

李世民缓缓把耳朵从憖娘唇边移开。

“当心……”——当心什么？不知她是神志不清，还是真的在说某件事。

憖娘的眼睛合上了，嘴唇却仍微张，似乎还有话想说。

她的鬓边一朵莹白的茉莉花幽香浮动，脸庞上也依然有红白的颜色、扑鼻的暗香，但那是脂粉、口脂和香料堆砌的结果，不再有生命的光彩。

侍婢流着泪，捧来一方白地绿花罗帕。

李世民沉声吩咐：“给我。”

他亲手将罗帕盖在憖娘的脸上。有几滴泪水从他的目中流下，滴落在罗帕上，钻过肉眼看不见的孔隙，沁入憖娘尚有余温的肌肤。

他回翠华殿，与瑾琋商议善后事宜。

瑾琋抱着熟睡的安贞，眼泪奔涌而出：“我无意看到如此惨苦的结局。”

李世民仿佛在呓语：“谁有意？她在我家，有近二十年；跟随我，也有十二年了……”

安贞的小手腕戴着一串茉莉花串，是憖娘归宁之前做的，已有些干枯泛黄。

李世民小心地把花串摘下来，托在掌心。茉莉带上了婴儿的奶香味，却更加令人郁郁。

“观音婢，我想将千光照迁居溱洧殿，让修能给她作伴。”

“嗯。安贞呢？”

“找一个合适的媵妾抚养？”

“二郎，安贞就由我收养。我要把安贞，视同阿鹞、攸乐一样养育成人。”

“……好。观音婢，多谢你……”

“谢什么？你的儿女，难道不都是我的儿女吗？我且问你，那炮制陆钲伪作的画师、伪造书信的人，还追查吗？”

“此等卑不足道之辈，不必了。”

“那么，二郎现在相信，作伪者用为蓝本的陆钲旧画作，并非《高山流水》图了吗？”

“你是说，《高山流水》图也是别人栽赃给陆钲的伪作？”李世民凑到瑾琋身边，食指轻触安贞的眼睫毛，没有回答这个问题，却低声提起另一件毫不相干的事，“我已经以领左右十二卫大将军的身份，调常何入京，守卫宫城北面的玄武门，秘密赠他金刀子一枚、黄金三十铤，并给了数十金刀。禁军将士们昼夜辛劳，他会代我慰劳其中的忠勇之士。不过，常何从追随太子征讨刘黑闼时起，就是太子的部下，所以，他去东宫拜谢了太子，受领太子的赏赐。却是绝不会来弘义宫见我的。”

他转换话题太快，瑾琋没能立即接过来，稍事停顿，颔首说了一个“好”字。

比起家事，李世民还有很多更为重要、也更为棘手的事需要经心。

申孺人的猝逝是杲杲炎日下骤然降临的一场霹雷暴雨，太过意外而使弘义宫的人们动魄惊心。

究竟发生了什么事，连千光照和郑蔚也不太清楚。旁人推断申孺人定是犯了不小的过失，不愿以遭到废弃终场，选择了“全节以终”。

谁也想不出，温柔和顺的申孺人能犯下怎样的过错，以至于要被逐出弘义宫？而她水一般的外表下，竟又是一团如火的烈性。

武德七年这个芳怀馥郁的茉莉花季，申懿娘以秦王五品孺人的身份礼葬。对外盖棺论定，谎称死因是难产导致的隐疾暴发。

关于她的猜测与叹惋，未等素馨荼靡，就浸微湮灭了。好比夏日骤雨冷却蒸熏的暑热，也只有几个时辰的功效。

弘义宫送了几箱财帛补品到修德坊陆宅，说是秦王让送的，具体事由不明。

朱氏大感讶异：“无缘无故，秦王为何送这许多财物？”

陆钲明白，是去年在废庙里的一顿毒打换来的。

然而，倘若李世民知道《高山流水》的确是陆钲亲笔所画，还会不会做出这样的表示呢？

《高山流水》刚画好的时候，险些被新婚妻子朱氏看见。如今这幅画应该已被李世民焚毁，回不来了。

其他绘有观音婢倩影的画作，陆钲也在去年亲手烧成了灰。

以往保存这些画，原本就是对朱氏的不公平吧！

补偿了陆钲，瑾琋与李世民商量册封媵妾的事：“因孝期延宕的敕封礼，今也该尽速办了。惠通、韦珪，你都面许过人家的，当尽快礼聘。孺人位分最高，不幸缺了一位，先说谁来补这个缺？”

李世民眼下最属意的是高惠通，自然提惠通的名：“她出身渤海高氏，又不比韦氏、阴氏入过罪籍，兼为你的远房亲戚，处处都说得过去。”

瑾琋一眼不眨地瞅了他一回，微笑道：“有理。不过，你如今虽则最喜欢惠通，也得顾及其他女子的观感。她们相从日久，生儿育女，若不能循序递进，岂能信服？后院人心乱了，必生祸衅。倒不是要一味论资排辈，总不能太离了格儿。娘家门第高低、入侍早晚、生育、功劳苦劳，均需兼顾。”

其实真正的原因只有一条：李世民最喜欢谁，瑾琋就偏要压那个人的位分作为平衡，也教那得意的人不敢恃宠而骄。

李世民被她一句“最喜欢惠通”戳穿了心思，不免脊背发烧，也觉瑾琋治内果然比自己思虑周全，因点头问道：“依你之意，如何措置？”

瑾琋不急不缓地吐出两个字：“韦珪。”

“为何？”李世民略感吃惊，本以为瑾琋因为洛阳的旧事对韦珪有所忌讳。

“她出身京兆韦氏，从曾祖父到父叔均为前朝国公，门第在诸婢妾中，除了杨孺人，无人可及。武德四年她独自在洛阳侍奉你起居，可谓苦劳。再者，二郎对她，不是也挺喜欢吗？”

瑾琋含有戏谑意味的目光让李世民有些困窘。原来她把一切都看得一清二楚。

“因韦珪武德四年方才入侍，兼有罪籍宫婢的身份，未生育之前不便礼聘，今已生了女儿，自是无碍了。”她说。

李世民笑道：“听你这样说，竟是非她不可。我原想，你不喜欢韦珪，封为刀人也就罢了。”

“呵呵，我与她素无深交，谈不上喜欢不喜欢的。不过是想着如何安置对你最好。”瑾琋忽又转喜为悲，嘤嘤哭泣起来，“你所指的，若是去年出征前，你与她在淇奥殿廊上卿卿我我、依依不舍，把我抛在阶下不理不睬那件事，我却也怪不得她。呜呜——”

闹得李世民情绪大起大落，措手不及，好不心焦，搂了她在怀安抚：“好好地偏生重提旧事，又伤心，身子几时能养好？”

瑾琋止了泪，又说：“澹台徽是宽儿的生母，郑蔚育有两女，她们二人进位为承衣。惠通和阴兰因，入侍最晚，封为刀人。好吗？”

“别人没什么，唯独郑蔚不行！”李世民斩钉截铁地堵住了郑蔚的晋封之路，“一提去年的事，我就恨得牙痒！她虽无大过，也须自省，目下如给她进位，恐她误认为自己无过有功！”

瑾琋也不再驳回。于是，迅速请敕册封，高惠通进了弘义宫的大门，韦珪携新生的女儿萝摩、堂妹韦尼子、王菩提迁入素馨殿。

李世民叮嘱她：“阿珪，我本意封你为刀人，是王妃提议你为孺人。你尚未生子，一步攀上诸媵妾之首，尤须恪守本分，礼敬主母才是。”

“是。妾谨遵大王教令。”韦珪嫣然一笑，恭顺地应了。

“然则，王妃真的是为我好吗？”背着李世民，韦珪问自己。

因为受封孺人，须行参拜主母之礼。行礼时，韦珪眼里的瑾琋，头戴花钿、宝钿各九树，身穿正一品亲王妃钿钗礼衣，面沉似水，明眸如万顷琉璃，广阔的碧波莹光闪烁，浅笑柔婉若雨露春风，一身晴云秋月的明朗气度，却有不知从何而来的一股隐力，压得她不敢多看。

奉秦王妃长孙瑾琋的密令，尚宫局正八品掌言女官司马藜走进了掖庭宫。

这片太极宫西面的宫舍不比宸居，或许因为是籍没的罪官家眷及官奴婢们的幽禁劳役之所，展眼望去，多为单调沉闷的灰、黑、青三色，恰如初来者凄惶苦涩的饮恨，也可酬唱久居者无了无休的随遇而安。

掖庭宫司籍女官陪同司马藜四处察考，边走边介绍：“这里的奴婢若无特别技能，就做些舂米、捣衣、扫除之类的杂役，甚为劳苦。你听，舂米的声响！”

果有一群宫婢在用碓舂米，不过，第一眼看来，却好像只能看见一人。盖因其中的一个妇人有一副顶天立地的身高，把旁人都比没了。

“那人是谁？”司马藜拉起披帛掩了口，悄声笑问。

“辅公祏叛党西门君仪的遗孀王氏，名唤‘阿来’的。她嗓音洪大，唱赞原是相宜，身量虽高，你也看见的，尚属匀称，并不肥胖，可实在是……”司籍女官一说王阿来，就眉眼翻飞，“她在隋末跟随杜伏威、西门君仪出入疆场惯了的，武艺精湛，在我们这里每日练功不辍，力气大，气势也大，连监作们都要惧她三分，不敢十分管束。掖庭令想把她打发去哪家王府算了，只有秦王有意接纳。”

王阿来毫不在意她们的议论，手抡足踏交替着运碓舂米，不费吹灰之力，俨然在趁劳作的机会锻炼筋骨。麻布襦裙穿在她的身上，犹如身披铠甲。那旁若无人的神态，好像她是舂米场的主人。

◑ 4 ◐

司马藜打了个寒噤：“我此来挑选可供宣传启奏差遣的宫婢，是不敢用这等女丈夫的。”

当下欲往蚕室去，一名小给使又带领另一位女官过来。

司籍女官犯难道：“弘义宫的典言女官高娘子来寻我了，要说这王阿来的事。我可陪不了你了。”

“无碍的，那边就是蚕室，我自己去。”司马藜与她约好汇合地点，独自去了。

蚕室是养蚕、缫丝、纺织之所，生产的布帛送少府监织染署染色，供宫廷制作衣履被褥之用。

司马藜巡阅了一遍，认定一张正在织布的秀美脸孔，因指着问监工的女官：“那人是？”

女官虚着眼睛细细一瞧，答道：“是杜伏威的遗孀郦氏，手艺工巧，就是啊，啧啧，郁郁寡言。”

辅公祏败亡前，不甘心一个人上路，伪造了杜伏威授意造反的书信，诬告已故的杜伏威为叛乱主谋。李渊断然剥夺了杜伏威的官职爵位，籍没其家眷，郦氏从国公夫人沦为掖庭宫婢。

司马藜唤了郦氏出去，围着她上下打量。

郦氏但觉有无数支风刀霜剑向自己射来，困顿不安，微微垂下了眼皮，心中暗暗咒骂。

司马藜却似乎得势不饶人，肆无忌惮地凑近她审视容颜肌理，忽然将声音压得蚊蝇一般，在耳畔沉稳地传话：“夫人不要作声，听我一言。秦王知杜公冤屈，只是无力谏阻至尊。令郎德俊，秦王妃请万贵妃出面，免入奚官局，配给江国公陈叔达府邸为奴，江公也很同情你家，应秦王的私下请托，寻了德俊一个‘不是’，‘转卖’给杜公旧部——茂德府别将戴义。戴义将令郎带回茂德府养育了。夫人万乞珍重，只管做出逆来顺受的模样，不可流露怨尤。若此，从掖庭脱身有望，母子团圆有期。”

郦氏如闻春雷奋作，几乎怀疑是幻觉，也不敢暴露形色，只用鼻子轻微地哼了一声“嗯”。

杜伏威生前少与她谈论军政事，但大势她都知晓。

当初，杜伏威入居长安，以身家性命为质，向朝廷示忠。假如他真的授意辅公祏叛乱，江南旧部缓不救急，人在长安的杜氏全家皆休。

这般愚蠢的勾当，杜伏威但凡没有疯癫，就不可能做。李渊又非老朽昏眊，怎会勘不透如此浅显的道理？

再说被冤死的阚棱，若为叛贼同谋，为何不在唐军背后捅刀，反而奋力镇压辅公祏叛军？

郦氏不相信李渊无法识破这些拙劣的诬陷。

阚棱是江淮军最后一员大将，随着他的冤死，杜伏威一手缔造的江淮军自此烟消云散。这才是李渊的目的所在。在他的眼中，出身贫苦黎庶、啸聚山林水泽起家的江淮军始终是“非我族类，其心必异”，必欲除之而后快。

江淮军旧人中，只剩王雄诞的旧部最得李渊信任。那是因为王雄诞以身殉国，旧部均为中下级官佐，例如虞旦，没有什么影响力。

司马黎知郦氏听懂了，却只面无表情地朗声让她进去，自己也入内，笑对监工女官说：“这个人老实归老实，相貌也不差，但籍没才只数月，调入太极宫嫌早了些，且再看看。”

又去别处转了转，挑了一个合适的，与司籍女官说妥，回去报请尚宫审定，若尚宫认可，就报掖庭令调人。

“那我们就等尚宫局的信儿了。刚才高娘子来，带来弘义宫的回话，已把王阿来领走了。”司籍女官兴高采烈。掖庭不缺人，她对于治下宫婢有更好的去处是真心乐意的。

高娉却一直不清楚调王阿来做什么用，只是奉命将她带回弘义宫交差。

瑾琋做出安排：“我们家早年便有内盗之事，已故申孺人的猝逝亦深为不祥，须严加整肃门阁管龠。我决定遴选十名年轻精壮的婢女，交王氏统领教导，训以角抵、舞刀等防身御贼之术，任后院巡察之职。鸢尾、淡竹及阚棱的两个女儿——阚敏、阚枚都在此列，其余六人，由你和典闱女官南宫氏、典正女官吴氏共同遴选。”

鸢尾是白苏的旧婢，淡竹曾服侍姜澪儿，因武德元年犯事，从宽免于充役掖庭，改为洒扫婢。启用这两个人，高娉不甚放心，质疑道：“娘子，她俩原做过蝇营狗苟之事，本应交尚宫局司正发落，罚入掖庭服役，因娘子法外施恩，留在秦府。今摇身一变，承担门禁巡察监守之责，若她们不知悔改，岂非大为不妥？”

“我相信她们会珍惜这次机会。即便她们再行不法，大不了依制处置，贬入掖庭也无不可。”瑾琋似是成竹在胸，并特别叮嘱，“王阿来是将门夫人出身，不可轻蔑，给予她一间单独的住室，衣食用度供应丰足，尊称为‘王娘子’。”

瑾琋任用王阿来及阚棱之女等人，救助杜伏威遗孤杜德俊，照应郦氏，都有深远的考虑，绝非口头所述的理由那样单纯浅显。只不能对高嫮明言。

高嫮笑答："娘子思谋周详，调来这位王阿来果有大用。妾当谨遵娘子之命以行。若她早来几日更妙了，可扈从杨孺人出行，护持左右，再不担心的。"

瑾琋笑了个齿牙春色，心知高嫮在说笑。

杨陆离同姐姐杨淑慎一道，赴庄陵祭拜隋恭帝杨侑及安葬于附近的南阳公主，将在当地官舍歇宿三晚，所携随从不少。想那京畿重地，太子良娣与秦王孺人岂是谁能暗算的？

祭陵归来，杨淑慎又邀妹妹杨陆离、任城王府叔孙贵人进东宫小聚。

叔孙贵人照例对好友倾倒酸水，数说任城王妃王珀如何清高可厌，任城王李道宗偏生与王珀如胶似漆，出镇灵州也携王珀上任，在任所新纳了刀人水溱。那水溱是王珀的忠犬，整日陪侍王珀，惯会拉拢人心。最近李道宗回京述职，携王珀同返，水溱随行，带回灵州的一种添加猪皮胶的特制澡豆，馈赠留守长安的叔孙贵人、孟承衣，哄得孟氏那个傻笨女人受宠若惊。娇妻美妾一团和气，任城王好不惬意。叔孙贵人近来又发现娘家弟弟叔孙彻交好青楼女子妙楚儿，待那贱人比对嫡亲姐姐还要尽心，云云。

淑慎抿嘴笑："任城王与王妃成婚之初，不是时有不谐吗？为何变得这般要好？"

叔孙贵人瞅着陆离说："任城王妃和你们秦王妃、杞国夫人是一伙的，正室娘子们凑在一起，切磋如何驾驭夫君，如何分化媵妾、为己所用，有秦王妃这位良师益友，言传身教、点石成金，我们任城王妃有什么学不会的？"

陆离、侍奉在侧的女史白苏俱是无语，只在心里"哼"了一声。

淑慎用探奇的口吻问道："你们秦王妃为避孕养身，不尽人妻之道已有两年半了？去年大闹一场，原因不明，秦王妃一度秘密出走，气疾复发了回来。结果他俩莫名其妙地又和好，倒是申孺人稀里糊涂地自尽而死。去年他夫妻俩失和，据我推测，与申孺人有关吧？”

陆离有些诧异。郭氏教导她管好自己和亲生儿子的事，不理弘义宫其他女人的是非，因而她不曾对淑慎谈及这些事，只是私下倾诉自己与李世民相处的种种感受、对儿子李恪前程的担忧，埋怨李世民是个偏心的父亲。淑慎如何知晓瑾琋、憋娘的隐私事呢？

她不想议论这个话题，托辞看望淑慎的亲生子李承道，携白苏出去了。

淑慎望着妹妹的背影，似乎恨铁不成钢，摇摇头，转而指点叔孙贵人：“总之任城王妃有高人加持，行之有效。而你未作分毫努力，光是怨艾有何用？换作我，就布下‘一箭双雕’的妙局。”

叔孙贵人被刺激得一哆嗦，虔心向她问计。

淑慎将下巴略收了收，凑到她耳际，如此这般，支了一大招：“……斗倒水溱，打任城王妃的脸。万一败露，还有贱人顶罪……”

叔孙贵人洗耳恭听，眼睛越睁越大，极口称妙。

翌日，她归省叔孙家。见了弟弟叔孙彻，便静言令色地唤到一边询问：“大郎，今在忙些什么？”

“打点行装，准备出京巡检仓廪。”叔孙彻如今在司农寺任从九品上录事，掌“受事发辰”，亦即记录公文往来时间。司农卿抽调人手出巡，抓了叔孙彻的差。

叔孙贵人脸色骤变，阴笑道：“哼，难道不是忙着从我赠予母家的玻璃器皿里，拣了两只蓝色玻璃碗，送给平康坊‘赵四家’的都知娘子妙楚儿吗？”

叔孙彻登时七慌八乱，徒劳地抵赖：“没有，没有……”

“若要人不知，除非己莫为！掖庭宫的宫教博士崔斐是你家娘子的族兄，在妙楚儿那里见到两只名贵的蓝色玻璃碗，竟是一般士族府邸也难得一见之物，崔氏家宴时，便如此这般地说给你的内兄听了。你的内兄转头当谈资告诉了你家娘子。她前些日子来任城王府探我，无意中又说与我的。”叔孙贵人忿忿而压抑地斥责，倒没有要告发的意思，“那是她过门之前的事。她不明真相，我们父母也顾不得一只两只器皿，让你混过来了。我可是记得清清楚楚！那蓝色玻璃碗是何尺寸、纹饰、做工，再难有同样的。你若不服，我派身边人拉着你一同去‘赵四家’查看比对，可否？”

叔孙彻只不做声。

贵人缓了缓，埋怨道：“博陵崔氏是山东旧族之望，原瞧不上咱们鲜卑贵族之后。父母为你求娶他家闺秀，托了多少人情，花了多少聘礼？你倒好，痴迷青楼女子。若教父母得知，你就别活了。”

“只求姐姐帮我守住这个秘密罢了！”叔孙彻欺身拜了下去。

做姐姐的连忙扶着他，破颜笑道：“你若孝敬我，我非但为你保密，还可助你一臂之力！你说实话，对妙楚儿有无真心？”

打是亲，骂是爱，姐姐毕竟是亲的。叔孙彻心头一暖，吐露了欲将妙楚儿赎身纳妾、别宅安置的想法。

“呵呵，难怪你又是馈赠名贵玻璃碗，又是给脂粉钱的，原来是真心喜爱！妙楚儿的脂粉常年订购于西市‘吕家药肆’，你断断续续出钱不少吧？”叔孙贵人又一根针扎中了弟弟。

叔孙彻几乎不曾蹦起来：“连这个都知道！”

“哼，被我一诈，就乖乖招认了？我不敢因两只玻璃碗便咬定你，须得多方查证。旁的够不着，我却知一等青楼女子的脂粉衣饰多有恩客施舍的。使人打听了一下，妙楚儿艳名高张，自然派人向东、西两市赫赫有名的行肆打探。去的第一家是吕家药肆，说，‘家主人久仰吕家药肆大名，只不知究竟多好？据说平康坊大名鼎鼎的妙楚儿也在你家订购脂粉，未知真假？’店主答是，说妙楚儿是常客。”叔孙贵人回味这场轻松得来的胜利，无比的骄傲。

叔孙彻哑口无言。

吕家药肆同其他药肆一样，在贩售中外药材的本分之外，也经营女子脂粉及养颜用品。吕家制售的女子美颜之物，声誉之隆，在东西两市首屈一指，贫家女子无力光顾，因此成为叔孙贵人的首要探查目标。贵人的心腹是叔孙家的陪房奴婢，熟识叔孙彻的亲信家奴，这个秘密被她察知也在情理之中。

“你家娘子倒罢了，你待我这个同胞姐姐，可有对待妙楚儿一半的心吗？”叔孙贵人提到“心”字，眼泪泫泫。

叔孙彻见她那两滴泪珠将落未落，慌得赔着小心问道：“姐姐要我如何孝敬？”

“你今为那二百两金子的买妾之资犯愁，我不会视若无睹。可略尽绵薄，成全你们两个。”叔孙贵人擦了泪，把罗帕卷作一团，扔在案上，“但我有个条件，看看你二人有无孝敬姐姐的心意，值不值得我相助？你们先帮我办件小事。你是官，不能进西市的行肆购物，就教妙楚儿亲自为我跑腿……”

第六章 惊变仁智宫

◑ 1 ◐

叔孙彻依姐姐的意愿，支使妙楚儿跑一趟西市，购买新鲜猪蹄，送去“吕家药肆”订制六套“急面皮胶”，货款一并预先付清。提货单据，妙楚儿交给叔孙彻，由他转交叔孙贵人，当日带回任城王府。

只隔一夜，急面皮胶就做好了。清晨，两位戴着帷帽幂篱的年轻女子驰赴吕家药肆，凭订货单据提取了妙楚儿订制的六筒急面皮胶。

叔孙贵人拿到急面皮胶，先分给来做客的杨淑慎、杨陆离，姐妹俩人各两个竹筒：“这种‘急面皮胶’是长安城里顶好的药肆所制，先不说比内造上用的更灵验，至少也是寒木春华，各具风味。两个竹筒为一套，一个是洁面用的，另一个加了澡豆，夜里敷脸。”

陆离闻听那四个字，便想扶额蹙眉，但她于武德二年元日推辞瑾瑺所赐“急面皮胶”时的过度直率，在心中烙下了难堪的记忆，忍住恶心，应和着姐姐，微笑道谢。

叔孙贵人说：“咱们是多么要好的关系，何须客气？况且两位此来，又给我家县君带来玩器和东宫内造的点心。”

县君即是叔孙贵人所生的女儿。贵人与淑慎亲厚，时时你来我往。淑慎每带妹妹来，叔孙贵人也都爱屋及乌，给足情面，予以款待，礼物也不少陆离一份。

贵人带着杨淑慎姐妹俩去拜见王珀，奉上剩余的四套急面皮胶：“娘子，这是舍弟在吕家药肆为妾订制的。妾不敢独享，请娘子裁夺。”

“难为你有心。”王珀笑着摸了摸竹筒上的系带，“竹筒也做得很精致啊。系带颜色不同，有何含义？”

叔孙贵人殷勤地解答：“吕家的规矩，竹筒系带的颜色浅的，表明内装的急面皮胶更新鲜。娘子自然要用最新鲜的，不然，别人都不敢消受。”

在下首陪坐的水溙一力赞成。承衣孟氏近日感染风寒，没有出席。

王珀不便谦让，挑了系带颜色最浅的一套，然后令水溙、叔孙贵人自选。

水溙首先把新鲜程度仅次于王珀一套的让给叔孙贵人：“贵人的位分比妾和孟承衣高，理当用更好的。”

“这……我只好恭敬不如从命了。”贵人接受了水溙的美意，“阿水，你和阿孟是邻居，她那一套，有劳你转交。剩下两套，你们两人自己分。”

叔孙贵人算准了水溙的做派，必定将较新鲜的一套让给承衣孟氏。她果然这样做了。

从王珀那里退下，淑慎转脸看看陆离：“水刀人做人也是极好的。都是有心人啊！”

这段话的深意，陆离自然能够领悟。淑慎总说她为人呆板，出来聚会正可开开眼界。刚才左不过又是一番就地取材的教诲。

仿佛为陆离做示范似的，叔孙贵人慷慨地对贴身侍婢们说：“我的两筒急面皮胶，你们都可与我分享。”

淑慎犹不放心，结束任城王府之行，临别前又特地叮咛了妹妹一通：“如今日这般处置甚妥，不喜欢也不可伤人家的心。拿回去送给澹台承衣，加深你们的情谊，岂不两全其美？另一件，你休要总是怨艾你家大王如何不疼惜你，你自己要懂得投其所好。似他这般性情的男子，对柔弱可怜的美貌女子都有保护、怜惜的本能，你应示弱，把苦衷禀告他，明示视他为倚靠。”

白苏及乳母郭氏都表示赞同。

陆离认可了姐姐的建议，但细加思量，也没有全盘采纳，只将一筒敷脸的送给了澹台徽，洁面用的一筒赐给身边热衷“急面皮胶”的宫婢们。

乳母郭氏欣欣然地赞她：“阿荼子比先年玲珑多了。叔孙贵人好妒，却有一桩好，乐意将自己的脂粉、吃食赏给亲信婢子们沾光，颇得下人之心。”

四天之后的早晨，弘义宫后花园的小溪“哗哗”地漾起一行涓涟。贵人燕芃揉揉读书倦了的眼睛，有几尾鱼自水中轻灵地游过。一夕风雨摧折，绿树在水面上撒下片片瓣瓣的碎碧，溪水却依旧是澄莹透彻的。

燕芃看得喜人，从胡床上立起身，把书卷交给侍婢薜荔，自捡了一根树枝，轻轻敲点漂在水面的落叶，并不忍心搅乱这一脉清流天然的潋滟。

但这份闲情逸致未能持续太久。天光云影之间，忽然插进来一张熟悉的脸——杨贵人，修能。

燕芃瞬间兴致全无。

修能望着水中燕芃的面影说：“我不是来扰你读书的。我吹完笛子出来逛逛。”随即把脸别过一旁。

自从瑾琋帮她们立下轮流到翠华殿后花园读书、吹笛的规矩，三年来从无违错，人也长大了些，但还是说不到一块。

燕芃弃了那树枝，跟她说点客套话：“一娘可好？”

“毕竟是生母西去，自然悲伤。我在溱洧殿吹笛子也不敢选欢乐的曲子。”修能冷眼觑着燕芃，“燕贵人住得近，有问我的工夫，来探望过一娘几回呢？”

燕芃被蜇了一针，心说：“假如人与人之间有天敌，你一定是我的天敌。”

“若一娘没有住在溱洧殿，我们贵人必然天天探望。”燕芃的侍婢夕雾笑容可掬地回嘴。

修能的侍婢桔梗也“咯咯”笑了起来：“我们贵人和一娘并不想住在溱洧殿的。原因你自己想去。”

夕雾抬起上襦的窄袖掩了掩鼻子，笑道：“桔梗，你责备别人不探望一娘，自己却也不遵大王、王妃之命给一娘作伴，倒来园子里闲晃。真教人嗅不出是什么气味。”

修能亲自加入战团：“今日万贵妃召见一娘。呵呵，好个婢子，惯会指东打西，果真是个女学士。出了事冷眼旁观，单会嘴上玩虚的。”

燕芃不善吵架，又拦不了，干脆捂着耳朵避到一旁。薛荔却耐不得，把书卷搁在胡床上，冲着桔梗讥笑：“女学士不算什么，女乐师才了不得，听说笛子被大王劈手夺下，扔出好远，必是乐声太过美妙所致……”

你来我往大战了三百回合。修能的另一婢女朝颜眼看自己人落了下风，正欲跳出来帮腔，忽瞥见几个侍婢搀着澹台徽路过，那澹台徽满面病容，便不好意思当着她的面斗嘴，牙关一磕，把满口的冷嘲热讽梗在了嗓子里。

修能习惯于被当作孩子看待，不以“贵人”的位分自矜，麻利地丢开燕芃，转身道了声：“阿徽姐姐好。”

澹台徽被病痛折磨得听力也似乎衰退了，听不真切，只隔着弥漫在瞳孔周遭的潮热看出修能的嘴巴在动，勉力微笑答礼。

修能见她面色赤红，眉头微皱，紧抿着嘴唇，似在强忍疼痛，惊问：“阿徽姐姐怎么了？”

“承衣早起发热，头痛，身子也疼痛。服了药，非要出外走走，想这样散淡半日能好得快些。往这边走了一路，却成了加重的光景，奴婢们扶承衣回殿歇息。”澹台徽的侍婢萱草出声回答，脚下并不停步，不想和修能等人多说。若不受制于尊卑之分，她还想直言：“你们在园子里吵嚷，以为别人不知，闹得大家不得清净，承衣恐怕正是因此添病的。”

“啊——”澹台徽发出一声呻吟，像一尊融化的雪人儿，软软地向地面瘫倒，上眼皮也无力地耷拉下来。

众人慌忙唤挐舆来抬她回去。

早晨按风寒症配的药效果不佳，又请太医署医正来诊治。

那医正把手指搭在澹台徽的脉上，诧异地问：“承衣的手腕何时起了这些红点？”

“刚刚才有。脸、手臂、腿，都有。”萱草答道，“还请您明断，给个对症的妙方。”

她解开蒙在澹台徽手腕上的薄纱，以便医正诊断。

高烧、头痛、身痛、昏迷、红点——“这不是风寒，是罕见的毒血症。”医正的两条眉毛扭到了一处。遇到疑难杂症，他不愿独自承担风险，主动提请天策府典医丞吴景贤亲临诊治。

吴景贤诊过脉，神情严峻地开了药，转赴翠华殿禀报王妃：“京畿有家猪毒血症疫情发生，有司严令病猪在当地隔离治疗，病死立即就地火化，由于防控得力，疫情幸未扩散，迄今未尝发现病猪肉流入长安城。澹台承衣所染毒血症从何而来？下官以为，此事不可等闲视之。”

杨修能听说澹台徽的病情，也特地赶到翠华殿禀告：“妾闻听猪有一种疫病，人若食用此类病猪肉，或皮肤接触到病猪，就可能染病，症状与澹台承衣相似，养猪人家俗称为‘毒血症’。”

瑾琋问她为什么懂得这些？

修能回禀：“妾弟杨台，前隋时跟随家奴流亡，在山野农家亲见过猪和主人相继染毒血症的情状。”

太医署和吴景贤都说，毒血症极其凶险，用过药石也须仰仗医缘。瑾琋在修能这里找到了新的希望，殷切地追问：“那些农家是怎样治愈此症的？我们可去讨个偏方。”

“据妾弟及家奴所见，此症病势陡急，药石无医，痊愈者也不知其故，浑浑噩噩地就好了。并无偏方。”修能深恨自己无力解救澹台徽的病痛，拿罗帕也来不及，顺手用帔子揩拭泪珠。

弘义宫的饮食、用品也都很考究，澹台徽在哪里感染的毒血症？

瑾琋的手在膝间无意识地挪移，山玄玉组佩和玉龙子一样锁入衣箱了。她随手握住戴在腕上的镶金虎头白玉镯，镇静了心神，命给使秦五谷协助吴景贤查问染病原因。

澹台徽的侍婢萱草听吴景贤讲了“毒血症”的由来，骇得一脸青黄无主，拎出一个竹筒说：“‘急面皮胶’是猪蹄熬出来的，可算得猪肉？这是任城王府的叔孙贵人送给我们杨孺人，孺人转赠与澹台承衣的，承衣已连敷了四夜，每日早晨清洗。”

五谷陪同吴景贤转往贻椒殿，说明来由：“……通常，人在误食毒血症病猪肉二三日之后发病，若因敷脸、净面传染，则延缓至四五日之后发病。”

杨陆离在深宫中养尊处优地长大，何曾见过牲畜的疫病传染给人的事？看着疑似致澹台徽重病的那个竹筒在吴景贤手里晃来荡去，吓到骨寒毛竖，急令宫婢取来装“急面皮胶”的竹筒，解释道：“我未用此物。左右侍婢们四天来都用它净面，并无人患病。”

吴景贤安排用“急面皮胶”洗过脸的几个宫婢住进一所空置的房屋隔离观察，并将弘义宫的两个竹筒交太医署复加勘验。

太医署的人满面恐慌之色，不住地搓手，告诉景贤：“此事不简单哪！任城王府的叔孙贵人及五名侍婢们都患上毒血症，与澹台承衣同日发作。那府里现剩的‘急面皮胶’全部送来了。叔孙贵人赠给东宫杨良娣的‘急面皮胶’也不敢继续使用，经东宫药藏局查验，没有发现异常，交给我们复验。”

“奇了！城中庶民百姓未曾传出疫情，两座王府却是怎样？”吴景贤的心揪紧了。

瑾琋获悉事态，给李世民留了信，便去了任城王府。

王珀正在逐一讯问奴婢。叔孙贵人的粗使仆妇说，贵人一连四天将新得的急面皮胶与四名贴身婢女分享，这或许正是她们同时染疾的原因。另有一名粗使婢女豆蔻没有使用急面皮胶，也发了病，怀疑是被染病者传染的。疑似病源的急面皮胶，病倒的婢女们曾提及是叔孙彻在西市吕家药肆订制的名品，但据旁人回忆，贵人近日未曾派人去西市取货，叔孙家也没有送货来。

王珀派人赴叔孙家询问，获悉叔孙彻由家奴添禄随侍，离京巡察仓廪去了。叔孙家的其他人概不知情，只派家奴跟从任城王府的人到吕家药肆访查，幸而有所收获。

药肆回忆，叔孙家的人不曾光顾，倒是平康坊“赵四家”的妙楚儿来订制了六筒急面皮胶，净面、敷脸的各一半，说“叔孙娘子”自会来取。后来，果然有两名戴幂篱的女子上门取货，但看不清面目。一等青楼娘子出门，喜欢戴幂篱装矜贵，药肆只当“叔孙娘子”是妙楚儿的同行姐妹。

任城王府的人猜测着叔孙彻与妙楚儿的关系，只不好拆穿，因问吕家药肆店主：“猪蹄倘有妨害，你们不管吗？”

◑ 2 ◐

店主警觉地挺直腰背："隔行如隔山。小店只管售药、调脂弄粉，却不是医馆，不通医理。猪蹄由主顾自购，他们必定选好的来，谁会拿自家的肌体开玩笑！"

叔孙家的家奴问："不同主顾订购的物品会弄混吗？"

"那怎么能？譬如妙楚儿的两根猪蹄一送到，小店马上用一个专门的器皿装好，绝不与别人的混淆，并有造册，一笔一笔录好。猪蹄一根一根地熬，相互也不混同。"店主翻开簿册给来人审阅，又取出一只竹筒、一根杏色缎带，把缎带系在竹筒的两个钻孔里演示，"系带还是每套换着颜色用的，颜色越浅，表明货品制成时间越晚，也就越新鲜。"

一行人又去平康坊询问妙楚儿，她只说是奉恩客叔孙郎之命行事，猪蹄是在西市购买的，肉肆伙计鲁三帮她挑了两根最好的。

叔孙家派来的人夹带私货，问她与叔孙彻有何关系？

她一笑置之："光临平康坊的郎君未必用真名实姓，您还是回府问这位'叔孙郎'本人为好。"

叔孙家的人还欲盘问，龟奴上来打岔："都知娘子，正堂的席面快开了，您是席纠，恩客们等着您下去主持酒令呢！"

妙楚儿巧笑道："对不住各位，奴失陪。"扶着侍婢的手，风摆杨柳地下楼了。

任城王府的人不想卷入别家的风月事，叔孙家的奴婢经不得他们催促，兼以那酒席上的恩客料必不是碌碌之辈，不敢触犯众怒，悻悻地去了。

妙楚儿见他们走了，转头问龟奴："今日入席的都有谁？"

"亲卫羽林郎将尔朱焕、羽林校尉桥公山、天策府兵曹参军兼文学馆学士杜淹，还有……"龟奴滚瓜烂熟地背诵。

妙楚儿影影绰绰有个印象，杜淹的侄子杜如晦在秦王手下任陕州总管府长史，位列弘义宫文学馆十八学士之首，而杜淹本人曾事奉王世充，因叔侄关系不睦，杜淹在王世充面前进谗，致使杜如晦之兄被杀，弟杜楚客也遭囚禁。唐军将杜淹定为死罪，杜楚客竟不咎既往，恳请杜如晦营救。如晦不允，楚客跪地哭求："叔父已经害死长兄，如今您又不肯营救叔父，我杜家自相残杀，实在令人悲痛欲绝。"如晦方才感悟，向李世民求情，免去了杜淹的死罪。然而叔侄间仍不相往来，杜淹昔年因久不升迁，欲改投东宫，经房玄龄举荐，杜淹才得到任用，依然远不如侄子得志，每来平康坊吃酒，醉了满腹牢骚。

"反正是京兆杜氏的郎君嘛！"妙楚儿往正堂方向俯瞰，嫣然而笑，"看样子，被东宫勾搭上，要转投太子了……"

那边任城王府及叔孙家派出的人手奔向妙楚儿购买猪蹄的西市肉肆，盘问猪蹄的质量和来源，店主及伙计鲁三得知情由，惊骇得捶胸顿足，赌咒发誓说猪是自家在南城郊外饲养的，离毒血症疫区很远，非常健康。

王珀接到外出访查者的回禀，未免劳心焦思。

瑾琋也觉得事有古怪："府上已知贵人近来不曾遣人去西市，以'叔孙娘子'之名取货的究竟是何人？使用这批急面皮胶的人唯有澹台承衣、叔孙贵人及其侍婢发病，阿珀你、孟承衣、水刀人、杨孺人的几个侍婢，以及东宫杨良娣，都安然无恙，表明这些急面皮胶只是部分致病。原因何在？难道两根猪蹄，一根染有毒血症，另一根没有？"

叔孙贵人的粗使仆妇攒眉蹙额地苦思一阵，在脑海中刨出了一块记忆的瓦砾："娘子、秦王妃，叔孙贵人未派人去过西市不错，可是，有人出过门。天还麻麻亮，贵人身边的杜若和迎春骑马外出，来回拎着食盒。奴婢揣度，是为了招待杨良娣姐妹，去哪家知名的糕坊购买新出炉的别致甜点了吧！”

叔孙贵人身边负责日常采买的正是杜若和迎春。贵人中意的数家糕坊分布在东、西市及两市之间的某些坊里，也是任城王府很多人都知情的。

瑾琋教仆妇掐一掐杜若、迎春进出的时辰，算来跑一趟西市是有暇的。值守门禁的阍者和卫士也证实了仆妇的计算。

瑾琋不由得短暂地闭了一会儿双目，吕家药肆系竹筒的彩色缎带不时在眼前飘过。

她睁开眼睛，告诉王珀：“为使旁人免受其害，查明致病猪蹄的来源刻不容缓。我来设法。”

她去了一趟雍州署，请高俭派人盘查南城郊外的养猪场。

回到弘义宫，给使卫仁向她禀报：“大王探视澹台承衣去了。杨孺人也往那边去了。”

杨陆离行至澹台徽寝殿门口，被李世民烦闷的声气炙了一下。

他赶在上早朝之前来探望病人，在屏风外与吴景贤谈话，问了一句：“都是些什么事？”

赵顺打开殿门，李世民一脚迈出来，差点踩在陆离的脚上。

她惊得晃了一晃，躬身行礼道：“大王万福安和。”

“你这么早来。”李世民的脸色分外凝重。

陆离胸口发紧：“是。澹台承衣与妾，比别人不同，妾原是应该来的。敢问大王，承衣病况如何？”

“着实沉重。你不要停留太久，以防传染。女子究竟体弱，不宜冒险。有太医署医正、典医丞昼夜守护于此，旁人久待无益。”李世民的语调里有对病人的担心，也有对陆离的赞许之意，潜台词是：“原来你挺有人情味的。”

陆离感知到他的关怀，心头一暖，柔声答道：“是。妾深谢大王。”

他点点头，一边快步离开，一边对赵顺下令：“告诉五谷和留荑，王妃玉体较之常人格外娇弱，若她再要探望澹台承衣，她们一干人务必谏阻！”

陆离顿觉春去秋来。暖阳尚未渗透肌肤，就跳过了火热的夏季，使她直接坠入秋凉中了。

李世民之于她，还是那个冷热无常的男子啊！

晚间，李世民踱到翠华殿正殿与瑾琋相见，她正在翻查医书。

李世民伤感地叹息：“唉，你纵有过目成诵、现学现卖之能，恐怕也救不了她。太医署和景贤的意思，不过是挨时辰。农人生长于粗砺的乡野，对这种疫病有抵御力，可以自愈。如阿徽这样的宫廷女子，起居服食精细干净，缺乏抗病力。自她发病，宽儿寄居于溱洧殿，我方才传令他的乳母带他去，离远些，好歹见生母一面，只恐晚了，就见不着了。”

瑾琋禁不住珠泪滚滚：“人道是‘自作孽，不可活’，但她素未作孽，与人为善，与世无争，何以至此！”

李世民无言地拥住她，久久没有松手。

瑾琋有些不安：“二郎，你里外忙碌了一日，回偏殿去歇息吧。”

“我今夜就宿于此。观音婢大可安心，我今晚没那心情。”李世民用嘴唇在她脸颊上轻蹭了一口，放开那温软的身体，躺倒在卧榻上。

瑾琋扯过衾被给他盖了，正欲吹灯，赵顺跑到门外，惶急地呼叫起来：“大王！娘子！澹台承衣……”

李世民立刻腾身坐起。瑾琋感到一种异常的沉重感，移挪身子，靠近了他。

澹台徽不治身亡。萱草等侍婢整理亡人的遗物，收一样，哭一场。

瑾琋和高嫣同去瞧了一回，也禁不住珠泪涟涟。

遗物多不能存世，要烧化或陪葬。姜溪儿捧着一方刚绣好的锦帕过来，流着泪请示瑾琋：“娘子，这是承衣生前托我绣的，还未及给她，就……如何处置为好？”

瑾琋轻抚锦帕所绣图案，哽咽道：“原来她喜欢这个……”

她的手指停在锦帕左下角的花纹上，眼皮陡地跳了两下，思忖片刻，一时解不开其中的奥妙，吩咐把锦帕交给李宽的乳母，作为孩子生母的纪念，郑重地保存起来。

任城王府的六名病患也无一熬过这个漫漫长夜，都被毒血症夺去了生命。

素日与亡者交好的人震恸哀悼自不必说，也莫不纳罕于这奇怪的病因。两府后院一时众说纷纭。最终的勘验结果出炉，不出人们所料，了无新意，未能平息惶惑的人心。

太医署验明：在叔孙贵人和澹台徽用剩的“急面皮胶”中，分别是洁面用的一筒及敷脸用的一筒共两筒，以毒血症猪蹄制成，其余均无异样。王珀、杨淑慎、杨陆离、孟承衣、水溱所用的“急面皮胶”也均无可疑。

瑾琋和李世民邀请道宗夫妇到弘义宫商议此事。

谈论间，澹台徽斑斑点点的病容和记忆中那张粉妆玉砌的俏脸在脑海中交替摇晃，李世民轻微地摆了一下首，问道：“南城郊外的养猪场有无问题？”

瑾琋坐困愁山闷海，怏怏地答道：“雍州署已回复，无。”

李世民的下巴冒出了些微松针似的胡茬，他伸手轻抚：“肉肆、药肆与叔孙贵人素昧平生，甚至不清楚‘叔孙娘子’的确切身份，并无理由加害。叔孙彻是贵人的亲弟，未听说姐弟俩有仇。莫非是妙楚儿……不对，她纵然有恨也是仇恨叔孙彻的娘子，不会恨他的姐姐。”

瑾琋看看道宗和王珀，字斟句酌地说：“暂且按猪蹄没有染毒血症来考虑，那么，毒血症有可能来自含有猪肉的其他物品。阿珀曾有言，水刀人在灵州制了一些含有猪皮胶的澡豆。分派急面皮胶，水刀人实则发挥了很大作用，孟刀人的两筒也由她代为转交……”

道宗困惑不解：“嫂嫂的意思是，或许是水溱用染病的猪皮做胶，溶化后倒入急面皮胶害人？但她只对孟氏的两筒有机会下手。事实却是，孟氏无恙，叔孙氏染病。”

瑾琋颔首道：“任城王所言甚是。若论府上谁有嫌疑，反而是叔孙贵人。

李世民和道宗都觉得匪夷所思，几乎同时扬起了剑眉。

瑾琋解说道：“染有毒血症的两筒急面皮胶，都经过叔孙贵人之手。除她之外，只有肉肆、药肆及妙楚儿能做到。方才秦王已排除这三家的可能性，那就只剩叔孙贵人。”

李世民提醒道：“有真凭实据吗？”

“叔孙贵人有一名未使用急面皮胶的粗使婢女也染病身亡。府上的人们猜测她是被先染病的人传染的。然而，我询问了吴景贤，毒血症在人与人之间相互传染的可能性极低。”瑾琋目光沉凝。

王珀认定，凡是瑾琋所言必定有理，当即应道：“该名粗使婢女名唤豆蔻，请嫂嫂指教，该如何查证？”

瑾琋语调滞重地说明自己的推断：“可查证两件事，一者，叔孙贵人是否将水刀人赠予的澡豆赏赐给那名粗使婢女使用？再者，那名粗使婢女及贵人各自用剩的澡豆中，是否含有毒血症之毒？倘若结果均为‘是’，真相便是……”

水溱的澡豆原是常见的方子：丁香、沉香、桃花、青木香、木瓜花、钟乳粉各三两，麝香半两，樱桃花、白蜀葵花、白莲花、红莲花各四两，李花、梨花、旋复花各六两，玉屑、真珠各二两，蜀水花一两。为了强化紧致肌肤的效果，还添加了猪皮胶，不难仿制。

叔孙贵人按水溱的配方，秘制了含有毒血症猪皮胶的澡豆，表面上与水溱的赠品毫无区别。

贵人的计划是：先把部分有毒的澡豆溶于妙楚儿代为订制的两筒急面皮胶中。这两筒掺入毒素的急面皮胶为一套，新鲜度次于献给王珀的那一套及预定由贵人自用的那一套，以吕家药肆配置的不同颜色系带相区分。再利用水溱遵循位分高低礼序，礼让他人、谦逊恭顺的行事方式，由她把掺入毒血症之毒的急面皮胶让给孟承衣，并经手转交。

贵人又将有毒的澡豆冒充水溱所赠的澡豆，赏给粗使婢女豆蔻使用。数日后，孟承衣、豆蔻发病，叔孙贵人借调查病因的机会，向道宗禀报："豆蔻曾使用水刀人所制的澡豆。"道宗必然勘验用剩的澡豆，贵人已在自己的澡豆中混入有毒的澡豆，一并交出查验，从而坐实水溱赠她的澡豆中含有毒血症之毒，只是她幸运地尚未用到有毒的部分。加之孟承衣的急面皮胶也经过水溱之手，水溱自然成为最大的嫌疑人，尚未生育的新人谋害育有儿女的旧人，世上是有先例的。而水溱是王珀为道宗挑选的媵妾，王珀也将无地自容。万一事败，就把罪责推给妙楚儿。因为叔孙贵人厌恶青楼名女，恨妙楚儿勾引叔孙彻。

但实施过程中出了差池，叔孙贵人系错了竹筒的系带，或者在投毒的环节发生了重大失误，自害其身，误杀澹台徽，孟氏和水溱逃过一劫。

查验结果证实了瑾琋的推测。

此案在长安城的贵胄圈子里引为奇谈，激发了许多人的想象力，编派出无数个版本的传奇故事。至于背后那些亡魂，反倒只是一个个空白的平板的符号，被任意涂抹上各种颜料。

李世民惊叹："这是叔孙贵人设下的'一箭双雕'之计。观音婢，尊君在天之灵获悉他生前成就的'一箭双雕'佳话被此等怨毒妇人所用，必定啼笑皆非啊！”

但瑾琋的心中依然存有一个打不开的结：“叔孙贵人精心布局，实施中怎会犯下如此大错？”

◑ 3 ◐

李世民答：“她百密一疏，自食苦果。”又抱怨道，“唉，道宗目力不济，纳得毒妇为媵妾，王氏弟媳内治失严，纵得媵妾胆大妄为，连累我们家的人无辜惨死。澹台氏去世，宽儿失恃，由万贵妃奏请至尊敕许，接宽儿入太极宫抚养，我家何曾这般凄风苦雨？”慜娘的事也算，但他不愿触及那块创伤。

瑾琋没有附和。李世民对道宗的微词只是一时气急。撇开血脉纽带不说，他们数度在生死大战中同仇敌忾、患难与共。说句寒心的话，岂是因为一两个媵妾就能生分的？

她对此案也仍然存疑，久久不能开解。

晚膳后，夫妻依旧分居。李世民想找个消遣，赵顺来报：“禀大王，杨孺人派宫婢来传话，孺人因澹台承衣之死哀泣不止，哭着求见大王。”

这在陆离是破天荒地头一遭，令人讶异，还有一种新鲜感。

李世民示意婢女来服侍更衣，吩咐赵顺道：“让她去淇奥殿等我。”

陆离穿一袭颜色素淡的大袖纱罗衫，粉白黛黑，两只灿若星辰的眼睛分明地映出玉惨花愁。澹台徽死后，她除了被姐姐淑慎接去东宫散了一天心，都闷在贻椒殿中。

李世民安静地端详她，问道：“你有事找我？”

泪光从陆离的目中闪过。她忽然膝行几步挨近李世民，话音带着泣声：“大王，阿徽撒手人寰，妾在弘义宫再无故人了！妾，唯有大王和三郎可倚靠，呜呜……”

李世民心想，她是因孤寂而恐惧了，而在悲痛的时刻，她求助的对象是他，不觉怜恤不已，抬手抚上她的双肩，温言宽慰：“人死不能复生，悲爱无益。弘义宫是你的家，我、恪儿、郭媪、陪侍你多年的宫婢们，都是你的亲人，你可以倚靠我。今夜，你与我同宿于此，不用回去了……”

越过那个巅峰，陆离停歇在平和如镜的水面上，环绕的手臂拥紧李世民的腰身。

“大王……”她呢喃的轻唤。

李世民却猛地放下她，毫无留恋地破开帷帐，披衣起身出去。

有人在门口叫他。

他绕到屏风外面，制止那人说话，迅速穿戴齐整，带着随从离去了。

少顷，一名值宿的婢女慢慢蹭进来，难为情的知会陆离：“大王请孺人安寝，不必等他。他，今夜不能回来与孺人同宿了。”

“喔。”陆离干涩的应了一声，随之浑身冰凉，黯然落拓的蜷在衾被里，倦倦地一动也不想动。

李世民去弘文殿布置好一件大事，转赴翠华殿，与瑾琋会面。

瑾琋捧了一盏热汤给他：“加松膏酒熬的，滋补，不烫口了，喝吧。”

李世民明白她在体贴自己，会意的微笑，也不说什么，缓缓饮尽。

“安排好了？”瑾琋抱着隐囊，好像那是保持与李世民之间安全距离的一个屏障。

“是的。”李世民但觉妻子的举动稚拙可笑，如果他真要做什么，哪里是一个隐囊能阻拦的？

他漱了口，舒展四肢，惬意的平躺下来，吁出一口气：“呵……放心吧，你将养身子要紧，我不碰你。”

瑾琋问：“你不过去了？”

李世民顿了一下，不清楚瑾琋是指他不回翠华殿偏殿，还是不回有陆离候着的淇奥殿：“嗯……大晚上折腾不起，何苦叨扰别人？我只想叨扰你。”

瑾琋偷偷的笑。

李世民是从淇奥殿去的弘文殿，事毕再来翠华殿偏殿与她说话的，她怎会猜不出他在淇奥殿所为何事？

然而她仍不敢掉以轻心，防范李世民不能自控，有的事他做得出来，往昔也确实做过。

“大人命我和四郎陪他游幸仁智宫。这一次，我不能带着你了。”李世民说，一壁探出手来找到瑾琋的，轻轻握住。

李渊将携带尹德妃、张婕妤等嫔妃，万贵妃照例无缘伴驾，只能留守太极宫。太子李建成坐镇京城监国。

“你安心侍奉大人，我守长安。”瑾琋回握了一把李世民的手，“只是有两件事需你出行前理一理。修能的弟弟杨台，是杨素的亲孙，正经弘农杨氏之后，年届十七，听说读书习武均属优良，你能不能召他来看看？若可用，给他一个出身。”

李世民无法置信：“杨修能求你了？她原本头脑简单，居然学会走门路了？”

瑾琋笑道：“没有。我近来查漏补缺，有些事，原不该等别人开口，就应有所考虑才是。”

“好吧。第二件？”

“阴兰因生了五郎，封为刀人，可她的弟弟阴弘智还在宋国公萧瑀家为奴。日后五郎懂事了，人说他生母的亲弟是兰陵萧氏的贱奴，总归不好。此事无需你出面，我预备跟宋国夫人说说，将他放良，我们给他一点田宅，送他入四门学读书。”

李世民有点烦难，微蹙起眉头：“四门学收文武七品以上官员之子及地方庶民俊秀子弟。阴弘智如今占哪一条？”

瑾琋笑道：“变通的法子尽有的。他的姐姐现为从六品下的敕封刀人，可算一条。”

李世民敲着卧榻想了想，点头应允：“依你。观音婢，有你在，我省了多少心。”

“呵呵——”瑾琋的话音变得慵懒娇憨如蜜糖，“二郎，睡吧……”

李渊携李世民、李元吉驾幸仁智宫之后的某日，鸡叫头遍，东宫亲卫羽林郎将尔朱焕一骨碌爬起来，穿戴披挂，唤侍婢备水洗漱。

卧榻上的妙楚儿翻了个身，懒洋洋地问：“郎将这么早就走？”

尔朱焕绞尽脑汁写了妙楚儿认可的诗作，又给了赵四娘子许多好处，终于求得一夜倒凤颠鸾。他也不想走，但重任在肩，少不得对美人说一句“来日方长”了。

妙楚儿对他却没有什么不舍的，礼貌地道了两句送别的场面话，打发他高高兴兴地出了门，自顾自睡大觉。

桥公山昨晚宿于另一娘子房里。尔朱焕在楼下同他会合，策马出行，在通化门接了数名随员及一批甲胄，整队驰赴庆州。

途经豳州，尔朱焕突然下令：“咱们上玉华山，谒仁智宫。”

有人惊奇地问：“但是，是太子殿下命郎将送甲胄给庆州都督杨文干啊！”

桥公山神色阴沉，反驳道：“太子交结地方都督，私赠兵器，犯了多大的禁忌，你不懂？郎将是为了救咱们的性命！”

主官已达成共识，几个兵士也就从了。

李渊很快读到了尔朱焕、桥公山这两名东宫属官对太子的指控：“太子以赠送甲胄为名，指使杨文干起兵，内外呼应，谋夺大位。”

“建成，忤逆子！”李渊勃然大怒。

此前，李建成暗中命太子右虞候率可达志从燕郡王李艺处调集幽州骁勇骑兵三百员，安置在东宫东面的各个坊市中，准备用以充实东宫宿卫。事情曝光，李渊只是责备了建成，可达志流放嶲州。本以为建成这个稳重踏实的孩子能吸取教训，不料他阳奉阴违，有加无已，平日的低调老实全是伪装！

李渊亲笔写了敕旨，勒令李建成速来仁智宫觐见。

“去？不去？”

建成沉甸甸地坠在坐榻上，两个相反的念头在脑中激烈的互搏。

太子舍人徐师谟劝他：“尔朱焕、桥公山悍然背叛殿下，内幕深不可测。殿下如奉敕，必然凶多吉少，臣请殿下占据京城，发兵起事，早登大宝，一了百了！”

“谋反？不行！我不能！”建成骇然变色，斥退徐师谟，命他不可再提。

詹事主簿赵弘智顺势劝说：“殿下既然不愿谋反，就须尽快觐见至尊，负荆请罪。晚去一日，至尊对您的疑忌便会增添一分。”

建成倾向于他的意见，但也未马上作出决定，又将父亲的性情、自身的处境、事件可能的内幕、近日的种种蛛丝马迹通计熟筹了数遍。属官们急得如坐针毡，他才下定决心：“去仁智宫。”又命人会同齐王府僚属，尽快查探之前得到的一条消息。

起初他和元吉皆未重视那条消息，如今纵然是病急乱投医，也不能错过任何线索。

长安至仁智宫不过六十里，李建成于半途留下绝大部分属官，自去太子车驾服章，仅率领十多名随从骑马上了玉华山。

到了李渊御前，他“扑通”跪地叩首，由于用力过猛，磕破额头大片皮肉，血流如注，差点晕死过去，口中认罪不绝：“杨文干原为东宫宿卫，臣只念故旧情谊，竟然忽略了法度例禁，送些甲胄与他，以示优抚之意，被误认为图谋不轨，亦是罪有应得！臣不敢推卸罪责，伏请陛下降罪重罚！”

李渊见鲜血在他脸上横流，以至于衣襟、地板也都血迹斑斑，勾起怜子之心，但又怀疑他在使苦肉计，因硬起心肠怒斥：“避重就轻！你优抚地方都督是何用意？还不是结党营私，妄图谋反！”

“陛下圣断！臣万万不敢行悖逆之事！”建成不顾剧痛，复又掷地叩首，谁知一蹶不起，再也不能出声。

侍立在旁的宫人围过去察看，发现他双目紧阖，已经昏厥，连忙乌压压地跪满了一地，请求李渊暂息雷霆之怒，先救太子一命。

侍御医奉敕为李建成诊治，判明仅为皮肉伤，不曾伤筋动骨，给他敷药包扎，喂服了汤药。

建成清醒过来，只觉除了疼痛，并无更多不适。李渊余怒未消，因他无大碍，下手也就不软，将他囚禁在帐篷里，命殿中监陈福看守，只许送麦饭充饥，另派遣司农卿宇文颖驰赴庆州，传召杨文干对质。

李渊做了这些部署，越想越气，觉也睡不香，次日天没亮就命人把李世民、李元吉从被窝里拎到自己面前，以建成为鉴，苦口婆心地大加训诫。

元吉默默地应付着痛心疾首、滔滔不绝的父亲，森冷的余光却瞟着跪地正坐、洗耳恭听的李世民。

诬陷太子的主谋，最有可能是这位秦王，太子的二弟，自己的仲兄。所缺的是能够打动李渊的证据。

李渊骂完了，情绪稍安，命两个儿子各回寝殿反躬自省，另传宇文昭仪来陪自己对弈散心。

宇文昭仪也是瑾琋争取到的内应，按瑾琋事先的叮嘱，不露行迹地让着李渊，使他痛快淋漓地连赢三盘，怒容渐渐变作了霁颜。

元吉从李渊近侍宫女那里得了信，悄悄召见负责给建成送麦饭的宫婢，笼络道：“苍术，武德四年，你被秦王夫妇所害，自洛阳宫发配至偏远行宫服役，我想救你却有心无力。如今你调入仁智宫，此地位于深山，只用一个月建造完工，宫殿粗糙简陋，比先前的所在更不如。我方才得知你的处境，委实痛心疾首，当尽力为你解困。太子殿下不日即可获释，你且烧个冷灶，向太子示忠，待太子东山再起，自有你的好处……”

他其实从未关心苍术的际遇，眼下需要人传话，才想起这个人可用，就不知苍术是万贵妃应瑾琋的私下请托，调进今年刚落成的仁智宫的。

李世民的随行库直安元寿之前已向苍术转达瑾琋的嘱托：“凡是齐王、秦王教你密告太子的话，你一概照办，不问其他。”

苍术依计行事，哭着应承元吉：“呜呜——大王为奴婢指引出路，奴婢没齿不忘……”

她趁送饭之机密告建成：“奴婢奉齐王教令，禀告殿下，请殿下且耐着些，至尊那边已有所缓和，只等杨文干前来澄清。”

建成惊喜交加，又有些疑心，唯恐苍术是李渊派来探听口风的，悄悄盘问她与元吉的过从。

苍术照着元吉的教导，痛诉自己于武德四年遭人诬陷，秦王不分是非曲直，只因她受过齐王的恩惠，竟在缺乏证据的情况下，悍然将她列为单道忍行刺秦王案的同谋，流放偏远行宫。今年调进仁智宫，齐王发现了她，托她给太子带口信。

李建成将信将疑，含糊其辞地敷衍过去。

◑ 4 ◐

及至黄昏时分，帐篷周遭的看守突然增强，建成从帐篷缝隙里窥见，外面的禁军将士背对背地肃立警戒，围了个里三层外三层，自己就算化身黄鹄也飞不出去，感到形势急转直下。

苍术密报：“杨文干打出清君侧、救太子的大旗，举兵谋反了！”

建成极度震惊，完全不知发生了什么变故，唯有静待命运的裁决。

李元吉收到苍术的回复，了解了长兄的近况，恨恨地砸了一只仙人驾鹤纹银盏，汤汤水水泼了一地：“宇文颖究竟怎么说的？杨文干居然真的起兵造反了，坐实太子谋逆之罪！”

杨静闲和一个陪坐的媵妾都不敢吭声。

元吉发泄似的冲妻子嚷道：“至尊派左武卫将军钱九陇和你的堂叔去庆州平叛了！”

所谓“堂叔”即是长广公主的驸马杨师道。

静闲勉强微笑：“大王息怒，妾的这位堂叔也是您的五姐夫。太子殿下果然无罪，至尊圣明，总会还他清白的。依妾之愚见，定然不会有事。”

元吉自知理亏，气哼哼的抛下妻妾，出去召属官商议。

李渊虑及杨文干起兵关联太子，恐怕不少地方会望风响应，届时钱九陇和杨师道无力弹压，敕令李世民亲征，凯旋后，将顺天应人，改立世民为皇太子，废建成为蜀王。

李世民出发后，李渊因仁智宫建于山中，担心叛兵骤然发难，难以防御，特亲率巡幸翊卫，连夜从南面开出玉华山，把李建成留在路上的东宫属官每三十人编为一队，分割包围囚禁，处置妥当，御驾方折返仁智宫。

另一边，杨文干攻陷宁州，驱赶官吏与百姓出城，占据了百家堡。

李世民向宁州进军，万难逆料的事变却又发生了。

进军宁州途中，他接到一条急报：“圣人的态度再次剧变，释放了太子，命他回京监国。”

天策府僚属焦灼不安：“事关国本，圣断何以瞬息万变？原来的意思不是要改立大王您为太子吗？”

李世民也未免烦闷不悦，猜不出哪个环节出了纰漏，思索了一阵，松开眉头，故意轻松地对左右说：“至尊敕令我平叛，我们全力平叛即可。”

于是继续挥师逼近叛军，兵锋抵近宁州城下，杨文干的党羽一夜之间溃作鸟兽散。

杨文干被部下杀死，传首长安，李世民抓获宇文颖，以煽动谋逆的罪名诛杀。

“到底怎么了？”

回到长安，这个疑问仍在李世民脑海中萦绕不断。

瑾琋告诉他：“据仁智宫的典言女官密报，你出征之后，四郎和尹德妃、张婕妤一起向大人求情，极力证明太子无辜。依制，仁智宫与太极宫每日均有讯息交通，我收到这条消息，当即借探望宽儿的机会，劝万贵妃也上表力保太子，以保护她免受至尊及太子猜疑。她照办了。”

李世民大惑不解：“大人不可能因他们求情就赦免谋逆大罪，无论罪人为谁！”

瑾琋凝眉低语：“关键就在于此。太极宫后苑佛光寺管事给使御寇密告我，他听闻风声，东宫留守长安的僚属查到了太子蒙冤的证据，交由齐王面圣奏闻，估计至尊由此动心。”

李世民沉声追问：“什么证据？”

瑾琋穆然望着他：“杜淹近期的行踪，不分昼夜，析微察异，查出杜淹与太子谋反的出首人——尔朱焕、桥公山之间的过从。四郎以此奏闻至尊，连他们同去平康坊‘赵四家’吃花酒、杜淹于案发前不久夜入弘义宫求见你，这些情况都掌握了，一并上奏。”

李世民遭此重创，只感到阵阵心悸，颓然坐了下来，抱头深思。

天策府失意属官杜淹，私交东宫属官尔朱焕、桥公山，原是杜淹改投太子的征兆，可迷惑众目。但此后，李世民在深夜秘密接见杜淹，不久，尔朱焕、桥公山控告太子谋反——李渊何等精明，自然能猜出个中奥秘。

李世民的耳畔嗡嗡作响，想不通自己出了什么纰漏，以至于东宫一举对准杜淹这个靶子，一箭中的，致使天策府功败垂成。

李建成及李元吉的策略是温水煮青蛙，同时寻隙突袭，不惜害李世民伤残乃至丧命，若突袭不成，早晚也可将他“煮死”。对此，李世民和瑾琋，洞若观火。

杜淹曾经建议李世民在仁智宫趁乱夺取大位。但他不愿忤逆父亲、杀害兄弟，只想采用代价最小的方式，终结他所深恶痛绝的内耗。

然而，天不遂人愿。

李世民扶着窗框，一拳砸到壁上，低声自语：“他们直至最后关头方查清此事，可见很晚才得到风声，且消息语焉不详。究竟是谁，是谁出卖了我？”

瑾琋自背后紧抱住他，逐一梳理道：“发现尔朱焕和桥公山流连赵四家，并探听此二人动向的是夏侯紫菀，定计者为天策府属官房玄龄、杜如晦及我兄辅机。负责接触笼络尔朱焕、桥公山的是杜淹。但这几位，慢说你，我也相信他们的忠诚。所以，问题到底出在何处？我也想象不出。”

“二郎，看来，阴谋诡计非你所长，不需勉为其难。”瑾琋柔声安慰，“好在，我教苍术预留了一手，博取太子及齐王的信任。依太子的性子，我预计他将拉拢苍术为耳目，借他之手，调苍术入太极宫。苍术可在东宫的庇护下，为我们刺探宫中讯息，岂非大善？呵呵。”

李世民搁置了困惑，转身凝视她。

那双流盼的美目温婉的、笃直地照进了他的心里。

遵照李渊的旨意，太子中允王圭、太子左卫率韦挺及天策府兵曹参军杜淹一并流放巂州，尔朱焕、桥公山，外放地方折冲府任职。

李世民厚赠杜淹财帛，以供他在流放地开支，暗中也给予尔朱焕、桥公山二人赏赐抚慰。

李渊思谋，仅仅流放王、韦、杜还是不够的。试想，如果宇文颖被送回长安，天子亲审杨文干起兵原因，有望完全查清此案。但李世民直接收了宇文颖的命，致使事件最微妙的部分成了一个永远的谜。

李渊摩弄着案上横刀的刀鞘，思考一系列的安排：

李道宗想调回京城，不能允许，假期结束就敕令他回灵州戍边。柴绍，待妻丧服满，就令他常年在外防御胡虏。

教这两个与李世民较为投合又有军功的宗室、国戚远离长安，对所有人都好。

另外，李世民的嫡长子承乾由恒山王徙封中山王。恒山与北岳同名，承乾不是冢孙，不宜享有这种封号。要教李世民认清这一点。

侥幸遇难呈祥的李建成，也做出了两项决策：第一，无视李渊的忌讳，继续秘密扩充东宫长林兵，自固图强。第二，苍术是李世民的仇人，而为元吉传递消息有功，暗中要求万贵妃把苍术调入太极宫尚仪局，在司赞女官手下担任女史，负责导引内外命妇朝见。

“……四郎，此事，你办得很好。苍术可为我们监视内外命妇在至尊、后宫嫔妃面前的一言一行。且看万贵妃是否应承我的要求，可助我识别她究竟是敌是友。哈哈哈！”

万贵妃被他弄糊涂了，不知苍术在仁智宫干了什么，难道已为太子所收买？

瑾琋密告她：“姨只管应承太子。我自有计议。”

于是，苍术调进了太极宫，充任一员司赞女史。瑾琋赢得了一枚看似卑微、实则大有用益的棋子，是她和李世民在杨文干事件中取得的一大成果。

事件平息不久，突厥又一次举国入寇，长安震动。

朝中有人不胜其烦，建议迁都。太子李建成、齐王李元吉和裴寂都赞成，萧瑀等人虽然不赞同，却不敢谏阻。

李渊为迁都之议所动，下达了口敕："命中书侍郎宇文士及赴樊州、邓州一带择选新都。"

"且慢！陛下，臣请陛下三思！"李世民无视父兄的脸色，朗声进谏，"胡虏为祸中原古已有之。陛下英武圣明，开创新朝，定国安邦，百万精兵所向无敌，岂能因胡人搅扰边境，便匆忙迁都以避之？若执意为此，非但举国臣民蒙羞，亦必遭后世讥笑，更将使番邦胡虏轻视我朝，后患无穷。想那霍去病不过是汉朝的一员将领，尚立志消灭匈奴，臣愧居藩王之位，尤应报效君国！请陛下与臣数年，臣将擒获颉利，献俘宫阙之下，若不成功，再议迁都不迟！"

李渊不禁动容，赞赏道："说得好！"

"西汉樊哙曾口吐豪言壮语，要率领十万兵马在匈奴人中间纵横驰骋，结果失败了，希望秦王的话不与樊哙相若。"建成微微一笑，不紧不慢地反驳。

在朝堂上，彼此称呼、各种礼仪都须遵循国法。

李世民听出建成的讽刺之意，据理力争："时移世易，用兵方略也大相径庭。樊哙草莽匹夫，何足称道？不出十年，臣必将荡平漠北，绝非空口妄言！"

"够了，够了！"李渊不喜欢目睹他们兄弟相争的情景，"我意已决，终止迁都之议，命秦王世民为主帅，齐王元吉副之，率军北上抵御突厥，我将在兰池为大军饯行！"

突厥来势汹汹，任城王李道宗也必须北返前线了。

临行前，他邀叔孙彻赴任城王府话别。

叔孙彻明知亡姐跟道宗之间情分寡淡，仍须说些痛悼的话应景，又言不由衷地感谢道宗对亡人及叔孙家的照顾。

孰料道宗却是满怀悲天悯人之情："令姐可谓糊涂之至！但她死状凄惨，我心恻然！每回忆往事，倒想起她的为人，也有她的好处。令姐遗下的女儿由王妃抚养，府上大可放心。"

叔孙彻用袖子拭泪："谢大王。我家也会时常探望县君。"

道宗命人将叔孙贵人所遗财物搬来，告诉叔孙彻："她的首饰，我俱令给了女儿。你是她的同母弟，这些就给你了。"

这在道宗不过是一念之慈，之于叔孙彻却是雪中送炭。

他没怎么推辞便收了，也不敢带回家，偷运到"赵四家"妙楚儿房里清点，折下来二百两金子有余。

叔孙彻大喜过望，即刻平准二百两为妙楚儿赎了身，报官放良。余财依妙楚儿的意思，另从他的私蓄中凑一部分，在宣阳坊夏侯紫菀住所的隔壁购置一所小宅，置办起一个新家。

安顿已毕，他又私自携带妙楚儿，偷跑去叔孙贵人墓前祭拜，哭谢姐姐的亡灵庇佑。

骑马回城的路上，妙楚儿魂不守舍，叔孙彻问她为何。

她忧心忡忡道："你家早盯住我了。如今咱们等于过了明路，我须时常防备令尊、令堂和娘子找我算账。"

"眼下无需忧虑。我为亡姐服大功孝，暂不能行纳妾之礼，你尚且不是我家的人，他们能奈你何？"叔孙彻拔出所佩横刀，砍了一些野树花枝，给妙楚儿带回去装点房舍，"现今突厥主力直抵豳州五陇阪，威胁长安，朝野震恐，我家人的心思全在如何自保上。战事终了之时，你再忌惮他们不晚。"

妙楚儿握拳怒道："突厥人真可恶！此番入寇何时才能终结啊？"

叔孙彻轻拍她的香肩，安抚道："且看大军如何退敌了，有秦王领兵征讨，谅必无碍的……"

但是，关于退敌之策，唐军高层意见并不统一。

李世民主张主动出击，因与元吉商议：“突厥势雄，我军士气不高，若龟缩不出，示之以怯，战况更加不利。我要亲率精锐，以张国威，你可与我同行。”

元吉立表反对：“不是我胆怯畏战。突厥兵势强大，我军若轻出冒进，绝无胜理。阿兄往昔征伐各路反王，常用坚壁固守、后发制人之计，今日何故如此？”

◑ 5 ◐

李世民驳道：“兵无常势，水无常形，此一时，彼一时，安能墨守陈规？你不愿去，就作壁上观，我当亲出奇兵，做给你看。”因率领精骑，驰赴敌阵。

那边颉利可汗也亲出阵前迎敌。然而，立马等候了半晌，却没能听见唐军大部队雄壮的马蹄声，仅仅驰来百余骑。

这一百余名唐军骑兵从容不迫，逐渐逼近，军容严整，眨眼之间就隔着小河摆好了一个进可攻、退可守的阵型，那气势活像不是百人，而是百万人。

颉利有些疑惑，不敢轻易下令涉水攻击。

唐军主帅二十五岁左右模样，策马而出，高声向突厥军阵喊话：“可汗听好！我朝与可汗立有和约，誓不相负，可汗何以背约，深入我境？我是大唐秦王李世民，故来与可汗一决生死！可汗若独自出阵，我当与可汗两人独战；若欲驱使兵马总来，我只用此百骑应战！”

“他就是李世民！”突厥将士哄然议论，指指点点，唐军但只岿然不动。

颉利可汗眯缝着眼睛眺望，竭力把李世民窥探清楚，却见他泰然自若，气势如虹，心里着实打起鼓来："堂堂皇子、大军主帅，难道会用自己的性命下注，找我赌气、逞强、玩空城计？不可能！"

不过，他虽猜不透唐军的意图，也不能在军心士气上败给这区区百骑，便做出一副"一切尽在掌握"的神态，刻意地发出深不可测的大笑，只不肯回答李世民的挑战。

对峙了一会，只听颉利可汗"哈哈哈"地狂笑，嗓子渐渐变得干涩，几乎不曾嘶哑，唐军却毫无怯意。

颉利却不知是因体力不支，还是底气不足，感到不能久撑，下令全军后撤。

李世民见状，即刻指挥所部拨转马头，相互掩护，疾驰回营。

彼此未发一箭，未亮一刀，突厥主力就稀里糊涂的退却了，唐军将士又惊又喜。

李世民笑言："颉利在我发出挑战之后，未敢下令进军，就已决定此次对阵的结局。后来他的所作所为都不过是虚张声势而已。敌众我寡，我方胆识只要不逊于敌，便已胜于敌。所谓狭路相逢勇者胜，道理在此。"

元吉眼看将士们对李世民心悦诚服，不由妒恨交加。帐外淫雨霏霏，恰似无数只蝼蚁在心里爬行抓挠，徒有一万个不服气，却也无可置喙，只得收敛了脾气，问道："弟请阿兄示下，今后如何应敌？"

李世民揭开一角帐帘，欣赏着雨景，露出满意的笑容："颉利只是暂退，威胁并未尽除。突厥惯于餐风露宿，所倚仗的唯有弓马，如今降雨日久，他们的弓箭筋弦松弛，胶性失粘，如同雄鹰折翼。而我军居军帐、吃熟食，受大雨损害较小，兼以中原工艺精湛，兵器锋利，宜寻机攻敌疲弊。且敌军进攻时互不配合、互不谦让，撤退时互不救援，此等陋习合该为我所用！"

颉利可汗在退兵路上淋了一段雨，慢慢被雨水浇醒，越琢磨，越觉得中了计，懊恼不堪，狠狠地甩了一鞭子，与部下商议：“唐军分明不敢应战，我们止步歇息，待明日雨停，杀他个回马枪！”

于是，全军宿营喂马，准备次日将唐军杀得片甲不留。正热火朝天的忙着，突接后队警报：“唐军雨夜追击，已杀奔上来！”

颉利笑问：“还是李世民那小子的一百多人？”

“不，可汗，唐军大军出动，兵锋甚锐！”部将急切的纠正他的误判。

颉利被这兜头一声霹雳炸得醒透，豹眼环睁，急令全军上马，调转马头，前队变后队，后队变前队，迎击唐军。

他深知不能逃窜，因为自此以北，是一条深长的山涧，只能鱼贯通过，是突厥军最不适应的地形之一。

可惜原来的后队已遭唐军冲散，伤亡惨重，自顾尚且不暇，根本无力回头组织有效的进攻，致使身后的同袍缺少屏藩，仓促迎战。

唐军如一团野火，铁蹄踏过之处，突厥兵马俱化为灰烬，首尾难顾，自相践踏，败象向全军蔓延。

颉利知事已不可为，忍痛抛弃了那些脱身无望的部属及辎重，牺牲他们充当盾牌、路障，自己率领余部全速撤退。侥天之幸，安然通过了豳州以北的那条山涧。

然而，弃卒们就没有这等好运了，被唐军死死咬住，驱入山涧陷阱。唐军从高处包抄，刀矢齐下，暴打落水狗。

这个夜晚，风号雨泣，厮杀呼叫之声响彻山谷，淤塞山涧，至破晓前渐弱渐止。

雨势停歇，新的一天依旧满含生的希望到来，艳丽的朝阳映红山巅，投于涧底，反射出粼粼的赤色，与昨夜四处喷溅流淌的人畜鲜血争妍斗奇。但昨夜长眠沙场的将士已无缘目睹这幅悲壮绝艳的画卷了。

此役终结，颉利检点人马，主力十余万骑损失了数万之众。另外，沿原州——陇州——岐州一线入侵的偏师也遭遇唐军痛击。

“算了，议和！”颉利权衡良久，做出了痛苦而明智的决策，“老办法，咱们给他们牛羊，他们给咱们粮食布帛——择时再战，哼！”

从本月己卯至壬午，李世民所部仅用三、四日便化解了豳州危局。

元吉嘴上不肯说，心中不得不承认李世民能征善战，但又认为自己并非不如他，只不过吃了年龄和排行的亏，没有捞到施展的机会罢了。

俘虏和战利品循例押回长安，李世民素知元吉的秉性，一开始即划出进献朝廷及犒赏将士的部分，单独押送，不让他染指，其余的任凭他施为。

元吉乐在其中，在回师路上每抽空巡视，不论弓马男女，凡有看中的便自取，时而分赐一些给自己的部将，李世民概不干涉。

将入长安地面那日，元吉在俘获的战马中发现一匹奇骏，膘肥体壮，性情暴烈，极喜尥蹶子，因向身边的人打听这匹马的来历，也没人说得清。

附近俘虏群中有一人以汉话嗤笑道：“呵呵，此乃我的坐骑，只服我这个故主，你们是驯化不了它的！”

元吉的双眸亮了：“居然懂汉话？马有意思，人也有意思……”

大军凯旋抵京，李渊在长安城南设场围猎，命三个儿子骑马射猎，角逐胜负。

这是他去年就想做的事，因平阳昭公主之丧，推迟至今。

李元吉把突厥奇骏献入围场。李渊果然被这头高大骏伟、通体黑亮的胡马所吸引，饶有兴致地观赏，问道：“那匹良骏产自何处？”

元吉启奏：“此马是臣于此役中亲手俘获的突厥战马。此马性烈，奔驰如风，非神武天子不能震慑，故臣不敢擅专，特献与陛下赏玩。”

听起来，四郎长大了，懂得孝亲了，李渊眉欢眼笑：“你的孝心我领了。不过这样一匹天骥，不当用‘赏玩’二字，应令善骑者驾驭之。”

因瞥了一眼次子世民，却又转头对太子建成说："由大郎你来决定。"

众人心知肚明，李渊想令次子试骑，但首先要明确储君的权威。

建成宽廉平正的憨笑，奏道："陛下，臣等兄弟三人之中，二郎骑术最为精湛，臣请二郎骑乘。"

这番话说到了李渊的心坎上，自然极口称妙。

李世民对驯服烈马这种事兴趣也很高，便纵身骑上胡马，追逐野鹿。

那匹马飞驰如流星，爬坡过涧，若履平川，李世民在马背上弯弓射箭，纵横开阖，一连射中两头野鹿，全不似在驾驭烈马，却仿佛临池挥笔，纸落云烟。

李渊对儿子们的所长了然于心，一点也不称奇，只纳闷地问："此马烈在哪里？"

建成看看元吉，四弟的脸色果然变得结了一层霜似的。

"咴——咴——"如同回应天子的质疑，那马突然一声长嘶，高高地尥起后蹶，几乎要把背上的人摔一个筋斗云。

御前侍猎的人群爆出一片"嗡嗡"地抑制的惊叫。

李世民敏捷地跃身而起，跳到数步以外站稳，又一次跳到马上，如是再三。

胡马逐渐玩厌了，不再闹腾，只低头漫步吃草。

秦王府库直安元寿、杨台奔过去接应，李世民飞身下马，解了头盔递给杨台，回身对安元寿说："人之生死各有天命，一匹马伤我不得。"

随后，他亲手将自己猎得的数只野鹿进献给父亲。

李渊已然尽兴，也没有听到他跟安元寿说的什么，吩咐烤鹿肉与众人分食，心满意足地启驾回銮。

晚间，他召尹德妃到甘露殿伴驾，压不住心中的得意，炫耀道："你看穆皇后留给我的三个儿子，个个拔群出萃。我用好了他们，李氏基业怎能不安如磐石哪？！哈哈！"

“大唐江山千秋万代靠的是陛下圣明。皇子们固然好，妾只担心有的人并不好用呢！”尹德妃面呈忧色。

李渊沉下脸来：“谁？”

“今日从猎的给使说，秦王驯服了那匹胡马，私与左右笑语，称‘我受命于天，将为天下之主，小小的一匹烈马，其奈我何！’陛下，若遂了他的心愿，太子殿下，以及妾等，去哪里立足？”德妃说着，抽泣出声，“妾还听说，外臣多有议论，突厥虽然为祸边疆，但只要掠得财物就会撤退。秦王托辞抵御突厥，实为总揽兵权，用心不可不察！”

李渊心有所动，喝道：“来人！去两仪殿！”

他披上翻领胡服，怒气冲冲地出去了，先召尹德妃所指的两名侍猎给使问了话，又派人赴弘义宫，召李世民速来。

尹德妃守着空寂的殿宇，轻揪了一把自己的脸蛋，吩咐亲信宫婢：“你们分头去东宫、武德殿，将这边的情形禀告太子殿下和齐王。”

这些年来，她得了秦王妃许多好处，本不应如此。但为了亲生子——酆王元亨及尹家亲属的前程，德妃觉得，自己选择效忠太子是允理惬情的。

经过杨文干事件，李渊维护嫡长的决心已牢不可拔，秦王根本没有机会给予德妃想要的东西。

李世民在临睡洗漱时被召来，就预感没有好事，但想不到有人歪曲他的话语，在李渊面前栽赃陷害。

李渊似乎怒不可遏，手掌重重地拍在案上：“谁是天子，上天自然会授命于他，不是人力所可谋求的！你上有君父、长兄，竟敢自许天子，这般猖獗！”

罪状纯属无中生有。以李世民的脾气自是难以忍受，死也不肯低头，梗着脖子辩解：“臣绝无此意，亦不曾口吐悖逆狂言！随行的两员库直可为臣作证！”

李渊嗤之以鼻：“哼！都是你的库直，其中一人还是你身边媵妾的弟弟。你当我不知吗？他们能做什么证？”

秦王府库直的证言是一面之词，侍猎给使的指控也是一面之词。其实冷静细思，李世民站在旁人能听清他说话的地方，真的敢那般口无遮拦、肆无忌惮吗？

李渊捻须瞪着儿子，压抑了谅解他的想法。

对待世民这孩子，原该不时加以打压的，随时扑灭他内心可能燃烧的野望之火，这比无用的“是非曲直”紧要得多。

接下来，李世民经历了有生以来挨过的语气最严厉、时间也最长的一顿斥骂。

他闷声垂首，恭听已毕，但觉痛心绝气，也不想分辩，自己摘去金冠，伏地叩首启奏：“臣请陛下将臣执送法司案验，以证清白！”

第七章 王妃失踪

◑ 1 ◐

李渊本来骂得口干舌燥，听了这话，喉咙一窒，一时无言可答。

自古刑不上大夫，礼不下庶人，皇族犯罪通常也不能如普通人一般由法司鞫问，李世民郑重其事地提出如此荒腔走板的要求，看来是被逼狠了。

李渊默然怒视他一阵，慢慢缓和了面色，劝道："不要闹了。我要的是你们循理守分！戴好金冠，回去吧！"

消停了几日，李渊又像未曾发生过任何不快，拉着万贵妃一起，召李世民和瑾琋入宫谈家事。

第一件，元吉生辰将至，李渊将驾临武德殿，让建成和世民两家也去，父子兄弟同乐。

第二件，说太子原配大郑氏所出长女——李德顺已下嫁河东裴氏，千光照在孙女辈中排行第二，年满十二岁，也该订亲了。宋国公萧瑀与夫人独孤氏所生的嫡长子萧锐性情蕴藉慈仁，沉毅大度，有才干，工隶书，八字与千光照是天造地设的一对，深宜亲上做亲。萧锐年长好几岁，不宜久拖，李渊准备下敕赐婚。筹备一年，明年千光照年满十三岁，刚好出嫁。

这门亲事没有毛病，又是君父主动示以慈爱，李世民只能奉敕谢恩。

回去想想，自己尚且年轻，如何便要发嫁女儿了？再说萧瑀比他这位女家大人年长二十四岁，却要做亲家，感觉十分怪异。

瑾琋谑笑道："二郎生育早，我跟着早享福。说起来我今年才只花信年华，就做岳母了，哈哈哈，妙极！"

李世民忽忽不乐："嗐，你不要嘲弄我。千光照是县主，嫁人后不能如公主那样单独开府，须住进婆家侍奉翁姑。萧瑀个性偏狭狷介，刻板严厉，不能容人之短，未知做他的儿媳会不会受苦？"

瑾琋忍住笑："萧瑀虽然牛心古怪，但为人刚直不阿，宋国夫人独孤氏性情蔼然。儿媳多与婆母共处，但凡婆母好相与，她就不会受苦。也许我是井蛙之见，但我的确认为，至尊撮合这门婚事，是真心实意为孙辈着想的。"

"嗯……"李世民转忧为喜，浪恬波静地笑，"胡马之事，又不了了之了。"

元吉二十二岁生辰那天，李渊携李建成、李世民驾临齐王府——武德殿庆贺，召平阳昭公主驸马柴绍、高密公主、长广公主与会，以此彰显天子对齐王府的莫大荣宠。

其实，这个安排也蕴含着父亲弥合诸子裂隙的苦心。

席间，李渊命三子及女婿今日不论君臣，只叙家礼，也有意拣些前隋时期的家事忆往，儿子、女婿附和鼓兴，载欢载笑，于生辰的喜庆之上又增添了无穷的和合美满。

太子妃郑观音产后未满百日，没有光临，杨静闲独在寝殿接待瑾琋和两位公主。

她们不常会面，一朝聚首，兴趣也不在酒宴，专一畅谈养颜妆饰着装之道，兼论亲族近况。

因说到柴绍一年妻丧将满，李渊打算选一位庶出公主下嫁给他做续弦，杨静闲说：“这是至尊优宠贤婿之意，也为了两个外孙，交给姨母抚养比给别人要好。可是三姐夫不忘三姐，誓不再娶，谢绝了至尊的美意。如此对亡妻一往情深的男子，真是世间少有啊！”

“三姐在天之灵定会感慕缠怀。”瑾琋实则还想起了竺娘，但柴绍对平阳昭公主的怀念与歉疚并不虚假。

公主在不知情的状况下，回忆着波澜壮阔的往事安详辞世，不失为不幸中之幸事。

一位侍婢奉上四只鎏金宝钿银盏：“娘子，热饮来了。遵娘子之命，是朱佩枸杞饮。”

杨静闲饮了一口，唇齿间缠绵一股阡陌红尘的清馨：“比往日味道好。”

齐王府对今日的宴乐极其重视，王妃寝殿内外临时增配了侍奉接应的人手，从饮食到香料都精益求精，务求毫发无憾。

瑾琋尝了尝，赞许地微笑：“是。与香炉中安息香的韵味相仿……”

粗使侍婢们捧着面盆、面巾来到寝殿门口。廊上值守的人帮她们呼唤了几声，却不见殿内侍奉的婢女们出来接引，也无人应声。

李渊有了年纪，此时已回銮甘露殿，只剩太子三兄弟和驸马柴绍欣赏乐舞，女眷也该净面濯手、补妆更衣了。难道所有人都醉了吗？

众人讶异地咕哝，又不好高声呼叫。

年轻的仆妇火氏平素在元吉左右使唤，不惧王妃，大胆地一脚踏入寝殿察看。

秋冬之交，天寒，为照顾体弱的秦王妃，寝殿屏风内另布设了一层暖和的帷幔挡风。

火氏隔着屏风呼唤：“启禀娘子，婢子们送水来了。”

回答她的是一片静寂，北风吹起帷幔的边角，“噗噗嗒”地顽皮作响。

她行至屏风边缘，掀开帷幔，探首向里打望，陡然发出一声毛骨悚然的大喊：“啊——”

殿外的人赶紧奔进去帮忙。

帷幔内，两位公主及侍婢们倒卧一地，杨静闲和长孙瑾琋无影无踪。

火氏软软地滑到了地板上，吓得手足无措。

一名姓韩的给使叫嚷：“两位王妃，不、不见了！谁去禀报大王？火娘子，咱们快把屋里那些婢子挪到这寝殿背后的各间下房，请咱家典医丞唤醒审问……”

事情就此闹了出来。

王妃在宫城内失踪，实在是一桩诡异出奇的惊天大案。李建成等人闻讯，无不震骇至极。

元吉发了一刻呆，跳起来便摔杯打盏，大呼小叫，竟是方寸尽乱。

李世民的震惊与担忧自然不亚于元吉，甚至可以说是“恐惧”，害怕瑾琋去而不返，自此天人永隔。

他静静地愣了一会儿神，仿佛听到瑾琋的呼唤：“二郎，你不能被打垮！我比男子更为勇毅有决断，等着你来救我。在见到你之前，我不会死……”

“观音婢，你等我……”他在心底狂呼，面带峻重的神色，凛然起立，传韩给使等人问话。

李建成看看他的言行举止，再瞟一眼元吉，对两位弟弟的差距有了直观的感受，暗自叹了口气，派人去甘露殿奏闻李渊。

今早，李建成来得最早，元吉迎他入内。他亲眼看见齐王府护军宇文宝领着几个壮士进了元吉的寝殿，立刻察觉元吉有异动。

果然，元吉禀道：“宴饮时我会用药灌醉仲兄，扶他到寝殿休息，就此了结一切。”

元吉和魏徵都劝建成尽早铲除李世民。但是，当刺杀世民的机会摆在面前，他却止步不前：“不行！二郎在弘义宫之外歇宿，也必有天策府的人护卫，你胜算几何？即便事成，大人在此，手心手背皆是骨肉，你我在亲前屠戮手足，大人定不会宽恕，恐有两败俱伤之虞！”

元吉顶嘴道：“利用那匹胡马，您为何同意？”

建成拧着眉头驳斥：“那与你在府中拔刀大不相同！”

争论许久，建成固执己见，元吉恼怒地遣散宇文宝等人，把横刀掷于地面，冲着建成吵嚷：“我是为阿兄您着想，于我何益！”

回顾早晨的这一幕，建成觉得元吉的身影令人琢磨不透。

行刺李世民的计划固然放弃了，二位王妃却失踪了。这两件事果真全然无关吗？

建成按捺下心中的起伏，静听王妃失踪案的详情。

经过清点，查明晕倒的侍婢大半是静闲的人，也有留荑、繁缕、玳玳等侍奉瑾瑶和两位公主的婢女。

齐王府典医丞在王妃寝殿香炉薰燃的安息香里检出了一种迷香的成分。

看来，她们均系吸入迷香昏睡。

侍婢们苏醒过来，无一例外接受了严厉的盘问。但谁都记不清自己何时睡着，亦不知发生了什么，由弘义宫、武德殿各自关押审讯。

高密公主、长广公主闻知两位王妃失踪，吓出了眼泪，但她们也只记得昏迷之前进的最后一道饮食是朱佩枸杞饮。

侍立廊上的奴婢回忆：

两位王妃要的饮食不多，上齐以后再未召唤外面的人进去。因在外侍立的人按规矩不闻召唤不得擅入，一直待在廊上，不曾脱离彼此的视野，故而可相互证明清白。

但是，约半个时辰前，亦即圣驾回銮后不久，发生过一件小事。一名伺候齐王的突厥婢过来，让另一名在殿门内屏风外值守的粗使突厥婢入内请示，是否需将王妃给的赏赐及秦王妃带来的部分礼物分赐给各房媵妾？

那人进去一会儿，招手唤她入殿，二人同原在寝殿内侍奉的另一位突厥婢一起，合抬了一口大箱子出来。

仆妇火氏问她们做什么？她们说奉命给各房媵妾送赐物去。

此外别无其他的人和物出入。再然后，就发现两位王妃失踪了。

元吉在妻子寝殿巡视了一圈，发现印象中的一口刻有镂空花纹的大木箱没了，日常置于衣箱里的一只进出宫禁的门籍也消失了。

这口大木箱，尺寸藏得下蜷曲身子的瑾琋和静闲二人，还有镂雕的孔洞，可通风透气，不会致人窒息。

他将木箱的颜色形制描绘给廊上值守的奴婢听，他们答复正是突厥婢搬走的那个。

诸媵妾则根本没有见到那三个突厥婢的人影，可见奉命送赐物纯属谎言。

齐王府循迹追踪，查明那突厥婢三人把箱子搬进马车，驾车持门籍自永春门离宫，后经延喜门出了皇城。据称奉齐王妃之命送礼物去娘家。

再往下，就无线索可追了。

李建成问：“四郎，这三个突厥婢从何而来？”

元吉汗如雨下：“近几年我陆续在入寇的突厥女俘里挑的。在齐王妃寝殿内伺候的那个进府最早，我用的那个稍晚，于屏风外候命的那个粗使突厥婢是今年的俘虏。”

关于这个情况，建成和世民都是知道的。元吉每年都问他们索要俘虏。不料酿成今日之恶果。

“你太冒失了。难保这些人不怀怨恨，如何能用在内院？”建成微责道。

元吉不回应长兄，觑着李世民说：“也许是您的两位弟媳串通一气捉弄我们呢？我待齐王妃不薄，唯独偶尔脾气躁些。不过，近来，我可听闻仲兄一味宠幸媵妾，虐待二嫂，已三载不与二嫂同房！二嫂聪慧过人，或许设计两妯娌一起逃到哪户至亲密友家去了，好给我们兄弟颜色看看。当然，我只是小过。仲兄宠妾压妻，伤天害理，委实怨不得二嫂与你反目……”

也不知李元吉从哪里获悉兄嫂的私房事，还肆意编造了一通宫闱秘闻。

李世民恼火地打断他的话：“胡说！你什么都不知道！”

元吉懒得跟他斗嘴，派出两拨人手，分别驾车往杨家、长孙家沿路寻找。万一王妃果真回了娘家，便接请她们回府。又另遣一队人手出宫，访查全城。

部署停当，元吉对李世民说：“去长孙家寻人这事，我且代阿兄做主了。”

李世民对他的设想抱有希望——抑或说是侥幸，并不持异议，自己也命人知会左右骁卫、左右威卫、左右领军卫、左右武侯卫和雍州署，令他们各按职分，派员在皇城及长安城内外搜索。

建成觉得世民有拨烦之才，处事终究比元吉妥当，心中又是一番慨叹。

眼下两位弟媳出事，他身为长兄，也不好袖手旁观，特派遣东宫宿卫协助搜寻，另遣人告知万贵妃，命尚宫局司闱女官率宫女、给使搜查宫禁。

李世民谢过长兄，亲自出宫寻人。

元吉也要外出张罗，建成突然冰下脸，低喝道：“回来！”接着抛出一句低哑冷峻的质问："是你干的？"

元吉惊呼道："阿兄何出此言？我还能谋害发妻不成？您为何不怀疑是您那位二弟串通我家奴婢谋害二嫂，还搭上弟媳以为掩饰？他如今喜新厌旧，上次去仁智宫只带杨孺人和高刀人，将二嫂晾在京中。二嫂儿女双全，素无失德，大人必不许他废黜二嫂，另册新欢，以他为人之狠辣残暴，想要置二嫂于死地也不无可能！"

◑ 2 ◐

建成咋舌不已："这、这……你也太能瞎猜了！他们夫妇的私事我不清楚，但依我看，二郎不是那种人。"

元吉森冷地干笑："呵！道理如此，不过我对他的怀疑不会冰消雪逝。阿兄适才也看见了，他要动用十二卫的人，说动就动，雍州署是他的私器，京畿诸县皆可为他所用，他有什么做不到？"

建成从容地微笑："你我今日所见的情形，大人也看见了。二郎的权柄再大，废黜他，也只需大人一道敕旨！"

就在李世民部署各路搜查人手的时候，宣阳坊一所姓邵的小宅里，乐声停歇了，妙楚儿结束了一天的教习，平康坊某家的龟奴带领几个学艺的小娘子向她告辞。

妙楚儿本姓邵，从良后人称"邵娘子"，毕竟闲不得，以教习乐舞技艺为业。

只是她已跟了叔孙彻，不好再同夏侯紫菀那样往平康坊去，徒弟统由龟奴带来邵宅上课。

龟奴和小娘子们走了，侍婢墨莲掩上院门，方要挂闩，门猛地被撞开，她收脚不住，一屁股跌坐于地。

男男女女总共有十条人影闯进院子，将妙楚儿围在中间。

妙楚儿猜到他们是谁，自己主仆三人绝非其对手，须设法拖延到叔孙彻回来，因责问道："来者何人？擅闯民宅，不怕我报官吗？"

领头的妇人一根食指险不曾戳在她额头上，高声斥骂："呸！好个贱妇！哄得我家郎君钱财，占了这所宅院，做那下流营生！我们刚才听得清清楚楚，你有什么话可说？"

妇人声音大得有意教左邻右舍都听见。

妙楚儿讥笑道："何物等流！嘴巴放干净些好！地契、房契俱是我的名字，并未窃据谁家宅院。至于府上郎君有未受骗，郎君自己说了算。再者，我凭本事教习歌舞自立，你眼红怎的？"

"做人家别宅妇，违制犯禁，你还有脸？"另一妇人帮腔詈骂。

妙楚儿雇的仆妇苻氏正在扫地，拖着一把笤帚过来回嘴："谁是别宅妇？再说朝廷衙司都没寻邵娘子的不是！"

苻氏一边骂，一边故意用大幅度的动作舞动笤帚扫地，向来人扬起尘埃。

那边领头的妇人喊道："咱们不与她们分说，立时拉了贱妇回家交夫人处置！"

一干人一哄而上，架着妙楚儿向外拽。

苻氏和墨莲一个擎笤帚追在后面，一个抄起烧火棍堵在头里，一股脑儿地乱打乱骂："抢人啦！抢人啦！哪里来的一群市井奴、夜叉婆，天子脚下强抢良家女子啦！"

隔壁荀氏闻声奔出房舍，扒着墙头一张，叫道："像是叔孙家来闹事！"

夏侯紫菀掇起竹杖，教荀氏和木樨一人拿一把笤帚，跑到坊街上，三个人一字排开，威风凛凛，堵着那群人的去路"尔等放开邵娘子就罢，如若不然，谁也别想整皮好脸地回去！"

妙楚儿被抓得鬓发散乱，衣裙不整，一见夏侯紫菀如遇救星，大喊：“阿菀，扭着我右臂的这个夜叉是他们的头目，莫饶她！”

“啪！”那妇人兜头给了妙楚儿一耳光，“下贱娼妇！恐怕搬的救兵也是青楼出身的贱婢！”

“你敢打人！”夏侯紫菀恼了，领着荀氏、木樨挥舞兵器扑上去，帮苻氏、墨莲与叔孙家的人撕打。

妙楚儿也大奋雌威，一面挣扎吵嚷，一面牙咬手掐地疯打。

闹到这步田地，街坊邻居岂有不惊动的？

涌到街上的人越来越多，有看热闹的，有劝架的，有指点议论的，弄了个街塞巷淤，车马难行。

坊街上一辆马车上的人被堵得干瞪眼，算算紧张的时间，无奈地放弃了不远处的目的地，悄然将车停在路边，解下马匹，调转马头，骑马扬鞭遁去。

妙楚儿立在台阶上，正对那辆马车行来的方向。但她已无暇顾及他人的闲事了。

与大闹中的宣阳坊相隔两坊，便是胜业坊，坊中坐落着齐王妃杨静闲娘家的宅邸。

寻找失踪王妃不是一桩可以纷华靡丽、大肆张扬的事，假如王妃真的是赌气搞恶作剧，私自返回娘家，更得悄无声息地应对。

因此，齐王府护军宇文宝一行不敢调用王妃的厌翟车，仅仅赶了一辆普通的马车出来。

仆妇火氏携一个名唤“地念”的侍婢乘车，宇文宝率两名校尉及韩给使策马护送，由永春门、延喜门一线出宫城、别皇城，沿大街途经永兴坊、安兴坊，拐进安兴坊与永嘉坊之间的小街。杨家在胜业坊靠东的位置，永嘉坊斜对面，走这条路最便宜。

宇文宝设想着三个突厥婢驾车出宫的情形：“只要有符信，这条道确乎极为快捷。”

“没错。不过宇文将军，您认为王妃会开这样的玩笑吗？”韩给使问。

宇文宝苦笑道：“呃……我们平常鲜有见王妃的机会，不了解她。给使供职于内院，若连你都说不清，我们自然道不明。”

火氏看不见他们的表情，但对韩给使所提出的那个问题，她想要给一个否定的回答。

今日不太平，车厢顶棚似乎也比往昔低矮，车内有些压抑。

侍婢地念的心情异常沉痛。自从她那位来自天竺的好友及其侍奉平阳昭公主府的妹妹竺娘暴亡，长安城怪事接踵不断，秦王的申孺人暴卒，澹台承衣及任城王的叔孙贵人感染毒血症，面目全非地惨死。今日，厄运终于降临到秦王妃、齐王妃的头上。

难为火氏尚能安心恬荡地把两手收在衫袖里安坐着。

这是地念第一次看清火氏的容颜。她日常在厨下承担端汤送菜之流的杂役，如火氏这样侍奉于主人左右的侍娘是高高在上而富于神秘感的存在。

火氏正当青春少妇的年华，有一张清秀端丽的脸蛋，采选进宫时间不算长，被齐王用在身边，不常出现在他人的视线里，也不爱说话。

人们猜测她和齐王的关系，地念听过的说法中有一种令人格外不适，说齐王把火氏当做已故乳母——慈训夫人陈善意的替身。

车马减速了。

“杨宅已到。”宇文宝提醒大家。

他们进入杨宅询问，得到了王妃并未归宁这个令人失望的答复。

杨家惊悉静闲被突厥婢绑架，立时合宅大乱，又是搜索宅中每一个可能藏人的地方，又调遣家奴，外出寻找。

宇文宝等人反而成了多余的人，只得商议好，分头行动。

与此同时，在宣阳坊，坊街路边发出了奇怪的响动。

那是一辆没了牲口的车舆，靠车辕撑持，往前倾斜着靠在地上，一口大木箱半截滑出车门，响声出自箱中，“咚！咚！咚！”一种有节奏地敲击箱壁的声音。

刚从司农寺回来的叔孙彻勒住了缰绳，观察那大木箱的动静，自言自语道：“有怪物？”

随行的家奴添禄又好奇又害怕，把马鞭举在身前充当武器，小心地驱使坐骑接近。

此时，路上奔来几个街坊，边跑边议论：“邵娘子果然是高门大户的别宅妇嘛！正室娘子打上门来了！”

叔孙彻连忙转头张望别宅门口，真的是一地鸡毛，登时气得抓狂，也不知如何助妙楚儿脱困。

偏巧路边的箱子里再次传出“咚咚咚”的敲击声，他灵机一动，命添禄下马，把腾出来的马匹架到那乘无主的车舆上，组成一辆马车。这边是去兴宁坊叔孙家的近道，若叔孙家的人拖着妙楚儿过来，添禄就将马车横在坊街上，拦路救人。

叔孙彻部署好这个路障，策马奔至别宅门口，叫着一个家奴的名字呵斥：“福宝，你们几个大男人跟妇人打架，成何体统！都不要闹了！不要闹了！”

夏侯紫菀主仆及叔孙家的男子们因他来了，住手退立一旁，妙楚儿也不再泼闹，只哀哀哭泣，惹得叔孙彻好不心疼。

几个妇人是叔孙彻母亲的陪嫁侍婢出身，却不惧他，个个打得披头散发，有人鞋履也踩脱一只，犹扭着妙楚儿不放：“奴婢奉夫人之命，非押这贱妇回府处置不可！”

叔孙彻威吓道：“‘贱’字不是你们随便说的！我不信我阿娘会教你们来打架。你们闹得此间街坊已去报官，胥吏须臾可至，捉你们去丢了我家的脸，我耶娘饶不了你们，快走！”

那帮人方才气怯，拾起鞋穿好跑路。

叔孙彻松了口气，同夏侯紫菀一道搀扶妙楚儿入内。

苻氏和墨莲去坊街上叫添禄，不一会儿跑回来，失惊打怪地嚷：“那辆废弃的车舆载着一口箱子，箱里有人！添禄凑到镂空的孔隙上看见了！开不了锁，他守在那里……”

这件事吸引了妙楚儿的注意，她忘记了之前的狼狈不快，问道：“是那三个女子抛在坊街上的那驾车吗？”

叔孙彻跑出去，用佩刀劈开那大木箱的鱼形锁，夏侯紫菀、苻氏和添禄合力掀起箱盖，豁然看清箱中有一个勒着嘴的女子。

那女子以双臂撑住铺有茵褥的箱底，费力地坐起来，俄顷，便全身酸软，倚在了箱壁上。

夏侯紫菀帮她解开勒口的布带，上面鲜艳芬芳，沾染了从女子唇间脱落的口脂膏子。

那女子身着浅紫地折枝花纹夹衫，绛紫色地簇金百鸟高腰襦裙，披一条紫银泥罗帔子，单刀半翻髻上饰物不多，但件件争光耀目。相貌堪称闭月羞花，华美的衣饰丝毫不能黯淡她的光采。

箱底的褥子上摆着一个仿皮囊银壶，夏侯紫菀记忆中有一件相似的物品。

她揣度着这女子的来头，问道：“娘子家在何处？我们可报官送你回府。”

那女子尚未回答，有人急如星火地赶到，刀鞘一横，将他们与箱中女子格开，喝问：“什么人？！”

叔孙彻认得来人中有一人穿着亲王府护军服色，另一人应为给使，还有两人是校尉打扮，不想惹出误会，忙收刀入鞘，解释事情经过。不过，他隐瞒了自己与妙楚儿的关系。

那给使模样的人搀扶女子进车厢坐稳，又用自己的坐骑换掉添禄的马，请两位校尉把箱子抬入车中，准备回府。

荀氏旁观他们忙里忙外，暗想：“没带个仆妇婢女果然很不方便……”

车中的女子缓过劲来：“韩给使，这位郎君所言句句属实。我不知为何进了这箱子里，醒来感到箱子斜躺在某处不动，亦不明身在何方，便拔下簪子敲击箱壁求救。过了片刻，这位郎君及家奴路过，察觉有异，救了我。”

“箱中只有您一人吗？”韩给使恭敬地问。

“是。怎么？还有别人？”女子诧异地反问。

“啊！没什么。奴婢随宇文将军找去胜业坊杨宅无果，一路搜寻至此，幸而遇见了。”韩给使故作欢快的笑容。

和李世民等人的推测不同，瑾琋并没有被绑进这口大木箱中。她在何方？

宇文宝拿出三张突厥婢的画像给叔孙彻看：“邵娘子所见的弃车逃窜之人可是这三名女贼？”

添禄抱着画像，一骨碌跑回别宅让妙楚儿审视。遗憾事发仓促，妙楚儿认不真切。

宇文宝抚刀嗟叹：“我们从胜业坊出来，武侯卫和两县县衙才开始张贴三个女贼的绘影。若早些绘成散发，只怕她们出不了宣阳坊！”

一位校尉把坐骑让给韩给使，自任马夫驾车，向胜业坊而去。

临走前，杨静闲叮嘱韩给使记牢叔孙彻的姓名官职，以便酬谢。

“亲王府，宇文将军，胜业坊杨宅——”叔孙彻对夏侯紫菀说，“那是齐王妃吧！齐王妃出身弘农杨氏，是驸马都尉杨师道的堂侄女，母家居于胜业坊。我也听说齐王府有位护军名叫‘宇文宝’。”

紫菀大惊：“齐王妃被绑架！那得是妖魔鬼怪犯的案啊！”

荀氏的疑问更多，埋头盯着坊街地上的土，一路仔细回忆。

等到返回自家小宅，身边只剩紫菀一人，荀氏红着眼睛说："我看见一个人，身影很像那个人。"

◑ 3 ◐

紫菀笑问："阿荀，怎么了？什么这个人、那个人？"

"刚才，那几个人护送齐王妃回府，有个校尉让出自己的马匹，自任驾车之职。我觉得此人的身形举止很像一个人，阿菀，你猜不到是谁。"荀氏也觉不可思议，"武德五年，我和阿罴在灞水岸边的一家邸店，遇见杀害薏苡的两个凶犯，二凶假扮夫妻，今日这个校尉的背影，酷似那个'丈夫'！"

紫菀顿然感到有一张无边无垠的黑网，正在从天上罩下来。

她换上普通奴婢的衣履，匆忙赶赴雍州署，密请高俭把她的见闻告知李世民。

但高俭不在署，无法与弘义宫通信。留守署内的高俭心腹未获上司允许，也不能把高俭外出是寻找秦王妃的真相告诉紫菀。

夏侯紫菀不便久留，先行回家，改日再来送信。

那边杨静闲脱险，李元吉喜从天降，亲迎出皇城，在安上门接到静闲的车舆，便一头跳进车里搂着她，兜头就问："阿闲，你对我有何不满只管说得，怎能听从二嫂的撺掇，行此苦肉计？倘有闪失，教我何处寻你？"

说得静闲蒙头蒙脑，反问："大王何意？"

元吉把对建成讲过的那番猜测又复述一遍，静闲哭笑不得，轻吁出一口气，正告元吉，此事并非她的策划，她在遭遇绑架之前，喝过朱佩枸杞饮就睡着了，不知瑾琋的下落，瑾琋也不曾对她说过什么苦肉计、私逃计。

这个消息传至弘义宫，同时知会李世民："齐王府典医丞在两位王妃喝剩的朱佩枸杞饮里验出了蒙汗药，猜测是值守于殿内的突厥婢利用传递饮食的机会投放的。"

李世民也觉得这个推论是合理的。平阳昭公主府的婢妾竺娘、重葩就做过类似的手脚。

但目前最紧迫、最重要的事情是找到瑾琋。

长孙家、高家、杞国府窦家都没有瑾琋的音讯。

就连陆钲家，李世民也去寻过。尊严、脸面，他都可以放下，但求找到瑾琋。

结果却依然是失望。

任职武侯卫的长孙无逸肩扛公、私两层重担，正在努力搜寻。长孙无忌、高俭、陆钲、窦信及于斯滢夫妻俩，也各自率领家奴，在外奔波寻访。

李世民更是责无旁贷，注定要度过一个不眠之夜。

他握紧刀柄，再度出宫搜寻，心底一遍又一遍地呼喊："观音婢，你不会有事！等我，等我……"

恍惚听见李世民的呼唤，瑾琋浑浑噩噩地苏醒过来。

蒙眼的黑布和堵嘴的破布都被人摘掉了。眼前晃动着豆粒大小的昏黄灯火，并不刺眼。

瑾琋慢慢地睁大双目，留意到自己的首饰和穿在外面的衫裙都不在了，裹着一件不知属谁的厚重斗篷。贴身衣物上，勒痕盘根错节，有的嵌入了皮肉，可见自己苏醒之前，原是被五花大绑的。

面前是一张俊朗的异域人脸庞，是一个胡商打扮、三十岁上下的青年男子。

此前，瑾琋眼睛被蒙住的时候，听到数人以胡语交谈，有男有女。

现在只见这个男人，瑾琋本能地感到了危险。

胡商的嘴角缓缓上牵为一个满意的半圆弧，眼底释放出赞叹的绮色，用汉话咕哝道："真的，也是一位美人。"一面伸手欲抚摸她的脸颊。

瑾琋的心一阵阵紧缩，脑中瞬间冒出各种念头，开展激烈地竞逐。

她终究没有畏缩，只发出一声悲叹："唉！你上当了？"

"什么？你……"胡商伸出的手停在距她的肌肤仅有一个指节之遥的空中。

一丝血线从瑾琋的嘴角流出。

她神情惨苦，以推心置腹的口吻解释："他们如何对你说的？我有病，会传染他人，因此丈夫与我分居了。害人必遭天谴，永世不得超生，我不能害人。"

男子的手像蜜蜂蜇了似的弹回去："当真？"

瑾琋抬起捆缚在一起的双手，擦拭唇边的血迹，缠绕着手指的绳索被鲜血染红："你若不信，可请胡医与我诊治。"

她毫不躲闪地直视着他，颇有挟"疾"自重的意味，进一步说："如能治愈，我倒要感谢你了。"

在此请医是不可能的。胡商有些烦躁。

瑾琋萎弱地靠在窗畔，合拢无力的眼睑。此处是内堂小楼二层，她的双腿双足也遭捆缚，插翅难逃。

胡商懊恼地用胡语骂了句什么，捏着她的脸蛋，迫她张开口，塞入布团，反剪两臂紧紧捆绑。

瑾琋假装连挣扎的力气也没有，闭目顺从地任他摆布。

出门前，胡商不甘心地打量她。瑾琋披散的长发沿着身体曲线迤逦。但他终究不敢冒险，暂时放过了她，锁严房门，吩咐侍婢守在门外。

瑾琋稍等一会儿，确定负责看守的侍婢堵着门在闲聊，便款款睁开了眼睛，那一豆灯火赫然跃入眼帘，看起来是那么的温暖、亲切而可爱。

她看到了脱身的希望，默默地勉励自己："冷静，冷静，再冷静！"

她蹑手蹑脚，一点一点地调整好坐姿，膝盖在墙壁上压实，一寸一寸地挪移身体，反抬起双臂，抵近那个灯台，让火苗烧着捆缚手臂的绳索。

这束希望之火却是良莠不分，在一点点燎断绳索的同时，也灼破了瑾琋的衫袖，烧伤了她的肌肤，两边手臂各蹿出几个血泡。

她强忍疼痛，用重获自由的手举起灯台，烧断了捆绑腿脚的绳索。

灯油耗尽。瑾琋伸出食指，捅破糊窗户的纸，寒风与月色一起漏了进来。

她把左眼抵在破洞上平视，窥见了窗外的树冠，自己竟是被关在一座小楼上。

她努力将视线下移，发现院墙离小楼很近，这是一座小宅，平凡无奇，不会引人注目。

院墙外有一条狭窄的小巷，巷道对面是邻居的宅院。夜深人静，无从呼救。

瑾琋重新背倚窗户坐了下来，闭目养神，时不时揪一把大腿，防止自己入睡，侧耳细听户外的一切声响，寻找可能帮助自己的人。

时令渐渐入冬，天亮一日迟过一日。

胡商小宅的邻舍中，早起的刁染菽含了一口青盐水漱口，丈夫贺洵却还在枕上打鼾。

月光尚未隐没，月亮照不见的地方是茫茫的黑，伸手不见五指。

他们去年完婚，在安兴坊租一所小宅安家。贺休德一直不松口，不许染菽进门，说贺洵这个嫡子等于白养，庶子也不成器，死活纳了一个年少的婢女为新妾，扬言要生幼子，把夫人气个仰倒。

如今染菽生下孙男两个月，贺夫人偷偷给贺洵捎了口信，今日要来抱抱孙儿。

侍婢手擎灯台，陪同染菽转到孩子的房间。

婴儿每两个时辰醒一次吃奶，乳母正在喂他。

染菽看过孩子，又去院子里。该唤仆妇出来打扫庭院了。

胡商小楼上的瑾琋听见这些动静，透过窗纸破洞窥探，看到邻舍燃起了灯火，那灯火从回廊转至院中，映出月光下的两条人影。而看守她的侍婢却困了，传来轻微的鼾声。

瑾琋撕破窗纸，握着烧断的绳索，伸出去挥舞。

贺家的侍婢注意到这个异动，突然手指左邻胡商的内堂小楼发问："娘子，那是什么？"

染菽顺着她手指的方向张望。月色如洗，一只苍白的人手扣着小楼二层的窗棂，另一只手从窗户里伸出来，抓着一根绳索挥动。

糊窗户的纸显然被那人的手撕烂了，在无风的穹顶下定定地破碎支离。

"闹鬼了？"染菽有点害怕。

贺家庭院树叶落尽，粗壮的枝干绑上了火把，以供照明之需。染菽命侍婢引燃一排火把，半空里的情景变得清晰起来。

那是一只细弱的手，沾有暗色的东西，绳索上也有。

染菽命侍婢去向右邻的虞旦求援，请他出坊向武侯铺求援——虞旦是监门校尉，有夜行符信，可以在宵禁期间离坊。

她折回卧室，使劲推摇贺洵："洵郎，有异常，快起！"

贺洵睡意犹浓，半睁着眼嘟囔："天未亮呢！"伸臂把染菽朝怀里拖。

染菽情急，将凉水浸泡的面巾猛然敷在贺洵脸上，使他惊醒，一面备述前事，一面帮他穿袍子。

贺洵翻身爬起来，提了横刀，染菽举火把，二人开侧门溜进小巷，靠近胡商的院墙观察。

宵禁行将结束，贺宅院中火把全燃，可看到邻居二楼的窗格里嵌着一张脸。

楼中瑾琋的嘴唇一张一翕，向染菽手中火把的光焰示意，并使出全力将一件物事掷到窄巷的路面上。

贺洵捡起来察看，是一个木制灯台，以两张皱巴巴的布块包裹，外缠几条染血的绳索，有灼烧的痕迹，竟是烧断的，凑近嗅闻，闻到一股新鲜的焦臭味儿。

染菽吃惊地瞪圆了双眼，抓着贺洵的手抖索不停，低声耳语道：“我好像认识那个人，是、是秦王妃！但辨认不甚分明。”

胡商小宅开始响起其他人的声音。

那宅中除了胡商，日常另有四个少年出入，也是胡人。但现在听起来，宅中不止五个人。

宵禁尚未解除就起身忙活，不合胡商一家的常态，贺洵估计他们要赶早出门。

事不宜迟，他紧急调遣家奴，分头监视胡商的三处宅门，准备营救被囚禁的女子。

把守胡商小宅内堂二楼的侍婢洗罢脸，打开房门，要强灌瑾琋吃些饮食。

瑾琋背倚窗棂而立，微笑道：“果真有你们。可惜即便立时杀了我，你们也逃不了啦！”

侍婢们大为恐慌，以致喉间迸出的叫喊声像是碰上了什么令人激动的事，一拥而入，用草席遮挡窗户，重新把瑾琋堵住口捆绑起来，又分出一人飞奔出去报信。

胡商闻讯，惊得吞了一半漱口青盐水下肚，真想立刻冲去囚室，将那狡猾的女人撕个粉碎。

也怪他疏忽，昨夜离开囚室时给她留下了一盏灯火。

坊街上有人在敲院门，胡商吐掉剩余的一半漱口水，摆手示意少年家奴暂不开门，先通过门缝侦察。

敲门声依然执着地响着，家奴打手势暗示：“大门、后门、偏门，三处宅门都有邻居盯守。”

胡商已提前把各道院门用路障堵死了。私宅若遭他人窥视，采取这般自卫措施是理所当然的。但倘若无缘无故不理睬邻人的敲门，也有心虚之嫌。

胡商走到大门背后，用汉话镇静地问：“谁啊？有何贵干？”

“寒舍院子里发现了府上的财物，可是奇怪，许是昨夜风吹来的。”贺洵的声音彬彬有礼。他并无强入民宅的职权，首先要阻止胡商挟持女子出走，以待虞旦那边的进展。

二楼的情形现已不见，如果胡商咬定是邻居看花了眼，或者是囚禁了自家的一个疯妇，就只能以拖待变。倘若贺洵贸然硬闯，胜算难测，且恐对方狗急跳墙，对楼上那位疑似秦王妃的女子不利。

“啊？昨夜有风吗？我家并无遗失的财物。”胡商打着哈哈。

贺洵油盐不进，继续纠缠：“您还是开门看看吧。这个灯台不是府上的吗？”

“多谢了。寒舍没有丢失灯台。我们今要出城进货，手头财帛较多，不敢轻易开门。”胡商随口敷衍着，悄然撇下门外的贺洵，去往内堂小楼。

◑ 4 ◐

东方的天际泛起了鱼肚白，胡商自有护送的人马，坊里几个多管闲事的人何足道哉？

贺洵察知胡商在撒谎。那灯台是二楼的女子扔的，显然是他家失物，拒不开门验证，可见心中有鬼。因思谋如何与之缠斗，忽见一队十多人的商旅骑着骏马，赶着牛车，向这边行来，与他一对眼，在虞宅门口停下了。

贺洵提刀杵在胡商小宅的正门，活像一尊门神，致使这队商旅对于是否执行接应胡商的计划犹豫起来。

事情败露了吗？因发生王妃失踪奇案，昨日起，除非有特别的符信，长安城不能如常进出。而那个活门神的着装、横刀、气势，都表明他绝非庶民白丁。

商旅队伍中有人低声提醒头目："那人也没有穿公服啊！帮手仅是家奴打扮。左不过是坊内的小士族子弟，不知何故察觉有异，瞎管别人闲事，咱们能混过去的。再说了，出城符信、过所、通关牒文……一路畅通的保障是应有尽有。"

头目觉得有理，率领队伍恢复了行进。

剪秋罗在门缝里窥探他们的行动，尽管听不清这队商旅的窃窃私语，也莫名地感到揪心。

虞家两个家奴堵在胡商家后门，贺家三个家奴有两个堵偏门，一个陪着贺洵封堵正门。若是搞错了，冤枉了邻居，保不住会吃挂落；若没有，虞旦尚未回来，这边六个人扛不过对方那么多人。

剪秋罗的心思正乱着，背后忽有人幽幽开言："娘子不宜偷窥。外面的人正邪不明，万一发现了你，祸延家门，我们不好向阿郎交代。"

她如同被刺了一刀，尴尬地转身，含糊应道："嗯。"

说话者是虞旦的前妻宗政氏。因籍没不久的罪官家眷不可能获有司批准放良，还容易招惹嫌疑，虞旦就把她留在家里，独居偏室，供给吃穿用度，也不使唤她。剪秋罗携满愿及新生的儿子进京后，虞旦顾虑女儿的脸面，又命奴婢服侍前妻起居。

不多久，宗政氏初来时的羞惭便烟消云散，坦然居处，不拿自己当外人，昨日也以生母的身份带着满愿出门逛街买吃食。

满愿对她和剪秋罗都叫“阿娘”，下人们亦不敢轻蔑。

倒是剪秋罗，每每撞见这位前室都有些紧张。

邻舍中，胡商步入二楼居室，遣退侍婢，关好门，转背一扬手，把瑾琋打翻在地。

瑾琋的一边脸颊旋即坟起一大痕红肿，继而分裂为五道瘀痕，清晰地烙下了胡商的五指印。

“可恶的女人，骗子！”他粗暴地扯掉覆在瑾琋身上的斗篷，解散了捆绑她的绳索，“谁还会相信你有病的鬼话？哈哈哈！我不喜欢女人被捆绑着碍手碍脚，我要看看你一丝不挂的身体，尝过你的味道，托人带密信，把我的体验告诉你的丈夫！哈哈哈！不过你这种女人是养不熟的，等我报复过，就杀了你！”

瑾琋微侧着头，静听外面的各种声响，肢体认命似的逆来顺受。

胡商几乎丧失了所有的警惕，松完绑，把她衬裙的系带一拉，丰满的酥胸露出了上半截。

瑾琋陡然抽出他腰间的胡刀，紧贴墙壁立起身来。

胡商愣了一下。那对准他的刀尖不足为惧，解除这个威胁并不困难。

他只觉得这个女人确实非同凡响，占有她一定其乐无穷。只是这女人随时都有可能回刀自尽，须小心防范。

“咣当！”

突然，门被踢开了，胡商的脖颈骤然一麻，艳红色喷射到半空，迸裂为一朵朵芜乱的血花。

他栽倒在地，迷茫的血雾中立着一位二十多岁、顶盔披甲的男子，手持一把染血的横刀。

是李世民。瑾琋连忙扔下胡刀，取出堵口的布团，喊了一声：“二郎，你先住手！”

李世民大怒：“你闭嘴！”岂肯放下手里的横刀？

另外两位戎装男子——长孙无忌、长孙无逸冲了进来。

无忌劝阻道：“观音婢，你不要管！”一面脱下自己的斗篷给她裹上。

无逸背身挡住瑾琋的视线，以免血腥的场面对她造成惊吓。

瑾琋在内且衣裳残破，跟随到二楼的军士们自然不方便进入囚室，而是火速关闭了房门，把困在廊上的侍婢尽数诛杀。

李世民仿佛看不见周遭的一切，继续暴虐地下手挥刀。很快，胡商就什么也看不见、听不到了。

原来，虞旦跑去坊外的武侯铺报警，铺内竟空无一人，只好快马奔赴距本坊最近的衙司——雍州署，恰遇奔波一宿的李世民到署询问搜寻情况。

他认得虞旦，问明情由，即刻亲率随行人马过来，长孙无忌、无逸两兄弟接获李世民的口信，也各带家奴和部下赶来会合。

郎舅三人率众闯进胡商宅中，突入二楼囚室，救下了瑾琋。

李世民重金答谢了贺、虞两家，请高俭在此盘查，自己先护送妻子回家。

瑾琋回弘义宫即沉入梦乡，一觉醒来，疲惫消退不少，稍一转动眼眸，看见李世民盘膝坐在榻旁，便柔声唤他：“二郎，我并没有……”

她越发地理解剪秋罗的苦痛。在这个世道，大约没有哪个丈夫能对妻子的“失贞”一笑而过。她只是险遭暴行，李世民就已经出离愤怒，几近疯狂地把胡商剁成了肉酱，何况剪秋罗呢？

“我明白。你不用说。”李世民俯身摩弄瑾琋的额头。

她的伤口都敷过药了：两度捆绑形成的勒伤、装病咬破的口腔黏膜伤、烧断缚手绳索时落下的灼伤、半张脸的乌紫瘀伤。吴景贤诊断并无大碍。

“你该留着那个胡商的命，他知道很多。”瑾琋回顾着惊心动魄的一夜，“因你下死手，随从们也当场诛杀了那三个婢女，如今什么也问不到了。我昨日刚醒来时，蒙着双目，听见其中一名婢女的嗓音好似武德殿侍宴的突厥婢，那么那个胡商必是知道我身份的。可是，那婢女由汉话改说胡语，我不能确定，因揣测其动机，试探着哄骗他们，总算天可怜见，容我一次侥幸——”

“娘子，热饮来了。遵娘子之命，是朱佩枸杞饮。”——是她，那个突厥婢，奉上四只鎏金宝钿银盏。

喝下以后，静闲、瑾琋和两位公主都睡着了。加上安息香里迷药的作用，她们睡了很久。

李世民忆及自己闯进那间屋子时目击的情形——瑾琋红肿的半边脸、胸前被人拉开的系带、一半裸露在外的胸膛……恶狠狠地说：“那时我只能如此！换做其他男子也不会比我冷静！”

瑾琋知道不能再提，因问：“查清那个胡商的身份了吗？”

李世民摸了摸缠在瑾琋手腕上的裹伤细布：“从他的相貌、佩刀来看，应是突厥人。否则也不会与那三个突厥婢有勾结。”

“他说，等报复过，就杀了我。”瑾琋梳理着线索，“为什么用……那种方式报复？”

李世民问心无愧，自己从不染指他人妻妾。如果一定要扯上关系的话，韦珪和高惠通勉强可以算。但韦珪早年丧夫，认识李世民的时候已是寡妇，碍不着任何人，与突厥也没有瓜葛。那就剩高惠通了。

瑾琋吃了些饮食，服过汤药，又睡了。

李世民把胡商的那把遗刀带到惠通的居所——舜华殿，让她看看是否认识。

惠通认出是突厥“前夫”的佩刀。李世民再把那人的身形相貌说给她听，确认了“胡商”的真面目。

李世民双目中骤然腾起业火：“真是那个吐屯。我以为他去年战死了呢！”

惠通骇然问道：“大王，他来中原作恶了吗？此刀何以为大王所获？”她不敢流露对三个孩子的牵挂——生父死在中原，孩子们由谁抚养呢？

李世民的神情中有一股戾气，很重，不同于以往，他冷笑着说：“呵呵！是的。他撞上我的刀口，被我杀了。甚好，哈哈！”

惠通忖度，王妃失踪一昼夜方回，受了伤，秦王正在追查涉案人等，严令除恶务尽，自己那个突厥“前夫”恰于此时死在秦王刀下，该不会与王妃有关？细思极恐，竟是不问的好。

瑾琋第二觉睡得不长，醒来精神更好了些，唯独不小心碰到伤处会疼痛。

李世民回殿看见，大骂婢女侍娘不用心服侍。

瑾琋笑说：“她们原不常做这些，别为难人家了。你快开释了留荑、繁缕、玳玳她们吧，她们无罪，有她们在，我也方便些。”

李世民说：“我命她们去安兴坊认尸了，回禀说认出两个突厥婢，一个在齐王妃寝殿屏风外值守，另一个便是你辨出声音的那人。武德殿的人也如此指认，并认出第三具突厥婢尸首即是当日去齐王妃寝殿招呼另两人搬运王妃‘赐物’的那个。繁缕她们目睹胡商尸首的惨状，吓得魂不附体，我赏了点酒水给她们压惊，许她们今晚休息，明日再来吧。”

瑾琋拉起衾被掩了脸笑：“好，好。你脾气虽大，弘义宫的人却衷心服你，不是没有原因的。”

李世民将她的被子扯下来掖好：“哎，你别蒙着口鼻。舅舅有信来，安兴坊未曾搜出可疑之物，四个胡人少年有活口幸存，却不是突厥人，供称是被那突厥吐屯收买，入京经商，预备做奸细，利用行商的机会，向吐屯传递消息。吐屯告诉他们，将有一个女子凭暗号来安兴坊小宅接头，结果那不知名的女子一直没有来。今年突厥退兵以后，吐屯却来了，今日他们原计划以行商之名，护送那胡商绕道回突厥。但这四名胡人少年亦不知你是如何到那宅中的。”

瑾琋暗自惊叹。原来，安兴坊的胡商小宅就是突厥吐屯指定接收高惠通所刺探讯息的地点！

“那不知名的女子”——宝绿，当然不会来，因为她已被惠通的乳母方氏除掉了。

瑾琋问道：“这便奇了，他们怎会不知？吐屯又为何潜入长安？”

“昨日吐屯独守宅院，打发他们外出采买役使。他们回去时，你已抵达，还多出三个侍婢看守你。”李世民在脑海里描摹着瑾琋的遭际情形，心底邪火升腾，“涉案人绝不只是最后死在安兴坊的数人，我断不会善罢甘休！”

“何以见得？”

李世民压着怒气：“突厥婢搬走的那口箱子里只有齐王妃一人。从时辰来看，她们先在宣阳坊抛下箱子，后投奔安兴坊胡商小宅。那么，你定是由其他人运出宫的。此人是谁，用了什么手段？单凭这一条，也可知还有其他作案者！另据虞旦密报，他本欲请坊外武侯铺出面搜查，却无人值守，后来说是别处疑有异常，都出去巡视了，岂有如此巧合？那个武侯铺可能有人与吐屯通谋！还有……”

他把剪秋罗和贺洵目击一队商旅靠近胡商小宅的事讲了一遍，“……他们将行至胡商小宅门口时，我的人也抵达了，那伙人略略一停，硬生生与我们擦肩而过，径直离开。我当时急于救你，未曾注意那队人马。后来贺洵说，那吐屯曾提及今日要出城。我方才疑惑这队商旅可能是去接应那吐屯的。因我的人手众多，他们不敢行事，只得伪装路人脱身。”

案发后出城不易，突厥人倚恃什么能拿到符信、过所？

答案也许就在那队汉人商旅之中。

瑾琋盯着殿顶的藻井，天马行空地神游了一会儿，劝李世民道：“明日再问吧。二郎，这两日你也劳乏了，早些歇息。”

差不多同一时辰，李元吉也在安抚自己的妻子：“阿闲，你受惊了。”

杨静闲笑道：“妾尚好，昨日便获救了。真要说起来，二嫂所受惊吓堪堪是妾的十倍不止。大王，不论如何，作案者是武德殿的奴婢，明日送些礼物去弘义宫赔罪吧。”

“啊？那是自然。”元吉报以温和的一笑，“嗨，其实也怪我那仲兄不好，他只对突厥一味喊打喊杀，以至于招人仇恨。不过，二嫂毕竟是被歹人从武德殿劫持至安兴坊的，系何人所为，我必追查到底，责无旁贷！”

◑ 5 ◐

齐王府役使的突厥奴婢全部关押审讯。宇文宝又奉李元吉之命，派遣两拨专人在宫外追查，第一拨自行查访，第二拨跟随有司行动。

瑾琋自有考虑，不管伤痛未愈，携随从跟着第一拨人马奔波，声言要亲自揪出“黑手”。

渐次寻到安兴坊虞旦宅，此地距离秦王妃受困处仅仅间隔贺洵一家，少不得要仔细询问。

可惜上上下下都说不出个子丑寅卯，大家抱憾欲走，冷不防宗政氏牵着满愿的手转出来搭腔：“且慢。奴婢有一事禀报，有用无用就不知道了。前日奴婢带这小闺女出去买吃食，在坊街转角那里看见一辆马车从胜业坊方向飞驰过来，进了那所胡商宅子的偏门。驾车的人，好像是宫中给使的打扮呢！”

瑾琋一听“给使”二字，思绪顿时爆开一条缝，追问道：“给使！长相如何？什么时辰？什么样的车？”

虞旦提醒宗政氏：“嗳，你须想好，不能信口开河！”

“这是自然。奴婢是无知仆妇，眼拙，所以只敢说‘好像是’。那人的长相没看清，车马的模样也就凭粗略的印象说说，倘有不确，万乞恕罪。”宗政氏把所见车马的外形、目击时刻，大致描述了一遍。

她的话音刚落，便有一名齐王府军士匆忙动身回宫。

瑾琋再次萌生一种不祥之感，幕后黑手的确深藏于太极宫中。

她也动身赶往太极宫，要尽快重返齐王府所在的武德殿，探个究竟。

宗政氏远远望着他们的坐骑扬起的烟尘，毫无意义地挥手扇着，后怕地说：“急三火四的，看来奴婢说的竟是有用。幸好，那时奴婢与小闺女在街角里，人家看不到我们，不然可能被嫌犯灭口呢。”

虞旦轻轻拉过满愿交给侍婢，吩咐送孩子去剪秋罗房里。

宗政氏见没了旁人，说话口吻骤变：“依虞郎的意思，我做满愿的阿娘也不配了。”

“我不是这意思。名分既定，在下人面前不能太过。日后满愿也不知所措。”虞旦为难地说。

“我忘了，我也是阿郎大发慈悲收留的下人。”宗政氏眼眶含泪，踽踽地去了。

虞宅仆妇宗政氏提供的线索传回齐王府，适逢李元吉去两仪殿觐见李渊，杨静闲只按元吉事先的部署，命韩给使、宇文宝分别盘查内外，自己按计划打点好礼物，预备去弘义宫，瑾琋的身影却出现在了寝殿门口。

静闲诧异地迎出："二嫂来了，怎不在家歇息？我原想去弘义宫。但驾车的孙给使尚未出来，耽误了一刻。若不然，就与二嫂错过了。"

"驾车的孙给使！"这一声与宗政氏的话语撞个正着，半空里滚过一个焦雷，瑾琋拉住静闲的手，疾步往外走去："阿闲，他所居的下房在何处？速领我去！"

静闲不明白她为什么如此着急，竟要亲自去帮忙教训孙给使不成？又不好拂了她的意，一面带她去，一面说道："二嫂素知这些掌管车马的人多有点骄慢，不承望如今对主母交代的事也摆起谱来。我今日是去弘义宫，为齐王府用人不当、致二嫂遇险之事赔罪的，又不用繁文缛礼的厌翟车，不知那孙给使磨蹭什么。"

半道上，韩给使满头大汗地迎上来，哑着嗓子禀道："娘子、秦王妃，不吉得很！那个，孙给使，死了！"

瑾琋的步履僵住了，武德三年厌胜案，邱氏吊在囚室中的身影与"孙给使"这个名字并在了一处。自己终究来迟了一步。

韩给使一边不停地擦汗，一边讲述："娘子要去弘义宫，需用车舆的事还是奴婢昨日吩咐孙给使的，今晨又特地敲他的门提醒，他应得好好的。不防外面说前日驾车进那突厥人宅子的可能是个给使，又是从胜业坊方向过去的。可巧了，前日奴婢等人跟随宇文将军去胜业坊杨宅，问明娘子实不曾归宁，就教孙给使驾车载着地念先回宫，宇文将军率两名校尉及奴婢在城内寻找，火娘子留在杨宅候着，以备娘子万一归去。如此一来，弄得孙给使有了嫌疑，倒像是他把秦王妃绑进安兴坊那所胡商小宅似的。奴婢与他言明事由，说了娘子出门前要问他几句话，讲清楚前日行踪即可，他也应了。没想到，刚才托一个婢子再去催他备车，他不应声，门虚掩着。推开一看，人挂在梁上，颈骨都吊折了，没救了！奴婢带人搜索，在他那房里寻获一块木板及一些衣饰，好像是秦王妃被绑架那天的穿戴！"

瑾琋漠然问道："你们前日一起出宫，车里有无夹带，都应该很清楚。你究竟疑不疑他？"

韩给使答："当然不疑。秦王妃身量高挑，那车里如果装下她这么一个大活人，火氏和地念必能发现。奴婢系因职责所在，必须问孙给使一问。他如何就自尽了呢？"

畏罪自杀——这四个字在瑾琋眼前跳了出来，个个大如斗。

只是，为什么凡是有李元吉影子的案件中，最终重要人物总是畏罪自杀？

"地念和火氏在哪里？请速引我去！"瑾琋在纷乱芜杂的头绪中捉住了一个点，随着杨静闲的步伐，与时间赛跑。

跑着跑着，瑾琋的体力几乎支持不住了。手臂上的血泡挑破之后的创痛也火辣辣地燃烧，即使治疗烧烫伤的药油掺入了蛋黄油，依然压不住。

她的身子有些发虚，留荑和繁缕慌忙扶紧了她，劝阻道："娘子歇歇吧。"

一行人都放缓了脚步。

瑾琋急迫地摇头："不！乘上筝舆，劳烦抬舆的各位，快步，跑！"

筝舆需四个人协调动作，速度毕竟难以与单人健步奔跑相比。瑾琋赶到厨房，地念不在，那里的其他奴婢禀告："约一刻之前，她出去了。火娘子叫她出去的。不知去了哪里。"

瑾琋被一种深重的挫败感所笼罩。一刻钟？足以发生任何变故。

"我又来晚了。"她咬着嘴唇，几乎快咬出血，心中默念，"预定与高惠通结为假夫妻的奸细、急面皮胶、杨文干事件泄密，加上这一宗，连续四件，都存有疑问。何时才得化解？"

少顷，武德门送进消息来："地念逃避讯问，妄图逃出武德门，宇文宝阻拦无效，当场诛杀！"

“呵呵呵！”瑾琋暗暗冷笑，真相实际上已然大白，“蛇鼠一窝，演戏高手！”

宇文宝，其弟正是武德四年杀害齐王府舞伎藤子的真凶——宇文鑫。瑾琋和李世民揭露了宇文鑫的罪行，宇文鑫为逃脱罪责，在李建成、李元吉的庇护下出征河北，报应不爽，堕马摔死。

宇文宝视秦王夫妇为仇人，从此对元吉更加忠诚，在王妃失踪事件中，也效尽犬马之劳。

乌云堆叠，雪花纷纷扬扬，开始漫天飘洒。

穿过这弥望的银白色雪雾，瑾琋看见近几日发生在宫里宫外的一幕幕：

案发当日，杨静闲寝殿内的人们昏迷，事先服下解药的三个突厥婢从容不迫，先脱去瑾琋的外衣和首饰，藏匿于茵褥下，给她换上侍婢的外衣，面朝下置于铺有茵褥的地衣之上，混在昏睡的侍婢群中。再将杨静闲匿于那口大木箱中，取出李元吉故意放置于木箱的门籍，堂而皇之地把静闲运出宫，因遇到意外状况，被迫将她弃于宣阳坊。三名突厥婢随即逃入安兴坊胡商小宅。

不过，静闲原也不是真正的目标。一并“劫持”她，是李元吉施的障眼法，保护他自己免受怀疑。

她们运走静闲之后，火氏出面“发现”王妃失踪，韩给使指挥众人分送侍婢们至各间下房弄醒审讯、救护两位公主，同时，他与火氏合伙，趁乱将瑾琋作为“昏迷侍婢”之一，搬入孙给使的下房。

孙给使接过手，然后把瑾琋捆在一块木板上，包裹着帷帐以遮掩，再移入由他驾驭的那辆马车，卡在车厢顶棚下。不知情的人，会以为那才是车舆的顶棚。如果是较为细心的人，也许会觉得只是车顶低矮了一点吧！

接着，宇文宝登场，率领韩给使、火氏、地念出宫寻找王妃，由孙给使驾车，瑾琋昏睡在火氏、地念的头顶，被运出了皇宫。

他们去了胜业坊杨宅，毫无意外，找不到杨静闲。因为他们明知三个突厥婢不会送静闲回杨家，只是来挑动杨宅上下惊惶大乱的。

宇文宝等人先行离开，火氏谎称留在杨宅守候静闲，实则趁着杨宅的混乱，由孙给使掩护，避开杨家人的视线，回到马车里。

先上车的地念是他们预先选好的替罪羊，已被车厢里悬挂的香球散发迷香熏昏，不知“火氏”上车。

孙给使驾车载着火氏、地念及依然昏睡于车厢顶棚下的瑾琋去了安兴坊。

孙给使也是可怜虫，以为火氏是他的帮手，却不知她还是齐王李元吉派来监视他的一枚钉子。

进入胡商小宅，他把瑾琋移交给突厥吐屯，从突厥婢手里收回门籍，驾车带着地念回宫。

火氏折返胜业坊，混入仍然哄乱嘈杂的杨宅，若无其事地等待静闲的消息。

回宫后，孙给使暗中将那只门籍交给韩给使，但韩给使遵照李元吉之命，转手给了火氏。

这个火氏，隐藏行迹、悄然来去的本事很大，绝非常人。总是令瑾琋想起平阳昭公主暴卒那天，出没于公主府、杀害竺娘的那个年轻妇人。

瑾琋脱险之后，李元吉一面虚张声势，派人出宫追查此案，一面密令心腹杀害孙给使和地念，封口、顶罪。

瑾琋从虞家赶到齐王府之前，孙给使被害，火氏将地念从厨房唤到四下无人的旮旯里，交给她一只门籍：“孙给使已死，以我们大王的性子，你我若守着不去，也难逃一劫。快走吧！这是我从大王那里弄到的。你先跑，我过去受大王宠幸，跟在你的后面，万一有人追，我可替你挡一挡，应能哄住他们一时。”

地念顾不得多说感谢的话，疾步出走。

奔跑使人生疑，是不敢的，然而她走路的脚力也委实不弱，武德门越来越近，在不断放大新生的希望。

安抵门口，地念最后看一眼“武德门”三个字，迈开了步伐。

一旦脱离武德殿的地界，齐王也要有所顾忌。

宇文宝突然从旁边闪了出来，喝道：“站住！韩给使到处寻你，要问你话！”但并没有要扑上前抓她的趋势。

地念哆嗦着，脚下变得有点虚浮：“宇文将军……”

火氏急忙喊话：“还不快！”

地念被这一声喊激醒，扬着门籍抬步便走：“我们奉命……”

宇文宝却抢出一大步，拔刀劈中了地念的脖子。

火氏如遭冰封，一步也迈不动了，呆视着地念倒毙在血泊中。

“将军，奴劝她找韩给使自证清白，这孩子拔腿就溜，奴追了一路，方才还劝她快停下，终究劝不住啊！”火氏假惺惺，全身战栗着抬起衫袖，掩面神伤。

宇文宝配合她演戏，把地念攥在手里的门籍拔出来审视：“一个粗使宫人，哪来的这个？啊呀！这是那三个突厥婢在王妃寝殿窃取的门籍啊！当是地念跟孙给使这两只死鬼将秦王妃送进胡商宅子的时候，突厥婢把这只门籍交给她藏匿使用了。”

至此，大戏落幕。

瑾琋预料，自己的另一部分首饰将在地念的房里被搜出来。就像李元吉在藤子命案中，对豹奴阿牟做的那样。

果不其然。

瑾琋忍着内心的悲愤，返回弘义宫，窝在卧榻上休息，把情况告诉了李世民：“……元吉赶回来向我赔罪，自责用人失察，说孙给使、地念原来与竺娘的姐姐关系不错，估计动机是为好友复仇，因此勾结突厥婢，劫持王妃。并说，地念承担汤水菜肴的传递役使，无论亲手下蒙汗药，还是把蒙汗药交给卧底在寝殿的突厥婢去下，都有便利条件。孙给使利用准备车舆的机会，在地念的协助下，把我藏在车内顶棚下，偷运出宫。呵呵，我能说什么？”

第八章 司农寺命案

◑ 1 ◐

瑾琋将杨静闲送的礼物指给李世民看：“齐王妃也一再道歉，给了我许多补品。”

李世民气得脸色发白，大骂：“四郎这个畜生！”

他第一次对元吉骂出这样重的话。过去，他总还是要顾念元吉是一母同胞的亲弟弟。

他扫视着齐王府的礼物，告诉瑾琋：“观音婢，我去了雍州署舅舅那里，夏侯紫菀送来一些有关的消息……”

紫菀密告：“我们救下齐王妃的时候，她虽被勒住口，但手没有被捆绑，衣饰齐整，箱底垫有茵褥，并有一只盛水的银壶——奴之所以认得，是因为武德五年，洺水之滨，大王曾泼出一只仿皮囊银壶内的水，清洗奴的脖颈。贼人将齐王妃的躺卧舒适和饮水方便都照顾到了，待齐王妃可真体贴啊！宇文宝等人护送齐王妃回府，荀娘子认出其中一人的身形举止像极了杀害薏苡的两个凶犯之一，即那个充当骡车车夫的男子，本名‘柯倬石’的石匠。”

言及此，夏侯紫菀的神情变得沉重而愤怒，提出一个疑问：“这些年是谁在窝藏、袒护他们？”

“贼人待齐王妃优厚，轻易弃之路旁，而待你恶薄，唯恐你逃走。厚此薄彼，呵呵，进一步佐证了四郎是主谋！若不是你镇定机智，那突厥贼人又有所疏忽，使你有灯火可用，后果不堪设想……”他说不下去了，咬了一下牙根。

瑾琋可能被掳往突厥，像高惠通那样，也可能惨遭杀害。而且一定会被那突厥吐屯侮辱。

瑾琋眼圈泛红，颤声低语道：“若不得逃脱，我就等你报仇雪恨罢了……”

李世民拥住她：“虽说救回了你，这个仇，我也是不能忘的！我若连你也护不了，就是做个寻常的男子也不配！”

瑾琋合上双目，用眼窝感受他的心跳，徐徐说道：“火氏也很有意思。本是四郎左右的人，这次四郎特派她在王妃寝殿外侍宴，韩给使所经之事几乎都有她插手，地念逃跑被杀也有她的身影。如果，杀害薏苡的二凶之一柯倬石，变身为齐王府校尉，擅长男扮女装的伏景会隐身何方呢？”

李世民在她手心写了个“火”字：“伏景化身为她。去年，在三姐府邸杀害竺娘的那个梳反绾髻的女子也是她了。”

“嗯。”瑾琋忽然紧偎在他怀里，“我还有个疑问，齐王妃静闲，她是否知情？四郎是蒙骗她、利用她，还是指使她、与她共谋？”

齐王府的涉案人，李元吉、韩给使、火氏——伏景、宇文宝……一色的演技出众，擅长伪装。在这般情势下，瑾琋想要充分信任齐王府的任何一个人，委实很难。

杨静闲柔美纯善的外表之下，有一颗怎样的心？

李世民微微沉吟："他……四郎做得出欺骗妻子、加以利用的事。但是，齐王妃是被他利用，还是他的同谋？我也无从判断。我更为关心的是，长兄，是否与四郎同谋……"

"贺洵其人，你也看到了。可否给他机会，发挥更大的作用？"瑾琋提议，"譬如，进宫护卫至尊？天子左右千牛通常由高门子弟担任，贺家门第差了些。做个备身，还是可行的。"

李世民心中大动，只觉实施有难度："他追随敬德在先，周知敬德是我的亲信，再安插贺洵进宫，恐惹嫌猜。"

瑾琋说："至尊的性情与太子有相似之处。常何是你旧部，太子也拉拢使用。贺洵跟随敬德时日尚短，而备身职数较多、位阶较低，至尊不会经心。何况，贺洵的父亲贺休德，是裴寂的党羽，可为我们所用。"

李世民略加思忖，豁然开朗，笑道："教贺洵倚恃救护秦王妃之功，顶撞敬德，由此，被敬德驱逐。贺洵赋闲一段时日，舍出因功受赏所得的私财，跪拜裴寂的门庭，求一个出身……哈哈哈！"

兄弟相疑的危途，已望不见尽头。

实际上，李建成凭借对李元吉的了解，将所有的事归总理顺，也猜出了大概，召元吉入东宫，私下审问。

李元吉嬉笑着，如同童年时对着父兄撒娇，作出真假参半的回答："没什么能瞒过阿兄。仲兄抢占突厥吐屯的夫人高惠通。吐屯就是那匹烈性胡马的原主人。我听见他能说汉话，召他聊天，得知他是高惠通的前夫。我出于义愤，放了他，许他复仇解恨。因您不同意在武德殿刺杀仲兄，我只好施行这条备选的计策。此前隐瞒是不想让您为了这等小事操心。"

李建成将书案一拍，震得案上一盆鬼斧神工的山水盆栽跳了一下，沉声斥责："这是小事吗？！我说过你不要自作主张！高惠通是突厥人强掳去的，逃回来自愿做二郎的媵妾，你那歪理说不通！”

元吉狡辩道：“针对仲兄的事自然须禀报您，针对二嫂的事就不必了吧？二嫂是他的得力内助，实则远超‘内’助之限。弟弟说句不当说的话，大嫂都比不过她。此计若成，等于折断仲兄一臂。再者，按他刚烈自大的性情，蒙此奇耻大恨，犹如折锐摧矜，心气大衰，必定无脸见人，一蹶不振。总之，于长兄极为有益。”

建成啼笑皆非：“四郎，不要耍小聪明。夫妇一体，做你二嫂的文章即是做二郎的文章，也须事先禀报我。此计若成，虽能达到你的目的，但你忘了，有三娘之事在先，你又做不到无懈可击，二郎终究会疑到你的头上，你也知他秉性刚烈，恃才矜贵。复仇雪耻的念头未尝不会增强他的斗志。”

元吉默然。

建成等了一会儿，又问他：“仔细想想，局面收拾好了吗？不要让二郎抓到把柄。”

“您无须担忧。”元吉狡黠地一笑，“所用的迷香和蒙汗药是我在裴相那里讨来，用上谷的“勾魂夺魄”香调制的。裴相与您的关系堪称柱石之坚，也不过问我索要迷香、蒙汗药所为何用，说给就给，其为人之可靠自然不在话下。大人都没有深究此案，给他两个儿媳赐物安抚了事……”

元吉昨日祭出孙给使和地念两个倒霉鬼兜底，顺利结案。

谜底在齐王府，如何查，是否查出，何时查出，自有齐王府的主人做主，李世民纵是强龙，也不压地头蛇。

人们常说“如有神助”“天助我也”。之于元吉，安兴坊虞宅那个尖眼长舌的仆妇宗政氏就是“神”，就是“天”。

元吉原计划让在外追查的属官捏造一份孙给使驾车进入“胡商”宅院的证据，昨日凌晨就令化名“火氏”的伏景趁天黑潜入孙给使所居的下房，扭断其颈骨，布置成悬梁自尽的场面，接着交由韩给使演一幕自说自话的独角戏，等着外出访查的人适时携带“证据”回来配合演出，结果跳出来一个宗政氏，使事态发展显得更加真实自然。

孙给使参与了绑架行动，奉命把瑾琋交付那突厥吐屯，元吉认为他死得不冤，只不过代替火氏、韩给使承担了将瑾琋从静闲寝殿移入车舆这一段的罪责。

地念是个屈死鬼，元吉倒要悄悄地多为她做几场法事。思谋停当，因召唤伏景——过来问话。

伏景说话也越来越像个巧舌的妇人：“那天大王令我明面上待在胜业坊杨宅，以免我陷入嫌疑，是大王要我留身报效之意，今后岂敢不肝脑涂地呢？”

元吉笑道：“哈哈！别光顾着奉承。确定安兴坊虞宅的仆妇宗政氏没有看见你吗？不用处置她？”

“没有。她在街角，我在车中，有帘子遮挡。犯不着处置。”伏景满意地回顾那天的行动。

“你把秦王妃交给那突厥人之后，从安兴坊徒步回杨宅，有未遇到认识的人？杨家人可曾发现？”计划每一步的时刻和路线都是精心计算过的，但元吉还是想求个绝对的安心。

伏景略带嘲谑地一弯嘴角：“大王，我若连这个本事也没有，早死千百遍了。杨家听说王妃失踪，阖宅人等莫不慌乱，忙于搜寻王妃，我又是您派去的，谁会拘着我？任我四处晃荡进出，并无人注意。从安兴坊回到杨宅，我还当很快能回宫呢，谁曾想那三个没胆色的突厥婢不敢把齐王妃送至预定的地方，宇文将军他们多费了些脚程方接到王妃，随后才去杨宅接我，等得我腿跟子起茧。呵呵！”

元吉命他退下。在东宫领受的教诲给元吉提了一个醒，今后必须更加小心周密。

他打算再等半年多，风头过去，就寻个借口开革“火氏”，再给伏景换个身份，连同柯倬石一并弄进东宫长林兵，卸掉这两个包袱。

反正在太子麾下，伏景、柯倬石将得到更为强有力的庇护，才尽其用。

元吉计划好这一切，这幅名为“光阴”的长卷翻到了武德八年。

二月早春，已过了呵气成云的时节。瑾琋动了玩心，携留荑、繁缕，女扮男装，以“太叔谨”的化名进入皇城，见识中枢各官署云集之地的气象，去一趟刑部，给任职“比部郎中”的长孙无忌送些午餐的下饭菜。

无忌见了她，急忙屏退左右。说了几句话，就撵她走。

瑾琋气恼地说：“菜肴，你笑纳了；人，却要驱逐。现为午歇时分，别人的奴婢、家人也有来送饭、探望的，又不妨碍你公务。”

无忌笑道：“皇城除了各衙司使役的官奴婢，日常没有女子出入。你仗着有二郎给你的通天符信和门籍，假扮男子，进出刑部，已属逾分。若许你停留，隔墙有耳，万一别人听见你的声音，听得多了，或许发现你是女子。我这个比部郎中，威信何存？”

“噢，原来女子到访官署，竟有损你们的威信。”瑾琋颇为不悦，振衣而去。

出了刑部偏门，白晃晃的日光照在身上，胸口蓦然绞起一缕轻微的酸疼，宛若心血来潮。

瑾琋勒住马头，警觉地环顾四周，隐隐预感有什么事发生，只不知是凶是吉。

“武德八年二月某日”——叔孙彻把上午最后一份公文的收件日期记入簿册，伸了个懒腰，出去吃了司农寺供给的中午一餐“会食”，遛一阵弯，回书案前坐下。

司农寺公务繁忙，伏案午歇是一天当中最大的享受。

贺兰茂从太仓署过来，在门口问道："叔孙郎，辛寺丞在吗？"

正欲小憩的叔孙彻只好堆出笑颜，起身与他见礼："未见外出，应该在。"

辛寺丞大名"辛处俭"，是司农寺的六员从六品下寺丞之一，官阶仅次于司农寺卿及少卿，在这重院落里独占一间正房。不像叔孙彻这种末流小官和那些流外小吏多人挤一间廊屋。

叔孙彻的书案毗邻门窗，能随时看到辛处俭的出入，所以辛处俭的访客往往先问他，扰得他不胜其烦。

贺兰茂敲了敲门，自报家门。辛处俭的嘴里含着午餐，慌忙嚼咽下去，连累话音也变得含混："请进。"说完赶紧端水饮两口。

贺兰茂推门入室同辛处俭议事去了。叔孙彻抓紧时间掩了门，伏在案上。

同屋有两位同僚在窃窃私语，甲说："辛处俭刚由凤翔县令调任司农寺丞，这般勤奋，今日中午不见他去吃会食，想是又在书案上对付一餐了吧！"

乙说："司农寺的官吏虽然都是劳苦命，也不用如此废寝忘食的。况且，他辛处俭还能爬到多高的官位吗？嘿嘿！从太子舍人的位置外放万年县，继而迁凤翔县，现今总算调回皇城，我估计他也就司农寺丞到头啦。"

"红颜祸水。呵呵——"

"嘻嘻，为尊者讳，为尊者讳！"

那两人说着说着入睡了。

◑ 2 ◐

叔孙彻睡了半刻醒来，耳畔同僚们的鼾声此起彼伏，方欲抬头，对面廊上传来脚步声。他慌忙伏案装睡，省得别人问。竖着耳朵听了一听，那人敲了辛处俭的门，禀报道："下官张麒遵令前来。"

张麒是司农寺两员从七品上主簿之一，掌本寺官印，勾检稽失，省察往来公文，算是叔孙彻的上司。

叔孙彻暗暗地"哼哼"两声，对着书案喷出粗气，表示对张麒的不服。

"嗯。"辛处俭应声。

张麒进去和他说了事情，要帮忙端食案出去。他连连摆手推辞。

"小意思，您何必跟下官客气？"张麒殷勤地笑，到底捧走食案，一径走到外院交给官奴，命他清洗辛处俭的餐具。

叔孙彻腹诽道："一家子献媚逢迎、畏强凌弱的贱流！"

又有流外寺史领着一位访客来。那访客抱歉地说："午歇时分造访，多有叨扰。"

寺史赔着笑脸："员外郎初次莅临，某原该带路。"

客套归客套，这位寺史依然撑不住打了个哈欠。

访客在辛处俭房门前立定，寺史敲门通报："寺丞，礼部员外郎韩君至，与您商议百官常料供给庶务。"

辛处俭呛了口水，咳嗽着应道："咳咳，嗯！"

寺史为访客推开门，恭送他入内，帮他们合拢房门而退。

原在辛处俭房里议事的贺兰茂识趣地告辞。

"咳咳！贺兰郎好走，咳咳！"辛处俭不用亲送这位下属太仓令，言辞却也颇为谦逊下士，缺憾在于他又呛水了。

叔孙彻咬着衣袖偷笑："怎生克己奉公，也不至于议论三二件公事就将自己呛着四五回。"

上次几个寺丞召集主簿、录事、流外吏员们齐聚议事，辛处俭也是这样倒霉，呛了几口水。但他为人却不讨嫌，同僚大多对他抱有一份不能言表的同情。

尽管某些人的同情中总是含有隔岸观火、窥测私隐的亢奋感。

贺兰茂告退出来，叔孙彻恰巧抬首，与他打了个照面，少不得致意相送。

俄而，院中复归清静。叔孙彻再打了一刻盹，透透地醒了。

其他人仍在酣眠，他自去院中，唤官奴打了一盆井水。

"你退下吧！"叔孙彻打发走官奴，自己掬水浇脸。凉水把面皮一冰，整个人恢复了生龙活虎的状态。

同僚们陆续醒来，饮水的、净面的、为午后将要应付的冗事叹气的、抓紧最后的空暇发呆的，不一而足。

同僚甲哑着刚睡醒的干涩嗓子叽咕："一般儿是皇城中的官署，偏生忙闲不均。太常寺的职官在署对弈取乐，我们却时常不得按时回家……"

这段话被新近升任太常寺汾祠令的陆钲听了一耳朵，不免尴尬，假装没听见，问叔孙彻："请问太仓令何在？"

叔孙彻扫了一眼这个英俊的陌生人，从服色来看，是七品官，因问："敢问尊驾是？"

"某姓陆名钲，现任太常寺汾祠令，为祭祀用料事急，特来拜会太仓令。"陆钲回答。

"噢。太仓署在那重院落。"叔孙彻指向辛处俭房间的背后，叫了个官奴来，带第一次来访就走错门的陆钲过去。

叔孙彻摇摇头，坐下处理公文，心说："我的书案调换个位置才好，现今临着回廊，活脱脱就是兼任看门的阍者。”

他原想弄个散官混日子，被父母痛骂：“当今之世，世家子弟谁不以驰骋疆场、建功边塞为荣？不承望我家出了你这么个没出息的嫡长子！叔孙家数代居官不到四品，你再好逸恶劳，谈何兴微继绝！”

他就想去太常寺，学问又不够。没奈何，进入司农寺苦熬苦做。

“去岁我入蜀巡检，见当地士民皆熬煮茶汤饮用，有提神醒脑之效。咱们倒是……”同僚丙拍拍偏头痛的脑袋，“应当效仿”四字未及出口，“啊——啊——”正房方向爆出惨叫，声线愔沉，似乎被惊恐痛苦压迫得变了形。

一位流外掌固大踏步跑去拍正房的门：“寺丞，怎么了？”

无人回应。

众皆惊起。叔孙彻同那掌固一道推开门，屏风外陈设有三个坐榻，两张矮几，并无人影。

他们奔至屏风后面，竟差点踩中一只人手。

屏风后，一位男子俯卧于地，背心插着一把横刀，他自己的佩刀却照常挎在腰间，并未出鞘，染血的右手捏着一件同样染血的袍服，是辛处俭惯常搭在屏风后那个桁子上的。

处俭午后洗脸用的面巾浸透了斑斑点点、条条块块的血痕，揉皱抛在这名男子的左手边。

在这位死者的身后，辛处俭歪着身子仰躺在坐榻上，左太阳穴有创口，鲜血汩汩，咽喉周遭大片的瘀痕。所穿圆领袍的正面和左侧都染有鲜血。

原置于书案的箕形砚摔在地上，也沾染了鲜血。

书案歪斜倾倒，公文、笔床、纸笔乱撒一地。

书架上徒留辛处俭佩刀的刀鞘。刀，不见了。

掌固惊呼：“莫非，插在那人背上的刀，是辛寺丞的？”

叔孙彻慌忙跑出门，大喊："快救人！"

同僚中有略通医理的进去看视，发现辛处俭和那男子都断气了。匆忙赶来的翰林医官也只剩检验死因而已。

叔孙彻与诸同僚唏嘘不止，商量如何知会辛家，如何致送赙赗、协理善后。张麒打岔道："叔孙郎，你年轻，别光顾说话。守在辛寺丞房门口，阻止闲杂人等擅入。"

"头钱价奴兵！也来支使本公子……"叔孙彻无声地咒骂，表面也只得从命，立在门外盯着医官、官吏出出进进。

一名寺史领着一个家奴打扮的人小跑进来，对叔孙彻介绍："这是礼部韩员外郎的家奴，员外郎与辛寺丞议事，家奴在阍室久等主人不得，听闻辛寺丞那里出了人命，特来探视。"

叔孙彻许那家奴入室察看，须臾便听见哭号："啊！阿郎——"

"死者是哪位韩郎？"叔孙彻问寺史。

出了命案，那寺史居然坏笑一声："呵！武德初做长春宫总监丞的那位，姓韩，讳弗祢。最近吏部有小道消息，说太子殿下施恩，韩弗祢将升任礼部主客郎中。可惜，竟然被杀死在我们司农寺。"

叔孙彻也忍不住坏笑。

原朝邑县令嵇遐命案的疑凶、龙阳之好、对女人也并非兴趣索然、蒙太子力保脱罪、调任礼部监护时为酅国公的隋恭帝杨侑——就是这个韩弗祢。

还有一种传言，说韩弗祢奉太子密令——背后是天子密敕，毒杀了杨侑。

凶讯惊动了整个皇城。不仅司农寺内部的司农卿、少卿、诸寺丞、各署令统统亲临现场，其他官署也派人来表达关切。

贺兰茂和陆钲终止了议事，同赴辛处俭房门外探看。

"两个有典故的人同时遽逝。这可……"贺兰茂喃喃自语。

“不可言说。”陆钲在心里接过他的话茬。

有人靠近陆钲，问道：“陆兄，请问事态如何？”

那人作为男子，相貌可谓相当地清秀，并且十分面熟。陆钲认了出来，竭力抑制着心脏的狂跳——提问者居然是瑾琋！只不过刻意做出粗犷的话音。她后面跟着两个家奴，分别是留荑、繁缕假扮的。

陆钲把自己了解的情况告诉了她。贺兰茂热心地作了些补充。

瑾琋频频点头，“嗯嗯”“噢噢”地含糊回应，实际是嫌他们所知不够多。

她举步迈向案发房间，被叔孙彻拦下：“法司正在勘验，闲人勿进。”

瑾琋作出万分好奇的神色，努力压粗嗓音，惜字如金地问：“敢问是何情景？”

叔孙彻警惕地反问：“这位郎君不是我司农寺属员吧？命案详情，关系非常，未必每位访客都需探究。请问郎君尊姓大名、官居何处？”

瑾琋递给他名刺、门籍、符信各一，表明自己有通行皇城、出入各官署之权，官职为“右武侯卫翊卫队正”，大名“太叔谨”。

这个职务倒是与查案有关。叔孙彻缓颊道：“啊，原来是太叔队正……”

他讲述了自己的所见所闻，其余的，也说不出什么了。

瑾琋道声“多谢”，隐入围观人群，在一派混乱嘈杂中东游西逛，细听众人的议论。

在某种意义上，辛处俭这个名字比韩弗祢更有一种特别的敏感。这源于八年前，他与别人的一场夺妻之恨。

而夺辛处俭之妻的仇人是不可追究的，连怨恨也不允许。因为，这个仇人，是九五之尊的天子——李渊。

前隋大业十三年，李渊攻克长安。入城时，街头有一姬姓美妇撩起幂篱，窥视唐军行进。李渊发现了她，当场召姬氏入宫，姬氏家人不敢违逆。

李渊宠幸姬氏半载，新鲜感淡了，因筹备登基，不想背负强占人妻的骂名，便将姬氏遣归。

李渊登基后，获悉姬氏的丈夫辛处俭任职太子舍人，自然又恼又羞，密敕吏部调辛处俭外任万年县令，后迁凤翔县令，熬煎至今才得调回。

其实辛处俭为官勤慎，也有才干，任职地方不乏政绩，可惜因姬氏与天子的旧事，仕途举步维艰，也一直生活在这段往事的阴影中。

姬氏离宫后，辛处俭也不敢接纳她，写一纸放妻书和离，礼送姬氏回母家，自己另娶新妇。但仍唯恐有朝一日，李渊嫌他有累盛德，要他的脑袋。

“结果，今日，他的脑袋当真掉了。”瑾琋不由地为辛处俭之死唏嘘叹惋，继而又为韩弗祢之死切齿冷笑，“你终究偿还了嵇遐的命！”

两具尸体依次运出。法司勘验已毕，死因一如目击者的推测：韩弗祢死于刀伤，辛处俭死于头部创伤。

陆钲寻到瑾琋，轻声劝说：“太叔郎，大凶之地，不宜久留。”

但凡她的安全存在隐患，即使那隐患微不足道，陆钲也会忘记李世民的忌讳，把关心付诸言语行动，不能自已。

瑾琋触到一种由他心底蒸腾出的温暖。

这般感觉其实是滞后了。泾阳县董抱娘宅发生火灾的那个夜晚，陆钲在并未认出她的情况下，凭着一颗博施济众的善心，抱着她逃离火场。她仿佛认识了另一个陆钲。

只是在当时紧迫惶急的环境中，大火的高温掩盖了他心灵的温度。

“走。”瑾琋微笑应答。

她已记下辛、韩二人的住址，不必逗留于此。

两人一前一后出了司农寺，不便当街告别，陆钲径返太常寺，瑾琋去杞国府探访于斯滢。

斯滢听说她从皇城过来，吃惊地问：“太叔郎可知？司农寺出了凶杀案，司农寺丞辛处俭、礼部员外郎韩弗祢遇害！”

瑾琋比她更为惊骇。想不到消息传播竟然如此迅速。

辛、韩二人之死，业已成为长安士、民的大热话题。

斯滢提前筹措千光照年末出嫁的贺礼，把东、西两市缎绣彩帛行、金银行里有名商家的主妇娘子请到家里，当面说明想要的式样。

瑾琋摘下襆头和巾子，露出锥髻，换了杞国府借给的女装出来，斯滢向商人娘子们介绍：“这位是我家礼聘的女师，太叔娘子，与我情同亲眷，列位不必拘谨。”

这几家是杞国府近年来常光顾的，关系熟络，也不拘束，谈完正事，便打听司农寺命案。

西市张家丝帛行派来的少主人张达之妻尤氏，最是大胆敢言，笑道：“里坊传出各种流言蜚语，百姓们说，辛府君的命，是至尊要收的。”

瑾琋正容辟谣：“尤娘子，天子富有四海，器量绝非斗筲之人可比。”

实则却想对李渊说：“纵然是谣诼，也是您自招的。穆皇后去世后，您就变成一匹脱缰的野马。特别是强占姬氏那事，做得实在大伤风化，令人不齿！”

尤氏问：“遗体都运了出来，看来死因应已查明。究竟出了什么事呢？”

◑ 3 ◐

瑾琋回应道：“这却无妨讲讲。据法司推断，是韩弗祢先动手袭击，掀翻书案，扑倒辛处俭，跪压其咽喉部位，致其窒息，同时就地抓起一方砚台，打砸辛处俭的头部。辛处俭不省人事，韩弗祢判定他已死，用死者的袍服、面巾清洗自己沾上的血迹，转身逃跑。不料，辛处俭只是一时昏厥，此刻苏醒过来，起身拔刀反击，正中韩弗祢的背心，韩弗祢倒毙，面巾脱手。辛处俭也耗空回光返照的余力，油枯灯尽，倒地死去。”

“该是有怎样刻骨的仇怨啊！”另一位商人娘子惊叹。

瑾琋答道：“肇因尚需调查。那却浑说不得。”

尤氏神秘地笑：“人说，韩府君风流多情，男女通杀。我猜啊，也保不准是他和辛府君争风吃醋，互殴而死。”

斯滢也有点长舌，问道：“那么，依你之见，他俩是情敌争风，还是恋人反目？”

“辛府君并无喜好男风的名头，只可能是情敌。韩府君还追捧过平康坊赵四家的前任都知娘子妙楚儿呢，有什么做不出？”尤氏开始胡诌，“没准儿辛府君也喜欢妙楚儿，因此结仇。”

瑾琋问她：“尤娘子怎知韩府君追逐妙楚儿？”

“我家的行肆近两年常给平康坊的一等青楼供货，听得不少韵事。”尤氏答道。

“据我所知，妙楚儿去年夏天从良，辛、韩二人若因她结仇，也是半年以上的事。今日方才动手……”瑾琋莞尔一笑，“足以证明对妙楚儿情长。唯其情长，所以仇深。”

她换回男装，返回弘义宫，途中顺道访问开化坊辛处俭宅，持“太叔谨”的名刺送了一份赙赗，借着在灵堂外吊唁、慰问遗属的机会观察来往宾客，偷听他们的谈话，没有捕获令她心动的线索。

她告辞出来，继续行路，未出坊门，被一堆鼓蓬蓬的麻袋堵在了冯家杂货肆的门口。

原来，这是冯家次子冯同光进的一批货。冯家门窄院狭，雇来送货的骡车进不去，把麻袋倾在门口就走了。

同光单枪匹马，一包一包地往院子里搬，进度缓慢。瑾琋主仆三人只能耐心等待。

店主冯万才因自家货物挡了别人的路，过意不去，出声责问儿子：“我们坊内小杂货肆不能对着大街开门做生意，客源少，不用囤这么多货。我教你去咸阳渡进点货，你弄的什么！家里仓房装不下这些。你也不好生思量，如今有你一个妹妹、一个侄儿，这两个小的，今年你也娶了亲，居室都紧巴巴，搁哪里是好？”

冯同光停下来喝水，稍事休息，赔笑对瑾琋说：“对不住！”又顶撞父亲，“阿耶，做买卖就得低进高出！有质优价廉的货不囤，那不傻嘛！再说又不全是我们家的货。”

冯家长男冯同荣对小杂货肆失去兴趣，在武侯卫谋得徼巡骑卒的职事，家中生意靠同光襄理，省下了雇伙计的开销，万才也不好过分责他，笔尖伸到舌头上沾一沾，埋头勾画账簿，任凭儿子折腾。

乔半夏撇撇嘴，说了万才一句：“你们父子都这样，难怪我那小闺女有样学样。”

半夏在富商张家生活多年，精致干净惯的。冯万才节俭，加之妻子早亡，他独自持家教子，未免粗糙，父子养成了一些不甚讲究的生活习性，半夏就看不惯。万才只装没有听见。

半夏觉得无趣，给一位街坊的陶罐装满酱，收了铜钱，对同光说：“你那些货，哪间屋都可以存，不要和你妹妹搁一屋。小孩子玩起来没个轻重。那天你大阿兄给她一只小陶杯玩，错手就摔坏，还拿碎片割破了你那件袄子。仔细又寻什么物件来划破了麻袋，粮米漏出来，弄脏了还怎么卖？”

同光应道：“不会出那种事。我早有主意，暂时把小妹、侄儿和受雇帮看孩子的那个阿婆挪到同一间卧室凑合几日，其他房间的空地都可用于囤货。”

他刚恢复麻袋的搬运，两位戴帷帽、披幂篱的女子策马趋近店门。

其中一位是高门娘子打扮，招呼冯同光：“冯二郎，辛苦你了。这是你家行肆，不错嘛！”

同光抬头笑迎：“康娘子万福安和！我不辛苦，辛苦的是您。没有康娘子奔忙，就没有这批货。”

“康？”瑾琋对这个姓氏有点敏感，多看了那女子一会儿。武德三年厌胜案，武德殿“康给使”至今令她记忆犹新。

“呵呵。粮米就得在坊内杂货肆才出得快。”康娘子在烟水朦朦的幂篱下喜悦地笑，“你家，我认得路了。你且忙着，等这批货售罄了，我来结算。”

清风撩起了掩护康娘子的那重烟水，短暂地暴露她的容颜。

瑾琋猛地握紧了缰绳。康姓女子的相貌、声音、身形，都是那个人啊！

她立即埋下头，咳嗽两声，示意留荑、繁缕也别过脸，以免被康娘子看见正面。

康娘子却没有心思关注这三个陌生“男子”，调转马头，避开那堆路障，扬鞭催马离去。

瑾琋默记下她的方向——往城东去的。

繁缕悄声提醒：“太叔郎，咱们快走吧。”

瑾琋微微摇头，问冯万才道：“冯郎，你家进的这些粮米价钱几何？我想买。”

冯同光不等父亲开口，扔下麻袋跑出来，抢着回答：“九钱一斗！”

他原说卖八钱，临时加价，噎得冯万才直瞪眼。

“留三袋，明日来搬。”瑾琋爽快掏钱，预付了全款。

首战告捷，冯同光喜得体力暴增，虽然扛着麻袋，双足也飞转得好似蹬着风火轮一般。

瑾琋复又下马，进店挑些杂货，边选边问：“那康娘子是什么来头？怎能弄到这般便宜的粮米？”

万才一面为她开立提货凭据，一面回答：“总归是大富人家的娘子。据犬子说，她消息灵，本金雄厚，跟咸阳渡孔家质库的主母石氏要好，两家经常合伙做买卖。这批低价粮米，货源是康娘子牵的线，先给的孔家。犬子求了孔家主人孔十三，他看在素日交情份上，加价卖了些给犬子。”

瑾琋赞叹道，“你家进的这堆货里，也有她的一份，托你家寄售。好生精明能干。”

冯万才略感惊讶，这位嗓音别扭、不懂讨价还价的败家男子，似乎并不笨，还很聪敏，因笑道：“承她看得起我家。”

“听说孔家质库的主人大名孔方。孔十三是他的第十三子吗？”瑾琋继续探秘。她记得陆钲的象牙兔毛笔曾被龙越泽卖进孔家质库。伪造书画案告破后，她因好奇，探听了孔家质库的情况。质库主人孔方，在城外咸阳渡不止开设一间质库，另设有一间柜坊并一间酒肆。

万才差点笑出声：“孔方年纪不大，排行第十三，人称十三郎、孔十三。”

冯家雇的仆妇苗氏正在院中晾衣服，一听“孔十三”的诨名，就粗声大嗓地唠叨起来：“孔十三，开质库、喝人血，他家娘子石氏，原是西域石国人，和我们中原人不是一路，心肠也硬冷得跟石头似的！我们南城贫户熟知他夫妻俩的名头。冯二郎不过常去咸阳渡进货，每在孔家酒肆填饱五脏庙，由此结识他孔十三，一起吃酒博戏、蹴鞠拔河，是酒肉朋友。可不要跟他裹得太紧，不能过分相信他！去年，我们南城有贫户治病买药缺钱，他诓人家抵质女儿借贷，今年满期还不上钱，就把人家女儿卖作奴婢，今也不知上哪儿去找！”

万才表示赞同：“同光，你阿娘在世时，苗婶就帮我们家做事，看着你兄弟俩长大，说话都是为我们家好。”

同光卸下一麻袋出来，喘着气道：“我又不是小孩子，自有分寸。若仅仅是酒肉朋友，人家不能给我这批货。做买卖得眼明心亮手快，单靠老一套，几时才能多雇人手、置换大一点的住宅？”

瑾琋给他支招：“你自己搬，太累。可试试我的主意……”

同光听罢，乐得一跳三尺高，从货架上拎了四罐绿蚁酒、四罐酱菜，分送给看守四方坊门的阍者，如此这般作了请托。

四位阍者白捡一份酒菜，每有行人出入坊门或从坊门外经过，就扭头望着别的方向，假装对什么人嚷嚷：“帮我在冯家杂货肆买一斗新鲜粮米！九钱一斗，比别处便宜三四钱呢！千万记着啊，别多付钱！嗳，你磨叽啥？他就那么几袋子，去晚了就没啦！”

每人喊了几嗓，一幅壮观的画面出现了：人们背着背篓，挎着篮子，从四面八方涌向冯家杂货肆。不多时，摊在街面上的麻袋销售一空。

同光算着账，低声向父亲报功：“进价五钱一斗，每斗赚四钱。康娘子的那部分货，获利当然要依约给她，可是她也给我们每斗半钱的佣金。我们已经赚得……”

万才笑得见牙不见眼，又拉着儿子向瑾琋致谢：“多谢郎君指点！您挑的杂货，我不收钱，就送给您啦！”

留荑和繁缕把装杂货的布袋子搭在马背上放好，预备启程，瑾琋却对留荑说：“杂货都交你带回，我去宣阳坊访问邵娘子。”

“天色不早了。”留荑有些迟疑。

瑾琋解释道：“你回去唤家人来宣阳坊接我。”

她有夜行符信，即便误了宵禁也不怕。当下与留荑分道，携繁缕驰往宣阳坊，去找妙楚儿问话。

行至宣阳坊的东坊门外，宵禁已经开始，大街如清空似的没了人烟，坊门也落了锁。

瑾琋正想取出夜行符信，大街上又驰来一骑，却是叔孙彻。

他认出瑾琋，以为这位“太叔谨”在执行巡夜的公务，问道：“太叔郎是翊卫队正，也被抽来巡察街面？休要误会啊！因我近日公务繁重，耽误回家，每有怨词，上司给我请了个夜行符信。我随身携带符信，并未犯禁。”

瑾琋笑答：“我不是巡街，我想……”

在她道出这句话的片刻工夫里，背后另有一骑疾驰靠近，马上那人，黑斗篷裹身，黑布蒙面，左右开弓，各劈了瑾琋、繁缕的后脑一掌，二人来不及哼一声，当场晕厥，繁缕滚落于地，瑾琋伏在马背上，侥幸没有坠马。

叔孙彻大为震骇，预感自己不是对手，仍一面拔刀，一面大声呼救：“有……”

只叫出半个字，蒙面歹徒左手持刀，麻利地弯腰一刺，扎透他的左胸。

叔孙彻痛得横刀脱手，闭目倒卧。

歹徒俯身探了探他的鼻息，呼吸已停，便打开马背上挂的皮囊，朝他的尸体洒了一点酒。

歹徒又向繁缕泼了酒，抽出她的防身佩刀，沾了些叔孙彻的血，把刀柄塞进她的右手。

随后，歹徒以右手按住伏在马背上的瑾琋，左手操控自己的坐骑，一人驾驭两匹马，驰往城外。

◑ 4 ◐

不久，瑾琋苏醒了，感觉自己周身散发着酒气，被人按在马上骑行。

月亮隐没于阴云中，夜空星光黯淡，耳畔有一股平缓的水流声。看来已到了城外，沿着某条水渠奔驰，但不知具体地点。

瑾琋不禁心惊肉跳。她的坐骑是李世民精挑细选出来的，既温驯，又强壮，竟被歹徒治得服服帖帖。可见那人不唯力大无穷，而且身怀绝技。

更可怖的是，那歹徒也应持有夜行符信。

另按长安城门启闭制度，夜禁期间进出城门，无论因公因私，须事先详录城门名称，呈文报有司核批，再由城门郎与当值的监门卫将领共赴阁门奏准，进出城之人须在城门前出示有关文牒、符信，门仆及守军对勘合符，方开门放行。歹徒还须办得这些手续，在宣阳坊外挟持瑾琋之后，摘除蒙面黑布，堂而皇之地持有效的文牒、符信，奔出长安城。

那么，他是一个拥有什么身份、何种职权的人？

细思令人寒心震恐！

瑾琋偷偷探手去摸腰间的刀柄。

然而，佩刀之于她，只是假扮男装的道具。她被人控制，身不由己，根本无力拔刀。

歹徒左手一掀，猝然将瑾琋抛掷于地，旋即改用左手牵着她的坐骑，右手拔出已染过叔孙彻鲜血的刀，以迅雷不及掩耳之势刺向她的左胸。

瑾琋本能地躲闪，依然逃不脱厄运，左胸中刀。霎那间，麻木、剧痛次第袭来，由一点蔓延为一片。

她强忍痛苦，直挺挺地躺在地上，闭目屏息装死。

马儿感知主人命悬一线，扬声嘶鸣，惊动了附近的人家。夜色中亮起几团火光，随着人的脚步，忽高忽低地移动，循声而来。

歹徒残忍地挥刀斩断马首，轻快地跃下自己的坐骑，拔出瑾琋的佩刀，扔进水渠，同时飞起一脚，将她的“尸体”也踢落下去。

瑾琋趴在渠坡上一动也不敢动，耳闻歹徒骑马逃走，也有当地人跑来的脚步声。

但是，在这春寒的夜晚，人们未免有些懒惰，模模糊糊望见歹徒策马飞奔的背影，断定适才的嘶鸣就是他的马发出的，便折返了，未能发现瑾琋和马尸。

“我这‘如有神助’的经历啊！恐怕比笔记传奇更为精彩。”瑾琋在心中涩涩地笑，“若携王阿来师徒在侧，不至于如此。但她们是罪官家眷，入宫不久，我对外，尚不能过多流露对她们的赏识和亲近……”

她深恐歹徒并未去远，不敢呼救。苦捱一阵，到底支撑不住，痛昏过去。

待她再度苏醒，听见至少有两名农人从渠岸走过，洪钟大嗓地交谈农事。她连忙呼叫：“救命，救命……”

但她精疲力竭，声音微弱，农人们顾自说话，没有听到她的求助。

瑾琋自感即将一命呜呼，又为坐骑殒命而神伤，眼泪禁不住哗哗地流淌，一面默默地呼唤：“阿娘、二郎、孩子们、阿兄、弟弟……所有的亲人、挚友，我当真要与你们永别了吗？”

默念了几遍，她第三度陷入昏睡。

或许是瑾琋命不该绝，睡了一阵，她第三次苏醒。

此次醒来，天色仍未破晓，但行人的步履声、牲口的蹄声变得鲜明而频繁。

瑾琋判断，宵禁已经结束，出入长安城的人越来越多。

她拼命翻转身，仰面斜躺于渠坡，想使自己的话音响亮些，方欲呼救，刚才的那个翻身耗尽她残余体力，她没能发出声音，就重新坠入黑暗，失去了知觉。

待到天光大亮，李世民已寻找了瑾琋整整一夜，嘴巴周围满布一圈青青的胡茬，眉头紧锁，无一刻舒展。

原本今日休沐的长孙无逸与姐夫同行，仪容、神情也和他一般的糟糕。

昨夜，弘义宫派去迎接瑾琋的车马抵达宣阳坊，惊闻东坊门外发生凶案，妙楚儿哭诉叔孙彻遇袭，瑾琋并没有来访。弘义宫的人马即刻展开搜寻，并派遣飞骑，分头驰报李世民、高俭。接下来，便是一场规模堪比去年王妃失踪案的大搜索。

然而，奇迹并未重现。

李世民痛悔无已。为什么他只禁止瑾琋离京？早该禁止她微服简从出宫！

他责骂留荑、长孙无逸。留荑，为什么不谏阻瑾琋折向宣阳坊查案？无逸，枉为武侯卫职事官，姐姐竟在他管辖的地面失踪！

他也怨恨瑾琋：好了伤疤忘了痛、胆大妄为、好管闲事，司农寺命案，法司已有定论，她却要穷追不休……罪过罄竹难书！

他还抱怨长孙无忌。无忌泣诉："她日间来刑部看望我，我若不撵她，司农寺案发时，至少有我在一旁拦阻，她或许不会一意孤行……"

李世民陷于可怕的绝望。瑾琋还能逢凶化吉吗？

寻至芳林门外的近郊，弘义宫的人们发现，路上赶早的行人被什么东西所吸引，纷纷往道旁的水渠畔聚拢，激动地指手画脚、叽叽喳喳。

李世民察觉一种不祥，亲自抵近打探。

果然，水面浮漾的血花簇拥着一名仰卧的青年男子。

初春水浅，男子胸膛以上部位露出水平面，背倚渠坡，滚得满脸满身的污泥。身上的衣衫破损，颜色也被烂泥糊得辨认不出，东一条西一绺的。脸上、身上一块青、一块紫，左胸有一处刀刺的伤口，血已凝固。横刀抛在右手侧，亦染有血污。

围观人群议论道："那就是致命伤。"

“啧啧，我们昨夜听到马的长嘶，赶过来查看，又只见一人骑马远走，想是那人闹的动静。因天气寒冷，我们并未细察，就回去了。”住在附近的百姓说，“哎呀，早知如此，就多走几步，也许可救人一命！”

渠坎的深草灌丛中倒毙着一具身首几乎分离的马尸。在夜里，若不举着火把，靠近细看，确实不易发现。

此前，好心的行人已进城投长安县衙报案去了。

一位家住当地的老妇人嘴里念着佛，教孙儿回家搬草席来给那男尸盖一盖。

孙儿拒绝：“还是不要的好。我乱踩一通足印，胥吏来了，不好勘验呢！”

旁人都夸他的想法周到。

突然，那半截身子入水的男尸嘴巴半张开，发出梦呓般的喑哑声音：“救命……哎哟！”

“哎呀！”大家惊呼起来。

老妇人身子一抖，险些晕厥，孙儿忙背着她回去。

李世民把预备给瑾琋乘坐的牛车召唤至渠岸，指挥众人将负伤男子抬上车，把他的横刀也捡起来插回腰挎的刀鞘中。

男子的口鼻、衣袴都有残留的酒气，抬他的数人中不幸有鼻子过敏者，熏得“啊啾！啊啾！”连打喷嚏。

李世民吩咐王阿来：“王娘子，你上车照看伤者。”

昨夜，王阿来得知秦王妃再次失踪，果断把带队巡夜的事务交给得意弟子——阚氏姐妹代管，自己向李世民请缨，跟随他外出寻访。

她过去长期随江淮军打仗行军，懂得金创伤，仔细看过，不慌不忙地撕下细布为男子裹伤，笑道：“这位郎君真真的万福。这一刀插进心脏与肩胛之间的缝隙，貌似严重，却堪堪避开了脏腑和主要血脉。郎君年轻，流血自凝，保住一命。但也须尽快医治，久拖则不豫。那些腠理皮肉的跌打损伤倒是不要紧的。”

她裹着男子的伤，感觉手触及的肉体有异，笑容不觉凝滞，俄而，低声喝道：“你，你是女子？”

“王娘子，是我——秦王妃。”负伤“男子”欣悦地笑，流下激动的泪，“我的嗓子冻哑了，你们听不出，我却能听出你和秦王的话音。”

李世民闻讯，登时如赢得虎牢大捷一般的兴奋，将责备的话语统统扔到了爪哇国，急遣安元寿驰赴吴景贤宅邸，召他来诊治。

大家各司其职。库直杨台和给使秦五谷拾柴生火，给牛车送暖，长孙无逸问左近人家讨些热水，购得一碗新出锅的粟米粥，由留荑喂瑾瑶饮水进食，玳玳用热水浸湿罗帕，为她洗脸擦手。

李世民立在车窗外，凝视着瑾瑶，仿佛在鉴赏一个美梦、一件珍宝。

瑾瑶也凝望着他，看他刚刚松开的眉头，看他泛青的眼圈，看他密密的胡茬，向他报以歉疚而感激的微笑。

两人一声不响，只是默默地相视。如此，可以安谧地共度一万年。

瑾瑶终于说话了：“二郎，我又害你受累。”

李世民微微摇头：“你好生歇息，切不可添病。”

吴景贤赶到，先让瑾瑶服下续气的丸药，再教王阿来用盐水清理伤口——伤口位置所限，他不便亲手治疗。

瑾瑶痛得失声大哭：“呜呜呜——忍了许久的痛，今不能再忍！”嗓音又嘶哑，听起来格外凄惨。

李世民焦急不堪，一迭声地叫道：“王娘子，你下手略轻一点、轻一点……”

王阿来无动于衷，淡然应答：“大王，疼痛不要紧，王妃的玉体要紧。五谷在那边人家借火烫酒，一会儿还要使热热的酒仔细擦拭呢，只怕会更疼。”

“烫、酒！”瑾瑶恨不得晕厥，等处理好创口，再苏醒。

少时，五谷拿来烫好的酒，王阿来又为她清洗了一遍创口。

瑾琋咬着一方罗帕硬扛，总算熬到金创药敷好，包扎妥当。

此前接获报案的长安县衙也派人来到现场。原是预备验尸的，一看人还健在，且真实身份居然是秦王妃，慌忙收拾了验尸工具，隔着牛车的门帘，恭问瑾琋受伤的缘由。

她暂且无心回答，急切地问道："我的一位随从，还有遇袭之前，在宣阳坊东坊门外遇见的一位男子，他们是否平安？"

长安县尉讲述，根据万年县衙通报的情况，昨夜，歹徒挟持瑾琋离开以后，武候铺军士巡察街面，途经宣阳坊东坊门，发现叔孙彻、繁缕负伤倒地，根据所见情景，判定为酒后斗殴，把他二人抬回武候铺。

原以为叔孙彻已死，不料，他竟睁开眼睛，呼救喊痛。武候铺紧急找来闾阎医工救治，伤情却与瑾琋相仿。

叔孙彻述说了事发经过，竟变得亢奋起来，连声慨叹："大难不死，必有后福！大难不死，必有后福！我一中刀，便知只有装死避难一条活路！幸甚至哉，幸甚至哉！"

现叔孙彻在妙楚儿小宅养伤，万年县衙上门问话，派遣多名胥吏，在邵宅周围设防保护。

而繁缕，起初武候铺认为是她拔刀攻击了叔孙彻，治伤时发觉她是女子，还不相信她的自述，幸而叔孙彻苏醒，澄清了事实。此后，弘义宫的人马寻来，确认了繁缕的身份。

压在瑾琋心底的大石落了地，尽管伤口奇痛，她依然恢复了笑颜，叙述了自己的经历。

至于李世民和县衙特别关注的一个问题——歹徒的外貌，因她仅在渠岸见过正脸，光线昏暗，那人蒙面，裹着黑斗篷，始终不吱一声，即便再见那人，也无法辨认。

最终，长安县尉下了结语："歹徒行动迅捷，武艺超群，黑夜中犹能一刀制敌——就是准星差了点。”

假如“差之毫厘，失之千里”指的是此类情形，那便是一个高大伟岸的褒义词。

李世民摸着胡茬，朗声大笑：“好！差得好！哈哈哈！”

瑾琋急需问叔孙彻和妙楚儿一些问题，但已不能亲往，隔帘交代给长孙无逸、安元寿去办。

两人换穿便装，进入宣阳坊邵宅，正撞上一场激烈的家事纠葛，使安元寿这个刚刚订亲的少年提前领略了家庭生活中可能存在的几种苦恼。

◑ 5 ◐

原来，叔孙彻对家人隐瞒了持有夜行符信的事，时常以公务拖累、须在司农寺住宿为由，于宵禁期间赴宣阳坊与妙楚儿同居。昨夜同样如此。所以，他彻夜不归，并未引起父母和妻子崔氏的注意。

但毕竟受了伤，短期内须告假休养，料必隐瞒不过。因此，叔孙彻于今晨托人回家说明情况，并去司农寺报了病假。

家人接报时，叔孙彻的父亲——兵部职方郎中叔孙闳已去官署了，来人把事情告知叔孙夫人贺拔氏，并照叔孙彻的主意，将伤势添油加醋地刻画一通，强调：“叔孙郎的体力只够去宣阳坊，回不来家，也不能移动，否则，不死也得落个残疾。”

贺拔氏心疼儿子，暂且把气他荒唐的那些话丢在一边，吩咐儿媳崔氏：“我们去探他的病，且看看再说。”

一直默默侍立在侧的崔氏却平静地谢绝了婆母的提议：“阿家，恕儿不能从命。那等女子的住所，儿是不会踏足的。儿在家为郎君做滋补羹汤，遣家奴送去。”

贺拔氏暗自叹息。原指望娶了儿媳，小两口逐渐建立感情，世人泰半不都是如此吗？

但叔孙彻的心思仍在妙楚儿那里。崔氏是父母娶的，不是他娶的。和妻子同房也只是履行传承香火的责任。

崔氏待叔孙彻也只是依礼法行事，并无爱意。这位门风端俨、谨守闺范的博陵崔氏女，岂肯俯就青楼娘子的住所？

贺拔氏也不便强人所难，自携小儿子叔孙通赴宣阳坊。

到那里一看，妙楚儿话音婉转如娇莺，倒是尽心侍疾，将日常教习的课程都交由夏侯紫菀去平康坊代授。

贺拔氏进房门之前，亦听得叔孙彻和妙楚儿有说有笑，确实不同于他与崔氏相处的光景。

但妙楚儿丝毫不以叔孙家侍妾自居，只将贺拔氏视为别家的夫人，不矜不伐地施礼，口称：“娘子安和好在。”

贺拔氏颇为不快，检视了儿子的伤势，前后思忖，想到妙楚儿的诸多不妥之处，起了疑心，含沙射影地对儿子说道：“你今不再去平康坊也好。自古以来，君子为青楼娘子所惑，相互残杀的也有。焉知这场祸衅与平康坊无关？既然你不宜移动，我带了添禄来，留在此地陪护。我也会每日过来。待你好些，就搬回家去！”

妙楚儿心头冷笑，面上只装作无动于衷。

贺拔氏的言辞如一巴掌抡下去，连啪的一声也不闻，益加窝火。

叔孙彻爽快答应，也不和母亲分证，自与七岁的幼弟叔孙通亲亲热热地说话。

妙楚儿也喜欢叔孙通，拿一食盒仆妇做的馃子给他。

贺拔氏拦阻不及，叔孙通已掀开盒盖，拿起一个馃子吃，连嚷美味。

妙楚儿笑道：“小郎君，下次请你阿兄带给你。”

贺拔氏气得面色活像用画眉石晕过的。

长孙无逸、安元寿进门，就目睹这般情景，姑且视而不见，自报家门、见礼、送慰问品、说明来意，这一套过场走完，司农寺主簿张麒来了。

张麒送来礼物慰问，同时语重心长地宣布："奉司农卿之命，诫勉叔孙郎，今后宜少饮酒，量己审分。鉴于叔孙郎酒后斗殴，损人害己，影响恶劣，且伤重难愈，报请吏部核准，令叔孙郎从司农寺退职，改授文散官'登仕郎'之衔。叔孙郎，解除从九品上的职事官，授予正九品上的文散官，这可是官升一级啊！"

言毕，他打着哈哈，拔腿落荒而逃。

叔孙彻忿忿不平，倚在枕上生气，怒道："谁不知道？现任司农卿上任不久，借此机会整顿人事，加上张麒想挤走我，任用私人，以至于此！"

他的功利心并不旺盛，但对于朝局也是心知肚明，知晓现任司农卿是太子李建成的人，而长孙无逸、安元寿都追随秦王李世民，故而放心大胆地开骂，并不忌惮他二人在场。

妙楚儿安慰道："你原不习仕进，不务功名，改授散官正合心意。又穷不着，不必懊恼。"

贺拔氏闻言，火冒三丈，也顾不得体统了，破口大骂："我家大好的儿郎，都被你教坏了！如今保不住职事官的位置，日后连他父亲也不及！我家将来秋风落叶，你就称心如意了！"

妙楚儿漠然不答，贺拔氏积怨已深，一时激愤，扬手扇了她一耳光："谁给你的脸？在我面前倨傲无礼！"

妙楚儿僵立当场，紧咬嘴唇，强撑着不发作。

仆妇苻氏、侍婢墨莲不怕与叔孙家的仆妇侍婢打架，但面对贺拔氏本人，也要顾及叔孙彻的立场，敢怒不敢言。

至于长孙无逸和安元寿，就更不好插言了。

叔孙彻捏着一把汗，从卧榻上滑下来，在母亲脚边跪了，身体忽又向左倾倒，侧趴在草席上，叫道："哎哟！哎哟！伤口又裂开了不曾？"

添禄、妙楚儿连忙伸臂搀扶，要他躺回卧榻。

叔孙彻只教他们架着自己跪在母亲面前，哀恳道："阿娘，儿一旦伤愈，即回家向父母请罪。今若闹了起来，恐加剧伤势，增添父母之忧，儿越发地不孝了。"

贺拔氏眼泪直流，又把妙楚儿打了几掌："狐狸精！阿彻，她在平康坊伺候过多少男子？包括儿妇的族兄崔斐！你不会不知道吧？你也不嫌脏！即或明明白白，纳她为妾，说出去也别提多么难听！你、你对得起你死去的姐姐、我那苦命的女儿吗？呜呜呜——"

妙楚儿眼圈泛红，含泪笑道："娘子，奴素未忘记自己的出身，难道还希冀叔孙家的宗谱记一笔奴的名字吗？令郎有伤，奴情愿侍奉汤药。待他痊愈，任他是来是去。他一日念着奴，就一日是奴的彻郎，若不念了，奴绝不纠缠！"

贺拔氏毫不动容，骂一声"无耻"，再度下手责打。

叔孙彻慌忙把妙楚儿护在身后，叔孙通又跑来用小身体护着兄长，结果，三个人都挨了贺拔氏的巴掌。

这回真的扯动了叔孙彻的伤口，疼得他"嘶"出一口冷气。

妙楚儿半是心思机巧，半是真心爱护，忙不迭地拉开叔孙通，交给添禄照顾，自己爬到叔孙彻身前搂着他，背对贺拔氏，求情道："娘子要打就打奴一个！"

贺拔氏打中儿子原是失手，见妙楚儿如此，羞怒更甚，抢起叔孙彻的佩刀，拿刀鞘殴打她："可算勘透你这种贱人何以勾引别人家郎君了！柔肤弱体，鬼蜮心肠！我叫你离间我母子！我叫你离间我母子！打死你、打死你！"

墨莲、苻氏齐齐来挡，又不敢对贺拔氏用大力。

叔孙家跟来的侍娘多有去年在此大败而归的，巴望不得复仇，将墨莲、苻氏两个扯住，好一通推推搡搡。

长孙无逸、安元寿、家奴添禄，乃至年幼的叔孙通，因她们闹大了，也来劝架，但只敢拉仆妇们的架，并不敢拉扯贺拔氏。

叔孙彻眼看妙楚儿挨打，引臂给她遮挡，嚷道："阿妙，若无你贴心知意地侍疾抚慰，我的伤就不得好了！只是我身为人子，不能触忤慈母！大不了家慈先将你打杀，我也立时跟了你去，偿给你这条命吧！"

贺拔氏听了这话，忽觉灰心无趣，也怕伤及儿子，停下手，命添禄搀扶叔孙彻躺下歇息，自己坐在旁边数落。

夏侯紫菀从平康坊回家，循声过来，不硬不软地解劝："叔孙夫人，儿孙自有儿孙福。令郎目前总以养伤为重。历此一劫，待他康复，焉知不会时来运转？"

贺拔氏不屑地白了紫菀一眼，讽刺地笑："呵呵！哼哼！但愿承你吉言！若你说得不准，我无非找那贱人算总账就罢了！"

骂完，她带领叔孙通等人返程。

叔孙彻涨红了脸，向长孙无逸和安元寿道歉，直说"见笑"，总算有暇，回答了他们的问题。

无逸听罢，也不觉得有何隐秘。只不过昨日叔孙彻仅仅把听到惨叫之后的见闻告知"太叔谨"，今日将案发之前的全部经历都详述一遍罢了，无异于流水账，此外就是司农寺人事变动情况，乏味无聊。

末了，叔孙彻说："下官不知'太叔郎'实为秦王妃，言语多有冒犯。蒙秦王及王妃宽宥，还送来药材补品，下官心实难安。特举荐一名女医，供王妃选用。此人姓唐，是孙思邈的弟子，近日来到长安，随她师兄寓居宣阳坊行医，在里坊间小有名气。昨夜，下官被送回这所小宅，失了血，鼻青脸肿，精神委顿。邻舍夏侯娘子邀请唐娘子为下官诊治，内服、外敷，还用了一种奇怪的针药，今晨感觉大好。”

无逸不清楚旧事，安元寿却甚为惊喜——这位“唐娘子”必定是久客。去年，她治愈瑾琋的气疾，就携师弟离京，不知去往何方。而今她重返长安，自然不能错过。

临别，妙楚儿和夏侯紫菀送他二人出去。无逸把不方便在叔孙彻面前提的问题说了出来，便是关于韩弗祢、辛处俭的恩怨。

妙楚儿答道：“辛府君其人，奴半分印象也无，大约不曾光顾赵四家。武德三年前后，韩府君确有追逐过奴，奴听闻他兼好男风，就不乐意。他为人也吝啬些，赵四娘子便没有应承他。之后，他也少有出入平康坊。”

无逸问：“当时，韩弗祢常与谁同去平康坊？可曾与司农寺的职官一起去过？”

“司农寺？不曾。他常与谁同去？奴不记得。”妙楚儿判断这个问题的重点在后半段，对前半段敷衍了事，虽然她的确忆起一个人、一件事情来，因忖度着与司农寺的命案并无关联，也不肯多嘴。

无逸和元寿叮嘱她们切勿张扬昨夜以来所发生的事，又去请了久客，同返弘义宫。

瑾琋正依偎在李世民怀里痛哭，为无力保护那匹忠驯的坐骑而负疚不安。

李世民抚摩着她的肩膀，宽慰道：“你回来，我已知足。马，固然可惜，我也倍尝失去爱马之痛。但我们仍要勇往直前，为它报仇才是。大人敕令彻查昨夜之事，相信不日即可擒获凶犯。”

其实，李渊不仅敕令督办此案，也传口敕责备瑾琋冒失。不过，李世民因类似的话，自己业已对瑾琋说过，该告诫的也告诫了，不愿因父亲的斥责而恶化瑾琋的心情，影响她养伤，特意回避了这一层。

无逸转达了叔孙彻、妙楚儿的回话，瑾琋的眉峰不可遏制地一跳，陡地揪住茵褥，疾呼：“陆钲危险，速救！”

第九章 守株待兔

◑ 1 ◐

初春昼短，其时天已黑尽。开化坊内，杞国夫人于斯滢一行点燃两只火把照明。

前方是一小队车马，缓缓经过目的地的门口。适才听见那队人马的谈笑，恍惚是太常寺协律郎陆钲家的人，在亲戚——开化坊宋国府萧瑀家出席了饮宴，凭借事先请得的夜行符信，在这宵禁时分，从容返家。

斯滢示意随从放缓步伐。她没有准备夜行符信，下定决心，纵然窝在开化坊通宵，也要达到目的。

陆钲拨马转过街角，突然，一个状如苍鹰的夜行人紧贴着左侧一排民居的夯土墙头，发出“哗啦啦”的声响，滑翔而来，双臂如翅膀一扑，箭矢仿佛苍鹰尖锐的喙，脱离了身体，直冲冲地飞向陆钲的太阳穴。

陆钲下意识地偏头闪避，顺势滚鞍下马，一脚踢在马腹，坐骑负痛，前蹄腾空跃起，暂时阻滞了袭击者的攻势。

羽箭擦着陆钲的额顶飞过，刺出一道血痕，创口较深，血流如注。

他当即拔出横刀，随行家奴和车夫共两人，一面呼救，一面挥舞火把围上去。

夫人朱氏不明所以，掀开一角车帘窥探，见状吓瘫过去，只会重三遍四地叫嚷：“钲郎、钲郎！”同车的侍婢、儿女骇得大哭。

于斯滢惊骇莫名，双腿木呆呆地退也不能，进也不能，口中却本能地呐喊：“有匪徒！快救人啊！”

陪同她的家奴佑宁令侍娘保护斯滢，自己则一面舞动火把，策马奔向陆钲，一面对袭击者大喊：“宋国公府所在坊内行刺，皮不揭了你的！”

身着夜行衣的蒙面刺客旁若无人，因距离近了，便弃用弓矢，拔刀猛攻陆钲，招招致命。陆钲等四人合力也难以招架。陆家的车夫，转瞬中了两刀，倒地身亡，长龄小腿负伤，难以移步。

斯滢看看目的地的院门，猛地牵起侍娘的手，拔步往那里跑，欲拍门唤人出来援助陆钲。

不等她们跑到那门前，一位身长体健的男子握着出鞘的横刀破门奔出，也未注意她主仆二人，一边呼喊：“阿滢！阿滢！是你吗？”一边对那刺客骂道：“何物等流！休伤我家娘子！”冲上去劈头就给他一招。

窦信实则武功不俗，有他支援陆钲，刺客居然也应付裕如。

此时，一队武侯卫将士敲开坊门，冲进坊街，为首者正是长孙无逸，奉李世民及瑾瑀之命，赶来护送陆钲一家。

无逸张弓射了刺客一箭，不愧是长孙晟之子，准星极好，势大力沉，然而，竟被刺客挥刀拨落。

住在附近的冯万才父子、文鲲等街坊循声开门，拿着各色武器奔来，边跑边喊：“谁在行凶？已通报本坊四门阍者，呼叫各方武侯铺及微巡骑卒来捉拿！”

刺客见武侯卫及坊内男丁多人前来，继续坚持于己不利，遂攀上院墙，踩着墙头飞身遁走。

跑出一段，窜出无逸等人的射程，猝然回头，射了陆钲一箭，正中他的腹部。

万幸，未伤及要害。但陆钲先已数处挂彩，骤然吃这一记重击，体力无以为继，当场昏迷。

刺客吸取同伙刺杀叔孙彻、“太叔谨”失手的教训，抢在众将士逼近之前，飞檐走壁，窜至一个适宜的攻击位置，又射出一箭，必致陆钲于万死之地。

窦信大喊：“糟糕！”纵身跃起，腾空劈下一刀，试图击落那支罪恶的箭，因他所处方位不当，哪里来得及？

而车内的朱氏已叫不出声，斯滢也忘记自己骑在马上，险些摔下地去。

千钧一发之际，一支大羽箭迎风呼啸，破空飞来，噹的一声怒响，硬生生截下刺客射出的一箭，双双跌落坊街。

窦信定睛细看那支大羽箭，箭杆上刻五个大字：“秦王李世民”。

是李世民率领安元寿、杨台等人杀来了。

“无逸，放箭！”他喝令长孙无逸攻击。

无逸搭好第二箭，瞄准射击，速度奇快，众人都认为刺客在劫难逃。

谁知，刺客且退且战，挥舞横刀，再次拨落无逸的箭矢。

但正是在他抵挡无逸这一箭的刹那，李世民射出第二支大羽箭，刺透他的膝盖。

刺客闷哼一声，跌落于坊墙之外。

李世民大喜：“死不了，我只使他不良于行！速速抓捕，审问！”

一众人马冲到刺客身边，却愕然发现，刺客的脸部、左腹被剁成肉糜一般，完全辨认不出相貌，人，自然也已断气。

李世民怒喝："有人灭口！封锁周边各坊街，搜！"

计算时刻，灭口的凶手即使骑马也跑不远，可是，这张武侯卫布下的铁网，却未能封堵住任何可疑人物。

事发时，萧瑀长子萧锐及众家奴、冯万才之子——徼巡骑卒冯同荣及其同僚……不下百人从各个方向驰援来此，并有众多居民惊起，点燃灯火，凭窗观望，加上李世民的人马和窦信、久宁、长龄等人，这许多双眼睛追踪下，倘若那灭口的凶手爬屋攀墙逃跑，也应有人目击，然而却是一个也没有。

萧锐见了李世民，羞得面皮紫胀，拱手行礼。

他仅比李世民小八岁，却即将成为李世民的大女婿。与他不期而遇，李世民也觉无所适从，只令他尽快把陆钲一家接回宋国府救治。

陆家主仆三人，一死两伤，陆钲伤势较重，遭遇极为惨痛。

李世民另派人接吴景贤来为陆钲治伤，又招呼窦信道："表兄，今夜殊为不祥。你们人少，我遣人护送你们回府。"

那个窦信，东瞅西看不见斯滢的人影，心不在焉地应答着，转身问久宁："你何故在此？莫非在咱们家也听得见这里的动静？不可能！隔着几坊呢！夫人何在？"

"阿郎何故在此？"久宁假装惊讶，"您不是去拜望族叔、陈国公了吗？您的坐骑，还有随从——我阿兄佑宁呢？"

窦信一本正经地回答："我给你阿兄放了假，许他去平康坊消遣一夜。独自返家途中，有点酒意，借一户百姓家拴了马，在坊街上走走解乏。偶然途经此地，遇恶人行凶，自然不能见死不救。适才听见夫人呼救，看来是听错了。"

佑宁沉痛地瘪瘪嘴，往他身后指了指。

窦信的脊背立时浮起一波麻木的孤寒，如同被削掉了一块。

心下忖度，若不面对，更不易抵赖，因转过身装蒜："娘子为何外出？早春寒夜，坊街上是有危险的。”

斯滢怒也不是，喜也不是，盯着他腰间的蹀躞带，低低隐隐地抛出一句：“刀鞘忘在那屋子里了。”

窦信掌心灼烫，把刀扔给佑宁提着，仍旧胡扯一气：“我说呢！横刀为何不知插在哪里！唉，我那刀鞘忘在陈国府的何处呢？亏得我提着光秃秃的刀行路。不过也好，方便见义勇为！娘子，你未曾受伤吧？我有夜行符信，我们速回，勿使孩子们久等。”

斯滢将帔子朝那小宅院门一甩，轻声说：“呵呵！对，你见义勇为，要不要奏请至尊敕令旌表？——其人名唤醉蝶，对吗？”

窦信自从武德五年末，被夏侯紫菀揭发骗色旧事、遭到妻子和紫菀联手暴打以来，不敢再去平康坊。可是，从两个月前起，每隔三两日必晚归。

于斯滢不动声色，密令亲信侍娘及家奴久宁留意他的行踪。昨日查明，庐江王李瑗赠他一名家妓，名叫醉蝶。他给人家放为良民，安置在开化坊小宅。

斯滢今晚特来捉奸。未曾想到，恰恰撞上陆钲遇刺，与窦信双双参加了救援。

窦信见瞒她不过，又换作严肃嘴脸：“庐江王的美意，却之未免不恭。”

“置为别宅妇也是庐江王美意？”斯滢嗔怨地注视着他，只怪自己无法痛恨他，“你做到这个地步，倘若丢不开手，明日就命她搬进杞国府，明堂正道地做妾，依制依礼，受主母拘管！倘若你执迷不悟，我必将她执送衙司法办！”

“法办？那我也会蒙谴！”窦信没好气地说，“窦家颜面何存？恐怕至尊也将动怒。”

久宁、侍娘垂首旁听，不约而同地腹诽，结果，是李世民代他们道出心声："表兄，你居然还提窦家颜面？置别宅妇，礼法不容。设若穆皇后在世，早教人打折你的腿，再驱逐那个外宅妇人。你就领她回杞国府，拜见表嫂，相信表嫂也不致为难她……"

斯滢义愤填膺，咬碎银牙："请窦氏族人公议，做个了断。我做不得你家冢妇，当自请下堂，另嫁良人！"说完，昂然离去。

窦信悻悻地跟在妻子身后，忽然疾追两步，抓住斯滢的斗篷，瓮声瓮气地说："依你。"

旁人莫不轻声嗤笑。李世民记挂着瑾琋的嘱托，无暇多管闲事，拨出一队人马，护送窦信、斯滢一行回杞国府，自己转赴宋国府探视陆钲。

宋国公萧瑀亲自引路去客室，告诉他："陆钲的岳母同我是姨表兄妹，他岳父母阖家在南，我今日邀请他一家来参与家宴。不想出了这种事！他家车夫遇难，他本人经吴景贤诊治，伤势有惊无险。亦为不幸中之大幸。"

李世民长舒一口气，问了陆钲几个问题，与萧瑀议定，暂留陆钲在宋国府养伤，返回弘义宫。

瑾琋依然在灯下等他。

"我已密遣两拨卫士，乔装打扮，分别潜伏宣阳坊、开化坊，保护叔孙彻和陆钲。陆钲还有宋国府保护。"李世民给她吃了定心丸，讲述了开化坊所发生的情况，又转达陆钲的答复转达她。

瑾琋遽然抓住他的手，迫切地说"二郎在法司有得力之人，辛处俭、韩弗祢命案，权且教法司以辛、韩二人因风月债、一时激愤，互殴致死结案，切勿深挖肇因！叔孙彻和陆钲遇袭，也请舅舅知会县衙，分别定为酒后与陌生人斗殴、私仇谋杀。只需深究我遇袭一案。唯有如此，方能长保他二人平安！"

李世民怕她焦急，先应允下来，再询问缘故："观音婢，依你看来，全案内幕如何？”

瑾琋答道：“我之遇刺，不是因为我是秦王妃，而是因为主谋只认得我是‘太叔谨’。确切而言，因我于辛、韩命案发生后，深入司农寺，与陆钲、叔孙彻都有交谈，事后又赴辛宅探访，且寻访叔孙彻。全案要从辛、韩二人之死说起。且待我缓和心情，慢慢道来。”

她提笔濡墨，默写《鬼谷子·捭阖篇》给李世民品评。待彼此心绪平缓，才又谈论司农寺的事：“我在开化坊冯家杂货肆，偶遇他家经咸阳渡孔家质库进得一批廉价粮米，此事我原未萦怀。然而，我认出了为孔家提供货源的康娘子，二郎可知她是谁？”

“谁？”

瑾琋叹道：“唉！我也不敢相信——是你三姐夫、柴驸马的媵妾，重葩。”

李世民稍加思忖，拍案大笑：“哈哈！她的本姓连她自己也不知道，如今居然以故土国号——康国之‘康’假充姓氏，对外掩护真实身份。”

“冯家人说，孔家质库的主母石氏，原为石国人，与重葩同属昭武九姓。西域大同乡，结为密友也是自然。重葩追随三姐夫妇十余年，且为敕封的国公媵妾，是七品外命妇，积累了不少人脉，三姐仙逝，三姐夫常年驻防边陲，重葩利用操持家计、掌管账目之便，与人合伙做生意营利，也不过是挪用三姐夫一家一姓的私财，”瑾琋神情凝重，“我更在意的，是重葩的另一密友，司农寺主簿张麒之妻，江氏。司农寺，掌管天下各大粮仓啊！我蓦然想起，去岁澹台承衣及叔孙贵人等人罹患毒血症，追查妙楚儿为叔孙贵人订制急面皮胶事，当时叔孙彻不在京，是巡检外地仓廪去了。案发当日，我在司农寺听见众官吏议论，谈及死者生前行状，说辛处俭是遇害前不久调任司农寺的，参与了今年对太仓的巡察。我把此事与近日经由重葩之手放出的物美价廉粮米联系起来，猜测司农寺太仓署或有挪用亏空粮食的弊案，张麒涉足其中，重葩的货源实际来自张麒、江氏夫妻俩。那么，辛、韩之死也可能与之有关。当时只是猜测，尚不能排除情杀的可能，因此我急于去宣阳坊，找夏侯紫菀帮忙，共同询问妙楚儿，也探一探叔孙彻对张麒及两位死者的口风。结果，竟遇袭了。”

瑾琋将笔尖在辟雍砚的凹槽里蘸饱了墨，在废纸上信笔涂抹，自得其乐，仿佛画出一道道的山情水意来：“我开始思考我和叔孙彻遇刺的原因。辛、韩案发，当时同在司农寺，且有过交流的叔孙彻与我，随即遇刺，毫无疑问，必然与辛、韩命案有关。因此，我托长孙无逸和元寿询问叔孙彻，获悉张麒是上一任太仓令，贺兰茂为其继任者，也弄清楚了叔孙彻于案发前的经历见闻。终于明白了辛、韩之死的奥秘所在。”

◑ 2 ◐

李世民忍不住了，夺下她的笔，用狐皮披袍裹紧她，用微带责备的语气说道：“只许说话，不许动手，谨防受凉。”

瑾琋嫣然一笑：“久客给我用了几种奇特的药，好了不少。好吧，先说完——辛处俭巡检太仓，察觉账实不等，召贺兰茂问询。可是，太仓的执事官吏损公肥私由来已久，贺兰茂并非罪魁。张麒贪得无厌，升任主簿仍由同伙贺兰茂继续把持肥缺，不料遇到了辛处俭。我想，张麒与贺兰茂应当制定了两条对策，上策为收买拉拢，也许他们往年就是这样一路安然过关的？下策为杀人灭口，预作细致筹谋，若谈话风头不对，就马上动手。他们设想，辛处俭受过偌大的……委屈，与至尊有……夺妻之恨，不会真心为朝廷卖命，孰料他竟是耿介朴直之士，公私分明，不为利诱所动。于是，贺兰茂着手实施下策。”

李世民飞速回顾着法司描述的一帧帧现场惨景、瑾琋在司农寺访查的情况，以及从叔孙彻、陆钲那里问到的前后细节，猛然将那支笔往笔床上掷去："难道是？"

瑾琋会意，颔首道："正是。人们因辛处俭房中传来惨叫，破门而入，才发现案情。事实却是，辛处俭和韩弗祢早在那声惨叫发出之前，就已死去！起初，辛处俭和贺兰茂在里间谈话。贺兰茂比辛处俭有力，他乘辛处俭不备，捂住辛处俭的口鼻，将其扑倒，用膝盖压制其咽喉，复以砚台重击辛处俭头部要害，致其死亡。随后用房内的面巾和水清洗自己所沾染的血迹。此时，张麒进去，伪装与辛处俭对话，还把辛处俭的餐具带出去交给官奴洗涤。接着，自然是贺兰茂套上辛处俭挂在桁子上的那件袍服，冒充辛处俭。因为接下来，将有一个人如约而至——韩弗祢。而他，是首次与辛处俭晤面。"

李世民腾身起立，在殿内快步转圈，边走，边听瑾琋解说："贺兰茂冒充辛处俭藏在屏风后，那个方位，带韩弗祢过去的寺史自然看不到，也不敢擅闯上官的房间。寺史关门走后，贺兰茂迎至外间，请韩弗祢入内，事先却已将辛处俭的佩刀拔出，倚在屏风后，他走在韩弗祢身后，掇起辛处俭的佩刀，从背后刺死韩弗祢，再调换韩弗祢头脚的位置，做出韩弗祢殴击辛处俭后逃跑、被辛处俭从身后偷袭的假象。最后脱下袍服，擦乱痕迹，用那袍服上的血迹染脏韩弗祢的手，并将袍服塞进其尚未僵硬的右手中，面巾丢在遗体左手边，伪装韩弗祢逃跑时用这件袍服及面巾擦拭血迹。这个贺兰茂，出门前还假作辛处俭喝呛了水的声音道出'贺兰郎好走'，然后步出，加上张麒此前制造的目击证据，就可为他作证，即在他贺兰茂离开时，辛处俭还活着！"

瑾琋被李世民踱来踱去的身影晃得眼花，但这惨痛的话题使她无法失笑："贺兰茂出门遇到叔孙彻，是计划之外的情形。可是他暂时顾不得叔孙彻。他绕至辛处俭房后，那里开有一道窗户，临一条夹巷，太仓署的偏门也在那巷中。贺兰茂装出两声惨叫，尔后窜入本署院子，回到自己的房间。殊不知，又有一宗意外发生，有位不速之客在室内等他——太常寺新任汾祠令陆钲。贺兰茂只得若无其事地应付，等辛处俭房内发生命案的消息传到太仓署，人们自然会议论喧哗，他顺势如旁人一般询问下属，‘惊悉’司农寺发生命案，就和陆钲同去彼处看视，由凶手变身路人。”

“然则，张麒、贺兰茂二人接下来的举措却更是丧心病狂、过为已甚、过犹不及。叔孙彻熟知司农寺和太仓署地形，知晓贺兰茂步出辛处俭房间的时刻，陆钲掌握贺兰茂回太仓署他自己房间的时刻，而我这张陌生的外人面孔，偏生介入此事，与叔孙彻、陆钲谈论案情。张麒、贺兰茂二凶畏惧我们三人终究合议出贺兰茂当日行踪的疑点，出动刺客，一路跟踪我至宣阳坊，发现我果然想私下与叔孙彻碰头，便实施灭口计划，痛下毒手，布置成酒后斗殴的情景，并嫁祸繁缕。幸在刺客失手！当我领悟这一点，就担心陆钲的安全。因为，如果我和叔孙彻死了，仅剩陆钲单方面的说辞，不能揭穿辛、韩之死的真相，而我和叔孙彻未死，得到了保护，张麒、贺兰茂只好谋害陆钲，让叔孙彻及我的说法成为无人呼应的废话。所以，我请你保护陆钲。”瑾瑶一口气说到这里，有些疲劳，停住了。

李世民回到她的身边坐下，望着窗外的夜色冷笑：“谋害你及叔孙彻的刺客持有夜行符信，且取得夜禁期间出城的资格；行刺陆钲的刺客被来无影、去无踪的神秘人物灭口、毁尸，连身份也无法辨认。张麒、贺兰茂不是高官显宦，怎能调动驱驰这股巨大的力量？他们背后必有人撑腰！”

瑾瑶郁郁苦笑：“回首武德四年，张婕妤在洛阳找你说项，为其亲属求官，你拒绝了，她转而求助太子。太子直接干预吏部人事任命，扶持她的堂兄张麒出任太仓令。罪恶即根源于此。试问，单是张婕妤这种后宫嫔妃，足以包庇张麒到今日之地步吗？不能。想必张婕妤也通过张麒之手，借太仓生利，中饱私囊，张麒夫妻与张婕妤商议如何度过此番危机，张婕妤求助于太子殿下。太子权衡轻重利弊，假如张麒贪渎罪行败露，扶持他的太子便是用人不善，至尊将如何看待？这对于一国之储君而言，绝无益处。太子若帮助张麒，拿住他和张婕妤的把柄，还可掌控张婕妤这位至尊的宠妾，为东宫所用。因此，太子决定拉张麒一把，不过依太子的性情，不会为了张麒这等出身卑微的小官做出过分有失身份的事。张麒、贺兰茂雇请刺客，太子假装一无所知，给自己预留退路，寻个冠冕堂皇的理由，吩咐下属，巧立名目，提供夜行符信、出城特权、帮忙善后之类的便利。不仅如此，韩弗祢之死也另有隐情。张麒理应知晓他也是太子殿下的人，为何敢于选定他为替死鬼？我断定，太子事先知情，默许乃至授意他们杀害韩弗祢。原因何在？也是一个待解之谜。”

她重复了一遍最后那句话：“太子默许乃至授意他们杀害韩弗祢。原因何在？”

李世民感到一种因无能为力而萌生的愤怒：“我们虽察知真相，却必须伪装为浑不知情，阻止法司深究。张麒、贺兰茂这两个元凶稳坐各自的官位，太仓弊案潜踪蹑迹，倒是无辜受害的叔孙彻，落得明升暗贬。岂非咄咄怪事！特别是辛处俭，纯良忠正，未得尽展其才，年富力强就屈死于贪渎小人之手，委实可惜！我觉得，大人他，对不起辛处俭……”

瑾琋冷静地说：“二郎，撇开司农寺的事，在此前提下，先查我遇刺一案，然后顺藤摸瓜，揪出张麒、贺兰茂。这是目前我能想到的唯一办法。”

李世民应道：“好。雍州署已联系监门卫调档清查，看看你和叔孙彻遇袭当晚，有什么人出城。”

“假如查得两人结伴出城的记录，且其中一人醉酒昏睡，必是刺客挟持着我。该名刺客把我踢下水渠，就此逃遁，不再返回长安城。至于刺杀陆钲失手的刺客，其左腹，应当有胎记之类的特征。”瑾瑺悠悠地说，“而杀害这名刺客的人，必为陆钲遇刺当晚自其他地方驰援开化坊的徼巡骑卒之一，其事先被告知刺客的身体特征，有意识地加以毁坏。”

李世民问：“何以见得？”

瑾瑺解答道：“第一，刺客为什么挟持我出城之后，再下杀手？因为他所持的出城文牒载明，他获准与某人一同出城办事，所以他需要一个活人与他同行，冒名顶替出城文牒上记载的另一个获准出城者，否则，他尚未跨出城门，就会引起城门守军怀疑。第二，刺杀陆钲的刺客被灭口，凶手破坏他的容颜，无疑是为了阻碍认尸，那么，毁坏左腹又是为什么呢？显然是为了毁灭一个鲜明的身体特征。第三，那刺客被杀害于开化坊的坊墙外，谁能于宵禁期间，在坊墙外行动自如？应为持有夜行符信的人。但你们当晚封锁周边各里坊街道，未能发现可疑人物，为何？因为那人不是其他持有夜行符信的人，正是负责封锁盘查的徼巡骑卒！这也是太子殿下为张麒提供的一项善后便利——若刺客有被捕危险，就帮他灭口！二郎，武侯卫，并非每一个人都是你所了解、可以控制的，太子和四郎，但凡有心，自能渗透。去年我被囚禁于安兴坊胡商小宅，那里的武侯铺，不就令人生疑吗？”

李世民击节赞叹：“妙！司农卿给叔孙彻扣上酒后斗殴的罪名，吏部不经详查，予以核准，也是长兄帮助张麒的一种手段。今后，叔孙彻即便说出不利于张麒、贺兰茂的话，他这个经司农卿和吏部认定的荒唐酒鬼，也难以取信于旁人了，还将被认为是挟怨报复。”

“且看结果如何。刺客出城所持文牒、符信等，应该都是冒他人之名。借出身份、名义，供刺客冒充者，当为太子殿下认为最可信赖、最容易操控的人，他的忠实追随者。”瑾琋谨慎地说。事涉太子李建成，她无法乐观，“日间进出城门并不需要符信、文牒等，这两名太子亲信于白日出城躲藏，以他们的名义办妥的文牒则交付刺客，刺客于宵禁期间作案，挟持我从容出城，加害后，刺客逃之夭夭。而两名东宫亲信，按夜间出城的时刻计算行程，在合适的时辰出现于目的地，并按出城文牒载明的回城日期，返回长安城，完成这一出偷天换日之计……”

经查，瑾琋及叔孙彻遇袭当晚，春明门有一行二人出城，开启城门的手续完备。

当晚勘合符信、文牒的门仆及守军证实，其中一人酒气熏天，被另一人按在马背上行进。

那醉酒者所使用的身份，令瑾琋和李世民惊讶得合不拢嘴——“东宫翊卫羽林郎将楼钰”！

竟是武德二年，朝邑县令嵇遐命案中，凶手韩弗祢的从犯——前长春宫翊卫队正楼钰。当年，太子李建成帮他脱罪，调入禁军，今日居然升至羽林郎将。

另一人名为“东宫翊卫羽林校尉郜尚贤”。二人按时回城，如常事奉东宫。

更奇妙的是，楼钰回城后，即调入太极宫，仍任羽林郎将。

主管城东各道城门启闭等事务的城门郎徐仁鲁说：“当晚由我亲自对勘合符，向郜校尉问话，查对无误，门仆自春明门东廊下取出钥匙，传至我手，开启城门，时时处处依制行事。我愿赴东宫与楼、郜二位对质，辨认相貌。”

东宫作证，楼钰、郜尚贤当晚一同出城，隔一日，清晨返回长安城，并无疑点。

雍州署查案查到太子亲信的头上，东宫翊卫车骑将军冯立颇为不悦，出面回应道：“楼、郜二位何时出城、何时抵达目的地、如何行事、何时回城，皆有记载或人证。你们不认真追查如长安飞贼龙越泽那般身怀绝技的江洋大盗、江湖侠客，却是揪着禁军将校胡猜乱疑，扰乱军心，罪莫大焉！我知道你们背后是谁，我不怕！我冯立，可奉陪你们觐见至尊，御前分证！”

瑾瑶听说，对李世民笑言：“掌管春明门的城门郎徐仁鲁，是太子舍人徐师谟的侄儿，其官职亦拜太子之恩赐。且让他与楼钰、郜尚贤对质、辨认，结果必然是雍州署错了。那晚当值的门仆、守军兵士预计也将随声附和徐仁鲁的说辞。”

事态发展果然不出瑾瑶所料。

李建成自始至终不发一语，仿佛丝毫不知晓所生的事，只在暗中严令司农寺，尽快完成太仓账册的篡改，又指使尹德妃、张婕妤及李元吉向李渊进言，指摘雍州署倚仗李世民天策府的势力，飞扬跋扈，目无储君。

于是，李渊再度出手和稀泥，提醒雍州署办案宜慎重。

瑾瑶无奈地说：“眼下，唯有尝试在被灭口的刺客身上打开缺口。张麒、贺兰茂极力掩盖此人的身份，证明了一个事实——此人与他们，或者与司农寺、太仓署关系密切，一旦查明其身份，就可能查到张麒、贺兰茂的头上。雍州署可传令各县县衙，寻找左腹有胎记等特征的失踪人口。”

◑ 3 ◐

李世民似乎也不再急于将真凶绳之以法，与瑾瑶谈笑：“呵呵，到底是东宫，插手城门出入之掌叙也是办得到的。至少武侯卫和禁军中，也有东宫的棋子。从去年那件事算起，他们若无某些貌似低微的小卒子出力，很多事都不能得逞。哈哈！”

不过，很快他的笑容就消失了。只要想到去年元吉勾结那个突厥吐屯对瑾琋所做的事，他就有恨海难填之感。

瑾琋轻轻蠕动了一下嘴唇，终究没有说话。这些年来，他们兄弟谁也没有闲着。得以探知东宫在长安城门及禁军的布局，从而采取对策，大约是司农寺案唯一令人欣慰之处。

她和李世民都止不住思绪的飘忽。回忆两人成婚那一日，长兄李建成、三姐夫柴绍担任男傧相，传授给李世民对付女家“下婿 ”的经验。李世民于诗歌吟咏并不擅长，长兄和姐夫帮他准备催妆诗、却扇诗……

而今，如果说“恍若隔世”，或许也算恰如其分？

两人无言地对坐。然而，静默的时间不长，李世民又展颜大笑：“哈哈哈！陆钲不过尔尔，与几个家奴合力还打不过一个刺客，若非我那表兄窦信拔刀相助，或许他等不到无逸率部驰援，便死于刺客刀下，我已给陆家送去赙赗，派人祭奠他了！哈哈哈！反观我那表兄倒是不错，平日不是舞刀角抵、骑射游猎，便是斗鸡蹴鞠……”咽下“偎香倚玉”一词，接着言道，“紧要关头却能大显身手，救他人于危难之中！”

瑾琋不以为然，又恐自己越帮陆钲申辩，李世民越来劲，就单是嗔怪地顶了一句：“怎能诅咒他人？”

“怎么？观音婢，你且不要这样瞪我。”李世民认真地说，“现有对证——叔孙彻，若无此番祸衅，我尚不了解他。他竟也是临危不乱、有勇有谋！”

“你说叔孙彻好，我深以为然。”瑾琋笑道，但对他关于陆钲的那番非议，却是绝不松口附和的。

李世民颔首道：“叔孙彻，可用。”

瑾琋端起小火炉上的一只银铫，往两只盛有人参饮的白瓷盏里倒了热水，摇摇匀，试一试温度递给李世民一盏：“这个天，喝点温热的暖暖胃吧！”

用了久客的药，她的伤口愈合得很快。

李世民说：“叔孙彻的事，我交给夏侯紫菀去办。”

“嗯。”瑾琋握着瓷盏取暖，微笑道，“我也密告舅舅，请他把我的意思转达夏侯娘子，供她参详，思谋如何劝说叔孙彻……”

近日，贺拔氏因儿子断送了前程，不论黑白，一概归咎于妙楚儿。某日，她照例去宣阳坊探望儿子，因妙楚儿侍疾的一些做法不合她的要求，又窝了满腔的火。

趁妙楚儿亲下厨房，给叔孙彻做滋补汤，贺拔氏率领一干仆妇闯入，把门一锁，揪着妙楚儿一通好打。

添禄、墨莲扶着叔孙彻赶过来，贺拔氏又住手不打了。

好容易送走贺拔氏一行，叔孙彻抚摸着妙楚儿脸上一道道红辣凹凸的指痕，懊丧痛惜无已：“我岂是恋栈一个录事的位置？我是恨，恨自己窝囊，明知有人谋害我，却不得不忍气吞声！恨张麒倚仗张婕妤是至尊的宠妃，欺人太甚，将醉酒斗殴的罪名强加于我，使我丢官去职，家严、家慈盛怒，不分青红皂白，归罪于阿妙，乃至于此！”

所谓“他们”，不仅仅是指张麒。叔孙彻明白那不是张麒一人之力可以办成的。司农卿的支持、吏部的助力，缺一不可。而司农卿和吏部的背后，是太子李建成。张婕妤背后，还有李渊的宠幸纵容。

就凭一个叔孙家，即使得到任城王李道宗的帮助，也不能与张麒所倚恃的势力抗衡。何况，道宗远在灵州戍边，鞭长莫及。

夏侯紫菀来看望妙楚儿，把面巾在冰寒的井水中浸湿，给她敷脸，不经意地对叔孙彻说：“任你与世无争，怎奈奸邪自寻上门。你纵然不求出将入相，但求身家平安、护全你身边的女子，也须时时磨亮手中的横刀……”

面巾拎出的水咕噜咕噜滴下一串，沾染了妙楚儿脸上的脂粉，在那半盆水里溅起碎红。

那片碎红，经夏侯紫菀的话语点着火，燃烧着叔孙彻的心。

几天后，妙楚儿在院中教习乐舞，墨莲和苻氏外出采买，秦王库直安元寿微服来访，送来滋补药材。

妙楚儿脱不开身，多亏了夏侯紫菀帮忙接待。

在院中鼓乐丝竹的喧嚣声中，安元寿交给叔孙彻一封秦王李世民的亲笔信，阅毕焚毁。

紫菀也将瑾琋的口信转达于他。

那一天，叔孙彻的伤病宣告痊愈。

晚间，两人厮守，他突然对妙楚儿说：“阿妙，我是以骑射游猎、使刀舞剑为本分的关陇贵家子弟，不能做文散官。我要出去做事。”

由李世民布局，叔孙彻获授正八品上校尉衔，进入北门屯营兵，担任军职。

安置好他，瑾琋又记挂起重葩的事。择日造访平阳昭公主府，看望公主的两个遗孤，与重葩叙谈，慰勉道：“霍公出镇边关，多亏你操劳家务。”

“秦王妃说哪里话？妾分所应当。”重葩谦逊地说。

瑾琋笑容可掬，注视着她的眼睛，轻声提及一件事：“开化坊冯家杂货肆的廉价粮米十分畅销，不几日就抢购一空了呢！”

重葩如屁股着火似的弹了一下，张口结舌地望着瑾琋，只说得出一个字“啊、啊……”

“各位请下去。我与重葩娘子谈些体己话。”瑾琋挥退众婢，追问道，“康娘子是你的化名？这批货，是司农寺主簿张麒之妻江氏供给你的，你可知粮米的来源？”

重葩攥紧拳头，稳住心神，做出满面茫然之色：“王妃在说笑？”

瑾琋逼视着她，叹了一口气，诈她道："唉！何苦来？我不了解你的其他生意，也不关心，无意断你的财路。实则此事也不是冯家杂货肆泄露的，那位冯二郎，口风甚紧，是个好人啊！只是我有别的门路，无意中掌握了一些证据。重葩娘子也是知道我的，若无把握，岂敢妄言？你若不能信任我，我只得将此事告知秦王，请他修书转告霍公，留意家中账目财帛。试想，霍公是相信秦王与我，还是相信你呢？"

"不、不、不……"重葩慌得连连摆手，"秦王妃，没影儿的事，请您不要惊动我家阿郎。"

"呵呵！"瑾琋嗤出一声嘲笑，紧盯着她不放："没影儿的事？你还说这种话，我就不得不告知霍公了。"

重葩急得歪眉斜眼的，没奈何，垂首答话："是她供的货。货源，自然是她出资在粮米丰饶之地收购的。至于详情，她并未说明。我们做买卖，第一要务是互信，何况我和她是好友。上家的货源，一般也忌讳告诉下家，若不然，人人都绕过上家去拿货，她还赚什么？我若问她，她就不带我做买卖了。"

瑾琋感觉，重葩也能猜到货源可能来路不正，多半与张麒在司农寺的职权有关，但她绝不会承认，以免祸及自身。若没有证据坐实江氏的货源为司农寺，即使说服重葩开口，也无济于事。

"司农寺发生命案以后，江氏与你提及新的粮米买卖了吗？"瑾琋试探道。

重葩摇头："再没有提。"

瑾琋心说："必然如此。司农寺的贪官污吏在平整账册之后，也要收敛一段时间，躲避风头。"

她唇际的笑容突然隐没，神情凛然道："嗯。我可以许诺，此事到此为止。不过，我有个条件。我出资，你出面，教开化坊冯家杂货肆的次子冯同光办一件事……依冯二郎的性情，轻松赚钱的买卖，他会做的。”

重葩听罢，擦了一把汗，赔笑道：“这却不难。只不知为什么要教他办这件事呢？”

瑾琋穆然答道：“重葩娘子，你我也是在做买卖。你是下家，不必多问。”

重葩只得没头没脑地应承下来。

不几日，冯万才阖家老小共进早餐，冯同光吃着马齿羹，问兄长冯同荣：“最近，各县衙门都在悬赏寻找一个左腹有胎记的人。有传言，此人就是在我们开化坊谋刺太常寺汾祠令的刺客。找到了吗？”

“没有听说有任何进展。”冯同荣埋头吃饭，嘟囔道，“找到又怎样？这刺客都死了。”

冯万才开始说教：“话不能这样说。他虽是恶人，也有父母家人，总该把死讯通知亲属，运回祖坟安葬……”

同荣连忙把父亲的训子长文拦腰砍断：“他还能进祖坟、入祀宗祠？他家祖宗也要羞死第二回。”

“莫非是那个人？”冯同光拿筷子扣着碗底，若有所思。

“谁？”全家人齐齐发问。

同光按重葩的教导，道出一篇说辞：“我在外面玩角抵、步打球的朋友里，有个专给人家押运财帛、货物的外乡人，一副好身手，自称与司农寺的官吏相熟，也来玩过几回。有一次，他脱了衣裳擦汗，我看见他左腹长着一个什么玩意儿。前些日子原约好近日玩一场，可是，他爽约了。他一年中有时在京，有时在外，流徙不定，我也未曾介意。不过，每常听别人议论县衙在寻那样一个人，不由自主就想起他来。”

万才吓得把筷子“啪”一声拍在案上，责备道：“你在外面交游广，对咱家生业有好处，我也不管你。但你不能不分好坏，随便脏的臭的都交往啊！万一招惹祸事，我怎好向你死去的娘交待？”

“阿耶，您不要听风就是雨的。我并没有与他深交。”同光搁置碗筷，起身兜了两圈，对同荣说，“阿兄，你替我问问武侯卫的同僚，有没有那人的最新消息？我等三日。若衙司已寻到正主，可知是我多虑。若没有，我三日后就报官。若确实是他，咱家也能领一份赏钱。”

冯同荣照办。

即日起，雍州署调遣长安、万年两县胥吏，乔装为各色人等，潜伏于开化坊四门附近及冯家周围，布下一张暗网。

然而，一连两天过去，预想中的那条鱼似乎并不存在，没有可疑人物进出冯家。

第三天，瑾琋策马进入了开化坊。今日，她着女装，罩着幂篱，除了留荑、繁缕两名侍婢，还有安元寿、杨台假扮家奴跟随。原本李世民派遣多名天策府校尉、卫士随行，才肯放她出宫。她把他们分散部署在开化坊周遭，避免一次涌入太多人手，吓走那条鱼。

“仍无动静，难道被识破了？”瑾琋一面思忖，一面微微转动眼波，觉得没有破绽，连她也分不清谁是普通行人、谁是乔装的胥吏，“或者，是我错了？”

冯同光描述的刺客特征，均为瑾琋的推测，并无证据。

微风吹来，撩动轻软的幂篱，拂着她的脸，干扰了视野。

她把幂篱捉住，下马步行，在调整之后的视线中，有人骑马靠近冯家。

那人微巡骑卒装扮，手里提着一只鸡，已经拾掇好的，赤条精光，半根鸡毛也没有。

“冯二郎，你喜欢喝鸡汤，这只鸡给你。”那人下马招呼冯同光。

“范兄，这怎么好？”同光与他客套。

那人把鸡朝他臂弯中一塞，笑道：“客气什么。我和你阿兄共事，情分不输兄弟，时常来你家叨扰，蹭吃蹭喝，一只鸡都送不得？”

同光把鸡交给仆妇苗氏，邀请范兄晚间来家吃鸡喝酒。

“不了，今晚我当值。”那人告辞。

此话出口，几条行人模样的壮汉从不同方向抢步上前，把正在翻身上马的范兄拖下地来，按在土路上。

“干什么？我是武侯卫徼巡骑卒范雄！”那人大喊大叫，奋力挣扎。

几名行人正是万年县衙的胥吏。其中一人劈手夺下苗氏抱着的鸡，取出银针试毒，另一人告诉冯同光：“我们是万年县衙的。”

同光只管按重葩的要求放出那番话，不知其中内幕，见状大吃一惊，替范雄解围道：“这是验毒？误会、误会，他当真是徼巡骑卒，家兄的同僚，与我家最亲厚的。”

他的解释于事无补，这一街头新闻照例如长了翅膀，迅速飞向四面八方，并加入各种演绎：“徼巡骑卒范雄犯事，被县衙当街缉拿……”

◑ 4 ◐

万年县尉激动地赶了过来，结果却是：无毒。

范雄爬起身，拍打着满身尘土，与万年县衙的人吵闹：“你们是县衙的，我是武侯卫的，自家人不认自家人，闹得满街满坊沸沸扬扬，说我在鸡肉里下毒，要害冯家，又是什么有不可告人的目的。我还怎么在这一带巡察公干？这笔账怎么算？我要你们沿街给我澄清！”

冯同光再三劝说，总算把他们分开。范雄骑上马，叽咕着去了。

瑾琋沮丧地想：“完了。鱼儿不会游来了。”

同光回到店里记账。近几日，冯万才携半夏母女外出访亲，账本交给同光代管。

苗氏习惯性地来一通唠叨：“你阿兄昨晚刚带回给你的笔，你就用成这个模样……”

“苗婶，你也学乔娘子那一套。”同光把笔尖伸向舌头，要润一润。

瑾琋蓦地忆起，辛处俭、韩弗祢遇害当日，冯万才用舌头濡湿笔尖，半夏吐出的那句怨言：“你们父子都这样，难怪我那小闺女有样学样。”

霎那间，瑾琋飞身奔向同光，几乎是把自己的身体连根拔起，朝同光砸去，一面高呼：“不能舔！”一面举起马鞭，拼尽全力，狠狠地抽下去。

那支毛笔的笔尖距离同光的舌头仅剩一丝肉眼已不可见的缝隙，被瑾琋的鞭子击落于地。

苗氏先嚷了起来：“这位娘子，你尽管见不得他这龌龊样子，也不能动手啊！伤着冯二郎没有？”

瑾琋只看着目瞪口呆的冯同光，一再强调：“暂且相信我。千万不能舔。”

本已转身离开的万年县尉闻声奔回，安元寿向他出示自己的符信，提示道：“试毒。这支笔。”

勘验结果：毛笔淬有剧毒，名为颜如玉，毒自口入，半个时辰发作，人畜不留。

万年县尉询问这支笔的来历。

冯同光也不知是庆幸，还是后怕，异乎寻常的兴奋，眼白浮出血丝，坐也不是，立也不对，手舞足蹈，语无伦次地折腾了半晌，终于说明事由：“昨晚家兄上街巡察，有个要好的同僚，名唤施齐，送给他这支笔，给我家记账用。家兄回来给了我。我今日开始用这支笔，刚要舔一舔，就被抽掉了，啊——”

他长吁一声，翻了个白眼，身体瞬间绷得笔直，仰面倒了下去。

幸而只是紧张过度所致。

施齐在逃跑途中被捕归案，供述自己是左武侯卫左翊中郎将桓瑜的远亲，向来得到桓瑜的照应，此次领受了他所给予的巨额赏赐，受命监视刺杀陆钲的刺客行动，并在其失手后，灭口毁尸。

近日听说冯同荣之弟冯同光认识那刺客，还打算报官，施齐急报桓瑜，证实冯同光关于刺客身份、行踪、身体等基本特征的描述与实际情况完全相符。鉴于此，桓瑜决定处置冯同光。

因施齐与冯同荣亲近，数次造访冯家，知道冯家父子的习惯，也获悉近日冯家的笔用秃了，且冯万才外出，由同光管账，因此献计，用笔尖淬毒的手段，谋害冯同光。

但是，施齐也不知道刺客的姓名、籍贯等详情，更不清楚刺客受谁的指使。

施齐交由法司依律处罚，桓瑜却拒不认罪，坚称是施齐陷害。

李世民要求彻查此案。然而，桓瑜实为李建成罗致的人才。建成自己不出声，指使朝中追随东宫的大臣、齐王李元吉及张婕妤、尹德妃劝谏李渊："不可因一介小卒的一面之词，羞辱一员出身高门的将领。"

李渊洞悉案件背后是两个儿子的角力，经过一番斟酌，敕令桓瑜调离武侯卫，任职外地，同时，全案定谳，不再纠缠。

瑾琋觉得，这样的结局，倒也并非意外。

李世民不甘心地说："桓瑜一去，他在武侯卫安插、扶持的党徒随之清除。我恨的是，如此尚不足以补偿你所受的苦。"

"总归惩处了一个凶手，还拔掉了武侯卫内部的一根巨刺、一撮小钉子。"瑾琋笑道，"唤她们取药油来，我要每日涂抹三遍，早日除了这道难看的刀疤。"

李世民的眼神瞬时变得迷离，话音也带上了不饮自醉的味道："我不嫌弃。观音婢，让我看看。我多久没有好好看过你了？"

这番隐晦言语的含义，瑾琋自然懂得。

李世民伸手欲解瑾琋的襦裙系带，要看她左胸的伤疤，被她轻轻地推开。

他扳过瑾琋的身子，正对上一双婆娑的泪眼。

李世民大惊，急忙握住她的双肩，问道："为何流泪？"

瑾琋泣道："攸乐出世，还不满三年。少说需再等数月，时令入夏，请典医丞为我复诊，以确定我可否与你……我对自己这副先天不足的身子，最是束手无策。既不能，何苦撩拨起你的火来？"

自诞育攸乐之日起，三四年内不宜怀孕——这是吴景贤为瑾琋开出的养身良药。

虽然对于李世民，乃至瑾琋本身，这剂药苦涩无匹，也须坚持服用。

李世民放开了她，坚定地一笑："你安心休养。我可以等。"

在他们所盼望的夏季正式来临之前，春日里，先有一波反常的热浪扑来。

宣阳坊内，夏侯紫菀和侍婢木樨跨坐在院墙上，一片片地剪下槐树叶子，预备交给仆妇荀氏做槐叶冷淘。

隔壁的妙楚儿今日没有教习课程，立在院墙下，扇着团扇与紫菀主仆俩搭话："彻郎在北门屯营兵的职位，我原猜想是他父亲求人帮忙弄的。不过，他伤愈搬回兴宁坊本宅那时节，他母亲带人来接取行李，不小心透了个口风，竟又不是如此，似乎做父母的也不清楚。我略问了一句，他母亲豹眼一瞪，说靠的是他儿子自己的本事。我还是半信半疑。"

木樨乐了，拍拍一边脸颊："豹眼？哈哈。邵娘子，这话若教叔孙郎的母亲听见，您这脸上又该起五指山了。"

妙楚儿嗤之以鼻："哼。我全看在彻郎情面上，打不还手，骂不还口。背地里骂她夜叉也是轻的。"

紫菀首先想到的，是打消她的怀疑，否则对叔孙彻和李世民都没有益处，因笑问："莫不是他家崔氏娘子的亲眷帮了他吧？"

妙楚儿也不嫉妒，横竖叔孙彻的心在她身上，沉吟道：“不过……崔家吃的是山东旧族数百年积攒下的老本，当世没有显达之人——唉，也不好说。”

“琢磨这个做什么？”夏侯紫菀把槐树叶丢进竹篮，“他因祸得福，谋得实缺武职，品秩比在司农寺还高，他父母高兴得紧，也不怨责你了。最要紧的一件，叔孙郎在军中，也较从前在司农寺干得带劲。不就好了？”

“啊，那是自然。”妙楚儿眉开眼笑。

她与叔孙彻家中那位出身博陵崔氏的妻子不同，从不介意郎君是否做官、官居几品，但叔孙彻心情欢畅，总是妙楚儿喜闻乐见的。

“砰砰砰！”邵宅有客人来了，在敲门。

仆妇苻氏从门缝里窥探，敲门者是近日来过几次的熟面孔，打开门行礼道：“卜娘子安和好在。”

妙楚儿迎上前：“阿卜，你来了。哎哟，这二位不是……”

友人卜娘子的身后除了一名贴身侍娘，还另有两位男子。

“对不起啊，阿邵。沈郎非要来看望你不可，我百般推托不过，不得不从。”卜娘子抱歉地说，指一指左侧后方的男子。

紫菀和木樨赶紧爬下院墙。

沈郎揉揉眼睛，喷出一口酒气：“墙上恍惚有两只狸猫下去了。”

妙楚儿冲着卜氏递个颜色，口中虚应着：“噢噢，是狸猫。沈郎、周郎，二位一向可好？”

“好，好得很。”沈郎竖起一根手指，指点江山，“我沈默，升任国子监、四门学、博士，为大唐培育英才。这位周导，方从典客署调入太仆寺，忝列两员寺丞之一，协理天下马政！他比我位阶高，承他不忘故旧之谊。”

紫菀隔墙腹诽：“丑态百出，如何为人师表？还培育英才！”

沈默措辞失礼，妙楚儿和卜氏担心地瞄一眼周导，他也饮过酒，因有所节制，只挂着少许酡颜，并未喝醉，也不生沈默的气，耐心地微笑着。

“恭喜二位，鹏程万里！”妙楚儿继续做出欢颜来敷衍，却不肯请他们入室，也尽量避免谈及自己，“沈郎、周郎，今日吹的什么风儿，把二位同阿卜吹到一处了？”

“我俩今日休沐，约了醉蝶在‘四海春’吃酒、唱曲、闲谈，好不快活。”沈默直呼卜氏的名字，“我说与醉蝶，唤你出来一道玩耍。她偏生说，你从良，跟了叔孙家的郎君，再不出来的。我不信，她骗我！”

他一面涎语诞言，一面抬手就抓妙楚儿的肩头：“醉蝶，不也从良了吗？”

妙楚儿往旁边挪了一步，躲开他：“是啊！我也觉得奇怪。阿卜，你跨进了杞国府窦家的大门，怎还出来与旁人宴饮？窦郎，我也认识，可不是大度的角色。他若知道了，要动怒的。”

紫菀暗笑：“这个窦信，贪心不足，等着戴绿帽的份，活该！”

且听那卜醉蝶回应：“可不就是进了他家大门，每日奉承主母，公府规矩也多，反而过得不舒坦。这两日杞国夫人的娘家弟弟成婚，大办喜事，他夫妻俩双双归家，忙着做傧相、吃喜酒，管不了我，我才出来散散闷。”言谈中流露几许醋意。

沈默的声音陡地升高八度，亢奋地说：“醉蝶，聪明人！这个侍娘是她进杞国府之前就用的人，护着她。杞公怎能知晓？杞公，不过是一头尸位素餐的蠢驴……”

紫菀拼命忍笑，险不曾呛着。

墙那边，周导慌忙捂了沈默的嘴，沉声阻止：“切莫高声语。”

“杞公可不蠢。他武力不凡。前些时日，他去开化坊的外宅找我，因听见杞国夫人的呼救声，二话不说，提着刀就出去救夫人。原来是旁人遇袭，夫人帮人家呼救而已。杞公毅然决然，挺身而出，勇斗刺客，把刺客打得落花流水！”卜醉蝶维护窦信，等同于为自己贴金，不惜工本地加料吹嘘，只是仍不免有点吃醋，“实则夫人当晚是来捉拿我的，结果，我就被押进杞国府了。”

紫菀听见，大感新奇——那个窦信，竟也有热血侠义、爱护妻子的一面。

“你早晚生个一男半女，杞公请敕封你为国公媵，做了外命妇，总会好些。”妙楚儿说。

醉蝶并不乐观：“究其实质，那也依然是妾……”

“为何只谈醉蝶，不谈你啊，阿妙？”沈默大皱眉头，涎皮赖脸地贴向妙楚儿，“请我们进去坐坐。叔孙郎也不在嘛。”

妙楚儿笑着躲闪：“他不在，侍婢在。”

她的仆妇、侍婢都是雇请的，墨莲因家中有事，告了假，要晚些来，小宅里只有苻氏。人手短少，一旦有事，力量薄弱，也是她不愿邀请男子入内的一个原因。

沈默二度扑空，大失所望，酒意涌了上来，已有了些许恼意：“昔年在赵四家，我可去过阿妙房里。就在去年此时，阿妙待我，仍与今日大不相同。”

妙楚儿也有点气恼：“昔年，奴是赵四家的娘子，陪侍沈郎，是奴的本分。如今，奴是良家女子，请谁不请谁，全由奴的心意。”

沈默大笑：“哈哈哈！你这个外宅，都不是正经小妾，却想为叔孙郎守身如玉？何苦！”说着，又伸出手来，欲摸妙楚儿的脸。

“但凡奴乐意，就不苦。”妙楚儿面不改色，劈手一挡，扇起一股疾风，惹得沈默怒气上涌。

苻氏搀扶她又挪移了几步，远离沈默。

紫菀默默地赞赏：“阿邵，好样的！”

“从了良，就洗干净了？”沈默愠怒之下，益发口不择言，“改日见到叔孙郎，我同他仔细谈谈，昔年我与你，如何饮酒行令、吟诗作赋，又是如何春宵帐暖、兴云布雨……”

“沈郎该歇歇了。阿苻，送客。”妙楚儿背过身去。

周导一面拦劝沈默，一面代他道歉：“请邵娘子恕他醉酒，话难免多了些，他自己也不知说了什么。”

“你说我？周郎，你往昔醉酒，话也不比我少。无非是你今岁续弦以来，节制饮酒，少有喝醉罢了。”沈默不领情。

“请周郎扶他出去。”妙楚儿微笑着拜托周导。

“邵娘子见谅。”周导开始拉拽沈默。

“为何单单给周郎笑脸，而偏生不给我？”沈默挣脱周导的手臂，“他去平康坊玩乐，只会饮酒作诗，从不真刀真枪，连韩弗祢都不如，与你的情分可不及我啊！”

醉蝶也听不得了，示意侍娘帮忙拖沈默出去，又劝他道：“沈郎回家喝醒酒汤，好生歇息，改日再取乐。”

醉酒之人，最怕别人说他醉。沈默被周导、醉蝶的话语激了两遭，越性胡说八道起来：“阿妙，叔孙郎于卧榻之上，能与我相媲美吗？听闻他遇袭负伤，将养了一阵子，那件事必定不灵光了。你寂寞苦闷，何不来找我？我比他强，也强过周郎。”

◑ 5 ◐

妙楚儿彻底被激怒，回嘴道：“奴可是觉得，你比周郎差点儿。一者，你的官阶低点儿，有目共睹；再者，你的志气小点儿，你娶亲只认陪奁多寡，娶个二婚妇，周郎志在名门淑女，上次阿卜把周郎新妇的门第说与奴知，奴一心恭贺周郎心想事成。如今，你的酒品也比他差点儿。呵呵。”

“什么话？阿妙，你、你等着！”沈默不肯干休，硬是被周导、醉蝶主仆拖了出去。

苻氏立刻闩好院门，把沈默的叫骂声、四个人杂乱的脚步声统统关在门外。

妙楚儿隔空啐了沈默一口：“呸！误人子弟！国子监合该开革了你！”又故意扬声叮嘱苻氏，“那人醉劲很长，仔细真的再来搅扰。若有人敲门，务必先在门缝里窥探清楚，问个明白，凡混有闲杂之人，概不开门。”

各种噪音渐渐远去，以致不闻。

夏侯紫菀以鼓励的笑声与妙楚儿相应和，请她主仆二人分享了武德八年的第一盘槐叶冷淘，以资慰勉。

对于她的三位客人及“韩弗祢”名字的出现，紫菀感到好奇，妙楚儿答疑解惑道：“那个卜醉蝶，原是平康坊另一家一等青楼的娘子，武德四年之前，时常与我、沈默、周导一同玩乐，厮混熟的。更早些，韩弗祢为了追逐我，也不时参与。沈、周二人，我自从去年夏季赎身出来，就不曾会面，今日方又重逢。不过这个沈默，以后再也不见才好呢！醉蝶，武德四年初，庐江王李瑗买了她做家妓，七年末，又把她赠予杞国公窦信。她人也没什么，不过是风流些。”

紫菀哂笑：“呵呵！俗语云，男人不坏，女人不爱。原来，女人不坏，男人也不爱。”

午饭在女人们的笑闹中结束。紫菀携荀氏赴平康坊教习，木樨在家午歇，与妙楚儿相约：“若那个博士又来胡闹，就呼叫我帮忙。”

苻氏也摩拳擦掌：“沈默敢来，我定然给他一顿笤帚尝尝！”

只是天气暴热，午饭过后，人们不免犯困，坊街变得静悄悄。这个时辰，家家户户多是女子在家，似乎只能听见娘子们午睡的鼾声。

妙楚儿拿一具胡床摆在槐树荫下，坐着与洗衣浆裳的苻氏说话，一面打哈欠：“今日墨莲不在，累你辛苦些，不得午睡。呵——”

“明日我睡个饱就是了。”苻氏应着，展开一条襦裙，晾在绳子上。

忽然，她听见外面传来某种声响。

“咚！”是一块石头砸进了隔壁夏侯紫菀的小院。

木樨没有出声，看来睡得太熟。

苻氏代她问道：“谁？”

夏侯家门外无人应答，却是邵宅又有人敲门。

恹恹欲睡的妙楚儿也清醒了一些，向苻氏努努嘴，吩咐道：“瞧瞧是谁。哦，笤帚就在门边。”

苻氏甩甩手上的水，靠近院门，小心翼翼地把左眼贴在门缝上，问道：“谁？”

“请勿开门！”周导急促地阻止。

“啊！”伴随着他的话音，苻氏猝然发出一声惨叫，目中喷出一股鲜血，捂着左眼在地上打滚。

沈默的话音醉醺醺的，怒气却很盛，一面嚷：“开门！”一面抓着门板铺首上的门环敲门。

妙楚儿深恐铺首脱落。她的小宅门安装两个铺首，为铜质圆形兽首，兽口舌卷铜环，兽面的背后为分叉式铆钉，插入门壁，尾端横折固定铺首。只是其中一根铆钉损坏，已经拔掉，尚未装上新的。

“住手！啊——”周导焦灼地叫道，旋即也遭到一击，禁不住痛叫一声，下死力夺沈默的刀。

“来人哪！救命啊！”妙楚儿惊恐地尖叫，穿云裂石，唤醒了左邻右舍。

众人破门而出，但见周导左脸负伤流血，搂着沈默痛呼：“沈郎、沈郎！”复又对围观人群哭诉，“他刀刺门缝，我扳开他的手，抢夺刀柄，他攻我，我……夺刀，不知怎的，就误伤了他！快救人，快救人！”

沈默的佩刀，自侧前方插入他自己的身体，口中涌出大股大股的血，“呵呵”地往外倒气，双目暴睁，不能言语。

闾阎医工、久客等孙思邈弟子们差不多同时赶来，但已无法挽救沈默的生命。

妙楚儿一语成谶，与沈默果真再也不见。

另两人的伤势也不妙：苻氏的左眼球被刀刺裂，失明；周导面部刀伤深长，毁容。

妙楚儿受此强烈刺激，魂飞魄散，那飞散的三魂七魄迟迟不能归来，以至于无法回答万年县衙的询问，由隔壁的夏侯紫菀一家代为回答。

瑾瑶收到紫菀关于此案的详报，细读几遍，投入香炉焚毁，对李世民赞道：“夏侯娘子写得甚为仔细，把县衙问话、勘验的情况一并录入，条理也颇为清晰。”

“观音婢，你又想去宣阳坊？”李世民警觉地问。

“不。我今日只在家中高卧。”瑾瑶笑答，“二郎，你放心去忙。”

她送他离殿，随后派人给舅舅高俭、杞国夫人于斯滢各送去一封密信。

于家喜事办结，斯滢回杞国府，第一件事，便是驱逐醉蝶，并禁止窦信与她往来，理由是：“听闻传言，她趁我们外出，私会两名外男，饮酒谈笑。这般不守妇道的姬妾，我不能容留。”

醉蝶心惊肉跳。她去四海春，根本没有透露自己的身份、姓名，当日也是在独立的雅间玩耍，未曾碰见认识的人。于斯滢从何处得到风声？

沈默，已死。

周导，居家闭门养伤，接受衙司的反复盘问。据周导的心腹家奴私下传来的口信，周导没有出卖她，编造了一个假名，推说是沈默领来的乐籍女子，自己不认识，亦不知她的住址。

退一步来看，假如周导出卖了她，斯滢的消息来源就是衙司，那么，不需斯滢告状，身为杞国公、归德将军，窦信也已知晓，但他依然蒙在鼓里。

妙楚儿失魂落魄，事发后一直住在隔壁夏侯紫菀家，症状日益加重，丧失了部分记忆，连沈默、周导是谁都忘却了。

醉蝶唯一想到的可能性是妙楚儿的仆妇苻氏，但她是妙楚儿从良后雇的贫家妇人，不曾见过窦信，并无向杞国府传话的门道。况且，她身负重伤，创痛剧烈，哪有心思飞短流长？

不过，管它三七二十一，坚决抵赖就是了。

醉蝶哭得梨花带雨，申辩道：“妾不敢，必为误传。”

窦信怀疑斯滢嫉妒，寻衅毁谤，意在拆散他和醉蝶，自然强烈反对：“她是何等样人，我比你清楚。那种无中生有的谣言，我听也不要听。”

“你要何时才听？”斯滢愠怒，“要像……有的人那样，绿云压顶，方才悔悟？”

她原想说“像你的表弟秦王那样”，慌忙改口。因答应过瑾琋，保守刘燕婉通奸的秘密。

窦信恼恨地说：“阿滢，做妻子的如此恶毒地诅咒丈夫，天下岂有这样的道理？”

“总之我要撵了她！”斯滢撇下他和醉蝶，走到院子里，呼唤侍婢们收拾醉蝶的物品，扬长而去。

北朝风俗，妇持门户。对于内院姬妾的事，窦信也不好十分违逆妻子的意志，当下有些犯难。

醉蝶探明他的态度，心中有了底气，反而愿意出去，恢复以前别居一宅、由他供养的生活，因抹着眼泪，恳求道：“阿郎无需为了贱妾而与娘子争执。听说妾原居住的开化坊，有一家富户有几所毗邻的小宅待租，但蒙阿郎不弃，妾愿迁居开化坊，清净自守，静候阿郎临幸。”

窦信得到这一声提醒，转忧为喜，笑道：“更好，更好，哈哈！”

醉蝶迁回开化坊，自是乐在其中。不料，迁居后第十天，小宅出了怪事。

这天夜里，居民陆续回家就寝，坊街复归安静。

醉蝶习惯晚睡，坐在院中石灯下，吃窦信给她的一种波斯坚果——“阿月浑子”，与侍娘闲聊。

忽然，院门发出“吱吱嘎嘎”的声响，如同有人用指甲使劲抠划门板。在静谧的夜晚，这种噪音令人心绪烦乱又害怕。

醉蝶忖度，对面那座空宅，在自己搬家的当日，后脚也租了出去，会不会是租客发酒疯？那家人不是睡得挺早吗？

她不快地问：“谁在外面？”

噪音消失了，坊街上只有啾啁的鸟虫鸣叫声。

主仆俩心生恐惧，起身准备回房，石灯也不熄，留着火光壮胆。

未几，噪音又起。

醉蝶心中震悚，命侍娘凑近门缝窥探。她不肯，说妙楚儿家的仆妇就是因窥探门缝，被醉汉刺瞎了一只眼。

醉蝶正在劝说侍娘，噪音却又停止。

两人连忙快步往居室走去，那噪音复又响起。

醉蝶吓得腿脚发软。隔墙邻居家的娘子内急，起身如厕，从厕所出来听见，压着嗓子询问：“卜娘子，你家有客人敲门吗？快开了吧，怪瘆人的。”

侍娘上下牙齿直打战，回应道：“这个时辰，哪有客人？这个觉也睡不成了。开门？更不行……”

“莫非，是鬼？”邻居颤声说道，“别大声言语，仔细它循声追赶活人。”

醉蝶主仆俩原也怀疑是沈默的鬼魂来探望旧友，如同他在世时纠缠妙楚儿，只不愿说破。心事被邻居无情地捅穿，眼看房间也黑漆漆的，入室还须点灯，越发地连居室也不敢进了。又担心有不干净的东西闯进院子，叫人也无济于事，真是进退维谷。

邻居娘子也没有勇气打开自家院门帮邻人打探，又不忍抛下她们不管，因低声问室内的丈夫："要不，你去看看？"

丈夫嘟哝道："我可不敢。莫如请二位过我们家来，在廊屋对付一夜，明早开门察看。若有古怪，尽快报官。"

邻舍娘子身边，侍婢举着灯台，室内另燃着一盏灯火，男子的身影映在窗纸上。正寝的门敞开，丈夫在等她，给人一种安全感。

醉蝶不禁鼻酸。危难时刻，事情的利弊完整地显现出来。窦信三五日来一次，没有定准。邻居虽不富裕，但家人同住一个屋檐下，遇事互相倚靠。

而她，只要窦信不来，就如同孤苦寡妇。也许还不及寡妇，因为寡妇多有儿女。

两家的夯土墙几乎紧贴为一体，中有一段女墙，较为低矮。

邻家的郎君搬了一个筌蹄出来，安放在女墙下，预备接应。

侍娘把适才坐的两具胡床搬来，与醉蝶一人踩一个，翻了过去。

邻居娘子命侍婢引她们去廊屋，自己把筌蹄搬回正寝。

郎君拿起扫帚，清扫筌蹄压过的地面。

没等醉蝶猜测他是否有洁癖，邻家的院门骤然被撞开，一大群人仿佛从地下冒出来，举着火把闯入。

尤为怪异的是，如此破门而入，理应先破坏门闩，但却没有发出门闩断裂的声音。那帮人不费吹灰之力，就进来了。

邻家郎君一怔，本能地从怀中摸出一把菜刀，四个女人开始尖叫，旋即被悉数制服，捂住了嘴。

那伙人把小院堵得水泄不通，有人随手关好了院门，吵嚷鼓噪。部分人居然还攀上院墙，围成一圈人体盾牌，防止街坊四邻越墙干预。纵有惊醒的居民赶来，也无法窥探院中情景，听不清里面的谈话。

醉蝶明白过来，他们不是鬼魂，是歹徒，察觉她转移至邻家，竟也调转了攻击目标。不过，帝都之中，居然有人明火执仗，夜闯民宅，大吵大闹，也是活见鬼了。

有人指着醉蝶主仆说："她和她，居住在隔壁。"

竟是杞国夫人于斯滢的声音！

◑ 6 ◐

醉蝶循声找到一位戴着帷帽、幂篱的女子，身形可不就是斯滢？再仔细观察那帮人，有窦信和杞国府的奴婢，有他们唤来的徼巡骑卒，也有不少陌生面孔。

斯滢就是在向一名徼巡队正装束的男子指认涉案人。

斯滢身旁另有一个女子，也一般地头戴帷帽，笼着幂篱，笑道："醉蝶，幸有你家主母救你。她获悉你搬回开化坊居住，而隔壁又于你迁居两日后，搬进来这家新邻居，联想宣阳坊邵宅门口的那场惨案，不知何故，莫名难安，总觉得不妥。尤其是今晚，坐也坐不住，恰好我们拜访杞国府，她就拉着我们同来看看。"

醉蝶不认识这个女子，但她能不受夜禁制度的束缚，带来一大帮随从，家中权位必定不亚于杞国府。

此人正是瑾琋。那番话却是用来搪塞外人的。真实原因是她把夏侯紫菀的密报中关于醉蝶的部分告知斯滢，请斯滢驱逐、跟踪醉蝶，再派人租住醉蝶家对门的小宅，秘密监视，每日早晚各禀报一次情况。

今日不过是在守株十日之后，等到了那只兔子，负责监视的人预先禀报了瑾琋而已。

今晚，监视者也只待在对面的宅院内，经由门缝观望事态，没有直接参与这场救援，以呼应瑾琋的说辞。

李世民对窦信说：“表兄，表嫂方才告诉你，预感醉蝶有危险，你还不信。幸好我与内子极力赞同表嫂的提议。”

窦信拍一拍额头，叹道：“不可思议，不可思议！他们为何要谋害醉蝶？”

瑾琋答道：“那得从他们的阴谋说起了。普通的歹徒还真设想不出如此‘妙计’呢！先押那人出来。”

醉蝶方才注意到，闯入院子的人群原来还裹挟着一个五花大绑的妇人，被两名徼巡骑卒推了出来。

醉蝶认得她是这户邻居的贫苦远亲，昨晚刚来。邻家娘子近日诊出已有两个月身孕，这位远亲是来帮忙照顾的。实则，李世民和瑾琋也是因得知这位远亲到来，嗅出危险的气味，而做出部署的。

押她的人把一块麻布包裹的小石头出示醉蝶。

瑾琋解释道：“醉蝶，她用麻布包着石头，抠划你的门板，恐吓你。邻家这对夫妻再诓骗你们翻墙过来。杞国府距开化坊不远，我们及时抵达，若晚来一步，门外那妇人就将溜进来，拴好门。而这位郎君，扫除了用笙蹄接应你们的痕迹，只留你们踩在地上的足印，将要挥刀杀害你和侍娘。待街坊惊醒，你们已死。这家人会告诉徼巡骑卒，你二人是翻墙擅入，有足印为证，郎君无法相信你们不存歹意。依圣朝律法，夜禁期间，他人无故侵入主人家中，主人当场格杀，不论罪。你主仆二人冤死，还要背一个夜闯民宅、非奸即盗、死有余辜的罪名。”

李世民说：“若单是抓住门外那妇人，尚不足以认定这家人的罪恶企图。但这男子怀揣的刀具，便是铁证。谁会揣一把菜刀，迎接邻人？那是预备好的凶器！”

醉蝶惊出一身冷汗，怒视邻家娘子，无声地质问：“我与你家无冤无仇，不曾红过一次脸，为什么谋害我？”

那女人也被堵着嘴，垂首不答。

醉蝶向窦信投以哀怜的目光，意为：“阿郎，为什么还不放开妾？请取出封口的破布，允许妾说话。”

瑾琋察知她的心声，安抚道：“醉蝶，我们抵达开化坊之前，业已与徼巡队正议定，对外声称你们主仆二人已死，以此麻痹幕后主谋。少不得劳你和侍娘装一装。”

不容分说，徼巡骑卒从邻家室内抬出两张小榻和衾被，将醉蝶主仆俩面朝下按在榻上捆牢，使她们不能动弹，外面用衾被裹严，停放于墙角。再将四名凶徒分别押入正寝和廊屋，捆缚在房柱上，分开看管。

徼巡队正禀告李世民道：“大王，下官派有人手在院门外值守，禁绝百姓靠近。待宵禁解除，万年县衙上门验尸，值守者将私下告以实情，继续迷惑主谋。眼下，趁坊内百姓尚不知列位的身份，请大王、王妃、杞公及夫人先行离开本坊，等待县衙张贴认尸告示。下官将率领徼巡骑卒围随大王一行，以免风声泄露。”

李世民十分满意。拔掉武侯卫内部的钉子，启用得力的人才，效果可谓立竿见影。

窦信愤恨地说：“有劳诸位在此看守。我倒要看看，谁是主谋，布下这等毒计。”

斯滢冷笑道：“哼哼，我却想知道，近日背着我，在亲友中间骂我悍妒的那个人是谁？”

说完，她瞟也不瞟窦信一眼，转身出门。

“娘子。”窦信讨饶般地跟了出去。

李世民、瑾琋一行随后步出小院。徼巡队正挥手命院墙上的那一圈人体盾牌撤回地面，骑马掩护李世民等人离开。

看守院门的人也开始对付百姓的探问："死人啦！你们不能接近，以免踩乱痕迹。谁死了？这家的邻居，两个女子。怎么回事？据这家主人供述，是她俩夜间攀墙，无故闯入，主人以为来了盗贼，举刀自卫……唉！我们看了，主人所言应该不假。但要等明日县衙来勘验问话，方能定谳。今夜我们权且守着。详情？不能讲。你们各自睡吧……"

终究是夜间，出门探问的百姓不多，也不能接近案发地点和李世民一行，闹了一阵，也就散了。

返回杞国府，在斯滢安排的客室里，瑾琋悄问李世民："你有抱怨过我是妒妇、不容人吗？"

"绝无。"李世民踢开瑾琋设在彼此之间的一道安全屏障——一张凭几，在卧榻上就地一滚，贴紧了她，"何出此言？"

瑾琋是因醉蝶想起了刘燕婉。论"妒"，自己实则远超斯滢吧？只是世人不明真相，赋予她"无妒"的嘉誉。

"同你说笑罢了。"她挪移了一点，离他远些，"睡了。明日还要起个绝早，去宣阳坊办那件要紧事呢。"

今晚赶赴开化坊营救醉蝶之前，瑾琋接获舅舅高俭的密报——已依照瑾琋的主张，密令万年县衙于宵禁开始前夕，宣布沈默、苻氏案定谳，并知会了涉事人等，定论为：沈默酒醉，持刀乱捅，给妙楚儿的宅门造成几处伤痕，又将刀尖探入门缝乱插，苻氏恰于此时贴近门缝窥察，惨遭重创。尔后，沈默砍伤周导，且不肯罢手。周导在面临生命危险的情势下，被迫夺刀制止，缠斗中，沈默误杀自身。

瑾琋随即派人密告紫菀及当晚来宣阳坊陪伴妙楚儿的叔孙彻："明日凌晨，宵禁结束以前，我与秦王将暗访妙楚儿的邵家小宅。届时，如此这般行事……"

她所谓“要紧事”，便是这件事。

李世民揪住她身畔的茵褥，发狠似的自语：“好……吧。总归，再有一个月，也就入夏了……”

宵禁解除之前，两人仅携天策府库直安元寿、杨台，持雍州署的夜行符信，自宣阳坊东坊门入，将四匹坐骑拴在阍室，装作坊中民宅来客临时寄放的马匹，把杨台也留在此处督守阍者，防止泄露消息。

目前，妙楚儿和墨莲仍住在夏侯紫菀家，叔孙彻每来探望，也去夏侯宅住宿。因此，邵宅现为闲置状态，终日铁将军把门。

紫菀开了邵宅的门，接应李世民、瑾瑀和安元寿入内，再越过院墙，把锁钥抛给叔孙彻。叔孙彻重新给邵宅上了锁，做出无人出入的假象，自己又从夏侯家翻墙潜入。

“昨日直至宵禁开始，未见异常。”紫菀告诉瑾瑀。

案发后，瑾瑀写给高俭的密信中交代了两件事。其一，请紫菀暗中向妙楚儿示警，教她假装失忆，防止有人杀人灭口。其二，派遣胥吏，秘密监视邵宅。白日里，紫菀主仆三人也轮流帮忙留意隔壁动静，但一无所获。

昨晚，随着万年县衙宣告沈默、苻氏案定谳，监视邵宅的胥吏也撤退了。

“我们等候的那个人——周导！先是不敢来，而今沈、苻案已结，醉蝶也‘毙命’，我不信他还耐得住，必然以祭奠沈默为名，尽快来此毁灭物证。”瑾瑀与李世民等人议论，“案发当日，县衙勘验，并未在此地寻获可疑物证。但我读了夏侯娘子的密报，推测真凶为周导，他必留有某种物事在此。可惜当时县衙已撤走胥吏和仵作。我想，唯有真凶知晓那件物证何在，与其我们费劲来找，莫如等他自己帮我们找出来，当场擒获，一举定罪，由不得他狡辩。”

李世民赞同：“周导是东宫属官向太子殿下保举的人才，若不能当场擒拿，只恐又要‘证据不足、无罪开释’。观音婢，你在廊上坐着歇息。今日，叔孙郎休沐，我也别无他事，甘愿为你充一日胥吏，只当是一种新鲜的消遣……”

他由门缝窥察户外，安元寿和叔孙彻在夜色的掩护下，爬上两棵临街的槐树，透过枝叶缝隙，监听坊街的动静，并交替回首，察看院中的瑾琋有无指示。

宵禁结束了。天色未晞，第一个进坊的是拉着粪车的剔粪匠，其次是收秽物的小贩……

晨光渐渐给幽暗的坊街披上了暖黄的纱衣，那个人却没有出现。

安元寿和叔孙彻不得不爬回邵宅院中。若不然，倒要引来街坊报官了。

李世民算一算人手，让夏侯紫菀翻女墙回她自己家，如常携木樨赴平康坊教习、探听各路讯息，以免招惹怀疑。

紫菀出门前告诉妙楚儿和墨莲，叔孙彻陪同几位胥吏潜伏于邵宅办案，追查真相，教她们闭门不出，切勿攀墙窥探。又密嘱荀氏，若邵宅有三名着雍州署胥吏公服的人越墙而来，就迎入廊屋隐藏。

妙楚儿犹如惊弓之鸟，哪里还敢窥探？整日藏在夏侯紫菀的正寝中，命墨莲寸步不离左右。

瑾琋、李世民、安元寿和叔孙彻蛰伏至中午，粒米未进。紫菀回家，悄悄用竹竿挑着篮子，递过来热水、玉柱、烤羊肉和樱桃，他们才饱餐了一顿。

紫菀也带来最新讯息：“万年县衙在开化坊醉蝶家中密审昨夜被捕的四名凶徒。那四个男女都还在硬扛，尚未供出主谋。”

瑾琋沮丧地说：“我原预感周导侦知醉蝶已死，就会前来。大约是我算得不确。若到今晚宵禁，他仍不来，咱们散了，还交胥吏处置。”

叔孙彻反而极为坚定：“下官信赖大王及王妃，定要亲手抓获谋害邵氏的元凶！”

午睡时分，妙楚儿和墨莲入眠，坊街也复归于宁静。

紫菀携木樨翻越女墙，爬到邵宅，预备出一份力。

终于，门外传来一串轻快的脚步声。

瑾琋贴着门缝窥视，却是一名货郎，卖光了各式冷淘、粉粥，挑着空空如也的担子，快活地一路小跑，转眼从门外掠过。

她失望地回到廊上。就在倚向廊柱的一瞬间，她突然听到坊街上响起迥异于那位货郎的沉重足音。

有人手持执壶，缓步行至邵宅门外，往台阶上倒了些酒水，扶着门板，泣不成声地低语：“呜呜——沈兄，我来晚了。前些日子，我刀伤未愈，此案亦无定论，无颜祭奠沈兄。昨夜真相大白，奈何宵禁期间，不得外出。今日，我终以无罪之身，哭祭沈兄……呜呜——”

门上的铺首随之发出轻微的响动。

紫菀辨出他的嗓音，用夸张的唇语发出信号：“周——导——”

瑾琋凝神细听那响声的变化，某一时刻，感觉时候到了，颔首示意众人做好准备。

这一点细微的动作，门外的周导无从窥见，之于院中的人们，却是吹响了出征的号角。

李世民与安元寿合力抵住周导所扶的半扇门，飞速取下门闩，向后退步。

紧捏着某物的周导猝不及防，随着开启的门板往前扑去。

第十章 婚礼血案

◑ 1 ◐

叔孙彻闪到周导的侧后方，左右开弓，猛然按住他的双手，大喝：“何方蟊贼？以为宅院无主吗？连铺首也想偷窃？”

紫菀应道：“谁说无主？我受邵娘子之托，看守房舍！”

她和木樨闪身出去，一个抱住周导的腰，一个帮叔孙彻按手，连人带门一并往外拉，将这半扇门又关了起来，高声呼叫：“抓贼啊……”“快报官……”

“我来啦！”率先响应的是那个货郎，他把担子靠在一家的夯土墙边，朝手心里吐了口唾沫，健步奔回，帮忙控制周导，“人模狗样！我当是士族郎君，却原来是窃贼！”

紫菀慌忙笑着提醒：“按紧他的手不动，按紧他的手不动！胥吏来时，人赃俱获！”

李世民见他们四人绰绰有余，压制得周导徒有喘气的份儿，便迅疾背起瑾琋，由安元寿协助，翻过女墙，潜入夏侯宅，堪堪避开了附近第一个出门察看的居民的视线。

荀氏把他们三人让进廊屋，回正寝哄骗刚睡醒的妙楚儿："叔孙郎只手擎天，擒住那个真凶了！胥吏三人，根本派不上用场，过来歇歇脚。"

妙楚儿精神大振，耳闻街坊邻居相继惊起、打开大门的声响，胆量益壮，娇呼道："哎哟——哪家衙司的胥吏，竟要歇脚？木樨，咱们去问着那真凶！"

她携荀氏、墨莲奔出门，也帮叔孙彻压着真凶的手。

未几，妙楚儿认出周导的脸，愕然失语，无法置信地缓缓摇头，良久，开口问道："周郎，怎会是你？"

大局已定。瑾琋、李世民和安元寿悄然步出夏侯家的宅门，奔回东坊门阍室，纵马出坊，报知武候铺，随后驰赴雍州署，请高俭准备接手。

不久，就得到了万年县衙鉴于周导官居太仆寺丞，已将他解送至雍州署审讯的消息。

瑾琋露出慧黠的笑容，给高俭出谋划策："舅舅可回复万年县来人，命他们回去说与那四名男女凶徒，言明已查清太仆寺丞周导为谋害开化坊卜醉蝶的主谋，周导束手就擒，并立刻供出了他们四人，因此，什么江湖义气，请他们不讲也罢。"

高俭心知外甥女不会妄言，明面上故意质疑："你拉着秦王假扮胥吏，夜入宣阳坊，行止荒诞，有亏妇德，只因坐实了周导在沈默、苻氏案中的嫌疑，稍可弥补你的过失。为何又武断周导也是谋害卜醉蝶的主谋？我若听信你，诈错了，致使真凶脱逃，你更添一宗新错。"

李世民连忙替瑾琋分辩："舅舅放心，观音婢素不冤枉好人。我近来难得一整日的闲暇，亲身陪她查案，也不过偶或为之，非但无伤大体，反而深感其乐无穷，竟有别样的风雅，不逊于春风沂水之乐呢！"

“嗯……既有秦王袒护你，我也无话可说……”高俭绷着笑意，出外对万年县做出部署，再亲自审讯周导。

公堂之上，叔孙彻和夏侯紫菀以妙楚儿亲友的身份，指控周导：“沈默、苻氏案发之前，邵宅大门的一个铺首，因少了一根铆钉，下半截脱离门板，一般看不出来，因出了血案，邵氏暂且寄居邻舍，至今未及时修理。我们捉拿周导时，他正把三根手指探入那个铺首下面，意欲窃取铺首。之后细看，发现他那三根手指紧捏一件细巧尖锐的陌生物事，而那物事，竟然卡在铺首内侧，他实则是想将它拔出来。周导行径甚属可疑，请治中明断。”

货郎也证明他们所言属实。

胥吏提取那件证物，却是一个铜制的刺状物，上面刻有人们不认识的文字。

高俭为饱学之士，自然认得，当场揭露道：“这是产自安息的一种驯马工具，名为‘马刺’，极少舶入我朝。皇家也未曾使用此物。周导，你先供职典客署，交通八方外夷使者，后入太仆寺，协理海内马政。沈默、苻氏案的涉案人中，除了你，的确没有第二人能获得此物。仵作已在这根马刺上验出血污的残迹。”

周导正在思忖如何应付，高俭又以稳操胜券的淡定语调，不疾不徐地转述瑾琋对本案的推测：“据邵氏、苻氏的证词，苻氏被刺中时，沈默在拍打门环，叩门呼叫，而刀尖始终不曾钻出门缝，因此，邵氏、苻氏并未看见他的刀。根据横刀的长度，假如他一手拍门，另一手握持刀柄攻击，并保持在刀尖不露出门缝的范围以内，那身姿，势必极其古怪，也不便发力。或者，他没有握持刀柄，而是直接握住刀身前端攻击？这也煞是怪异，且不易使力。而你，周导，案发后对宣阳坊百姓喊出的第一句话却是——‘他刀刺门缝，我扳开他的手，抢夺刀柄，他攻我，我……’意即沈默握持刀柄，将刀尖刺入门缝。而丝毫未曾提及沈默有任何奇怪的姿势。抛开你于慌乱之中，记忆失真这一层可能性，便是你在撒谎！你蓄谋加害沈默，故随身携带马刺之类的武器，当日，你首次陪伴沈默造访邵氏，发现院门上的一只铺首有损坏，定下计策。你先搀扶沈默离开宣阳坊，与卜醉蝶分别，尔后，你有意以言语刺激沈默的醉意，挑唆他回宣阳坊，寻邵氏做清算。你身体抵近门缝，观察院内情景，同时右手扶持拍门的沈默，左手持马刺探入，毁伤苻氏一目，牺牲无辜的苻氏，强化沈默酒醉伤人的假象。你旋即用马刺划伤面部，作为沈默以刀尖袭击你的证据，再匆忙擦拭马刺，把它卡进那个有损坏的铺首内侧，仍将铺首按好在门板上。沈默酒醉，反应迟缓。你拔出他的佩刀，伪装夺刀，实则一刀刺出，夺取了沈默的生命！之后，面对闻声而来的围观者，你道出一句谎言，妄图蒙骗法司！当日，万年县衙勘验，未能发现这根马刺。但它毕竟是你的眼中钉、心中刺，你终究想要把它清除，最终，也因此坐实了罪行。”

瑾琋坐在屏风后旁听，由此思及苻氏的悲惨遭遇，痛恨周导人面兽心，一遍复一遍地默默质问：“你为什么？为什么？你的动机，果真如我猜测的一样吗？”

她对周导作案的缘由有所猜测，却暂未告知任何人。

在高俭提出这个问题之前，万年县衙的急报飞抵雍州署：四名凶徒供述，他们四人出自山东绿林盗贼世家，以受雇替人消灾为业，昨夜谋害开化坊卜醉蝶的买凶主谋正是周导。不过，周导的行凶动机，他们并不了解。

高俭命胥吏宣读了万年县衙的报告，再问周导：“设下防卫醉汉攻击之计的，与设下无故夜入民宅之局的，果然是同一人，亦即你，周导！你为何加害沈默、卜醉蝶？邵氏诈称失忆，你就不曾伤她，原因何在？”

回答高俭的，是瀑布般奔流的鲜血。无尽的沉默随之而来。

周导咬舌自尽了。

乌云聚集于长安城的上空，大有风雨压城之势。夏季提前降临了吗？

瑾琋不由自主地握住身边李世民的手，仰首眺望冥濛的天空。

惊诧震悚之余，她似乎听见那窈暗的深处传来一个人的笑语：“是他，是他。你能告知你的丈夫吗？哈哈哈！”

是那个突厥吐屯、高惠通“前夫”的声音。

瑾琋不能。她曾许诺为惠通保密。

周导，正是突厥吐屯为惠通安排的假丈夫。

调查谋害沈默、醉蝶的动机，将暴露他的卖国罪行，家人将受到严酷的株连。整个汝南周氏，也将蒙受最为深重的耻辱。故此，他选择自戕，以普通杀人案犯的罪名终结此事。

卜醉蝶私会周导、沈默的“谣言”，也因查明周导为四名凶徒的幕后主谋，而得到了证实。

窦信恼羞成怒，于斯滢却采纳瑾琋的建议，以“协查本案有功”为由，力主把醉蝶接回了杞国府：“信郎，她与周、沈二人仅是饮酒叙旧，并未十分出格。加之她受这一场惊吓，不敢独居。我们不管，谁管？”

但窦信自此与卜醉蝶恩断情绝，醉蝶转而成为于斯滢的忠实臣仆。

瑾琋再赴杞国府做客，就有了与醉蝶密谈的机会，询问醉蝶与周导、沈默、妙楚儿、韩弗祢交往聊天的详情，验证了关于周导作案动机的猜测。

回弘义宫，瑾琋私下召见高惠通，单独与她说明此事：“沈默生前在邵宅发酒疯，激怒了妙楚儿，妙楚儿曾道出这番话语——‘周郎志在名门淑女，上次阿卜把周郎新妇的门第说与奴知，奴一心恭贺周郎心想事成’。我稍作打听，获悉周导的新妇出身渤海高氏。表明妙楚儿在平康坊的时节，周导向她透露过与渤海高氏联姻的愿望，所以，妙楚儿才说‘心想事成’。我又设法做些了解，得知……”

沈默、苻氏伤亡一案发生当日，醉蝶、周导、沈默在“四海春”聚饮。酒酣耳热，谈论各自的婚姻，醉态毕露的沈默骤然谈起一件尘封多时的往事：“周兄、周郎！前年春季，咱们在平康坊妙楚儿房里饮酒，你喝高了，说的什么？对了，你说道，‘我周导即将求娶渤海高氏女，无非是不能碰。不碰就不碰，我周导在平康坊也是有名的柳下惠，所以人家放心我！’妙楚儿笑你说醉话。如今想来，果真是醉话，你的续弦夫人，不是已经怀孕了吗？”

醉蝶笑道：“沈郎，上月咱们三人饮酒，你也提及此事，周郎的私事与你何干，偏要一再议论？我问过阿邵，她只记得周郎有意求娶渤海高氏，可不记得‘碰不碰’的话，说你记差了。”

沈默不服，与醉蝶争论。醉蝶烦了，索性认输，结束了这一话题……

“武德六年春季，周导计划求娶渤海高氏女，且不同房，亦即，做假夫妻。并说，‘人家’放心他。”瑾琋谈及此，就回忆起自己险些遭受突厥吐屯凌辱的画面，他吐露的那一声“报复”，“武德六年夏秋之交，你——渤海高氏女，惠通，被突厥吐屯放归中原，条件是，为他做奸细。他安排了一位中原男子与你做假夫妻。吐屯对你有一种狭隘的占有欲，他所高度信任的男子——周导，定力极强，更重要的是，有通敌卖国的把柄在他手中，绝不敢越雷池一步。故而，吐屯这个‘人家’，非常‘放心’周导。”

惠通连连称是：“对、对。周导彼时供职于典客署，是妾四弟的同僚，彼此熟悉。他提亲，妾的母家更容易接受。”

“嗯。然而，由于宝绿之死，这桩婚事告吹。周导求娶渤海高氏的其他女儿，以自圆其说，并反省昔日的过失，节制饮酒，预防酒后失言。近日，他发现沈默是一个隐患，醉蝶也很危险，于是，设局加害。妙楚儿因遗忘了他那句深藏玄机的酒话，逃脱一劫。”瑾琋说完，身心却并未感到十足的轻松。

她想起了存有疑问的急面皮胶案、毫无头绪的杨文干事件泄密案，以及韩弗祢之死。

太子李建成为什么认可张麒杀害韩弗祢?

韩弗祢与周导曾有交往，韩弗祢之死，与紧随其后的周导案，中间是否存在关联?

瑾琋揣度着一种可能性，不由地变作肃穆的神情，郑重叮嘱惠通："谜底揭晓，奸细殒命，你就此做一个脱胎换骨的高惠通，将旧事彻底忘怀……"

夏日到来，高惠通仅存的疑问，得到了化解。

瑾琋用手指卷着发梢，对镜咕哝："但我有其他疑问待解……"

"什么疑问？吴景贤业已诊断，你的身体康复，暂且无需分居了……"李世民撩开纱幔，走到身后坐下，托起她的长发，用指尖轻轻抚弄，感觉到一种水润，"沐过发？"

◑ 2 ◐

顷刻间，瑾琋暂且放下了那些疑问，凝望着他投映于镜中的身影。

她明白他的来意，身体微微发起热来，拖延许久，方才回答了一个字，话音也不自觉地带出绵软轻颤的意味："是。"

他实则也不需要回答，右手沿着她的长发向上游走，跃至浑圆的肩头，往下俯冲，热血沸腾地翻山越岭、开山架桥去了。

瑾琋被这份积蓄了三年半的热情所俘虏，肌肤由微热升温至灼烫，双颊潮红，在他的抚爱下，神醉心驰，不可自抑地低吟浅唱："二郎……"

"观音婢，我思念你，苦极……"李世民紧搂着她，消弭一切的距离，深嵌入彼此的身体……

他们恢复了同室而居的生活。好似久别重逢，俨然回到了隋末，圆房初始，那段旖旎缠绵的日子。

他们的兄弟之争，似乎也有所缓和，至少在表面上，水波不兴。

边关没有爆发大的战事，天子的儿子们无需远征，团聚京城，承欢君父膝下。

总而言之，在瑾琋的印象中，武德八年的夏日时光，与晋阳起兵之前的光景最为相似。

不过，也只是“相似”，绝不等同。人间最是留不住的，是光阴。李世民年满二十七岁，瑾琋二十五岁，距离隋炀帝大业九年的那场婚礼，已相隔十二年。

李世民感慨系之：“蓦然回首，我与观音婢，竟已共同度过十二年之久的漫长岁月。十二年，足足一轮啊！”

瑾琋笑道：“这般霜气横秋的口吻，不止二十七岁，像是七十二岁。不愧为即将荣升岳父的人。”

长女千光照，近日正式获李渊册封为“襄城县主”，原定年末举行的婚礼提前至夏季。照旧是依卜卦结果，先完婚，后圆房。李世民也将迎来平生第一个女婿。这位新晋岳父大人，贵庚二十七岁，虚岁……

“那你也是年届七旬的古稀老媪了，我不亏。”李世民伸手捏弄瑾琋的额头，促狭地挤出一些皱纹来，被她恼怒地打手、推开。

第二天，是宋国公萧瑀嫡长子——萧锐，与秦王李世民长女——千光照举行婚礼的吉日。

受李世民夫妇的委托，长孙无忌夫人颜穆清、长孙无逸夫人谢子翕于当日清晨以新妇舅母的身份，先赴宋国府行撒帐之仪，在萧家预先搭好的青庐内抛撒铜钱、花钿、枣子和花椒，诵念《咒愿文》，为新人祈祷幸福生活。

哭了几日的千光照，天不明就起身，沐浴梳妆。按照县主的婚礼服制，穿着靡丽繁复的八等绣褕翟衣，高绾发髻，插戴花钗八树、宝钿八只。打扮停当，由贵人杨修能陪同，步行至翠华殿正殿，拜谢父母养育之恩。

李世民和瑾琋按章法说些勉励的话。千光照啜泣着一一答应。

瑾琋回忆自己出嫁的情景，也是千光照这般年纪，百感交集，也热泪盈眶，哽咽着劝慰："阿娘也经历过的，体解你的心情。只是女孩儿总不免抛别父母，不必悲伤太过。乳母卞娘子和贴身侍婢们都随你去萧家过日子，谅必不会寂寞。待三日回门拜阁，你又可回家住一宿。今后每有适宜的时机，我也会接你回来。"

李世民的话语简明粗糙："到了萧家，倘若你阿翁、阿家或者萧大郎待你不善，只管遣人回弘义宫禀报父母。阿耶定然为你做主！快别哭了！"

孝顺的千光照不愿让父母忧心，勉力止住眼泪。

不料，她刚收了哭声，修能又接力似的呜呜大哭。

李世民大为愠怒，严厉斥责道："新妇不舍母家，自然要哭泣。但你不将好脸色来安慰一娘，却晦气哭号什么？"

修能抽抽搭搭地回禀："大王恕罪，妾自入王府，泰半时光与一娘作伴。今日离别，实在不忍。"

李世民微觉感动，缓和了口吻："那也不该如此失态！"因命她先陪送千光照去翠华殿偏殿补妆。

后面还有一长串礼节仪式等着小新娘。然而弘义宫并非寻常贵家府邸，新郎一行不能深入后院，去千光照的闺房——溱洧殿催妆行礼，一应程序将在翠华殿完成。

"依稀看见我十三岁的模样，竟不知如何解劝。"瑾琋霁颜为笑，唤侍婢备水补妆。

李世民从背后看着镜中梳妆婢的手，那只手灵巧地往瑾琋脸上涂脂抹粉，遮盖泪痕，恍惚是她十三岁初嫁时节的面容，冲口问道：“你出嫁那时，虽说因辞别母家，难免哀戚，可是一想到即将与我共同生活，也极为欢喜。不是吗？”

“嗯？是的。”瑾琋微酡着脸轻声回答，展眼向他投以娇嗔的一瞥，意为：“在梳妆婢面前，为何说这些？”

李世民毫不在乎，继续慨叹：“你我自幼往来，彼此有意。萧锐与千光照素未谋面，未知是否投缘？”

幸好，梳妆婢刚刚退下。

瑾琋轻摇团扇，驱散适才因窘迫而蠢蠢欲动的燥热感，安抚道：“大多数夫妇都是婚礼当日才得相见，婚后情义笃厚者也不乏其人。”

李世民摊开四肢朝地板上一躺，长吁短叹：“唉！我又操心我们的阿鹞、攸乐，将来长成出嫁，万一遇人不淑，怎生是好？她姐妹俩未来的夫婿人选，我定要亲自排沙拣金。”

瑾琋乐不可支：“哈哈！阿鹞、攸乐还早呢！你这位年方二十七的岳父大人，还是先静候大女婿上门吧！”

留荑立于屏风外，捂着肚子，忍了又忍，把笑意压回腹中，通报道：“启禀大王、娘子，高密公主及驸马至，长广公主至。”

依照婚俗，父母不能亲自送亲，瑾琋回顾自己出嫁的情形，认为此等风俗不近人情，不必因循守旧，说服李世民，决意一同亲送女儿去萧家。

宋国公萧瑀却恪守礼法，食古不化，坚决不同意。

名为亲家，萧瑀实为李世民和瑾琋的父辈。二人自然不便与他争吵，只细水长流地劝说。

一连议了几个月，天子李渊也知道了，恰逢他当日“朕心甚悦”，一时高兴，亲自决断此事：“时文（萧瑀字时文）啊，我家二郎年纪尚轻，你且当他是一个孩童，就许他去府上领略婚礼的盛况，如何？当然，送亲使者不能由他担任，须另请高明……”

萧瑀只好奉敕。而由谁担任送亲使者，又成为新的问题。

千光照最大的弟弟——李承乾，年仅七岁，无法承担送亲的使命。以下的弟弟们更不必说。瑾琋与李世民商议，邀请千光照的姑母、姑父——高密公主及驸马段纶担任送亲主使，长广公主担任送亲副使。

如此安排原本合情合理，妨碍出在高密公主的丈夫——段纶身上。

段纶先前经略巴蜀，在富庶丰饶的益州掌握一方生杀大权，自恃立有大功，骄傲自满，对上对下态度轻慢。有人公报私仇，控告段纶谋反，李渊盛怒，派人赴巴蜀调查，尽管查明系诬告，仍将这位女婿调回京师，投闲置散。不少人因此疏远他，以避嫌疑。

段纶落拓失意，高密公主也很苦闷。李世民和瑾琋却不忌讳，盛情邀请他们夫妇担任送亲主使。

李建成借此机会，再度排兵布阵，调遣朝臣、属官及齐王李元吉向李渊表达对此事的担忧：秦王李世民位极人臣，向曾有谋反嫌疑、不清不白的段纶示好，似有不妥。

李渊沉吟良久，答复：“这是家事，姑且由他。国事，自有国事的规矩。”

李世民和瑾琋闻知，若无其事，照常与高密公主、段纶商议送亲的细节。

因此，公主夫妻二人欣悦感怀，做好各种准备，婚礼当日，准时如约而至。

长广公主因驸马杨师道出镇北疆，独自担任副使，见面先向弟弟、弟媳道喜，因李世民提到三姐夫柴绍今夜抵京，将径直赴宋国府观礼，她不禁忆及平阳昭公主，叹道：“倘若三姐健在，哪里轮得着我送亲！”

李世民和瑾琋闻言，不由地黯然伤感。还是高密公主责怪五妹言谈不合时宜，众人才又鼓起兴来。

黄昏，宋国府的迎亲车队抵达弘义宫。

稍早前，借着千光照大婚的喜庆，瑾琋说动了李世民，将刀人郑蔚晋封为承衣。“下婿”仪式伊始，就由郑蔚和典正女官吴氏出马，与宋国府的两位迎亲傧相——萧瑀外甥女袁氏、外甥女婿郗子超问答辩论。

郑蔚、吴氏施展浑身解数，与男家傧相大战三百回合，闹得郗子超、袁氏夫妻俩嗓子冒烟、频翻白眼，弘义宫才打开大门，为迎亲队伍放行。

萧锐暗自祈祷，毕竟是亲王嫁女，但愿不像一般士民那样希图尽兴热闹，把新郎百般作弄。

他下了马，在侍娘、给使的导引下，恭恭敬敬往里走。迎亲的人马大部留在阍室等候，只有两位傧相和少数亲信随从获准跟随萧锐入内。

经过弘文殿，突然自路边的竹林树荫中杀奔出一群女子，为首者是典言女官高嫮，宫婢王阿来、阚敏、阚枚、淡竹、鸢尾也在其中，人人手持竹杖，笑嚷：“新婿入妇家，打杀无问！”围着萧锐一通乱打。

近世婚俗如此，男家傧相、随从只是欢笑围观，并不保护新郎。女傧相袁氏是个一笑百媚、风鬟雾鬓的明艳女子，一直用一种温柔慈爱的眼神聊表对表弟萧锐的安慰。

萧锐也不能还手，一面拱手讨饶，一面逃跑。年轻男子脚力好，飞奔如风，高嫮等人也不极力追赶。

挨打时间比别人家的新郎短，萧锐心中窃喜。这一关过去，每吟一首诗，就进一道门。

到了翠华殿阶下，但见回廊上设行障、垂帘幕，影影绰绰坐着七位身穿五品、六品外命妇钿钗礼衣的女子，纱帘间隔，看不清面容，周围奴婢侍立，还有一些小童拍手雀跃。

萧锐心知是秦王的媵妾及千光照的弟弟妹妹们，来观礼看新郎的，顿时好不害羞。

忽听四面八方涌来一波嬉笑：“郎子初至，打杀无问！”

原来是典闱女官南宫氏，率领着另外一伙侍婢包抄过来，擎着竹杖又群殴萧锐，打得他抱头乱窜，求饶不迭。

廊上的观众语笑喧哗，就是有六个多月身孕的杨陆离也绽放难得一见的舒朗笑容。

李世民和瑾琋隐身于翠华殿正殿内凭窗看戏，笑得前仰后合。

长广公主本想矜持些，见状也哑然失笑，不止因为“下婿”的欢乐，更因为看见弟弟、弟媳的情状，禁不住笑问：“二位是要做岳父、岳母的人吗？欺负殿外的人看不到你们这般模样。你们啊，毕竟还年轻！萧锐今年十九，仅比二郎小八岁。哈哈哈！”

瑾琋连忙收敛，恢复王妃应有的端凝姿态。

李世民却置若罔闻，扶着窗框四下张望。

廊上珠围翠绕，姚黄魏紫，大半分不清谁是谁，但是，燕芃和高惠通两个浅淡的点嵌在其间，稍有突兀之感。

燕芃年纪小，秉承母训，原不爱金头银面地佩戴珠宝首饰，高惠通却并非秉性如此。

昨晚在淇奥殿，李世民就目睹高惠通的发髻上只有银钿、银簪、绢花，今日也好得有限。

李世民有点疑惑，微蹙了一下眉头。

瑾琋循着他的视线，也注意到惠通的问题。

“哈哈哈——”庭中猝然爆发一阵比先时更加高亢的哄笑，逐渐停息，恢复了平静。

受此提醒，他们暂将目光从高惠通那里转回至婚礼上。

南宫氏打得够了，放萧锐至翠华殿偏殿阶下行催妆之礼。袁氏等男家傧相陪伴他过去。

瑾瑞和李世民，两双笑眼，紧随着可怜的新郎走，蓦地，双双对对，同时在一个人身上停住。

这对新晋的岳父、岳母大人未免有了片刻的分心。新郎和两位傧相吟诵的头几首催妆诗，他们一句也没有听进去，全部混入周边载言载笑的人群中。

“又有事情发生了。”瑾瑞扫了一眼两侧回廊，默念，“唯愿是一件小事，不致破坏这些日子的喜气。”

◑ 3 ◐

无论如何，婚礼不能受到无关因素的干扰，如常进行。

萧锐及傧相念完整整三十首催妆诗，高密公主方才率杨修能、乳母卞氏及众侍婢，簇拥着团扇遮面的千光照，款款步出临时设于翠华殿偏殿的闺房，与萧锐行奠雁礼。

最后，新郎、新妇齐赴翠华殿正殿，拜辞娘家父母。

李世民和瑾瑞依惯例将些“戒之敬之，宫室无违命”“勉之敬之，夙夜无违”之类的话叮咛千光照。

之后，段纶、高密公主和长广公主领衔，隆重护送新妇前往宋国府。

李世民及瑾瑞另率一队随从，尾随送亲队伍而行。除了少数担任贴身侍卫的人，其余随从抵达宋国府，即可四散活动，尽情欢乐一夜。这也是瑾瑞和李世民对下属日常辛勤事奉的一份回馈。

千光照进了婆家，入得青庐，又有一系列繁冗的仪式。不过，这些仪式，父母、尤其是父亲，一概无份亲身参与，只能旁观，在精神上给予千光照支持。

新人坐帐的时候，瑾琋入内观礼，李世民不能进去，携近侍给使赵顺在人群外闲站，居然遇见陆钲，因问道：“你也来了？”

陆钲见到他，笑容变得蹇钝，把妻子朱氏与萧家的亲戚关系解释了一遍。这一点，萧瑀也曾对李世民谈及。

“应当来的。今晚务必尽欢而散。”李世民淡淡一笑，漫步到别处去，心说：“哼，谅你也不敢为观音婢而来，我随时可以打折你的腿……”

忙得晕头转向的男傧相郗子超，挤出须臾空暇，出来透一口气，见陆钲拱手送别李世民的背影，招呼道：“陆郎，秦王已走远了，不用行礼了。速去正堂赴席是正经！听闻女家亲友以齐王为首，酒量惊人，指着男家的亲属灌酒，一轮未满，萧家众亲友已然招架不住。你酒量好，须得出马增援才是。”

朱氏也过来，拉着陆钲去入席：“你且勉饮几盏，倒也罢了……”

同牢、合卺，依次礼毕，部分亲友因无夜行符信，用了晚餐，陆续告辞回家，以免误了宵禁，但留下继续观花灯、闹青庐，乃至通宵玩乐的也大有人在。

新郎萧锐身心俱疲。反正“闹青庐”这一环节的行事，多为“弄新妇”，新郎是陪衬，一时失陪也不太扎眼。萧锐因托辞如厕，躲出去稍事休息。郗子超、袁氏两位傧相也随之外出，偷闲散淡一阵。

新妇的父母不便直接介入“闹青庐”之礼，瑾琋担心千光照无力应付，临时增派高嫮、留荑、繁缕三人，在千光照左右照料。

她和李世民携五谷、丰登、赵顺、卫仁四名给使及侍婢玳玳驻足青庐外，以观礼之名，行守护之实。

眼见宾客大体分寸尚可，不致过分为难新妇，侍奉、陪伴千光照的人们也甚为干练，瑾琋渐渐放下心来。

暑热天，人多拥挤，有些出汗，她对李世民说：“二郎，我要补补妆。你去饮酒取乐吧。”

“我同你一处即可。我方才逛了逛，也去过正堂吃喝玩耍。今日是不醉不归的大喜日子，只是我一去正堂，便是众矢之的。我的酒量却不敢任性，略领了两杯，就借口观礼，回来了。由着四郎在那里快活吧。”李世民命赵顺、丰登、卫仁继续守护青庐，仅携五谷、玳玳，陪同瑾琋去客室补妆歇息。

为了操办今晚的喜事，宋国府把内堂后面的两重房舍全部设为客室，新妇的父母独享第二重的一间宽敞书房。

两重房舍之间有回廊连通，庭中燃石灯，廊上挂灯笼，辉映出一个喜庆的灯火辉煌不夜天。

行走于回廊上，转头可见第一重房舍的后窗。

瑾琋途经一扇糊着霜色窗纱的窗户，忽觉窗户这一侧的光线骤然变得黯淡下来，不似其他房间，内外灯火交映，虽在夜间，窗纱也显通透明亮。

她好奇地侧首看了一眼，原来是由于这扇窗户后面合拢了一道深色帷幔，遮挡了室内的灯火。

帷幔的背后，想必有客人在小憩。

瑾琋把头转回来，重新平视前方，余光却扫到窗棂缝里渗出什么物事，滴向地面。

她再次侧首，凝眸注视窗棂，认清那是一脉红色液体。在冲天的喜气喧闹中，那滴落的“滴答”声何其微弱，宛如世间最卑微、最令人忽视的一种生命——蝼蚁。

瑾琋胸口一窒。今天是千光照的婚礼，不应该见血啊！

她按住狂跳的心房，指给李世民看：“二郎，那是何物？不是人血，对吗？”

饱经沙场磨砺的李世民却一眼认出，沉声答道：“是。”随即把瑾琋拉到自己身后，拔出横刀，靠近那扇窗户细看。

“啊！救命啊！救命啊！”窗内有女子呼救，尖细的声音如同竖起一柄柄无形的刀剑，阻止外人侵入。

瑾琋急忙扬声呼喝：“住手！何人作恶？大胆！”

李世民迅速挥刀，砍断几根窗棂，划破窗纱，五谷、玳玳帮忙把窗纱的破损处撕裂至最大限度，瑾琋立即探手进去，试图撩起那层深色帷幔，发现帷幔被某种重物压住了半幅。

她赶快掀开另外半幅，室内的部分场景映入眼帘。

今天的新郎、萧锐，抱着染有鲜血的新郎红袍，呆望着那个压住半幅帷幔的重物，新郎的远游冠掉落在地衣上。

他身后约二十步远处，矗立着一座区分内外间的屏风，一名侍婢立于屏风旁，犹在嘶声尖叫，原捧在手中的瓷盏、执壶摔碎于地。

李世民、瑾琋等四人绕至事发房间的正门入内，已有在其他客室休息的客人先行赶到，有些拥堵。因他们来了，旁人特意让开一条路。

瑾琋吩咐五谷、玳玳留在屏风外，自己同李世民进入里间。此时可看见压着半幅帷幔的重物是什么，竟是这场婚礼的女傧相，萧锐的表姐、萧瑀的外甥女，袁氏。

袁氏垂足坐在筌蹄上，两手置于膝头，身前设有一张矮几，矮几上放置着妆奁和铜镜。一支金钗的尖尾准确地深插入她颈部的主要血脉，致使她在眨眼之间，就无法呼吸，不能呼救、呻吟，失去了意识，歪在窗棂上，压住半幅帷幔。少顷，袁氏撒手人寰。

而那支金钗的钗头，饰有一只血红色的蜻蜓。那蜻蜓的血色光华，不断地延展，霎时间就填塞满了瑾琋和李世民的视野和思绪。

那是武德六年，李世民在交城县赠予高惠通的一支蜻蜓累丝血珀镂花金钗。

今日，在弘义宫举行的“下婿”礼上，李世民和瑾琋也是因为发现这支金钗戴在男家女傧相袁氏的发髻上，而大惑不解。只是在千光照的大喜之日，暂且不能查问此事而已。

如今，这支蜻蜓累丝血珀镂花金钗却插在袁氏的颈部，成为夺命的凶器！

袁氏的丈夫郗子超闻声跑来，只看一眼妻子的脸，就哭倒在地，捶着大红喜色的地衣流泪哀号，几至气绝。

消息不胫而走，俄顷，宋国府喜事变丧事，由欢歌笑语的天堂堕入死气沉沉的地狱。

萧瑀及夫人独孤氏冲到案发现场，目睹惨状，连坐下的力气也没了，只是不断地询问萧锐："出了何事？出了何事？你在这里做什么？做什么？"

瑾瑜安慰他们道："令甥女刚刚亡故，凶手必然不出宋国府。相信一个时辰之内，定能查清。依我之见，可先询问这位侍婢，再询问令郎。若蒙宋公及夫人许可，我愿出面询问。"

萧瑀夫妇心乱如麻，不能正常思考，倒也乐得交给她。在衙司胥吏、仵作上门之前，宋国府若能自行查获凶手，多少可挽回一丝兰陵萧氏的体面。

那名侍婢是袁氏的陪嫁婢女，名唤"莲心"。瑾瑜问她经过情形，她先哭泣一阵，又发一阵呆，又失神地叫几声，颠三倒四。经过耐心地开导，才断断续续说明了自己的所见所闻："外面闹青庐，我家阿郎、娘子带着新郎到这里，掩了外间的房门休息。这里是宋国府为阿郎、娘子准备的客室。新郎的卧室离青庐就远了，所以，他也跟着来。奴婢在里间为娘子补妆，阿郎和新郎在外间坐着说话。后来，阿郎也进了里间，与娘子商议几句别的事，就先出门了，只剩萧郎在外。娘子补完妆，因室内执壶里的五香饮喝完了，就打发奴婢去厨房再盛一壶五香饮来，倒一盏给她喝，此外，她要整理衣裙，教新郎候在外间，或自便。奴婢遵命行事，回来，走到屏风旁边，就见娘子颈插金钗，那模样竟是不好了！新郎，不知何时脱了袍服，抱着那袍服，立在娘子跟前。奴婢一看，他的袍服上也有血。奴婢无能，只会大喊。旁的，也说不出了。”

瑾琋提出一个疑问：“郗郎先行离去，尔后你又去厨房，此间只剩袁娘子和萧家大郎，是否不合情理？不用避嫌？”

萧瑀代儿子解释：“犬子与亡人是嫡亲的表姐弟，自幼一起长大，故不避嫌。”

他感到儿子有了嫌疑，把严厉的目光投向萧锐，怒斥道：“话虽如此，你今已成婚，与表姐之间也应避嫌。我且听听，你有何话可说！”

萧锐从最初的慌乱中恢复过来，神情沉毅，用犀利的眼神盯着莲心，开口即是反驳：“莲心，你为何不说实话？”

他转向父母和岳父母，拱手禀道：“启禀大王、王妃、大人、母亲，儿跟随表姐夫妇进入这间客室，表姐劝儿，新郎着装里三层、外三层，不耐溽暑，可暂且脱下外袍和远游冠，节省体力，关好房门，外人就不知儿衣冠不整，也免得被人发现儿在此躲清闲，捉拿儿出去作弄。儿听从了表姐之言。表姐命莲心把儿的外袍平整好，搭在里间的桁子上，远游冠扣在外袍上，以免遗忘。因此，莲心方才说，不知儿何时脱下外袍，委实令儿难以置信。此话姑且按下不提，容儿继续禀报事发经过。莲心侍奉表姐入里间，为表姐补妆，儿在外间与表姐夫谈论婚礼趣事。此后，表姐夫也进了里间，与表姐议事。儿因劳乏，用手撑着头，倚在凭几上假寐。不一刻，莲心把儿推醒，说表姐夫已出去，派她去盛五香饮，表姐补妆毕，在整理衣裙，教儿稍等片时，入内取衣冠穿好，也该出去了。儿等了一会儿，便呼唤表姐，连呼三遍，表姐不应。儿觉得奇怪，入内探视，却见表姐歪在帷幔上，儿的外袍盖在表姐身上，只露出发髻，远游冠扔在地上。儿情知不妙，抱起袍服，发现表姐遇害！俄而，莲心回房，失声尖叫。”

瑾琋不置可否，自上而下打量着萧锐，忽然指着他的靴子，问道：“萧大郎，你的靴底也踩上了鲜血。照此看来，你步入里间之后、抱起自己的外袍之前，没有留意地衣上滴有鲜血吗？”

萧锐回禀道：“因凶器没有拔出，表姐的鲜血并未喷涌，故此外面可见的血迹不算多。地衣颜色与鲜血相近，儿进入里间，思绪即为表姐的怪异姿态所吸引，没有留心脚下。”

瑾琋稍加思忖，看了看苦主——郗子超，温言问道：“郗郎节哀顺变。关于尊夫人遇害案，现有一要紧关节，须请郗郎分辨。萧大郎和侍婢莲心，供述泰半相同，唯有一点，双方各执一词。萧大郎声称，你们刚进入客室，他就遵表姐之命，脱了外袍和远游冠，交莲心带入里间。而莲心声称，并无此事，萧大郎起初未曾脱去衣冠，是在她奉尊夫人之命，去厨房盛五香饮至案发之间的某个时刻脱的。由于你们先掩了房门，合拢里间的帷幔，外人不清楚室内的情景，只能依靠郗郎的回忆，来明辨是非。还望郗郎勉力安定心神，化解这个疑问。”

◑ 4 ◐

这一刻，众人的视线全部聚焦于郗子超身上。

他唇枯脸灰，满面泪痕，只是沉默，停了一会儿，喉间呵出哭腔和叹息，勉强答道：“下官岳父母在江南。在长安，萧家舅舅、舅母就是内子的父母。内子遇害，事发舅舅府上，表弟与襄城县主喜结良缘之日，下官首先是惶恐不安……”

言及此，他再度哽咽难言。

萧瑀也老泪纵横：“你但有话，尽管道来，不必顾忌。如你所言，亡人比我的女儿也不差什么。她含冤而死，我必为她申冤，不管凶手是何人！”

李世民的心“咯噔”作响。听话听音，这舅舅和外甥女婿已达成默契——凶嫌是萧锐无疑了。

他不禁与瑾瑶对视，默示：“大婚刚刚礼成，新郎即沦为杀人凶嫌，千光照好生冤枉！我要奏请大人，敕许她离异！”

瑾瑶安抚地笑，无声地回应：“若萧大郎果然是凶手，我们立时领千光照回弘义宫，坚决和萧家离婚！不过，眼下，权且稍安勿躁……”

郗子超未语泪先流，缓缓开口：“呜呜——舅舅、舅母，外甥女婿对不起二老！然而，事实，确乎，与莲心所言……一致！”

有萧瑀的话铺垫在先，大多数人对郗子超的答复似乎不甚吃惊，且看萧瑀如何处置。在旁人肃穆的安静中，萧瑀夫人独孤氏的饮泣显得格外突兀。

萧锐凛然谛视着郗子超，打破了沉默：“表姐夫，我万万不曾想到！你为何要与莲心串通，做假证？”

萧瑀面若寒霜，扶着凭几慢慢起立，挪步至门口，扬声呼唤奴婢，话音竟比先前苍老了许多：“来人！捆萧锐，执送法司查办！”

深知他脾气的夫人独孤氏无计可施，扑到萧锐身边，搂着儿子大哭，一个字也说不出来。

几个家奴拿了绳索上来，三下五除二地捆了萧锐。萧锐只是咬着牙，看来对父亲的为人不抱希望。

萧瑀又向李世民、瑾瑶拱手道歉：“家门不幸，犬子无行，不堪作配县主。明日，我将奏闻至尊，取消婚事，请大王、王妃为县主另择良配。”

李世民心说：“甚好，甚好。我也正有此意。”

他方欲拣两句客套话，来个顺水推舟，瑾瑶却答道：“宋公且慢。”

“二嫂何出此言？萧大郎有嫌疑，连我都窥出一二。想来他与表姐青梅竹马，暗恋表姐，今日自家完婚，百感交集，越发地心有不甘，趁着表姐夫、侍婢莲心外出，脱下袍冠，欲行无礼，被表姐峻拒、责骂，一时恼恨，拿起金钗行凶，事后追悔无已，为时已晚！”案发前一直泡在正堂吃喜酒的李元吉站了出来，“宋公为人，公正无私，通达情理，主动提出解除婚姻。二嫂反而不心疼女儿不成？我身为千光照的叔父，却是心疼侄女。”

瑾琋微微一笑：“四郎不必焦急。据我看来，既然郗郎与萧大郎的陈述截然相反，而侍婢莲心站在郗郎一边。那么，凶手只在萧大郎及郗郎之间，二择其一而已，非此即彼。”

李世民感到瑾琋已有主张，也劝说萧瑀：“请宋公先听内子一语，再捆萧锐不迟。”

瑾琋指向袁氏的妆奁：“人若是神志清醒，颈部正面遇袭，都会做出本能的防御动作，即抬手阻挡，往往因与凶手搏斗，手部、腕部，乃至臂部，会留下伤痕。而亡者——袁氏娘子，则不然，姿态较为安详。表明她在不知情的情况下遇害。那么，正在补妆的袁娘子是神志不清了吗？显然不是。唯有一种可能性，当时，袁娘子闭目补妆。敢问什么妆需要闭目补？首先是眼周胭脂，其次为画眉。请适才瞻仰过袁娘子遗容的娘子们回忆，袁娘子眼妆、眉毛的浓淡，较之‘闹青庐’开始前的状态，都有变化，形状也有所改变。对吗？”

“是。”齐王妃杨静闲率先点头。继而又有一些女宾赞同。

瑾琋环顾全场，徐徐地说：“所以，凶手或者是为袁娘子补眼妆、眉妆的那个人，或者与此人共谋。另一件，客室内的执壶，我想，是预先盛满饮品的，未知确否？暑热天，想必不敢久置，具体是什么时刻盛上的？”

独孤氏答道：“观花灯开始之前。预计此时客人们陆续回客室歇息，厨房取出一些执壶，盛满冰镇五香饮，分送各间客室。”

“袁娘子、郗郎及萧大郎一直忙到闹青庐，方有暇进入客室。也就是说，他们赶上了今晚的第一壶新鲜饮品，并在袁娘子补妆完毕的时刻，就喝完了。”瑾琋喝了一口冰饮，用罗帕轻擦嘴唇，看了看晕染在罗帕上的茜色口脂，“有目共睹，袁娘子的口脂也是重新上过的。她在补妆前不喝水，终于补完妆，口脂上好了，却要喝水了，岂不怪哉？”

独孤氏有所顿悟，惊问道：“王妃之意？”

“袁娘子补完妆即遇害，根本没有吩咐莲心去厨房盛五香饮。”瑾琋紧盯莲心，“两件汇总，凶手当为侍婢……”

莲心慌忙否认：“不、不、不，奴婢冤枉！”

“呵呵，急什么？谅你也不具备一击命中颈部主要血脉的技巧和体力。待会儿，仵作上门勘验，即可证实这一点。”瑾琋冷笑，“我是说，凶手当为侍婢莲心的同谋，莲心是凶手的帮凶！莲心，你与谁共谋？萧大郎？那为何萧大郎要脱下袍服、摘下远游冠，并使袍服沾血、远游冠抛落尸体旁，自证有罪？因此，你并非与萧大郎共谋，而是与郗郎共谋！你为娘子拔下金钗，重理云鬓，补香粉、胭脂、口脂，到了补眉妆、眼妆的时候，郗郎入内，一面与娘子议事，一面趁娘子闭着双目，悄悄展开萧大郎的外袍，他与你各用一手，分别握住那件宽大袍服的一角，遮挡在娘子与你们二人之间。与此同时，你用另一只手继续补妆，郗郎则用空闲的那只手握持金钗，杀害娘子！他的手法狠、准、稳，又未拔出金钗，一经得手，你们就迅速退避，因此鲜血主要沾在萧大郎的袍服上，你们只是手部染血。随后，郗郎和你将执壶内剩余的五香饮洒一些在手上，用萧大郎袍服干净的部位擦洗，清除了血迹，再将袍服盖在袁娘子身上，把萧大郎的远游冠置于遗体旁。郗郎旋即外出，稍后，你也拿着执壶去厨房，并在出门前推醒萧大郎，欺骗他，构陷他落下嫌疑！”

郗子超发了一回愣，苦笑道：“秦王妃，内子遇害，下官已经悲痛难当。王妃如此臆测，下官更是伤心欲绝！”

瑾琋莞尔一笑：“萧大郎的外袍上，有死者伤口溅出的血，也有凶手擦抹手部所沾血迹而留下的痕迹，形状、纹理、颜色，各有不同。我这个肉眼凡胎，也能察知郗郎、莲心留在袍服上的血痕之不同，待仵作到场勘验，真相立时大白！不过是一件手段拙劣的杀妻惨案，我在此揭穿谜底，全然是顾及涉案各方的门第、姻戚关系和体统，给郗郎一个机会。奈何你却不领情！”

接下来，郗子超、莲心所作的辩解，即便李元吉也觉得苍白虚弱、矛盾百出了。

“秦王妃从无臆测。”李世民倾身倚向隐囊，脸上露出轻松愉快的笑意。

瑾琋却肃然问道：“莲心是袁娘子的陪嫁婢，却甘做郗郎的帮凶，当是与郗郎有奸情，受他唆使。但郗郎在宋国府的婚礼上杀害袁娘子，嫁祸萧大郎，行事未免显得太过仓促、急躁，为何如此迫不及待？难道是为了一个侍婢？那也不至于如此性急！萧大郎，你未入睡之前，可曾听见郗郎入内与令表姐说了些什么？”

萧锐回忆了一阵，回答了这个问题。

瑾琋立刻捕捉到了一条令自己心动的信息，复述道：“令表姐对郗郎说，‘闹青庐结束后，我们就去见舅舅、舅母’……”

她静思片刻，转向萧瑀夫妇：“令甥女近日，可曾对二位说过奇怪的话？”

萧瑀想不出来，一味流泪叹息：“我那外甥女，性情与我相仿，可惜她命苦，误嫁中山狼！”

独孤氏却忆起一件事，又觉得毫无把握：“她前几日来我家，商议如何迎亲、如何操办婚礼，也与她表妹、表弟们谈论典故。她有言，杨庆的前妻，可怜。当时，她的神情突然变得有些黯然……”

杨庆，乃隋朝宗室，武德二年，王世充在洛阳篡位称帝，降封杨庆为郇国公，授任荥州刺史，并将侄女王氏嫁给他。武德三年，杨庆预计王世充将要失败，想带妻子王氏回长安，归顺唐朝。王氏夹在叔父、“国家”与丈夫之间，痛苦难为，仰药自尽。她死后，杨庆投奔唐朝，官爵如旧。

“原来如此。”瑾琋的心为袁氏疼痛不止，而又萌生几许敬意，“袁娘子的品格酷肖舅父，刚正不阿，忠直烈性，这就是答案。郗郎，是前任礼部郎中，新近升任民部侍郎，堪称少年得志，却是杨庆一般的人物，有背叛大唐的行径。袁娘子察觉，感到情势急迫，不肯听之任之，要求郗郎悬崖勒马，向舅父坦白，计议如何戴罪立功。否则，她将于今夜‘闹青庐’结束之后，禀报舅舅，请舅舅为她主张。郗郎假意答应娘子的要求，娘子信以为真，与他约好面见舅舅、舅母的时辰。然而，却被他杀害了！现今，谁还能与大唐分庭抗礼、堪为杨庆投效的对象？唯有突厥……”

言及此，一个名字开始在眼前跳跃，瑾琋的眼眶阵阵潮热，是激动所致：韩弗祢——礼部员外郎，太子李建成的党羽。

而郗子超，是前任礼部郎中，韩弗祢死后，郗子超方才升任民部侍郎。同样的，郗子超也是李建成的追随者，资格比韩弗祢更老。

韩弗祢勾结突厥，罪行被李建成察知。建成感到，韩弗祢的卖国大罪有败露的危险，将对东宫造成极为恶劣的影响，因此无法容忍，授意或默认司农寺张麒杀害韩弗祢，充当辛处俭命案的替罪羊。

太仆寺周导是韩弗祢卖国的同案犯，韩弗祢的离奇死亡，给周导敲响了警钟。为了避免重蹈韩弗祢的覆辙，周导疯狂杀人灭口，以求自保。但是，周导自尽，太子用人不当、东宫党羽多人背君叛国的不堪内幕得以继续掩盖。

然而，到了官职最高、破坏力最强、负面影响也最大的郗子超这里，却将暴露了吗？

李建成当然不会允许。郗子超一案，以郗子超私幸侍婢莲心、袁氏不容、子超怒极杀妻定谳，所谓“勾结突厥”一节，纯属秦王妃长孙瑾琋思虑过度，穿凿附会。李渊也传口敕给瑾琋，告诫她身为女子、外命妇，不可妄议朝廷命官。

李世民安慰瑾琋道：“任凭大人、长兄如何评说，铲除了一个官居侍郎的国贼，总归是好事。”

“可是，那支蜻蜓累丝血珀镂花金钗，我已向袁氏的家人问明金钗的由来……如何是好？”瑾琋问道。

“袁氏也是为国捐躯，忠正可嘉。”李世民语含钦佩，“就任由她的家人处置那金钗吧！”

瑾琋笑道：“好。不过，惠通那边……”

“她？我们一起去问！”李世民把夹轼一推，携瑾琋赶赴舜华殿。

◑ 5 ◐

到达舜华殿阶下，惠通的乳母方氏正送一少妇出来。

那少妇看见李世民和瑾琋，又是畏惧又是羞窘，遥遥地拜了一拜，带着随行侍婢特意绕个弯儿，逃跑似的去了。

瑾琋询问方氏。她禀道：“那位是高刀人的弟妇，高家五郎之妻顾氏娘子，来问候刀人，这会儿回家了。”

高惠通出迎行礼，李世民令侍娘婢女们退下，方氏也不例外。

“大王？”惠通探询地望着他，又看看瑾琋，“王妃？”

瑾琋却已拿定主意不开口，由着李世民问话。

李世民阴晦地笑：“历经大风大浪的女子，云愁海思也不待流露半分的。”

惠通双颊的红晕略微褪色。

“你的贵重首饰都在何处？！”李世民风云突变，疾言厉色地喝问。

惠通沉默着，卷长而疏密有致的眼睫毛苦痛地扑扇了一下，少顷，语调平和地答道：“大王明察秋毫。”

“武德六年，我在交城县赠予你那支蜻蜓累丝血珀镂花金钗。那式样、花纹很难有重样的。然而，萧家的迎亲女傧相，亦即萧瑀的外甥女袁氏，头戴一般无二的蜻蜓累丝血珀镂花金钗，进入弘义宫。总不是你转赠与她的吧？”李世民说。

惠通伏地叩拜：“妾愧对大王、娘子。自武德六年十一月回长安至武德七年八月入弘义宫，妾在母家闲居大半年，百无聊赖，博簺为乐，以致债台高筑。债主虽不敢入弘义宫催债，妾却不能背信赖账，万一事情泄露，必损渤海高氏之名，家慈也会伤心，故以首饰抵债。未曾料到蜻蜓累丝血珀镂花金钗被人转卖与袁娘子。请大王降罪。”

李世民不怒反笑：“原来高惠通是沉迷赌博的愚妇，真侮辱我的眼光！我且问你，令弟夫妇日前双双来访，自那日起，就未见你佩戴蜻蜓累丝血珀镂花金钗及其他金玉钗钿。千光照出嫁，大喜之日，论理你当佩戴最喜欢的首饰，但是，你没有，风马牛不相及的萧家女傧相却有。今日，令弟妇又来访。如此巧合而频繁。你不惜牺牲自己的名誉也要袒护的人，难道不是令弟、高烨高五郎？尊君在世时，职务虽不高，官声却甚好，教养子女得法，他的儿女多贤良方正，目下看来，唯独高烨是不肖之子！”

惠通慎缄不语，眼眶渐渐湿润起来。

“讲！”李世民不耐烦，大为愠怒，提起隐囊砸到地上。

瑾琋连忙拖住他的手臂，轻揉地按住，缓和他的怒气。

“大王、娘子……”惠通徐徐婉婉，开口陈情，“妾童年与幼弟高烨手足情深，后来，妾流落异乡十一载，未能协助父母教抚他成长。那十一年间，也全仰赖诸兄弟为父母尽孝。先考居官，澹泊寡欲，不饮盗泉，自他驾鹤西去，家中日渐寒素。妾弟妇出身吴郡顾氏，入隋以降，侨姓和吴中郡姓泰半渐趋式微，她娘家那一房尤其衰落，家道清寒。如今妾本宗长兄宦游在外，妾在手足中居次，舍弟有难处，求助于妾，妾不能不管……”

惠通今年春归宁母家，已察觉高烨似有心事，略作询问，他不承认。

日前，高烨携顾氏探访惠通，方才吐露隐情。

原来，他于武德六年春完婚出仕，携新妇离京南下抚州邵武县任县尉，觉得母兄帮补的赴任盘缠及安家费用不足，故瞒着家人，私向他人借贷。

高烨自幼不问家计，于持筹握算、料理财货之事并不擅长，因放钱人对他礼敬有加，说迢迢千里，且抚州方今归唐，人心险恶，新官到任，须防林士弘余孽暗算、刁民作乱，居家排场亦不可俭约，恐招人轻视，难以驭下，况兼他燕尔新婚，不久就会添丁进口，宜添置家奴，厚备财帛。高烨信以为然。

人家又不需要抵质，两年后利随本清，不用分次偿还，高烨就放心大胆地增加了借款。

“他小夫妻俩突然不劳而获，得了一大注钱财，忘乎所以，奢侈挥霍，兼以不善营生，今年春调回京城任卫尉寺主簿，竟未存下多少余赀。当初借的钱，月息七分，利上滚利，只偿还得一部分。余者，放钱人劝他借旧还新，半年后偿还。他情急之下，又应了。近日期满，他仍腾挪不出，只还了小半。那放钱人倒是客客气气，只是道艰难，说他既然犯难，他们有门路禀报太夫人，就是新近升任青州府果毅都尉的长兄，他们也能禀报，请母兄资助，还债想必不难。可是舍弟怎敢教母亲、长兄知悉？也恐人家披露出去，毁谤家声。不得已，他来恳求妾相助。妾两年前归居长安母家，折变了自突厥穿戴出来的一身华服丽饰，所得悉数孝敬与家慈。自入弘义宫，妾一身一体，悉承大王恩养。他那惊人的金额，妾也筹措不及。因教他与放钱人议定，先以首饰暂抵，年末用绢偿赎，但切勿告知放钱人首饰是妾给的。那放钱人也同意。及至妾在一娘婚礼当日，目睹袁娘子头戴那蜻蜓累丝血珀镂花金钗，五雷轰顶，今晨派乳母方媪去问舍弟，他也不知，因急着到卫尉寺衙门理事，命家奴去寻放钱人。乳母跟着一道去了。那人却躲着不见，说是到京畿各县收账去了，打发手下出来诉苦，说借旧还新的那笔钱原是放钱人问旁人借的，真正的大债主催逼甚急，且根本不相信舍弟能足额还清，也不肯直接以首饰充抵，故托东、西两市的金银行肆变卖，折成金铤和绢帛还给大债主。家奴和妾的乳母据此回禀顾氏，她张惶无措，刚跟着乳母进来告知妾。妾正在思谋如何应对。”惠通赧颜道，“舍弟举债不还，妾姐弟不谙市井世情，被人诈欺，可是什么有脸的事？因此妾羞于禀报大王及娘子。”

瑾琋怜惜惠通，只不便多言，以柔和的眸光抚慰她。

李世民却没有好脸色，愤然斥责：“武德元年朝廷明令民间放债月息不得高于六分，七分利，他高烨居然也借！你疼爱弟弟亦不当溺爱，纵然不敢使我或者令堂知悉，也合该告知诸同气手足，大家公同处置此事，严厉训诫高烨才是。一次你为他承担，两次、三次呢？”

惠通心中的苦涩尽在眼底泫泫：“妾日前已责备了舍弟，他保证再不会如此。是妾处置不当。不过大王，圣朝初立，前者暴隋疮痍尚未平复，据舍弟说，官吏俸禄不丰，家底单薄者远赴外任，负担多不为轻，公廨钱月息也不低，手续繁琐，审核极严，而且那为官做吏的人，特别是世家大族后裔，谁愿意教别人知道自己借钱赴任？所以向民间放钱人借贷的绝不止他一人。律法规定月息六分以下是一回事，实行是另一回事，那债主对舍弟取七分利不算很高。妾心想，舍弟固然犯下大错，也有可悯之处。他并未做贪贿敛财的勾当，妾实不忍弃之不顾。”

李世民沉思片刻，缓和了语气问：“放钱人是谁？”

“咸阳渡孔家质库，库主姓孔名方，人称孔十三。”惠通掏出罗帕拭泪。平生不曾想过与质库扯上关系，初次牵涉就被骗光贵重首饰，真是觍颜天壤。

李世民召唤方氏进殿，将她好一番痛斥，骂她溺爱惠通，不善进谏言，盲目从命，身为宫人，跑到民间质库跟放债人交涉，滑天下之大稽……

方氏老皮老脸，倒是没有被骂哭，捶胸自责道：“奴婢糊涂，奴婢糊涂！奴婢在高家换了衣服再去的，无人知奴婢为宫人，唉唉唉！”

惠通泣谢道：“大王，皆是妾及舍弟之过。方媪疼爱妾心切，惯于听从妾之指令，也不懂什么借贷。请您别再训斥她了。”

瑾琋忽然破颜大笑，为他们那充斥着愤怒、委屈、无奈等不良情绪而令人倍感压抑的谈话画上了休止符：“哈哈哈！此事有趣！”

她挥手命方氏退下，与李世民、惠通如此这般地筹划了一番。

次日清早，两位少年携四个家奴驰赴咸阳渡孔家质库，命家奴在门外等候，自己进门指名要和库主晤谈。

孔十三感觉有大生意，乐得牙齿都在笑，亲自出面接待。

少年甲自称元寿安，出身代北元氏，少年乙自称翟铖，出身浔阳翟氏，给孔十三看了名刺，事情只肯密谈。

“平州折冲府旅帅代北元寿安”“卢龙县丞浔阳翟铖”——世家大族之后、低等小官、年轻。成了！孔十三感到鱼儿上钩，唯唯诺诺，伺候他二人到后面一间屋子落座，亲为倒水捧果。

这房间不大，但窗明几净，布置精致，给人一种非常舒服的感觉。

翟铖说："某与元郎系总角之交，一同出仕。元郎将赴任平州，资财短少，愿以祖传宝刀为质，借些盘费。"

孔十三大失所望，这算什么大生意？两个少年非得像穷措大一般端着，仿佛有万匹绢的往来，浪费别人的时间。

元寿安拿出一柄鎏金透雕云雀环首刀，一壁说："翟郎与赵郡李氏订亲，亦需大额聘礼开销，今还需三百缗，愿以一所空宅做抵借款。"

翟铖神态傲岸，把一张房契拍在矮几上。

孔十三压制住双目射出的红光，赔笑道："二位郎君有抵质，借款好说。咱们先议元郎所需。"

他报出一个数字，要价六分利。元寿安略微还价便答应了。

孔十三因苦着脸对翟铖说："郎君，乱世才刚过去，房价是高，可您这所宅子四至二亩九分、三十九间屋，我小本营生，六分利，委实不敢出三百缗。"

双方拉锯半晌，孔十三松口说先实地看房再议，命两个婢女入内给他俩弹唱取乐，自己率领手下按房契记载的地址奔赴群贤坊。那空宅只有一位中年阍者监守，听孔十三说明来意，点头应允："我家郎君吩咐过，近日咸阳渡孔家质库倘有来人，可给开门。"随即开门陪他们进去看房。

宅子格局合理，雍容典雅，保养也很好，正堂轩昂气派，家具什物俱用麻布覆盖。

孔十三揭开布看了家具，无不用料上乘，做工考究。

他把笑声堵在嗓子眼里，出门问坊中庶族居民及坊门阍者，答复基本一致："那是翟家的京宅。他家长年宦居凉州姑臧，跟街坊邻居都不熟。今年翟家进京嫁女，住了些时日，现宅子又空置。翟铖原在京就读四门学，住学里的官舍，也不常过来。他家看房子的家奴——对，是那个阍者，跟我们闲聊，说过翟铖今选上了卢龙县丞，以后更不容易见到了。”

孔十三打马狂奔回咸阳渡，做出哭脸道：“郎君若赏七分利，带全套家具，我孝敬二百八十缗。再要议价，我就只有一死了。”

翟铖同元寿安出去密议一阵，回来应了。两边立好契约，签字画押，各执一份。

孔十三吩咐手下准备钱袋，雇骡车以备运送，对翟铖说：“郎君点数好金额，再移交房契和钥匙与我。我十三郎做事，以主顾为先，呵呵呵——”

元寿安横握刀柄，将鎏金透雕云雀环首刀抽出一小半，问道：“我这把刀，十三郎能照顾好吗？”

孔十三转头欲答，那刀身迅如流星，完全飞出刀鞘，落在他的脖子上，只要持刀人稍稍加力，就会切破皮肤。

翟铖一步跃起，闩好房门。

“元郎……”孔十三魂飞天外，后半句“干什么”犹未出口，元寿安左手的前三根手指便趁机探入他的口中，揪住舌尖往外一拉，孔十三瞪大恐惧的双眼，喉咙里发出“吼吼”窒闷的声音，可惜外面听不到。

“不必如此夸张，哪有这般难受？你违律放钱，娄取高息，我们却不似他人，不惧丢脸，也非真的急需用钱有求于你，反而将以契约为证报官究治，那时你才难受。”元寿安的脸色和口吻都像他手里的那柄刀，平直、没有感情，“你把在前邵武县尉、现任卫尉寺主簿高烨那里赚的不法高息全部归还，我们就暂且不咎既往。”

孔十三对事态已经了然，指指舌头，又摆摆手。

翟铖拔出横刀抵在他的背心，沉声威吓道：“我们不怕你乱喊，但也不想弄得你太惨。你可警醒着。”旋即示意元寿安放开孔十三的舌头。

“咳——”孔十三清了下嗓子，压低声音，“我多赚的一分利，可以还给高郎。可是，今春他借旧换新的那部分钱不是我的，还不出来啊！”

inn earth® 出品
地球旅馆

捧读文化
触及身心的阅读
全国总经销

出品人 张进步 程 碧

特约编辑 林香云
封面设计 lemon
封面插图 呀 呀

新浪微博
微信公众号

出版投稿、合作交流，请发邮件至：innearth@foxmail.com
了解新书，图书邮购、团购、采购等，请联系发行电话：010-85805570